U0506770

清代少數民族
文學家族詩集叢刊

第一輯

# 和瑛文學家族詩集

【清】和瑛 等撰

多洛肯 點校

上海古籍出版社

西北民族大學2015年中央高校基本科研業務費（2015ZJ002）成果

國家社科基金重大項目“元明清蒙漢文學交融文獻整理與研究”（16ZDA176）階段性成果

甘肅省人文社科重點研究基地“西北少數民族文學研究中心”系列成果

# 整理前言

## 一

按照古人的説法，族是湊、聚的意思，同姓子孫，生相親愛，死相哀痛，時常聚會，所以叫族（參見班固《白虎通德論》卷八《宗族》）。家族以家庭爲基礎，指的是同一個男性祖先的子孫，即使已經分居、異財、各爨，形成了許多個體家庭，但是還世代相聚在一起，按照一定的規範，以血緣關係爲紐帶結合成爲一種特殊的社會組織形式。家族是組成古代中國國家機制的細胞，是傳統社會的基礎和支撑力量。

文學家族從魏晉時期开始出現，一直延續到近代，是中國古代文學史上的一種特殊的、極具研究意義的文學現象，是在師友聲氣、政治之外的另一種文學創作的共同體。文學世家的研究，已成爲文學界和史學界共同關注的熱點，成果蔚爲大觀。縱觀近百年來的研究成果，清代家族文化研究仍主要集中於江南地區與中原腹地的漢族高門大姓。代表作如潘光旦的《明清兩代嘉興的望族》，製作了嘉興91個望族的血係分圖、血緣網絡圖、世澤流衍圖，將嘉興一府七縣望族的血緣與姻親關係進行了系統梳理。吴仁安《明清時期上海地區的著姓望族》對上海地區300餘家著姓望族的世系及形成的歷史原因、發展演變及其社會影響等進行了考察。江慶柏《明清蘇南望族文化研究》分析蘇南望族與家族教育、科舉、藏書、文獻整理、文化活動等諸方面的關係。羅時進《地域・家族・文學——清代江南詩文研究》、淩郁之《蘇州文化世家與清代文學》、朱麗霞《清代松江府望族與文學研究》分别以系統梳理與個案探析的方式，對蘇州、松江等江南地區的世家大族進行剖析。徐雁平《清代世家與文學傳承》則以重要問題研究與家族個案研究相結合的手法，探究清代漢族世家文學傳統的衍生、繼承與發揚。

而作爲中國歷史上第二個由少數民族建立的全國政權，清代統治者對八旗、對各地的回族、對南方地區的少數民族，採取了不少促進社會經濟發展的措施，爲民族地區儒學的傳播打下了一定基礎。清代少數民族文學家族是在各民族文化交融的背景下形成壯大的。漢文化尤其儒家文化與少數民族文化交融激蕩，少數民族文化對儒家文化的價值認同以及多民族文化的互攝交融，形成了我國多民族文化發展的格局。

清代少數民族文學家族作爲英賢家族群體，以其巨大的文學創造力和傳承力，用文字記録行知，以文學方式展現社會風貌，其影響輻射範圍激蕩邊疆、聲聞中華。清代少數民族文學家族充分呈現出悠久的地域文化色彩，凸顯了濃郁新奇的民族特色。清代少數民族文學家族的研究意義，在於深度挖掘清代少數民族文學家族文學創作文本和生態環境的闡釋意義，層層深入清代少數民族文學家族存在方式和關照格局的背後價值。

近年來，少數民族文學家族开始進入研究者的考察視綫，成爲古代文學領域新的學術增長點，出現了一批研究清代少數民族文學家族的論文。如陳友康《古代少數民族的家族文學現象》論及白族趙氏、納西族桑氏兩個文學家族。李小鳳《回族文學家族述略》粗略梳理了明清時期的回族文學家族，並淺析了回族文學家族産生的原因。王德明《清代壯族文人文學家族的特點及其意義》、《論上林張氏家族的文學創作》兩文對清代壯族文學家族進行了一定的梳理與論析。多洛肯、安海燕《清代壯族文學家族及其詩文創作》對清代壯族文學家族中的作家、詩文作品進行全面考察，指出壯族家族文學在地域上分佈不平衡，並將其與同時代的滿族家族文學、蒙古八旗家族文學、雲貴少數民族家族文學（主要是白族、彝族、納西族）進行比較研究。米彦青《清代邊疆重臣和瑛家族的唐詩接受》與《清代中期蒙古族家族文學與文學家族》兩篇論文，對清代蒙古族文學家族尤其和瑛家族進行了較爲系統的考察和探析。全面考察八旗蒙古文學家族文學活動的論文有多洛肯的《清代八旗蒙古文學家族漢語文詩文創作述論》和《清代後期蒙古文學家族漢文詩文創作述論》。涉及滿族家族文學的僅有多洛肯、吴偉的《清後期滿族文學家族及其詩文創作初探》和《清代滿族文學家族文學創作叙略》，二文立足文獻，對清代後期 45 家和整個清代出現的 80 家文學家族進行了全面考察與評述。

我們要深入地考察梳理清代少數民族文學家族文學創作的基本情況，摸清現存詩文别集的存佚情況、流佈現況。清代少數民族文學家族的文學創作繁興突出的表徵是一門風雅。一門風雅反映出清代少數民族文學家族内部文人化的聚合狀態。清人詩文集浩如煙海，少數民族文學家族成員創作作品分散庋藏各地，有不少還是未經刊印的稿本、鈔本，有些刻本僅存孤本。對這筆文化遺産進行調查、摸底，爲防文獻散佚，必須將之進一步輯録、整理。這些文學作品藴涵著豐富的歷史文化信息，是我國古代文學重要組成部分。

據對現有相關文獻資料的調研摸底，清代滿族文學世家有 80 家，家族詩文家 270 人，存詩人數 238 人，别集總數 360 部，散佚 115 部；回族文學世家 14 家，家族詩文家 53 人，存詩人數 34 人，别集總數 91 部，散佚 25 部；蒙古族文學世家 10 家，家族詩文家 31 人，存詩人數 10 人，别集總數 44 部，散佚 5 部；壯族文學世家 11 家，家族詩文家 33 人，存詩人數 16 人，别集總數 28 部，散佚 18 部；白族 5 家，家族詩文家 18 人，存詩人數 18 人，别集總數 26 部，散佚 15 部；彝族 4 家，家族詩文家 14 人，存詩人數 11 人，别集總數 9 部，散佚 3 部；納西族 3 家,家族詩文家 11 人,存詩人數 11 人,别集總數 13 部,散佚 3 部;布依族 1 家,家族詩文家 3 人,存詩人數 3 人,别集總數 6 部,未散佚。摸清家底,爲深入考察清代少數民族文學家族文學創作狀況奠定了堅實的文獻基礎。編纂一部清代少數民族文學家族詩文總集,並做相應學術研究,這是一項重要的基礎工程。

## 二

蒙古族和瑛家族自和瑛始,出現了世系相承、緜延不斷的四位著名詩人,分别是其子壁昌,其孫謙福,曾孫錫珍,他們身居高位,仕宦爲家。然而於公務之暇,亦不廢吟詠,留下了許多膾炙人口的優美詩篇。他們在詩歌中或描寫風物、或題吟書畫、或感事抒懷、或詩酒酬唱,都反映了那個時代的風貌,展現了他們的才情。

和瑛(1741—1821),原名和寧(以避宣宗諱改名),字潤平,號太庵(亦作太葊、泰安、泰庵),額勒德特氏,祖居内蒙古卓索圖盟喀喇沁,蒙古鑲黄旗人。乾隆三十六年(1771)進士,五十一年由户部員外郎授安徽太平府知府。累官至西藏辦事大臣、烏魯木齊都統、盛京將軍、刑部尚書、軍機大臣、文穎館總裁等職。道光元年(1821)卒,謚簡勤。

和瑛今存兩部詩集,其一是《太庵詩稿》,有寫本兩種:一爲吴興劉承幹嘉業堂藏嘉慶十五年稿本,不分卷,詩編年,録甲寅至丁巳、丙午至丁未、壬子至癸丑等詩。今藏復旦大學圖書館,《販書偶記續編》著録此本。惜蟲損嚴重,亟待修復。一爲和瑛手定稿本,不分卷,裝爲三册。所録詩起於乾隆五十一年丙午,止於嘉慶二年丁巳(1797),與《易簡齋詩鈔》所録詩歌的起始時間相同。計收詩五百三十八首,每首詩題之下,有詩人朱筆行楷批點注釋,如《春堆口占》下朱筆批云"寄希齋也";《望多爾濟拔姆宫》下批云"在海子中山麓,即女呼圖克圖所居，舊傳爲門母化現身地”；《登舟》下批云：“即曲水藏江以皮船渡”。且每句以朱筆圓圈句讀。可知爲詩人手定稿本。多爲與友人唱和及戎馬生涯感懷之作，内容涉及四川、陜西、西藏等地。今藏廣東省立中山圖書館。

其二是《易簡齋詩鈔》四卷，是集收其乾隆五十一年至道光元年詩五百七十六首。有道光三年刻本，國家圖書館、復旦大學圖書館有藏。《易簡齋詩鈔》按内容分，可以分爲四大類，其一是紀遊之作，共三百餘題，約占到詩歌總數的五分之三；其二是詠物之作，占到詩歌總數的五分之一；其三是與友人的酬唱和贈答詩，約五十餘題；最後是詠史詩，約三十餘題，两者合計約占其詩歌總數的五分之一。《太庵詩草》與《易簡齋詩鈔》中有一百零三首重合詩作，重合的多爲其乾隆間於四川、西藏等地戎馬生涯之作，個别字句有差别，《易簡齋詩鈔》爲最終擇選改定之作。

另有《西藏賦》一卷，版本衆多，主要有清嘉慶二年刻本，國圖藏；《榕園叢書》本（同治刻、民國印），國圖藏；清光緒八年（1882）元尚居刻本，湖南、山西大學圖書館藏。

和瑛子壁昌生年不詳，卒於 1854 年，字東垣，號星泉。初爲工部筆帖式，道光七年赴新疆佐理善後。道光九年擢葉爾羌辦事大臣。十年八月浩罕寇邊，犯葉爾羌，壁昌帥軍民三敗浩罕軍。十一年擢喀什噶爾參贊大臣。十三年召還，後又復出爲烏什辦事大臣、阿克蘇辦事大臣、伊犁參贊大臣。任職新疆期間築城修驛，興喀拉赫依屯田，興修水利，措置各城防務，績效顯著。奏請籌備江防，設福山鎮水師總兵，停淮南鹽推廣改票。太平天國運動起，充近畿巡防大臣。咸豐四年（1854）卒。謚勤襄，贈太子太保。

著有《葉爾羌守城紀略》一卷、《守邊輯要》一卷（抄本）、《壁勤襄公遺書》、《兵武聞見録》、《牧令要訣》一卷（震鈞《天咫偶聞》著録）。《清詩紀事》載其著有《壁參帥詩稿》一部，惜未見傳世。只留存一首題畫詩《擔秋圖》,詩云:"昨夜西風太寂寥,舊籬新圃燦瓊瑶。秋光爛漫間收括,和露和霜一擔挑。"見於許乃穀《瑞芍軒詩鈔》,楊鍾羲《雪橋詩話》亦收録此詩。

壁昌不僅是一位詩人,更是一位畫家,其畫也爲時人所稱頌。李放《八旗畫録》轉引《繪境軒讀畫記》説星泉"工繪事,嘗繪《擔秋圖》,贈錢塘許玉年。玉年又有壁參贊《畫虎歌》"。此外,他還能爲營造工程構勒圖樣。《雪橋詩話》卷七載"壁星泉尚書精八分,凡有營造,以尺紙畫圖,結構精絶,不差毫釐"。邵汴生贈詩贊曰:"索靖工書千管禿,張華縮地一圖開。"

清人瑛棨於咸豐九年作《〈壁勤襄公遺書〉序》中稱:"壁勤襄公文武俱備,揚歷中外……蓋嘗從征滑臺,立功西域,制敵之方,防邊之要,口講指畫,動中機宜,於是有《守邊輯要》之作。"(《八旗文經》)

和瑛孫謙福,字吉雲、光庭、小榆,號劉吉。道光十四年舉鄉試,十五年中乙未恩科進士。授户部主事,累官詹事府詹事。

謙福自幼讀書,有學識,尤工於詩。有《桐華竹實之軒梅花酬唱集》和《桐華竹實之軒詩鈔》。前者收本人及其他人詩凡百餘首。《桐華竹實之軒詩鈔》包括《桐華竹實之軒詩草》和《桐華竹實之軒試帖詩鈔》,收詩二百六十八首。《桐華竹實之軒詩鈔》有同治二年刻本,國家圖書館有藏,《清代詩文集彙編》收録此集。

謙福主張詩歌要抒發性靈,要寫出詩人的真性情,因此其詩意象舒雋、意境清宛、質樸自然、妙趣横生。清人文康於《桐華竹實之軒詩鈔序》中贊曰:"得繼簡勤公,以書香其家者,小榆一人而已。……其爲詩也,試帖謹嚴,以中矩勝;近體空靈,以寫性勝。"

和瑛曾孫錫珍(1847—1889),字席卿,號仲儒。壁昌孫。同治七年進士,改翰林院庶吉士,散館授編修。歷官侍講、侍讀學士等職。亦有才學,能詩善文,有《錫席卿先生遺稿十六種》(包括《臺灣事宜》一册、《准補鳳山知縣張星鍔稟揭臺彭道劉璈》一册、《閩還紀程》一册、《渡臺紀程》二册、《奉使朝鮮紀程》一册、《使東瑣記》一册、《使東詩草》一册、《丙子會試》一册、《記乙亥翰詹大考》一册、《丙戌進士姓字官階等第册》一册、《簡勤公年譜》一册、《習字雜鈔》一册、《翻閱字典摘出姓氏》一册、《唐以來選舉志略》一册、《會殿試閲卷日記》一册、《離騷》册，共十六種），今北京大學圖書館藏稿本。在他三部日記中收有他許多詩作，各種體裁近二百餘首。徐世昌《晚晴簃詩匯》收詩九首。

錫珍的詩歌承續了和瑛詩歌反映時事，描摹風物的傳統，又繼承了謙福詩歌的清新雋永之風，並且在兩者的基礎上推陳出新，摹景以感悟，寄興以抒情，情景交融，意蘊無窮。

此次校點以和瑛家族的詩文爲主體，除集外詩之外，共收入和瑛家族三位成員的詩集四種，賦文一種。

收録和瑛的詩集兩種：

1.《太庵詩草》不分卷，以廣東省立中山圖書館藏清稿本爲底本。

2.《易簡齋詩鈔》四卷，以國家圖書館藏清道光三年刻本爲底本。

《太庵詩草》與《易簡齋詩鈔》中的部分重合詩作，以《易簡齋詩鈔》爲底本，校録異文。

收録和瑛的賦文一種：

《西藏賦》，以國家圖書館藏清嘉慶二年刻本爲底本，以西北師範大學藏“元尚居匯刻三賦”本、《八旗文經・賦丁》本、西藏民族學院圖書館藏黄沛翹《西藏圖考》本、國家圖書館藏張丙炎《榕園叢書》本等四種本子爲校本。

收録和瑛孫謙福詩集一種：

《桐華竹實之軒詩鈔》二卷，以國家圖書館藏清同治二年刻本爲底本。

收録和瑛曾孫錫珍詩稿一册：

《使東詩草》一册，以北京大學圖書館藏稿本《錫席卿先生遺稿十六種》之第七種爲底本。

# 目　録



## 太庵詩草

### 丙午

**壬子**

乙卯



丙辰

## 易簡齋詩鈔

**丁未**



**戊申**

**己酉**



**庚戌**

甲寅

**丙辰**

**壬戌**

**癸亥**

**壬申**



**癸酉**

## 西藏賦



## 桐華竹實之軒詩鈔

# 使東詩草

# 太庵詩草

（清）和　瑛　撰

# 太庵詩草

## 丙午 存三十三首

### 揚州舟次

淩晨雨歇卧煙艭，初聽揚州欸乃腔。誰識太庵新太守，太平人渡太平江。

### 太平府署八景詩八首

**門對青山**府治乃晉桓温帥府故址，宋太平興國年，建署門譙樓，即温子城南門旁樓。圮中樓屹然獨立，相傳有宋製銅壺滴漏，今無存。然古壁藤蘿蔓延蒼翠，登斯樓也，則青山秀麗一覽無餘，舉謝宣城、李翰林舊宅，風景得諸蒼茫指顧間，不獨裴敬題詩已也。

姑溪城郭穩滄灣，五馬門高夜不關。競説袁桓留勝迹，更逢謝李共名山。登樓覓句人皆古，拄笏看雲政自閒。此郡太平真有象，澄江波湧碧如環。

**堂開翠柏**堂燬於明洪武間，重建於正德嘉靖，復燹於崇禎。國朝順治年，郡守張公重修，榜曰：阜成自作記焉，堂前柏樹數十本，大數圍或合抱，鐵幹虬枝，猙獰倚側，支撑拳曲。傳爲漢晋間植，依然翠碧參天，煙雲滃鬱，乃有感於堂之興廢云。

笑問堂前柏子禪，霜皮黛葉幾多年。人間似鶴衙同放，州冷如村石可鐫。鐵幹直留千古月，緑雲深鎖四時天。定知燕雀難巢此，應著蓬萊最後仙。

**桂院秋香**寅恭堂之北舊有柏山亭，今存其址，又北有桂樹二本，大皆合抱，高二丈許，接葉交柯。盛夏則翠幄排空，清秋則天香入座。小屋三楹，前守沈既堂題曰："雙桂軒誰詳手植何年？亦芨舍甘棠之意耳。"

聯翩秀色覆西堂，不記歐顔記沈郎。天上名仙攀紫府，月中閒地屬丹陽。風霜摇落花能獨，桃李紛披樹已蒼。倩語主人勤護惜，年年留取出輪香。

**桐林月影**雙桂軒之西曰自公堂，又北有桐樹三本，密茂若深林垂蔭。郡守錢南浦起窗軒曰："静寧室椶亭竹館居其後，安石榴書帶草環映左右，宜風宜雨，宜夏宜秋，獨明月穿林郎朗步窗前，影有午夜清省之趣焉！"

龍柯繞屋碧幢幢，報我新秋一葉降。入夜寒輝飄露瓦，倚天韶韻響風窗。閒庭似照青鸞舞，怪石疑留白鶴雙。主領清光誰記取，姑溪繁浦共蕪江。

**明樓遠眺**志載府後寬地，即宋郡圃，有小東山土埠，明祝詠建明樓，其南今不可考。惟康熙二十二年，郡守吴公重修署樓而擴之，厰其楹爲後托存石記焉。余設榻其下，偶一登臨，則黄山白紵浮丘，藏雲排闥而來。督學雙旭園前輩題曰："曠覽遥青真先得我心者。"

傑閣觚稜足卧遊，公餘倚檻自舒眸。遥臨古巷同懷謝，近背名山恐笑歐。白紵長懸明月照，翠螺空指大江流。齊雲遠景無多記，合記平南清德樓。

**射圃閒情**内宅東北隅平曠軒朗，舊建厰亭南面曰："闕德前郡守諸公習射之所也。"丙午夏，余因修葺飾堊之，名其亭曰"無争"。聯其楹曰：正己而後發，反求諸身□□設正鵠，挾弓矢，其間藉以自警，非敢以簡僻示暇逸也。

映緑含青圃半蕪，繞牆少竹喜多蘆。移花不問輸蕉户，沽酒何勞索蠏夫。别有閒情懸一鵠，敢誇絶技中雙鳧。此亭聊取無争耳，射者由來有似乎。

**古樹晨煙**舊傳含青、映緑二園，居衙堂之東，蕪而不治。前郡守沈公建船廊觚亭，郡公題曰"坐樹軒"。其樹則松柏楸杉槐榆梅桃梧楝楮柏冬青數十種，槎枒映帶，且花畦芝俚，雛竹虬藤環繞其間。晨興散步，淡煙四合，乃知含青映緑初未蕪也。

平林東護鵲巢廳，占得風煙歲屢經。雨足閒雲鋪夏緑，日高湛露滿冬青。清虚散步塵心洗，沆瀣朝餐睡眼醒。從古樹人同樹木，好將豐樂以名亭。

**石臺夕照**園之艮維有石臺高倍尋相傳，爲桓温將臺也。登其臺則城市燎然，指掌稻畦界如擘蕉竹，樹平若鋪罽，況當落日空林炊煙四起，辨桑麻雞犬於蒼霞瑞靄中，真所謂太平有象雲雨。

醜凸深凹俯郡譙，竹兄梅弟映團焦。林間暮影疑催鳥，江上殘霞似捲潮。十萬軍容沉採石，三千歌舞静淩歊。登臺自古難堪此，不獨風流恨六朝。

## 贈雲在和尚

白社逢高衲，閒題四壁詩。於人心不礙，共我意俱遲。夢覺澄江遠，仙凡野竹迷。山蔬風味好，聊可話襟期。

## 五溪橋望九華山二絶

驛路青陽比蜀難，五溪橋畔憩征鞍。分明坡老壺中景，馬上於今面面看。

誰將華嶽三峰擘，却作蓮花九朵開。此日凭欄多古意，謫仙遮莫倚雲栽。

## 生日池州登舟

拙守丹陽客，澄江騁冶遊。青山照滿眼，算髮任盈頭。

## 黄溢渡江遇風

遠檣出没隔蓬島，駛如點翅蜻蜓巧。金龍有靈施無患，奔流幸稱帆力飽。須臾震起吸江風，黄溢浩浩杯渡小。起視僮僕面色青，滅燭危坐意悄悄。乾坤一噫本偶然，戲我何如戲坡老。樓船六丈萬頃空，我覺身輕如過鳥。

## 再贈雲在和尚

燒炬名蘭歇，山谿一徑通。炎涼隨地割，苦樂獨君空。五字真成偈，三乘著永豐。會須禪榻共，啜茗意何窮。

### 其　二

萬六忙中日，銷磨半宦場。行年紀丙午，古郡守丹陽。句俚才輸白，心勞政愧黄。果然塵劫外，佛地最清涼。

### 其　三

清齋兼味得，一飽復何貪？法是金針度，禪須玉版參。早嫌離菜俗，頗厭水花甘。太守饞應爾，還傾般若酣。

### 其　四

借問雲何在，那從色相尋。人歸幽洞曉，日薄大江陰。豈有爲霖志，而無出岫心。浮雲看富貴，岑寂此山深。

## 金陵夜雨有懷周霽堂幕友

案牘遥憐筆獨扛，景陽閣且對銀釭。逢人姑孰才能擅，快我濂溪士得雙。時霽堂、夢溪昆仲，皆在府幕。半老春蘭對秋菊，霽堂長余一年。倚天北雁渡南江。寒酸客共清貧守，慣聽瀟瀟夜打窗。

## 靈谷寺八景詩八首

### **蒼池松影**寺前八功德池蒼松周匝。

靈谷池中影,亭亭寫照松。禪枝龍虎迹,曇葉雪霜容。路轉雙林古,雲藏百丈濃。定知栽佛手,冰鑒更淩冬。

### **鼓殿鐘聲**殿無樑棟,擊鼓似鐘聲。

無量齊雲殿,禎廊四築墉。雷音知伐鼓,霜信似聞鐘。午夜憑虛應,高秋度響重。兩般醒世意,併作一抱揞。

### **銀杏棲霞**殿後白菓樹極茂盛。

白菓何年樹,離離綴似櫨。盤堆銀蚌裹,手擘緑晶拏。佐以木魚子,清於玉版芽。茗禪留齒慧,味足老煙霞。

### **空階應掌**靠山有堦數十級,以掌拍之,萬谷齊應。

十地本圓通,靈巖鎮發蒙。自來虛響捷,乃得妙音同。白業篦除膜,禪關棒喝聾。我來頻拍掌,喧静兩皆空。

### **浮屠秋月**寺後寶塔有寶誌菩薩像。

寶誌瞻遺像,無生世界留。千年山塔月,萬劫木巢秋。不礙雲閒住,還宜水曲流。臺城誇幻術,剩得鱠殘不。

### **鍾阜晴雲**鍾山蜿蜒城東北極秀麗。

白下鍾山秀,龍蟠足眺雲。濃遮松逕暗,斜透竹牆曛。氣爽鳩呼侶,秋高雁入群。六朝煙景地,樓閣幾紛紜。

**曲水流觴**八功德水遶注寺中齋厨。

上界清涼地,寒流曲曲香。覺花隨意轉,活水到時忙。似咒楞伽頂,能傳般若湯。醉僧方是醒,聊可藉飛觴。

**清泉咽竹**泉水自竹中宛轉而出。

杖錫飛泉古,蜿蜒竹廊收。空心無礙物,直節出清流。格是洗塵念,兼之醫俗儔。茗禪風味别,濁劫不須愁。

## 夜來香三絶

煙愁露泣過長夏,青碧琢來紅紫謝。籠燭銜杯笑捺時,春情脈脈含秋夜。

蜂癡蝶醉信無媒,有脚陽春到處開。爲試比丘除結習,故教天女散花來。

休憎桂馥妬蘭芳,數朵盈盈也佐觴。禪榻不妨留幾宿,夢魂猶記枕邊香。

## 雪中遊青山歌

序:青山去郡城三十里,齊謝眺故居也,舊名謝公山。石皆青色,山上保和庵内謝公石尚存。山下有李青蓮墓,米元章題石第一山。余蒞姑孰半載未暇遊,仲冬下浣,學使徐條甫邀余偕毛别駕、顧明府往遊。大雪竟日,雖背山起樓,攬勝未盡,然把濁酒、聽清唱,亦頗盡歡云。

謝公知我看山來,山中恨少江南梅。作花六出倩雲母,傾刻撲向籃輿開。俯瞰寒溪折如綬,衆山岎峗成培塿。雪中犖確盡堆青,山得青名乃不朽。山名不朽人名昌,謝公舊住山之陽。我來幸迓瀛洲客,文旌再駐蘭池旁。此池聞有赤鯉躍,一泓净碧堪漱淪。臨池如讀謝公詩,澄之常清撓不濁。愷之鎮日喜垂簾,雙鳧未到五馬先。偷閒半日忙三日,引舟頗感易於賢。座有西河詩家烈,更似周卿默禱雪。此山能得幾回來,論戰不妨持寸鐵。吁嗟!楚峰吴岫迷雲端,頹石廢井悲荒園。銜杯快續元暉句,無奈鹽絮皆陳言。惟有絲竹密如縷,陶寫不妨邁前古。未容雪積曲先高,吹作陽春變膏雨。雨濛濛兮水潺潺,山寞寞兮石斑斑。君不見青蓮有墓山之足,咳唾九天散珠玉。又不見襄陽好石有米顛,千古留題第一山。

## 周夢溪幕友招遊不果見和前詩答賦原韻

宣城舊賦歸去來,結廬看遍青山梅。偃蹇不肯入官府,穿雲朱蓋松杉開。短竹卧幢草垂綬,雪壓龍山玉培塿。江山不遊貪晝眠,有如圬糞兼雕朽。豈不聞孫仲謀,樊口鑿道通武昌。又不聞謝靈運,永嘉直入臨海陽。而我不到元暉宅,他年恨恐澄江旁。昨宵代漏龍曾躍,一卷清詩性靈淪。縹囊歸贈未遊人,君詩更洗心源濁。乃知君平日日垂肆簾,槎犯斗牛覺獨先。此遊却被桓温笑,當年不失袁宏賢。保和剩剎於今烈,座少周郎顧白雪。薄書少暇莫辭頻,與君聯轡馬踣鐵。君家虎踞清涼端,古城川北窺田園。我家紫塞來麾守,雪泥鴻爪吁何言。青山拳石胡覼縷,傳人衹爲風騷古。倘教看盡浙西山,會須灑遍江南雨。遮那殿前檐溜潺,華嚴法相頭斕斑。青蓮脱韡醉翹足,雅稱含暉石韞玉。此景再寫兔毫顛,勝玩窗前筆架山。

## 金陵大雪宿毘盧庵，見壁間默默禪師“饑時喫飯，困時眠”之句，因作偈語二十四韻以廣其意

太庵信宿毘盧庵，毘盧示相維摩龕。龕傍傳法設禪榻，繞榻覺花法雲曇。雲曇密羃隔窗紙，窗外誰料青女驂。青女散花皆六出，六出合凍成冰蠶。冰蠶吐絲作玉蘭，玉蘭取向梅棕探。梅花佳人粉臉皾，棕葉夜叉青頭鬖。花葉無情雪消水，有情酌雪松泉耽。松泉酌盡剛面壁，面壁却對老僧談。老僧苦談稱默默，默默又愛説老禪。老禪一語勝千萬，饑時喫飯困時眠。饑每欲喫固其理，困每欲眠人皆然。不喫則饑體胡胖，不眠則困神烏全。饑不得喫氣海餒，困不得眠睡魔煎。不饑而喫如淘河，不困而眠如卧鱣。饑時便喫省百藥，困時便眠值萬錢。不喫不眠人必死，不饑不困乃真仙。子房辟穀不饑耳，希夷常睡豈困焉。夢悟子房希夷術，毘盧鐘鼓聲韽韽。鐘聲鼓聲聽作兩，饑心困心合爲三。鐘鼓那如雪聲泠，饑困難比醉心憨。乃知粥鼓飯鐘飽餓鬼，晨鐘暮鼓夢覺關。真飽真餓驗尺宅，是夢是覺憑寸田。要耕寸田修尺宅，饑時喫飯困時眠。

# 丁未 存二十一首

## 太平府童試賦得磨兜堅銘得言字五言八韻

洛廟垂遺像，賢名著謹言。千秋陪祀重，一語勒銘存。慎爾緘維密，欽哉舌莫捫。興戎惟自口，召福豈無門。但使人爲鑑，何殊耳屬垣。自周陳俎豆，於座展瑤琨。義備磨圭雅，箴偕欹器尊。典謨昭睿

思,綸綍煥乾坤。

## 潁州府試院即事贈諸廣文

昔聞歐陽守此郡,佳士來如積。流風數千年,詩書誦餘澤。乃知化民成俗始膠庠,明經造士師之責。儒林所貴苦砭針,如御狂馬不釋策。自古百川學至海,未必盡擬丘陵畫。我來順昌惟拙守,棘闈敢試量才尺。崢嶸頭角總能文,屈宋難逢艷高摘。幸茲學筵諸君子,五經重仰叔陵作。諸君莫厭官閒冷,我亦三條燭下客。居官共矢玉壺冰,掄才明月倒海索。他年快憶秤無私,華萼樓前無曳白。舉觴茲會聚星堂,西望西湖歎陳迹。

## 潁州府童試賦得龍華會得光字五言八韻

妙相原無垢,龍華建會場。清和傳誕佛,澡浴似銘湯。濯以空明水,薰之無礙香。現身真潔浄,灌頂足清涼。未識塵根脱,偏招俗慮忙。皈依憑後覺,洗滌總相忘。偈説摩羅什,禪參替戾岡。不愁凡眼肉,舍利有奇光。

## 潁州劉秀才勺園牡丹盛開,攜榼邀賞,會大風作席未終戲成四絶

北郭名園甲洛中,家餘四壁錦千叢。倘邀康節先生卜,繡幄須防料峭風。

小圃松杉繞短籬,淺紅深紫鬬妍姿。阿嬌悔不藏金屋,免妬殘春十八姨。

撲面黄雲走白沙，百忙征渡潁之涯。天公戲我清貧守，恐戀人間富貴花。

佩犢循聲繼者難，花時强我盡餘歡。他年烏犍門前繫，再看劉家黑牡丹。

## 又次嵇春波韻七律二首

柴門端不受繁華，剩得天香第一誇。富貴叢中須冷眼，子孫看到有貧家。敲詩怯比臨風錦，酌酒頻酣落日霞。記取江南春信穩，幾番細雨灑梅花。

酴醿架繞鼠姑叢，嬌艷難禁雀趠風。瓊島移根遇山甫，村園得地訝驪宫。色香到眼空無盡，寒瘦爲詩窮後工。更有回春殷七七，會看傾刻放妖紅。

## 旌烈婦陳佑亭元配李儒人

結褵同穴本天成，把玦天涯雁偶驚。陵王百年，妻把玦哀號不食，月餘死。半世冰霜歸俠烈，此心鐵石見完貞。扶孤事已呼將伯，奉母人還倚阿兄。夫子隔生緣未了，肯隨温飽乞餘生。

## 六月二日郡中野人報蝗僵死秫上持獻書以志喜二首

民艱粒食萬畦開，歉後難堪螟螣災。但使普天皆化螺，潁川何必鳳凰來。

擊鼓鳴金逐隊開,介蟲聊幸不爲災。僵頭抱葉休稱賀,須記飛曾入境來。

## 清潁書院課士畢偕張松泉裴西鷺兩明府勸農西湖燕集會老堂三十二韻

士居四民首,造若弓受檠。農爲百政先,穫如身隨影。我來一麾守,春迎太平景。余守丹陽,迎春日適調潁奏至。來耕汝陰邱,開田及望杏。三月蒞潁,即舉行耕藉禮。所幸雨暘時,麥稔甲全省。秫穀暢茂均,秋熟異堅潁。奇哉黑頭蝗,天教儒吏警。民膏供一噣,令人怒生癭。忽報集田間,枯死粘秫梗。又見飛如織,相銜群出境。禾稼雖未害,終夜殊耿耿。乃知神力威,不愧將軍猛。江南北劉猛將軍,驅蝗最靈。我來西湖上,勸農親邑井。聞風襁負至,人人鏄趙秉。酬爾耕耨苦,羅拜掬果餅。暑扇示清涼,老弱頗懽幸。徘徊松柏侶,會老書題冷。晏吕治玆郡,循聲竹册炳。醉翁幹濟才,垂老歸期請。東坡老居士,鬚眉曾泛潁。葓詞禮四賢,湖上文忠併。而今湖水涸,歷歷阡陌整。水肥犍没蘆,水淺兒戲荇。戒勿開池沼,多事不如省。滄海變桑田,盈虚理足憬。賢宰賴張儉,勸墾六千頃。亳田尚多荒,牧仗裴清領。遊惰胥懲斥,强悍貴綏靖。農業繫勤嬉,士氣重骨鯁。申韓崇峻刻,老莊尚清静。水火能兩濟,風夜愧短綆。舉觴賦長篇,庶足勵修省。

## 宿阜陽馬家店吴育亭貢生小齋,見架藏名集數百卷,院落花木叢鬱,生意勃然,得間雅趣因名曰"一掌園"兼致以詩

夜來泛清潁,鬚眉瘁郵驛。燒炬歇簫齋,忽覩豐神逸。頗怪風塵中,詩書富斗室。舉頭月印川,是萬皆歸一。

## 其　二

咫尺迭蒼翠，牆檐薜荔上。朱榴夏月開，丹桂秋風長。小桃憶春陰，短松候冬響。化工秒無言，四時運諸掌。

## 其　三

孔顏樂何事，寡矣得其門。莊叟知此樂，惠子悟斯言。寸鮒江湖遊，卵石星斗捫。吴生信達士，撫以歸田園。

## 題蔡子嘉同年遊黄山詩集

昔聞畫龍點睛破壁能飛空，人所未見筆可窮。又聞畫鬼刳目全力在拇指，筆所未到神已充。羨君黄山七日遊，有如列子乘天風。蓬壺方丈不可過，君何幸此淩鴻濛。發爲謌詩纔一本，千巖萬壑光熊熊。我讀君詩身在黄山里，幻若奇鬼夭矯如遊龍。乃知人所未見筆未到，衆皆皮相達者觀其通。何須畫龍更畫鬼，畫家難比詩家工。

## 和富樓韻二絶

彈指别經春，晴蘭詠尚真。漫時冰雪意，留取落花園。

## 其　二

桃李發濃春，拈花笑豈真。衹緣禪榻冷，結習盡來因。

## 滁陽懷歐陽文忠公二絶

西湖曾宴四賢廳，余守順昌勸農，西湖上遂讌集焉。又到滁陽訪舊亭。賢醉兩名齊不朽，要知翁醉是長醒。

淮北江南試一官，太平豐樂共閒閒。余太平八景詩，有好將豐樂以名亭之句。何當六一先生照，寫入環滁雪滿山。

## 壬子

### 聖仁廣被西藏廓爾喀投誠召大將軍班師恭紀五律八首

鹵穴邏逤外，《通典》：吐番國都號邏逤城，即今拉撒，華言佛地也。《西藏志》：札什倫布之南接巴爾布界，又西接廓爾喀界。崑崙更有西。《明史》：吐番邀阻烏斯藏使者，掠其輜重，鄧愈爲征西大將軍，覆其巢穴，窮追至崑崙山，斬獲不可勝計。《西藏志》：甘不拉即崑崙山，巴爾布、廓爾喀又在西南也。不甘對垤螘，又作觸藩羝。巴爾布又爲廓爾喀所併，已而與衛藏唐古忒搆釁，皇上命大臣安撫之。其部長拉特納巴都爾故誠遣使納貢表請京師，辛亥夏負約，與唐古忒爭地界，侵擾至札什倫布。僰道霜戈淬，婺春日羽齎。辛亥冬，皇上命大將軍大學士公福、參贊大臣公海領侍衛巴圖魯等率索倫勁旅，由青海一路進發，又調四川屯番土練兵，由打箭爐一路進發，刻期壬子暮春，齊集衛藏併力征勦。氍毹鳴萬鼓，聖武護招提。

### 其　二

衛藏浮屠國，嚴疆寺名在前藏。震廓酋。一年陳旅勩，萬里饋軍籌。白飯珠量少，青芻桂束售。藏地皆食青稞糌粑，無大米，牲畜飼秣尤爲艱貴。晏何豐僦運，壬子夏，大學士署四川總督孫馳赴察木多，至前藏督運糧餉，欽差大司空都統和自衛藏至軍營督催轉運，由是軍儲不匱，兵食豐衍。佛汗不須流。《唐書·劉玄佐傳》：汴有相國寺，或傳佛軀汗流，元佐自往大施金帛，於是商賈輸金錢，恐後，玄佐乃籍所入，得巨萬以贍軍。

## 其　三

齋斧諳奇正，披圖廟算嚴。鑿開山聚米，宷入雪堆鹽。《西藏志·地理圖》所載雪山、鳥道各程途最悉。閫外知枚卜，師中以律占。傳餐剛列陣，姓字聳翹瞻。

## 其　四

絶壁垂徽引，軍懸咫尺層。援枹纔一鼓，束馬會超乘。夏六月，大將軍敕復宗喀聶拉木濟嚨後，自□木進兵皆懸崖峭壁，我軍悉多行攀援引絙而過。夜冒天梯雨，山摧月窟冰。元戎最神速，翊贊矧機庭。

## 其　五

一月傳三捷，揚威熱鎖橋。秋七月，大將軍統師進勦，連戰克捷，奪取熱鎖橋，直入賊境，進攻帕郎古等處，賊極震懼。索倫真虎踋，番練果猿超。詔赦長鯨戮，軍銜黠鼠跳。從征無苦樂，問罪肯忘梟。

## 其　六

免胄投槍日，群酋拜泣難。葛羅心膽落，僕固齒唇寒。《通鑑》：唐代宗時，回紇與吐番合兵圍涇州，郭子儀使人傳呼曰："令公來！"回紇大驚，藥葛羅立陣前，子儀免胄投槍而進，諸酋長皆下馬羅拜。子儀責以負約，藥葛羅曰："吾爲僕固懷恩所誤負公，誠多令請盡力。"謝過，遂大破吐番。廓爾喀與唐古忒搆釁，乃紅帽喇麻沙瑪爾巴唆使，大將軍檄按得實數罪進討。該部長拉特納巴都爾悔罪輸誠，情詞哀迫，且將沙瑪爾巴骨殖及徒弟妻室送出，遣使噶箕弟烏達時塔巴賫表乞降。帝力敷天有，臣功薄海刊。戢兵丹鳳下，叩額數仍寬。秋八月，廓爾喀籲懇班師，併乞五年一次朝貢，詔許之。

## 其　七

法門原不二，身毒半袈裟。《索隱》：身音乾，毒音篤，身毒國，即天竺浮屠國也。國史傳宗卡，《西藏志》：拉撒東有甘丹山，乃宗卡巴成佛處，爲黄教喇麻發源之地，自敦珠巴轉六世，皆稱達賴喇麻主持黄教。元僧衍薩迦。《西藏志》：薩迦寺在札什倫布境内，即元帝師八思巴，後爲紅帽喇麻之宗。其教喇麻娶妻育子生子後，不近室家，始登法座。其尊崇與班禪達賴同。未教過玉壘，那許渡金沙。自衛藏至察木多以東皆行黄教，紅帽喇麻之教不行。木石看燒却，懷荒更逐邪。欽差和大司空具奏，毁其寺，遷其像，没其貲，驅其徒衆，悉皈依黄教。按沙瑪爾巴係班禪額爾德尼之兄，仲巴胡圖克圖之弟，輙敢鈎通外夷，興戎内犯。蓋欲剪除黄教，煽興紅教。戰則收鷸蚌之利，和則居調處之功。背天滅理，佛戒蕩然，實罪之魁惡之首也。乃倖逃顯戮，僅伏冥誅。廓夷藉以輸誠，衛藏得以綏靖，紅教之滅何足惜哉！

## 其　八

西海饒珠錯，鞮鞻樂部諳。拉特納巴都爾率伊叔巴都爾薩野，遣噶箕恭進貢品樂工一部，馴象，番馬，孔雀，甲噶爾所製凉暖橋，珍珠佩，寶石，珊瑚珠，金、銀絲緞，金花緞，呢，氈，象牙，犀角，孔雀尾，番鎗，番刀、叉，及花露、肉桂、紅花、檳榔、丁香、草荳蔻等方物。野心温語革，殊俗寵恩覃。夘甲番言孔雀。巢雲外，伽那番言象也。出日南。堯階習干羽，儀舞備陳堪。

## 冬至後三日華州郵館送戴七可亭同年由蜀督學使任滿赴闕詩四首　壬子

蘭譜緣前定，交情淡更悠。使星環萬里，客夢穩三秋。惜别分秦蜀，歡逢數葛裘。梅花開數點，斗憶古香留。庚戌，余於蜀潘署西園，栽梅花數十本，起亭名古香書屋。

## 其　二

問訊桐花鳳,殘春幾到庭。蜀臬署且園有桐華書屋,麼鳳春月來集。玉蘭香可炸,丹桂釀初醒。劍閣雲容淡,江橋月色泠。成都南名江橋。錦城多少樹,繞屋喜冬青。

## 其　三

介節甘如此,珊珊鶴立群。化流三峽雨,名出萬山雲。意氣新桃李,生涯舊典墳。瀛洲仙客滿,班馬待濃熏。

## 其　四

千佛路朝天,文旌駐老禪。蜀南棧龍門閣,有千佛殿,即朝天闕。清齋飫慈笋,浄慧飲廉泉。誼任魚書達,心隨雁陣騫。送君高潔意,惟有華峰蓮。

# 寶雞懷古詩二首

落日辨陳倉,山河意渺茫。祀雞空有霸,哀鳥竟無良。雪掛茶坪白,沙分渭涘黄。晚煙斜口路,火炬最淒涼。

## 其　二

天際開晨嶺,風來涷麥香。孤城陶穴古,殘寺硐雲藏。野闊懷蒐鼓,臺空憶釣璜。斯民勞問政,那獨舊甘棠。

# 壬子中秋夜棘闈喜雨詩十二韻

社翁快絶霜娥愁,到窗濕鼓沉奎樓。半環直到蟾兔滿,陰精離畢寒光收。疑有神鞭叱鬼馭,一吸再唾灑靈湫。今歲關中偶乾暵,田毛賤賃無人售。鄠杜南山幸豐稔,販糴頗稍仰鄰州。況逢連日詹天雨,三戊種麥鋪荒疇。憶我中丞省郡縣,行部閱實報前騶。整頓溝塍茫幾稜,見之可以消百憂。獨有風檐對燈客,文鯨掉尾寒颼颼。鮑詩謝賦盡無用,所賴拔取爲霖尤。窸窸嫈嫈雜繁響,空庭徹夜鳴檐溝。雅娘咒罵口復唾,那管衣瓦憐衣油。

## 奉和芝軒中丞聽雨詩元韻

秦民寧雲悍,歲饑拙而安。蝸廬播皇仁,所賴司牧官。布政學僑惠,輿濟空勞倌。新麥繡原野,無奈村竈寒。饘粥省晨炊,所過鵝雁歡。賢哉我中丞,秋省心力殫。衰益兼稱施,仁術飛毫端。

黄封下廩振,赤印懸租寬。蚩氓趁之戊,布種肉已剜。瀟瀟連夜雨,聽之鼻觀酸。甘津令人飽,望梅止渴難。自古重備虞,下策慚素餐。潤茲池魚涸,捕彼倉鼠奸。政去害民者,驅鱷宜師韓。

# 太庵雜詩

## 查賑道上雜詩 壬子九月至十月

### 咸陽令

問政偏於五日官,均荒良策仗公完。懷民不敢重懷古,雙筆才如李嶠難。

### 馬刨泉

登場此日少黄堆,麥苗平疇渴望梅。自古魚饑真費餌,漫誇曾活萬人來。

## 興平令二首

簇擁籃輿愧若何？書生習氣肯消磨。一餐十户中人賦，足飽饑年百户多。

茂陵豪户本蕭然，況置荒時賤賃田。賢宰何勞示糠餅，封椿詔已緩緡錢。

## 興平粥廠

瘦女羸童趁遠村，紛紛倒甑且翻盆。日斜得粥匆匆去，家有衰年餓倚門。

## 馬 鬼

生不長生死不休，興亡一代史傳留。明妃青冢虞姬墓，寄語香魂恨也不。

## 望人腰塘

庭前解帶計無聊，窮谷深村舉手招。騎鶴揚州誰到此。郵亭名著望人腰。

## 武功令

平糴虚張策尚存，仲遊誰笑腐儒飧。煩君快指三千斛，却勝愁酣五石樽。

## 乾 州

北指梁山古道紆，池陽城堞尚唐模。那堪衆口成鵝雁，群向午清堂州署堂名午清。下呼。

## 醴　　泉

計口持籌動萬千,半施饘粥半施錢。懸知頹舍蟲相語,無竈何論竈滅煙。

## 學使周廉堂邀酌兼以志別三原

關西清德繼名賢,不愧濂溪舊愛蓮。最喜垂雲摶萬里,好將時雨化三年。散花有酒懷江夏,看竹逢人話渭川。歸檢書箱少長物,定知藏壁一經全。

## 訪王恭壽山長留酌三首

之路尋來街隔山,當門有木且題閒。漫山桃李休嫌俗,猶有寒花足解顏。

小酌高軒興未央,盤餐市遠味偏長。不關貧冷儲佳釀,更有霜螯饋孟光。

古畫宣瓷酒一鴟,半添行李半添詩。端溪惠我尤稱雅,墨會磨人老不知。

## 蒲　　城

蒲原膏壤甲秦關,歲偶無禾却病瘝。金粟從教連萬斛,不妨饑户守堯山。

## 韓城謁太史公墓

芝川煙雨羃平廬,司馬坡前拜漢墟。蠶室祇令遺恨在,龍門終古大名餘。翼經左氏堪争席，續傳班生敢近居。河有波瀾史有筆，世間多少未成書？

## 宿上漲渡民舍見白菊花四首

底事陶家徑未荒，數叢冷蕊過重陽。凝暉却恐遭梅妒，未到霜時已傲霜。

其　二

雪彩冰姿見晚香，掃除頳紫厭分黄。漫驚顔色隨人改，移燭離離影上牆。

其　三

寒生虚室露華流，坡老詩中墨漬收。人淡喜逢秋色淡，此花應上老人頭。

其　四

粉本描來暈未真，移栽老圃更精神。不眠放我償詩債，況對籬邊送酒人。

## 温泉濯足

心境澄於古井瀾，此泉何事急鳴湍。任他甃底温無比，却作滄浪一水看。

# 癸丑

## 渡象行

馴象來從廓爾喀，困頓深山迹茸闒。鑾酋百計出巉巗，道兑欵誠拉特納。憶其初出聶拉木，卧雪啖冰倦騰踏。蹣跚努力達兩招，扎什倫卜布達拉。慳夷安得佳飼秣？忍饑且狎黄毳衲。礌磙日行三十里，笮馬屈足空駊騀。金江黑水勢洶湧，鐵鎖皮船濟紛遝。水草惡劣走踉蹌，時炒未必論升合。木魯烏蘇施無患，青海已過歡颯颯。噫嘻！黄河之水天上來，象從徼外幾周匝。皋蘭風定不揚波，供帳所經綵棚搭。潼關我見數番奴，身氍毹兮足革蹋。風陵謀渡崑崙水，渡吏怕驚波浪沓。方舟布障趣象登，欸乃一聲穩如榻。奇哉！象能解語聽侏儛，此去天朝趨鳳閣。豈知聖主齊堯年，所寶惟賢風雲合。西旅底獒越裳雉，珍奇不貴昇平答。況兹馴象富都下，充坊隊隊幾盈卅。稻稭萬束粟千鍾，豈比尋常餵莝荅。有時待漏金馬門，仗下亭亭守風蠟。錦韉玉轡駕五輅，背上寶瓶高似塔。退食偶浴城南溪，鮫室鼉宫震喧雜。噫嘻！象身幸不爲齒焚，脱離蠻瘴遊閶闔，太平有象樂優遊，禄享天庾慶朋盍。

## 贈夏縣魯、聞喜四兩明府同年

皖水岷山思渺然，丁未遇魯公於安慶，戊申遇四公於成都。西來河岳路朝天。石渠舊許多君子，蘭譜重開少少年。遒採不妨唐魏儉，歲豐可喜晋秦連。旗亭此會還相勖，珍重斯民共一肩。

## 獲鹿道上

飽暖斯民計，秋豐始快哉。雲屯禾稼廩，雪軋木棉堆。賽社人争避，窺籬婦見猜。不妨粗識面，孰與縣官來。

## 滹沱河

北達恒山郡，長橋欲撼波。驚風下黄業，返照入滹沱。水性無童皺，人生幾刹那。千年經佛眼，柳往雪來多。

## 掃墓二首

報政歸來日,冠裳近上臺。還鄉仍是客,入墓更思哀。楊葉堪成雨,松濤待轉雷。諸孫十年計,佳木勉滋培。

## 其二

一點思親淚,量應斗斛多。斷雲横塞影,寒日透林柯。萬里心懸旆,三年腹飲河。荒丘空酹酒,雞黍逮如何。

## 曉發涿州

涿鹿京南郡,衝繁第一程。經環歸蕩蕩,柳雪重行行。唤起燈前僕,聽殘夢里更。不愁人寂寞,朗月照平生。

## 安肅白菜

玉束瓓珊足汗牛,清於雪片膩於油。煙畦快剪瓢兒菜,味比菘羹遜一籌。

## 清風店

吉店清名事可猜,長途十里柳新栽。僧迦犁角真能悟,到處清風拂面來。

## 定州郵館遇鄂制軍話舊

驊騮端不囿風塵,齊物莊生解脱真。曉入清風隨薄宦,夜來明月照閒人。余宿州北清風店,鄂公宿州南明月店,約會於此。三年夢繞烏斯國,百戰生還白髮臣。此會博陵拚一醉,何年重話錦城春?

## 田　車

没脛沙無際,肩輿舁費撑。何如任牛力,負重隱無聲。

## 過正定城市

買犢人喧市,稱棉婦背牆。此邦休問歲,定是足餘糧。

## 鐵菩薩正定府城

無量根身現,巋然丈十三。大河流入鉢,層閣小於龕。相是毛端著,禪須鐵面參。空心無礙物,聊以示瞿曇。

## 旅夜有懷沈九奕師

相對了無語,余心每爽然。滿盤誰得算,當局爾争先。簟掩夏無暑,燈敲夜忘眠。更煩參寫照,舒捲共年年。余小照有沈公對弈,何公指點頗肖。

## 懷徐琴友

欲洗筝笆笆亦作"琶"。耳,全憑太古音。悠然流水意,嘿爾遠鴻心。月浄窗前影,風停竹外吟。何當旅館夜,爲我滌塵襟。

## 過獲鹿蓬溪舊令劉進士德楙見訪旅舍兼饋酒肴寄以誌謝

民社關心試小鮮，書生猶記阻寬川。戊申夏，同赴蜀任，阻雨於南棧寬川峽。庾郎鮭菜情偏篤，錦里蛾眉味有緣。蜀多蠶豆，一名蛾眉豆。解組壯懷覘往日，盍簪老況卜何年？己酉劉令因公罷任，今已捐復。客窗剪燭增離緒，祖逖由來快著鞭。

## 宿井陘

亂峰四圍起，孤城一綫通。蹊穿心境辟，井坐眼波空。未解竇牆續，難開器界蒙。蒼巖山寺裏，鐘鼓徹城東。

## 水磨

聒聒分清溪，水磨運魁柄。激之物隨轉，逝者心不競。上下固其理，理亦作“性”。東西各從令。何怪告子言，湍水喻人性。

## 石炭行

我聞女媧煉石補天空，劫灰萬古沉崆峒。識者望氣産石炭，利用橐籥火生風。當其鑿硐巉巖艱於九仞井，鬼燈穿穴人如綆。蟻盤蜂聚烏銀堆，烏銀燒處光熒熒。噫嘻！石炭之用等薪芻，非土非木驢駝驅。迨將從事乎？釜鬵良者登洪爐。君不見金在鎔，神光赫赫成鼎鐘。又不見歐冶子，鑄劍萬段長鯨芒。掣電未聞石炭躍，冶誇曾費爐中千百鍊。千百鍊，義云何？火輪風輪空輪摩，變化功能歸大造，吾願證諸富樓那。

## 固關途次遇保礪堂司馬自衛藏旋都小飲賦成七律

三秋雁羽戢天涯，皤髮蒼髯興未乖。兩度佛場分苦樂，礪堂駐藏兩次，一任滿一罷還。一般賢路闊朋儕。礪堂丙子入泮，後宦轍各分。

談心直透三千界，下酒全虛廿七鮭。猶有山光壯行色，東西分帶夕陽佳。

## 寄友人王恭壽山長

秦關誰播舊才名，白髮狂生隱麯生。老健口傳兒女輩，平安信報友朋聲。晤猶子定之於京舍，晤姪女及兩甥孫于聞喜，均平善也。怕吟宦轍成詩讖，喝破禪關是筆耕。記取青門一回首，銷魂橋畔月三更。

## 南　天　門

掃空煙勢遠嵐低，望入平潭日色齊。背郭人家皆處穴，半山田畝盡成梯。寺僧避客閒蹲犬，村豎朝陽卧牧羝。不似飛鴻留爪印，天門纔下又關西。

## 壽陽曉發經大樹堙

霜氣重於雪，人增愛日心。涉川驚履薄，陟巘怖臨深。倦役無驕馬，單飛有凍禽。古村名大樹，餘味静堪尋。

## 駝

一綫能穿自在鼻，雙峰却跨天然鞍。北人見慣南人怪，駝固不知行路難。

## 大安驛立峰

衆山皆偃仰，此峰獨立奇。青標千古意，猶憶樊川湄。蜀棧馬道驛爲樊侯故址，溪邊有石高十餘丈，刻“青標獨立”四字。

## 赤脚仙李老人詩有引

老人没於七月既望，囑余龕葬於咸陽北之山廠間，爲勒石焉。疑老人不生不滅，使余心耿耿，漫成五律四首，非弔、非輓，聊以述其梗概云爾。

此老誰云死，無生定有生。但從聽古迹，不復問年庚。老人相傳數百歲。《道德經》曾熟，滄桑世幾更。興亡堅不語，付與太虛評。吐屬多具至理，然堅稱不識字，亦不談休咎。

## 其　二

皺面方瞳叟，安閒肯到門。時過我清談。麥莖陳箟笠，棉布舊衫褌。寒乞韜真相，自稱爲乞人。温顔露道根。風塵幾百載，脚板浄無痕。冬夏不著履韈。

## 其　三

樓觀傳經地，功成第一臺。募脩樓觀臺於余，余捐助成功。派從張果出，相傳爲仙人張三丰之門人，脩祠於咸陽北。系自老聃來。肉食何妨伴，山童許共陪。不知官長貴，笑語漫相猜。

## 其　四

不盡燈無盡，依崖寄肉軀。愴然通饋遺，時以瓜果見贈。邈矣塹崎嶇。嘗募脩石路於涇陽。早是抛雙舄，何由見兩鳧？耳奇堪作傳，那論課虛無。

## 扇　車

扇風面不受，車箱腹轉輪。頓教糠粃盡，立見米糧真。

## 平　遥　縣

沃野平如砥，山圍百里遥。歲豐民氣古，俗儉市聲饒。

## 仁　義　鎮

旅店雞鳴沉澗底，人家犬吠在雲間。高閒上策無如懶，堅卧床頭祇看山。

## 食　野　雞

山雞愛惜羽婆娑，肉點鍘羹味足多。寄語虞人勤著眼，倘逢白者不須羅。

## 霍州旅舍見鄭板橋水墨蘭竹自題云“山中閉户親蘭竹,不把春光賣與人”因賦絶句二首

蘭蕊披離竹戞摩,板橋潑墨興如何?六十年來纔見此,世間名士不容多。

那論孤節與孤若,大造何曾有盡藏。九畹蘭香千畝竹,是誰賣把與春光?

## 趙城旅舍憶青門歌郎五首

新妝十五態盈盈,雲出無心却有情。倏脱子虚休掩恨,誰教銀甲不彈箏。秀雲

卿卿覿面兩緣虚,無限琴心弄佛廬。不是維摩親約束,早應奔赴渴相如。四喜

清歌端的屬吴門,唱到情癡月有痕。闃座一聲和淚飲,牡丹亭畔爲招魂。馬雙喜

慵於中酒懶梳頭,辜負筵前杏子眸。曾對芙蓉呼小字,浣花溪面月中秋。二桂

作態風流作曲忙,清徵清羽又清商。多情若問誰相似,半老佳人半老郎。年冬

## 晚發侯馬鎮

野曠天無際,霞吞夕照匀。樹濃看米畫,山晚辨荷皴。戍堠昏行馬,村闕暗旅塵。不須忙列炬,明月竚來親。

## 早度潼關

蒲坂依空盡,條岑過眼删。静吟千慮減,無夢一身閒。暗識風陵水,晴開太華山。雞鳴何太促,伴客度重關。

## 僧

不住方長住,無空乃見空。問僧僧不語,阿堵納溪翁。

## 武功道上喜雪

一髮山無迹,雲酣雪意催。隨輿聲颯颯,逐馬白皚皚。作絮冬欺柳,飛花臘妬梅。所欣風定後,隴麥暗滋培。

## 奉和嵇春波贈别詩柬寄二首

三度偕君出帝京,而今獨賦壯哉行。萬重山納須彌小,一握天開北斗横。潁水濠梁成往事,蜀雲秦樹感餘情。七年風雨連床夢,賴有相思寄管城。

醉不成歡兩手持,陽關唱罷馬驕嘶。漫隨孤鶴叅禪偈,忍使飛蓬賦别離。朋席新交安此日，文房舊侶忘何時。三秋踵息如彈指，江有歸舟竚竢之。

## 冬至日奉命以副都統銜出使衛藏，嘉平望前二日復蒙恩旨除内閣學士兼禮部侍郎恭紀

一劍霜寒興不群，新綸拜仰列星文。黑頭方伯虚談政，白髮儒生壯統軍。敢信文章匡異俗，漫勞弓矢建殊勛。酬恩此去招提境，口喻天慈入梵雲。

## 千　佛　崖

妙相如來現，層層峭壁懸。江流觀自在，塵劫聽因緣。若也心皈一，居然佛化千。登臨施無畏，艱險不須傳。

## 夜過梓潼嶺拜文昌帝君廟

天漢指文昌，盤陀七曲藏。雲山同浩淼，水月共蒼茫。北斗光依近，仙臺夢應長。洗心陰隲訓，那覺是他鄉。

## 補山相國招飲絳雪書堂

指點雲根遶舞筵，歡逢儒相借平泉。一胸丘壑開新賞，半畝林塘續舊賢。楊升庵先生故居。看竹憐抽笋日，憶梅剛及放花天。草堂未許嘉名獨，更有書堂錦里傳。

## 林西崖廉訪招飲且園即事

竹圃桐軒憶舊遊,小山依樣疊嵐幽。懷人詩罷無多語,西崖從戎衛藏,曾有詩見寄。送别筵開得少留。柳往雪來家萬里,花朝月夕夢三秋。何當西社飛么鳳,也集楞伽頂上頭。

## 聞鶴村徐玉崖兩同年招飲亦園

古香檐額襯寒梅,檢點霜根手自栽。蘭譜重逢人漸老,花時一醉歲仍催。酪酥舊識卬籠出,翰墨從教露庫開。最喜魚通平似席,郵傳和仲宅西來。

## 姚一如太守偕諸寅好再集絳雪書堂小酌

名園水竹喜平分,再會芳筵興不群。顔謝風流依絳雪,龔黄姓字入青雲。不關裙屐歡留席,爲愛琳瑯横掃軍。問政他年過此郡,錦城猶有鶴殷勤。

## 王秋汀觀察偕同人招飲新構華館

燕賀宏梁促膝歡,醉鄉分袂酒初闌。清歌自信雲鬟簇,别緒頻驚雪鬢殘。入定禪心探衛藏,一空凡眼度甘丹。鑿冰我去滇彌外,更作琉璃世界看。

## 城南野望

萬里橋西芝徑斜,水村遥起暮林鴉。竹參鳳尾晴添翠,豆種蛾眉臘放花。懷古風雲通八陣，化民劍犢首三巴。自慚卓馬難題句，惆悵前溪子美家。

## 年景花

剪破紅綃點絳霞，迎春避臘續年華。巴人若解添花譜，合取嘉平號此花。

## 新　津

清江三折渡平津，霧樹煙嵐潑墨勻。麥豆萬畦春熟早，少陵應是買山人。

## 嚴君平故居

術也通乎道，先生道術全。能猜天上石，却下日中簾。康節遺經古，東方譎諫賢。誰知君賣卜，揚子得薪傳。

## 卓文君舊宅

牽輿百丈入崔嵬，水滿清畦面面開。高節未忘邛筰竹，冷香纔別錦江梅。誰憐異日平羌使，不愧當年作賦才。猶有王孫卓氏女，知音千古築琴臺。

## 望蒙山

蒙頂仙茶種，最高峰産仙茶，名觀音茶。陽春氣受全。高承甘露液，山多甘露。低覆梵音泉。鐵壁鉤雲外，銀瓶貢火前。此山龍虎守，那許陸生顛。

## 除日雅州道上

一覽金雞口，前旌入雅安。年華驚歲杪，行李半雲端。旅蔡橫蒼壁，平羌吼急湍。江山壯如此，除日等閒看。

## 雅 州 守 歲

停驂黎雅占風光，爆竹聲傳此夕良。遥憶兒孫皆繞膝，不嗔僮僕有歡腸。囊書且共黄柑下，柏酒容銷絳蠟長。更喜梅花飜舊曲，科頭椎髻跳鍋莊。

## 瓦屋山 初三

虹梁雲棟接邛崍，惠遠師曾說偈來。瓦屋若捋窑片盖，劍門應自匣囊開。不愁陰雨迷前路，自有神燈照上臺。欲倩普賢勤示相，娑羅花下問如來。

## 大 關 山

初試關山險，人争脚馬拖。玉華高綴樹，冰乳倒垂蘿。氣訝肩輿逼，光疑目鏡訛。雲天連一色，不辨路嵯峨。

## 板 屋

板屋崚嶒貼竹牆，皚皚積雪壓斜梁。不須繡段裝檐額，却把琉璃作瓦當。

## 相　嶺

蜀相名傳嶺，摩空雪嶠蟠。動摇銀海眩，呼吸絳宫寒。磴滑人頹緶，梯危馬脱鞍。更從峰頂望，萬頃玉闌珊。

## 清溪縣夜坐

沈黎古郡舊知名，夜半清泉繞砌鳴。除管寒山無一事，政聲合在水流聲。

## 曉發清溪

羽騎黎城出，山光照眼濃。回看相公嶺，已被白雲封。

## 飛越嶺

天險設雄關，巴西控百蠻。雲門高不鎖，雪海静無瀾。馬惴危欄角，人驚缺磴彎。籃輿輕一葉，拽簝我航山。

## 喜晴 初六

曳雪牽雲後，新晴暖氣奢。化林非曉嶂，冷磧静晨霞。鳥語村帘外，溪喧戍堠涯。春回陽谷裏，開遍野梅花。

## 瀘定橋 初六

中天飛越閬風驕，行人到此疲脚腰。化林坪下春回谷，蠻村歷落排層刁。土司感舊跪迓道，賓男笮婦歡充徭。暮投山館面贔屭，瀘江一枕驚寒宵。亭長戒僕勿鹵莽，鈴騾背橐謀詰朝。此水鎮日建瓴下，不比江海信汐潮。奇哉鐵鎖三百丈，五丁挽作浮空橋。橋上木板平似砥，但見人馬憑虛超。銜枚急走響特特，羸騎那敢鳴蕭蕭。俯瞰深杳黿鼉静，奔湍蹴浪蛟龍跳。我乃力爭上游渡，礧硌見底清漻漻。咱哩挽舟短衣擷，有如晴湖快蘭橈。天光倒影眼波滉，又如仙槎遊紫霄。憶昔五侯親戎旅，五月渡瀘擒孟苗。毒烟瘴霧士卒困，千載令人歎寂寥。

## 頭道水觀瀑布孫補山相國惠瑶圃制軍壁間元韻二首

寰宇奇觀運化機，西南重險客經稀。溯從瀘水沿崖駛，瞥仰虹流貼壁飛。元圃注應歸道岸，耳根響合入禪扉。劇憐咳唾潺亭畔，玉濺珠跳上我衣。

### 其　二

水晶簾掛影重重，鶴駕瀛洲第幾峰。山澤氣通泉出石，地天交泰雨飛龍。但希題壁留青眼，何礙層雲盪素胸。潤到全川流不斷，尋源此日翠巖逢。

## 再次徐玉崖觀察同年元韻四絶

憑誰咒嶺出飛泉，鎮日懸流繞屋前。但挽銀河洗兵甲，一牀風雨總安眠。

### 其　二

雲檣月舫小平樓，百尺寒光一劍收。忽仰天池詩掛壁，徐渭號"天池生"，又自稱"田水月"。綣情同日到瀛洲。

### 其　三

塵根洗脱此情深，鬮就煙霞太古音。逸興如君矜老壯，玉厓時年七十有二。高吟何必定山陰。

### 其　四

曾觀魚樂自濠梁，余戊申自皖江之任蜀臬，玉厓已官建南觀察。天末相思夜月涼。余庚戌移秦藩。再别江城春尚早，不愁徼外是他鄉。

## 打箭鑪

潼關以土雄，劍閣以山壯。在德不在險，千古齊得喪。嗟此彈丸城，舊列蠶叢障。四壁拱巑岏，魚通中奔浪。羌髳各争長，地利乃足仗。我朝聲教溢，無遠弗内向。宣司甲勒参，繼絶本阿旺。所部三萬户，輸糧兼供帳。番漢左語通，俗習浮圖尚。市集販茶布，富與都邑抗。北路達青海，南嶺接蠻瘴。外户此發軔，西指康衛藏。噫嘻三國時，盡瘁緬蜀相。王業不偏安，生瑜又生亮。并力窺中原，未暇計西望。猶有郭將軍，血食空惆悵。

## 折多過提茹山至阿娘垻

逶迤折多腰，舉步防磊磈。薄暮宿荒館，未眠神已殆。此山産藥物，櫑屋透如采。沖塞鼻觀間，屏氣喘不改。滅燈避山鬼，悄悄手承頦。不如催旅裝，夜半去崔嵬。識道任老馬，那怕雪團皠。煙霾夾笋輿，頂踵後先待。上嶺格里著，下嶺吉古箈。耳聽番語奇，蹶跌亦無悔。跋到提茹巔，隧出驚身在。始覺朝日升，俯瞰水西匯。有如黄山遊，眼光放雲海。

## 東俄落至卧龍石

朝發東俄洛，山坳布群髳。迢迢大雪山，萬頃覆銀甌。皎然無黑子，寒光酸射眸。絶頂矗鄂博，哈達掛垂旒。乃有高日僧，踏雪迎道周。敦多伽木磋，紅帽薩伽流。幨帷獻酥茶，聊以金帛酬。西南循鳥道，玉沙晝而修。前驅烏帽没，遥知下危溝。蒼松密排搒，萬幢懸碧油。峭壁五色燦，連岡四面幽。宿宿卧龍石，夜半魂夷猶。

## 中渡至西俄落

朝渡雅隆江，浮梁乃舟造。山谷爲我廬，又入西南奥。深林蔽天日，人迹真罕到。凛冽刺毛骨，蜎縮馬牛踔。小憩麻蓋中，有如出冰窖。誰知鏡海上，雪比琉璃曜。日華眩素彩，護眼青絲罩。卅里波浪工，白霓愁遠嶠。所欣陰曀合，絶頂快攬眺。四圍山卧平，萬疊雲垂倒。僕從忽戒嚴，此間多鼠盜。所居黑帳房，長年無井竈。弓箭各在腰，刀劍時懸鞘。斯言咄可怪，我乃粲一笑。饑户守荒山，荒山多虎豹。呼取來垻來，爲我作向導。

## 咱馬納洞至裏塘

鎮日登玉臺，停驂火竹跒。跒與卡同音。峛崺邁連岡，望入裏塘野。四圍山作城,迎客住廣廈。少婦阿却錯,老嫗卓爾馬。錦帛賚有差,羅拜歡堦下。三千黄毳僧,合掌皆襲赭。中有老堪布,梵唄來祝嘏。念余行路難,示相宗卡把。

## 頭　塘

阿喇柏桑西,喜宿頭塘早。罡風摇板廬,孤枕雪壓腦。挑燈不成寐,默坐紆懷抱。硯凍墨不濡,指直筆欹倒。今夜莫吟詩,有詩定郊島。呼童廮復眠,起視漫天縞。郵番促晨征,長縴氂牛套。且去問前途,冰鏡滑如掃。

## 喇嘛丫至立登三垻

生男不事耕,遊手鶉奔奔。頗怪喇嘛丫,居然有田園。凝睇識景物,變態恒多門。北嶺冰雪璨,南崖草樹繁。咫尺判冬夏,半空割寒暄。番兒拍健馬,抽刀還腰韃。馳驟險岡上,輕捷如飛猿。所樂息荒柵,糌粑迎風吞。

## 松　林　口

曉渡三垻山,俯仰如桔槔。兀坐籃輿裏,冰珠生睫毫。忽入仇池穴,别有洞天高。仙掌岫千仞,佛幢松萬旄。泠泠澗泉響,而無烏雀嘈。革橐出腊脯,銀瓶傾玉醪。小酌據胡牀,亦足以自豪。幽人發奇興,且作寒蟲號。

## 大所山《西藏通志》作“大朔山”。

我聞度朔山,猙獰多巨傀。陰崖逼行人,此間無乃是。裹棧入青冥,沉霧迷頳紫。前驅雁字排,歷落銀光紙。連朝胥震怒,今晨娥更喜。萬里一身輕,助余穩乘檋。直抵崩察木,填平路㟼嵦。尺雪軟於綿,瑟勒聞聲耳。

## 甲寅

### 答希齋由宜黨寄懷元韻

招西入夏冷如秋,繫念文旌賦遠遊。握別童山環毳帳,歸米弦月滿僧樓。敲詩興共忘醒醉,選佛場宜聽去留。惆悵瓜期先鹿馬,憐吾東望更搔頭。

### 答　前　韻

碩畫籌邊費兩秋,壯哉佛土不虛遊。歡逢客裏芝蘭室,喜結天涯棣萼樓。倚馬縹緗頻傳寄,渴人醽醁且封留。性真見處唯詩酒,何必禪關棒喝頭。

### 疊前韻適別蚌寺僧送白牡丹至。

番俗何曾麥有秋,天教鹿韭上方遊。春寒耐盡驪山寺,雪艷初登謝客樓。頑僕插瓶聊我伴,殘僧護檻爲公留。地謀園花未放,公旋猶及玩也。定知布算同心賞,富貴花中有白頭。

### 疊　前　韻

釋迦院裏度春秋,蘊藉冰容待冶遊。節近天中猶見雪,園開地母且登樓。霜根欲倩韓仙染,玉蕊全憑殷士留。空到色香真妙喜,何妨簪上老人頭。

## 答希齋元韻

禪語華夷化豈分,無私端合際風雲。從教宦轍迷鴻爪,却喜天涯靖野氛。黄毳千家當晝唄,青稞萬隴趁晴耘。隨車雨更懷中土,不負蒼生望使君。

## 疊前韻

遥傳西極望豐秋,恨未聯韁共雅遊。客枕夢歸千里雁,佛燈花結五更樓。敲詩驛騎情何恨?携酒登龍話少留。最是關心吟賞日,郊原指顧麥昂頭。

## 濟嚨禪師祈雨輒應志喜

佛力真無量,高名夷夏聞。相逢評震旦,伴我慰離群。法咒龍窺鉢,翻經石觸雲。會消千嶺雪,唤雨靖塵氛。

## 其二

芸閣籠煙樹,清溪曲繞門。兼衣人忘憂,罷射鳥争喧。柳眼開新碧,苔心洗舊痕。快逢霖雨望,小試到蠻村。

## 第穆園牡丹將謝遂不果遊

喜園樂樹耐寒風,渺渺禪棲韻不同。身作天香花作相,要知無相是真空。

## 曉望即事

五月寒猶峭，遥空雪嵌山。馬嘶青草陌，鳩唤緑楊灣。釋子巢雲静，番兒出寨閒。塔鈴風定後，不語掛闌干。

## 賦得虞美人限愁字

佛子拈花笑，虞兮得好休。根隨天女散，名向楚宫收。帳下曾憐舞，風前尚解謳。低枝含露泣，弱蒂背人羞。夜半三軍奪，霜飛一劍投。香消寧戀蝶，色正肯輸榴。似倩湘魂染，還同蜀魄留。紅顔千載駐，應脱奈何愁。

## 大招掣胡圖克圖即事

古殿奔巴設，祥晨選佛開。誰家聰令子，出世法門胎。未受三塗戒，先憑六度媒。善緣生已定，信我手拈來。

## 喜雨

祈霖上簌感天和，甘澍霏霏入夜多。四面曉雲酣未了，萬家宿麥醒如何。鬼能爲厲癡應解，雨獨稱師化不訛。試問山川靈也未，澤加枯骨勝刑鵝。

## 答希齋元韻

漫空碉寨似星羅，却遣愁魔入酒魔。問政犬羊天外俗，翻經龍象教中國。忘形射圃分籌樂,得意詩壇共硯哦。莫盼瓜期先代日,忍教惆悵想鳴珂。

## 夜雨屋漏呼童戽水

牀下波瀾屋上泉,三更驚起泛槎仙。剛逢甲子澆淋雨,誰向招提補漏天。書畫沾濡忙掩護,枕衾潮濕怕移遷。喜無戲瓦閒童子,一水泠泠入定禪。

**六月二日**夜雨滂沱,喜而不寐,偶憶夢堂先生"雨聲不放夢還家"之句,拈以爲韻作聽雨詞七首。

番市連朝忙社鼓,靈童出海商羊舞。果然入夜勢滂沱,有客天西呼法雨。

依稀疊鼓送殘更,枕手思眠背短檠。遮莫瀟瀟空外響,樓高檐滴却無聲。

天涯宦寄耆闍崛,責在司民兼選佛。禁當人定雨淒淒,萬里懷歸心豈不。

旅窗漫作愁霖唱,萬井倉箱須滿望。燮燮霹霹聒耳根,甘津却勝天花放。

讌罷南樓春滿瓮,歸鞍曾踏濃雲空。蛟龍索鬬夜鳴驕,爲破詩人孤枕夢。

一洗塵氛靖百蠻,卧聽繞閣水潺潺。萬喧沈穽難成寐,留取鄉心午睡還。

山南輕轉阿香車,布穀聲聲鬧曉衙。收斂神功緣底事,慈雲歸入梵王家。

## 答希齋捐資撥兵護送民夫回川元韻

哀鴻鳴萬里,旋定無人招。雲天入絶眦,雪嶺排嶕嶢。嗟哉巴蜀民,孰非襁褓幺。流離瑣尾態,坐視真魂消。我駐瓦合山,艱途强半遥。孤館困僮僕,瘦馬嘶不驕。忽傳陸負卒,空手愁饑枵。司空助裹糧,得以來今朝。當其初出役,泣别妻兒嬌。父母握手囑,生還繼宗祧。仁者念及此,草木回枯焦。昔聞范承吉,名以代輸要。歸者數千人,所仗公厨饒。如君助眥斧,更使潤髀膂。充兹不忍心,願以曹隨蕭。寄語還蜀者,布告司民僚。

## 題袁子才詩集

名園曾訪白雲隈,虎踞關南看竹來。丙午秋,余遊金陵訪隨園未遇。文苑齠年欽宿老,吟編萬里得奇瑰。脱離塵迹堪稱子,道盡人情信是才。風雅摩娑過半百,心花從此賴君開。

## 分賦賞心十詠

### 射得身字。

懸孤男子志,萬里試遊人。鵠設青蔬圃,曹分緑樹津。發而由正已,失則反求身。即此堪循省,休誇破的神。

## 弈得先字。

梵地羈遲日，楸枰事足賢。理原規戰守，數自起勾弦。不語心謀合，無争算得先。願師蘇子意，勝負總欣然。

## 讀得通字。

萬卷何能破，群書在會通。挾來蠻嶂外，攤入梵樓中。寧比窮經伏，聊希識字雄。開編心賞處，一洗俗塵空。

## 吟得高字。

豈作寒蟲響，生涯琢句勞。律慚垂老細，思入遠人騷。風雨懷逾曠，江山助更豪。清詩堪供佛，敢詡曲彌高。

## 書得心字。

少廢鍾王學，於兹霜鬢侵。荒山看乞米，清書展來禽。未識揮毫興，長懷執筆心。蘭亭真有骨，且近墨池臨。

## 飲得歡字。

般若湯河貴，移空絶域難。香知開瓮少，醉覺數杯寬。偶對春花晚，能消夏雪寒。況逢良友共，兀兀有餘歡。

## 談得清字。

别有如蘭契，非關四座驚。日長閒拂塵，花落静挑檠。話任搜神遠，言歸論世平。箇中抽妙緒，不讓晋人清。

## 歌得諧字。

一發穹廬興，清謳足寫懷。心隨黄鵠落，響入白雲諧。絲竹聽偏泥，宫商譜任乘。莫愁聲乍起，連臂唱蠻娃。

**静**得爲字。

不到塵勞息，憧憧寧久持。寸田芟蔓草，一水浄方池。定慧誰曾見，操存衹獨知。況當禪寂地，政合在無爲。

**睡**得甜字。

自入迦維域，真成吏隱兼。年華分鹿幻，仕路典槐占。事簡神能守，心齋夢自甜。誰知栩栩蝶，先我得虚恬。

## 旅館小酌聯句

禪心小住蜜羅天，太。有計逃禪訂酒仙。伯雅紅酣燈燼短，希。越甌緑認茗旗先。不妨得句頻呈草，太。敢以藏鈎任拍肩。輕轉阿香風送雨，希。晴隨羲馭柳飛棉。烏蠻鬼俗真難變，太。白蛤家聲訝竟傳。守法曹公欽坐鎮，希。知人蕭相感推賢。金蘭欲譜同心卦，太。玉節今撑半壁邊。漫道旅情增悵觸，希。君恩未敢正華年。太。

## 聯　句

文墨論交醉亦應，敲詩唤酒共寒燈。壯懷不讓騫英使，雅韻全無本淡僧。安穩蒼生聊爾耳，超離苦界果何曾。吟成漫聽空階雨，一枕黄粱最上乘。

## 夏日遣懷即事以少陵"燈花何太喜，酒緑正相親"爲韻五律十首

佛轉迦維國，天西最上層。山河超兩戒，龍象説三乘。地闢章皋

績,人傳定遠能。刧來妖祲靖,無盡禮燃燈。

## 其　二

梵閣淩空起,豐碑表更華。十全垂翰藻,萬古老煙霞。信有園遊鹿,虚無鉢咒花。請看西嶺雪,絶頂不飛鴉。

## 其　三

那用輪鈴相,荒酋樂止戈。廓藩成赤子,法域普春和。干羽誠應爾,詩書教若何。悉曇章萬部,空比六經多。

## 其　四

嗤嗤繡面人,叩額招門外。毛地産無多,毳僧食已太。牒巴慶彈冠,噶倫知束帶。銓除辨等威,事更勞沙汰。

## 其　五

奇哉天地葬,竟少中心泚。未解化兇殘,云何參妙喜。掩藁教始興,刻木風期美。安穩遍蒼生,是爲真佛理。

## 其　六

男女市闤間,百貨通無有。捻麨酥糊口,飲泉泥在手。性如狗國狗,歡入柳溪柳。褻露不爲羞,群酣阿拉酒。

## 其　七

婆心敦素風,法性寬愚俗。歲祝麥禾黄,村謳山水緑。減汝拂廬征,爲渠平屋足。所樂人熙熙,長年無折獄。

## 其　八

戒殺不談兵，疆埸誰用命。灞上兒戲軍，閫外書生令。魚陣布森嚴，柳營看峭正。樓居千萬家，得養雞棲性。

## 其　九

雙節童山駐，威聲壯藏王。籠官登袛席，社衲穩繩床。列部依天宇，繁星近太陽。不愁兵燹劫，古殿保金相。

## 其　十

萬里巖疆重，皇家設教神。空瓶開善種，客宦鬭强身。解語花應笑，忘機鳥亦親。百年如寄耳，雲路悟前因。

## 食菜葉包得包字。

菘芥如蹯掌，兜來十指交。肉疑青箬裹，飯訝绿荷包。入口知兼味，沾唇免代庖。不曾勞匕著，一飽漫相潮。

## 輓雲巖李大司馬四首

夫子真廉静，繁華一洗空。官箴欽若谷，易卦仰元同。李若谷教其門人，以居官當清慎勤緩，邵元同嘗作忍默恕退四卦揭之，坐隅先生兼而有之，故舉似焉。白髮抽身後，青山别夢中。雲西風燭淚，冷照耋齡終。

## 其　二

憶昔清江浦，沉疴勿藥瘳。丙午余之任皖江時，謁先生病劇幾不能言。需賢重鎮蜀，有客送臨洲。丁未，先生復節制四川，余送至臨淮。二載親顔色，三巴起頌謳。戊申，余還蜀集從先生遊者二載餘。芙蓉誰作主，萬樹錦城留。先生鎮蜀，曾栽芙蓉數千株，今已成陰。

## 其　三

南省司戎歲，官場五十年。一朝輕解組，綠野許歸田。庚戌遷大司馬，告歸還里。黔水魚遊樂，秦關雁信傳。余自庚戌冬，調秦藩時通音問。長空雲斷日，回首意茫然。

## 其　四

萬里驚沙客，難禁哲萎悲。余癸丑冬奉命駐藏，甲寅夏始聞先生仙逝。心師懷宿老，人世歎全歸。弔鶴無緣爾，騎龍信有之。兩行知己淚，不盡寫哀詩。

## 答祝止堂師見寄元韻並簡玉崖觀察同年

髣山四面炎天雪，鴉飛不到音書絶。忽傳郵騎魚通來，掃麝老將霓旌回。緘開細字寒暄問，道自崑山寄巖信。使中遥及客雕題，關情數語投筌蹏。井瓶消息何所有？浩氣蟠空歌一首。錦箋字字訝驪珠，猶是當年射鵰手。自古文章盟寸心，文章知己難兼金。因緣契分叨衣鉢，免教白蠟悲銷沉。劫來泥爪費推詳，年華六九誇身疆。江雲渭樹空過眼，蜀棧重經徂且長。而今還佛天西會，掃除智水昏波愛。優曇文比六經多，安心且學禪宗派。何曾投筆更懸刀，薄書廿載抽身勞。欣逢黑子銷氛日，喜園低護梵雲高。側聞五柳達天命，定知夫子貧非病。香芹新掇桂枝媒，趨庭笑看文燈映。雲間自昔多才人，魚魚雅雅争扶輪。馬帳數千生徒樂，董帷半百丹鉛辛。噫嘻！白苧城邊花滿溪，巖疆六月兼衣時。人生出處等蕉鹿，佛場事業通華夷。不嫌桃李冰銜罣，尚有同聲霜鶴在。平羌江上興不淺，蓴鱸雖好休招退。新詩一寄塞垣中，蠻陬萬里如驚鴻。何當吟作莊生蝶，遊遍江南廿四風。

## 次徐玉崖同年見寄元韻

吴淞江上憶三鱣，廿載花磚步上賢。門下我曾名附尾，寰中君更老籌邊。帝鄉舊雨人如昨，蠻語新詩夢也牽。萬里鳴沙無雁使，憑將禪味好風傳。

## 大暑節後得食王瓜茄子喜賦十二韻兼以致謝

君不見大官綺席侈膳御，日費萬錢無下箸。鸞脯腥唇錯海珍，艱難生理輕菜茹。烏斯水冷夾山童，不施草木光熊熊。幸有官園儲畦井，富哉蘆菔饒秋菘。知君淡泊風流客，政聲嗽薤能留白。忽傳山外寄珍蔬，誰道天涯生意窄。亭亭青玉束王瓜，累累紫瘦盛䓝茄。落蘇依法和鹽豉，雪片瓠絲濺齒牙。喜無專饗分甘每，瓜未秝瓤茄未餒。會教夷夏儼同風，氣味吾鄉終不改。清腴見晚恨難勝，煸爛佐酒共挑燈。此邦此味誰得似，冰壺先生玉版僧。

## 立秋日遣懷七月十三日將奉召希齋東還信。

焦暑三旬雪未融，知秋一葉省元功。野無蟋蟀藏深綠，屋有山花泣晚紅。近滿喜看天畔月，輕寒初試塞垣風。新詩那用商聲報，人在西南第八宫。

## 答吴壽庭學使同年見寄元韻四首

蘭膏綺席唱驪歌，一別蠶叢似轉螺。夢入雲山高有路，春深雪海浄無波。蠻程每滯烏拉少,旅橐還欣糌粑多。踏破禪關三月暮,艱難歷盡感如何?

一幅濤箋出錦城,愁腸初放眼花明。詩中蘭蕙薰班馬,客裏神仙憶島瀛。文陣君憐通亞榜,吟壇我喜步名卿。希齋司空雅興頗豪,朝夕唱和。風雷竺國如潮信,不似裴張判雨晴。

巴山鷲嶺兩分歧,念我知交競一時。寄語錦官人箇箇,高眠佛閣日遲遲。酥醞佳釀儲盈缶,檐葡名花供幾枝。百丈禪師應許可,清涼世界在無爲。

夢魂銜結聖恩褒,萬里巖疆佐鎮叨。寒士却慚香案吏,丈夫須佩赫連刀。教獠詩書知政簡,理藩案牘少形勞。慇懃道向文昌使,留取都門答解袍。

## 扎什城大閱番兵希齋司空招遊色拉寺小酌書事四十韻

膽勇壯寒酸,羽騎發平屋。迢迢扎什城,路轉溪橋曲。晨風吹面涼,波漾青疇縟。指點魚麗營,紛沓馬蹄蹴。白徒農家聚,赤老師教夙。卒伍數盈千,土團攢矗矗。飛旗散碧霞,畢拱中軍纛。渾然擊節鼓,戴琫先起肅。如琫甲琫流,各各腰弭箙。引繮争命中,偶失顔增恧。火陣九子連,鴉隊對平分六。疾雷奮礮雲,齊止快轉轆。一作氣撼山,利趾飄風速。絳頭聲啞嚇,走戟誇角逐。豈知座上人,闐外春秋熟。豹蒍久生塵,健兒盡跧伏。口手兩不滿,胡以督力勸。促然賃市傭,涣馬離倏倏。偉哉振節麾,趨兹番落族。練鋭術無他,渴賞成心腹。銀牌掛離離,帛端堆簇簇。茶布與牛羊,旅奠壓平陸。犒賞欣有差,劣者施鞭撲。騰笳陣雲卷,虎螭餘勇足。控制萬里豪,軍中兩儒服。放懷興不淺,北指山之麓。色拉寺中來,佛閣行厨沃。刲羊燒炙香,杯酒抒心蓄。凭窗列岫明,燦若銅生緑。叢林百丈開,几案羅金玉。笑問塔中僧,似曉傳燈録。饑僧本骨人,肉山未免俗。肉僧成朽骨,骨山藏活肉。我輩受孔戒,護汝十萬禿。塔僧若有靈,胡覩前車覆。天威薄海西,絶徼無飛鏃。文令需可人,武滿何曾黷。半藏我已轉,全鋒君未露。悠謬青石梯,荒唐白玉局。舉觴漫問天,且作長城築。

## 七夕遣懷 七首

黄姑此日鎮多情,最喜天開放午晴。釋子漫誇經曬閣,須知曬腹有書生。

布達拉前百丈硐,當年贊普渡銀橋。人間天上逢兹夕,叵耐愁雲鎖寂寥。

平明灑淚雨凄凄,入夜微雲掩未齊。遥憶深閨增惆悵,牽牛獨見在河西。

客途生怕説良辰,鶴駕緱山事豈真? 夢裏還家鬚髮黑,笑看兒女學浮針。

生涯萬里致空瓶,綺節消愁酒一經。天末兩星看柳宿,更無情緒看雙星。

蠻風那解磨睺羅,囊布停機也擲梭。旅館不妨孤興遣,梵聲權作步虚歌。

清宵衣冷欲披裘,養拙人眠乞巧樓。且學汾陽初出塞,不勞織女下銀州。

# 蠻謳行

博穆女。恨不生中原,世爲墨賽百姓。隸西番。阿叭父。阿媽母。盡老死,撈烏角角弟兄。趨沙門。剩有密商单身。年十五,早學鍋莊踏地舞。臙脂粉黛通麻瓊,不見。拉撒佛地。認通永遠。充役苦。蘇銀誰。歡樂柳林灣,連臂叶通唱。聲闗闗。自尋擢卡夫。索諾木,造化。幾迷妻。坐就時開顔。上者碓布富有。饒塞藕,金銀。木的珍珠。角鹿珊瑚。綴囟首。薩通飲食。豐盈褚巴衣服。新,甲嗆黄酒。阿拉清酒。不離口。次者買布貧者。嫁農商,畢噶春。動噶秋。勤稞秧。閒時出瑪街市。售囊布,氆氌。貢達晚。樵汲無燈光。一朝擢卡夫。還育密,中國。亢罷房屋。蕭條誰憫恤。生兒攜去塔戎布,遠方。陳各尼參晝夜。淚如澤。忽聽傳呼朗仔轄,管地方頭目。安奔大人。達洛今年。修官衙。劄泥築土莫共澤,懶惰。鳩工火速董打。來加。阿卓早晨。腁胝落呢馬,日落。費盡涉磨氣力。薩糌粑。食炒麵。更番倘悞端聶兒,公幹。章喀銀錢。親交業爾把。管事人。達楞今日。無奈起蠻謳,相思苦楚端情。交愁。播依番音。那用吹令卜,笛。咿唔敕勒動高樓。高樓索勒銀錢賞,棕棕笑也。越唱青雲朗。來朝忙布多多。買瑪拉,酥油。燃燈喇谷佛像。前供養。禱祝來生多搶錯,叩頭。男身宫脚保佑。轉中華。不然約古跟隨。河伯婦,烏拉差徭。躲却隨魚蝦。

## 關帝廟拈香口號

蠻雨鎮紛紛,秋寒破曉雰。麴塵波漲野,絮帽嶺披雲。人肅千年像,心隨一瓣芸。忠貞兼義勇,洵足靖邊氛。

## 中元夜感懷

北斗京華望,中元憶少齡。荷燈千葉月,火樹一林星。花菓空王獻,盂蘭祀事靈。十年虛掃墓,風雨故園聽。

## 達賴喇嘛浴於羅卜嶺往候起居二首

黄雲麥熟遶諸巒,覽典初登筆洞山。絶巘晴開天北路,大江流折海西灣。牧羊石叱羊群起,調象人依象教閒。月髓從今成外户,那憑達賴扣禪關。

芝徑雲林響碧湍,錦牀趺坐當蒲團。杉槽漆斛全無用,白鴿黄鴛且共歡。活水探源來石甃,野花隨意數雕欄。笑渠離垢何緣洗?我欲臨流把釣竿。

## 疊 前 韻

我聞浴佛日,佛生白静巒。三昧栴檀海,十方甘露山。吐水降二龍,冷暖各一灣。本來無垢身,灌頂心自閒。噫嘻千載後,流化沙門關。

我聞浮圖澄,臟腑洗流湍。一孔照室光,六塵隨波團。法力歎幽渺,滄浪歌餘歡。達賴坐僧牢,困頓如牛欄。逝放江湖興,却勝鮎魚竿。

## 答希齋祝壽元韻

吟君雅什眼花新，屈指同科祝老椿。閲世已看飛鳥過，論交難得飲醪醇。懸門弧矢當年賀，下坂輪蹄此日珍。夢裏雍陶添暮齒，詩中張翰有鄉蒓。一生心印還千佛，百歲秋光聚兩人。最喜白雲關不住，雙林猶賦上林春。

## 中秋日磨盤山口號

閶闔風無極，中秋度曉涼。野溪澄見底，壟麥刈登場。禿髻山容赭，披離樹色黄。定知今夜月，七寶合成霜。

## 中秋無月

萬里月同秋正滿，如何怯被兩人看。霜娥乍掩青鸞鏡，雲母輕遮白玉盤。天柱峰頭思道術，趙知微有道術，中秋無月，備酒肴登天柱山賞玩，天開月瑩下山則陰晦如前。梅花風裏憶詞官。永樂時，中秋賞月雲陰，召學士解縉賦詩，遂口占落梅風詞一闋，飲過夜半，月復明。太清點綴非無意，收斂光芒魄裏安。

## 食桃偶成

靈鷲峰頭秋氣高，何年彈核結仙桃。珍疑西母青衣捧，竊免東方白首搔。

亦有酸風知俗改，聊憑鄉味憩神勞。食瓜剥棗無消息，碩果中秋入絲毫。

## 小恙頓愈三首

維摩示病近如來,木叩金鳴總未開。靈液似泉憑諫菓,果然此味美於回。希齋見惠橄欖膏,含之嗽止。

巫俗𧶘瓶本異鄉,誰知豢熟有靈腸。倘逢煮鶴燒琴手,一飽何論未見羊。以畜羊留贈,爲不忍殺也。

天涯淡泊有同儕,饋我山蔬處士鮭。玉版説禪聊爾耳,肯教萬里學長齋。晨惠素肴頗適口。

## 答希齋元韻

釃酒乾餱羜牡肥,早知口腹論交非。百年心迹閒居士,半世勛名老令威。奈有歸期催秣馬,豈無别淚點征衣。正須陶寫分陰惜,遮莫劇談物外機。

## 連珠體答希齋

無人調護自扶持,絶塞風霜苦自知。百病須防從口入,瘳於未病是良醫。

默默禪師最上醫,無人調護自扶持。飯到饑時眠到困,盤冰斗火復何知。

風來閶闔鵲先知，鎮日垂簾且當醫。此去更饒冰雪路，無人調護自扶持。

希齋司空奉命節制全川將東歸爲賦韻詩三十首述事誌別。

廿載青雲路，歡逢出處偕。山川周雍蜀，波浪辨江淮。傾盖皇都近，張旌梵國諧。陽關三叠曲，回首漫傷懷。

戎馬倥偬日，青門送使驂。恨乘挾策願，竟少末籌參。月窟烽煙息，天邊法雨涵。盖簪馳蕩節，虔卜利西南。

自渡魚通水，巉巖萬古稀。冰餐鴉攫肉，雪卧犬牽衣。夜怖楓人度，朝看颶母飛。暮春投館候，邊日静寒暉。

化宇番王服，含生豈異邦。乍驚雷震榻，叵耐雨淋窗。鵲尾香爐重，鴟夷國器雙。不勞更柝急，守户賴群尨。

岡湅聲無賴，晨喧大小昭。磨盤江活活，筆洞柳蕭蕭。犺馬馳青坂，籃輿走碧橋。記曾明月夕，平閣舉杯邀。

最好花時節，香雲第穆園。隔山酬小别，匝月慰重論。拓羯争跳澗，山羝怕觸藩。歸來春滿甕，數數冷卿温。

蹇步追攀興，劇談快隔晨。異方歡處少，鄉味共時親。儻蕩遺今古，掀髭忘主賓。天涯風雨夜，巧遇對牀人。

西向軒臺射，分朋束矢抽。豈争王濟駿，聊試魏舒籌。地闢千年雪，人披萬里裘。百蠻觀似堵，那獨爲防秋。

撥悶彈棋子，閒修方寸平。但希忘物我，非復較輸贏。入夢消殘局，微醺理敗枰。却嫌心陣苦，手舞出奇兵。

達賴勤人事，寒暄問早衙。盤蒸雲子飯，壺洩乳酥茶。毳衲還虛寂，籠官靖諜譁。北山三藏迹，誰見曼陀花。

無等維摩偈，殫心我亦曾。取懷談六度，饒舌説三乘。雪竇參儒戒，金瓶衍法燈。煩君燒佛手，懾盡紫衣僧。

學本安懷願，遐荒教孝慈。一朝言出室，萬户口成碑。刻影重天惠，瘳夷撲地思。化城方便力，普度有羌兒。

五竺皇仁普，千秋樂止戈。銜刀觀市舞，踏地聽林歌。蠻女招松石，番僧鬬海螺。天慈勞口喻，高枕爲人和。

草檄傳諸部，群懷鄧使君。後漢鄧叔平爲護羌校尉，皆言鄧使君待我以恩信，感叩頭曰："唯使君所命"。永無東向馬，豈有北來軍。雪巘封千叠，關河界雨分。書生叨坐嘯，鎮日賦閒雲。

宿緣堪異處，厥誕一秋齊。隔紀年同酉，重申命宅西。晚香憐野菊，孤影放山鷀。倘結華巔會，家山印佛梯。

不受菩薩縛，禪通學奥儒。覆盂參妙諦，博塞悟浮圖。鶴版尚書舄，鸞箋刺史符。竚看歡喜界，夷夏鼓洪爐。

黄色眉間起，敲詩興更豪。三年貪佛日，九月熟仙桃。白社思攀寇，彤庭議代曹。瓜期欣早及，先我脱征袍。

此别堪稱賀，臨岐轉黯然。遥岑添瘴雪，落日暗蠻煙。離緒千鍾洗，鄉心竟夕燃。寸懷山岳重，不盡浣溪箋。

百首和聲集，聯吟似彈丸。縹囊侵露冷，綵筆澀霜寒。社燕棲纔穩，秋鴻送欲酸。西窗頻剪燭，别淚不輕彈。

挹翠屹山莊，平分射柳堂。夜來添好夢，客裏送還鄉。芸閣風吹榻，蕭齋月照梁。蜀山遮萬點，疑是屋連牆。

把袂了無語，翹瞻墨竹東。赭山分雁使，白髮憶壺公。遮道銅鉦帽，連郊鐵印驄。錦江春水緑，一洗塞塵空。

諸葛勛名地，流傳治蜀嚴。巴渝占坎習，卭笮苦山兼。有木皆交讓，無泉不飲廉。化行頑梗俗，休負萬民瞻。

宴皺不容穴，藏身鼠自銜。文章叨命達，勛業愧才凡。養拙能存道，推心在至誠。所欣蘭臭合，與世别酸鹹。

書劍孤懸地，都忘雪鬢侵。不言交似水，自有調如琴。旅况蝸藏殼，離情鶴在林。定知分襟後，難遣獨歸心。

萬木凋黄葉，羲和馭轉冬。算程催夜警，愁雪及春濃。漫醉離群酒，常懷攬照容。百年修尺宅，唯有豁心胷。

別後無他計，磨丹演六經。界天慵望雪，入夜衹看星。任冷陳蕃榻，還登汲黯庭。與君分慧業，蕭寺守空青。

雞犬同中夏，人偏重譯交。鬼巫難作厲，生肉竟充肴。放梵聊從俗，翻經當解嘲。棘林香萬束，藉以護僧巢。

尺五天光近，歡停帝里車。風流羊叔子，倜儻馬相如。得意揚君旆，關心過我廬。西昆憑細說，勝寄百行書。

釜底看城郭，迢迢玉壘關。更穿千丈穴，又出萬重山。信美非吾土，懷歸想別顏。飛車如可到，何苦夢中還。

轉燭三秋客，成都重把杯。閏桐他日老，慈竹舊時栽。行李冰霜重，鬚眉電露催。幸無多酌我，留醒看紅梅。

## 夜抵僵里 十一月初十日

萬里客中客，初貪聶黨程。河山環野暗，霜月帶沙明。別寨燈燃夢，娄杯酒繫情。一年經兩別，胡以慰生平。

## 曲水見雁

怪爾離群雁，單飛渡藏江。陽春回谷暖，曲水合流瀧。豈爲稻粱飽，聊憑信義雙。天西諳月令，燕雀已心降。

## 過巴則山山極險峻。

曳罷犛牛繂，聲聲舁老竿。石林穿有路，江涘俯無瀾。野闊群羊叱，天空一鶚寒。世途經嶮巇，行路不知難。

## 海子週行四十八日，中有大山谷。

萬頃澄無底，西南海一杯。蛟鼉潛伏矣，鵝鴨樂悠哉。震澤漁檣入，昆明戰艦開。倘興舟楫利，從古涉川來。

## 亞喜茶憩軍行之後流離甫集。

匝繞勾弦路，停驂亞喜村。覆碉藏哺燕，突竈集懸鶉。家室經年復，牛羊望歲蕃。此邦旋定後，曷策撫諸番。

## 宿浪噶子此夕得希齋書及家信。

毳帳燈花結，歡浮大白忙。别腸三宿久，續夢五更長。畏酒臨觴訴，拚詩得句狂。書生舊習業，垂白未相忘。

## 宜椒道上此地峻寒。

一劍寒暄割，西風撲面驕。冰堅銀闕聳，雪捲玉塵消。驛騎經時少，人煙著處遥。漫争馳快馬，前路怕危橋。

## 曉發江孜此地暖甚。

鑾閣起觚稜，朝暾曜上層。四山無點雪，一水見流冰。樹影環輿馬，炊煙繞谷陵。會看春景暮，隴麥繡千塍。

## 札什倫布班禪額爾德尼住錫之所。

竺國羈臣肅，天涯拜聖顔。口傳温語詔，心度化人關。梵唄空中放，神光到處攀。西南千里目，喜眺塞雲閒。

## 班禪額爾德尼京師曾睹前輩班禪，現在者年甫十三歲。

十四年前佛，童男幻作真。劫來逢隔世，猶是晤前身。慧業聊應爾，靈根信不泯。莫嫌予强項，千佛轉隨人。

## 次希齋韻

鬅山開錦字，述别隔由旬。聚散風花夢，浮沉雪爪身。珠緣瞧蚌採，劍豈刻舟循。欲訪真西子，無鹽恐效顰。

## 春堆口占寄希齋也。

千里相思萬里飛，連天火炬促征騑。歸心却忘身爲客，未得歸時且當歸。

## 望多爾濟拔姆宫在海子中山樹，即女呼圖克圖所居，舊傳爲斗母化現現地。

摩利支天迹，流傳拔姆宫。斗涵分野外，豖化百蠻中。弱水難飛渡，神山入望通。未知媄女行，結習可曾空。

## 登舟即曲水藏江以皮船渡。

鐵鎖橋邊渡，争呼蟹殻船。一灣松緑水，萬里蔚藍天。彼岸登何易？迷津問足賢。百年真泡影，回首意茫然。

## 古柳行曲水崖下，臨江，極大。

柏生兩石間，鬱鬱不得長。高岡有梧桐，鳳凰鳴下上。物生各異地，同歸大塊壤。一解。嗟哉古柳樹，杈椏根崛强。兩幹倚巖畔，蔭可十畝廣。一幹卧江幹，水面浮槎滃。薄植落蠻鄉，盤錯千秋奘。二解。緬彼中原道，簡書閲來往。作絮任飄零，繫馬遭嚙癢。城市供勞薪，斫削如榛莽。三解。造物無棄物，因材篤豈枉。仙人木瘿瓢，太乙青藜杖。苟足適於用，取資定不爽。四解。兹柳生不材，臃腫拳曲像。雨露幸無私，枝葉滋培養。托根井鬼方，上列星精象。五解。古柳古柳兮，作歌寓慨慷。不爲枯樹悲，無取假山賞。夭矯若游龍，生意空摩盪。汝壽全天年，江山獨偃仰。六解。

## 乙卯

### 上元立春以齋西隙地爲太平街燈市，縱番民遊觀，如三夜放燈之制，以“春燈”二字爲韻賦詩十五首以紀其盛云

綵勝花幡色色新，三蟯初教賀芳辰。誰知趙歐傳荒曆，猶是嘉平月半春。是月乃藏中臘月。

俄碁兼金下坂輪，離家兩度斗逢寅。上年在雅州守歲。劇憐獨宿寒巖寺，一掬歸心一掬春。

西南三倍俯崑崙，重譯詩書有四民。廓藩遣人在藏讀漢書。膏澤覃敷須萬里，寒亭暖谷一般春。

鹿苑龍城隱法身，黄金布地未爲貧。憑將六度千迷道，一度無迷總是春。

雁户依依乇土民，佛心安集感斯辰。藏中多流民，達賴喇嘛出貲安集之。湘浦司空偕余，勸諭之力也。不慚絶幕空匏繫，亂馬天邊有脚春。

捲旆韜章靖塞塵，兵事凱旋纔二載。靈花忍草看重新。伽陀鼓吹余非佞，阿颰經傳萬里春。先是曾延喇嘛誦經兩日。

抱影蝸廬認妄真，豏醐騂酪敢辭頻。雲開節醉傳生酒，都爲元宵

火迫春。

欒行苦住果何憑？皎潔嬋娟悟上乘。僑客今宵須放眼，佛燈叢裏看花燈。

年催蒲柳近山僧，太乙青藜照我曾。意樹心花開萬朵，不妨香界試饞燈。

花藕魚龍結綵繒，南油西漆影分朋。一弓寂圃攢星火，何用貧家一盞燈。

本覺何如今覺增，虛空萬象半儒僧。少年行樂渾如夢，不信青燈是法燈。

衎賓月竃古何曾，自是山濤天骨應。毳帳共傾三昧酒，醉於俗典炳心燈。

籠官此夕會毛氈，設麵封羊酒似澠。縷鹿蠻娃休愛月，世間好女不觀燈。

茶清肴晡列如塍，西弄喧闐處處膺。袙腹幧頭趨亥市，大家争看廣陵燈。

鐵圍山色耀層層，豁落圖看直似繩。竺國從今添佛史，婆陀未許獨燃燈。

## 答和希齋由巴塘簡寄元韻

鄉心隨鹿馬,寥落忘春回。蟄户雷偏震,初七夜,雷發聲最壯。花朝草未荄。河蛙争鼓吹,山魅競喧豗。念九日,看跳布扎。初六日達賴喇嘛下山,聚僧二萬餘。尚友唯書史,由他没脚埃。

## 閏二月二日答裘静齋先生春分雪後小集元韻並簡松湘浦司空。

一夜西崑雪,司分别有天。冬春皆無雪。蝶周方栩栩,鹽絮共翩翩。罷會金鋪地,達賴喇嘛攢招佛事方畢。争開玉種田。勸墾工布塘荒田初作。髡山消冷骨,秃柳茁寒煙。白戰忘賓主,清談酌聖賢。最憐雙鶴舞,慷慨萃中年。

## 静齋架上墨梅携歸再用元韻

誰把羅浮影?移來五竺天。毫端霜萼染,紙上雪衣翩。生意超千界,空花出寸田。高宜斜籠月,低合淡含煙。墨竹堪成友,緗桃未足賢。色香真寂浄,留取伴餘年。

## 答松湘浦詠園中雙鶴元韻

鶴本天仙姿,性愛雲山駐。受養不受羈,可招不可捕。我學張道人,來馴前緣素。清神警夜半,雪氅披春煦。俯仰如桔槔,未失高閒度。萬里修羽毛,庶免群雞妒。有如德不孤,應此青田數。時作九皋鳴,自足驚野鶩。

## 端陽夏至雨中燕集龍王塘閣二首

擔榼提壺綠樹汀，濃雲羃䍦隱山青。兩三人渡一溪水，重五日來百丈庭。噀酒豈憑黄衲咒，刲羊權作白鵝刑。月前祈雨輒應。神龍會我爲霖意，夏至日雨爲霖時雨。喜雨他年號此亭。

佛閣澄心更鑒空，無緣難得會天中。笙簫耳泥抽身早，林壑人閒放眼同。亦有飛凫衝檻外，以皮船作競渡戲。不妨拍板唱江東。座中鄒斛泉、鍾秀峰歌最妙。白頭漫訝青山雪，四望遠山皆雪。熱惱清涼變此翁。

## 磨盤山廟碑

文殊皇帝，真天人師。大千普育，法輪護持。阿耨波淨，耆闍雲垂。憬彼廓番，蝸觸坤維。皇帝震怒，乃命麾戈。大將軍福，大司空和。軍籌戰律，秉算靡訛。巴圖魯海，霹靂摧柯，克震克捷，壬子之秋，元戎奏續，虎將陳猷。爰發願力，仰答神庥。布金五千，作廟山陬。載謀載度，濟嚨浮屠。鳩工閱歲，藏厥宏謨。翼翼輝輝，寶像金軀。於萬斯年，永祝皇圖。

## 達賴喇嘛邀遊羅卜嶺浴塘

達賴天西自在人，喜園此日速嘉賓。茶寮飯鉢閒中趣，意樹心花物外春。且向空門看活水，漫勞彼岸導迷津。達賴步行引遊園一匝。問君離垢年年洗，要洗清涼幾度身。

## 答楊明府九日詩元韻

兩度重陽節，登臨意最賒。四圍看鷲嶺，萬里駐星槎。迷雪征鴻香，依風客燕斜。與君南北侶，容易聚天涯。

僧格山前藏布江，高樓收取映寒缸。休驚霜圃花容老，且對雲霄鶴影雙。把酒西風吹客榻，敲枰落葉打禪窗。著書漫遣他鄉日，江總《衡州九日詩》云：聊以著書情，暫遣他鄉日。遮莫題糕興未降。

## 九月望日二首布達拉朝拜聖容，謁達賴喇嘛禪座再疊前韻。

羅些三千界，秋光放眼賒。自遊唐代寺，不數漢時槎。路轉有青螺，門迎赤幘斜。天顏瞻拜肅，萬里思無涯。

饒舌吸西江，傳燈續曉缸。法門原不二，國士豈無雙。塔靜相風鐸，樓暄愛日窗。化工無語偈，達賴已心降。

## 九月既望浴馬於藏江，馬銜巨魚擲岸，僮携以歸，戲賦長篇以誌其事云

我有戴星馬，蹀躞來成都。伯樂未肯顧，九方那借譽。忍饑噛醉草，巴塘迤西有醉馬草，馬食之輒疲乏。雪嶂勞奔踊。騂突性不減，踶趹聊嬉娛。浴之機楮江，日日毛鬣濡。瘢耆鎮洗浄，八尺皖然軀。群僕等駑駘，屈以備前驅。忽焉入水吁可愕，破浪似探眠驪珠。撥剌滿吻噴雪沫，吐地潑潑烏鱗魚。意者此馬信龍種，鼉宮寄到尺素書。不然此魚本鯤鯨，吞舟西海殘鮒鯛。世無斬蛟驅鱷手，天公收縮付神駒。

噫嘻！馬有遇不遇，魚之禍患出不虞。作歌咄咄志怪事，使人千載常欷歔。

## 秋閲行

邊風獵獵霜天高，色拉山下熊羆嘷。司空丰度羊叔子，書生説劍良足豪。當夫一鼓軍氣作，雙甄張翼飛旌旄。巴兒上馬誇神速，籠官箚箙齊懸腰。射者志目笑中眉，騂頭赤幘挽烏號。火陣豐隆走列缺，鐵圍震疊江翻濤。更有步卒賈餘勇，勃盧跳盪輕猿猱。吁嗟！自古吐蕃稱强族，盍稚百種西陲驕。東接魚通南六詔，北達青海連河洮。往代控馭失其道，盟碑建竪拉薩招。聖朝聲教環瀛海，版圖隸極坤維交。蠻碉椎髻皆赤子，皈依象教投漆膠。折慢幢遮忍辱鎧，摩頂立地放屠刀。教以孱弱數百年，虎皮羊質逢豺獢。金剛振臂兼睯瞅，黎軒善眩驚愚瞭。烏鬼蠻俗固應爾，但恨取民如繭繅。而今坐鎮兩儒服，柔坯剛瓶費甄陶。籌邊那徒振軍旅，要使普陀無屯膏。口錢賨布拂廬減，荒陬絶徼少鳴譥。庶幾仁義爲干櫓，保障勝於窮六韜。昨日廓使初入境，扣關脱劍請垂櫜。海隅重譯朝天去，底貢遠邁西旅獒。獨有五溪盤瓠種，釜魚尚瘁賢韋皋。閲武歸來獨俯仰，摩圍閣望雲山迢。

## 喜聞劉慕陔太守代戍有人

四稔烏斯客，瓜期一指彈。紫光來日角，黄色起眉間。舊政魚梟國，新詩鹿馬山。自經歡喜界，蜀道不知難。

## 其　二

花信風傳日，三千話錦城。雪來惟伴鶴，柳往恰聞鶯。白髮今同照，青雲昔共程。一肩民社重，再借老書生。

## 慰問鄒斛泉先生患痔

禪榻淒涼挽鬢絲，維摩病示現身醫。連朝叵忍跏趺結，就枕閒觀幾局棋。一盞寒燈一卷書，尻輪神馬近何如？山莊座少鄒和尚，此病真難跨白驢。鄒和尚者，文殊化身尻跨白驢，登繖山隱居修道。白驢乃白象也。

## 丙辰

## 上元燕集山莊觀番童跳月斧次楊覽亭同年韻

天槍耀中垣，影落井鬼旁。化爲儀鍠舞，月斧流奇光。鼓動閶闔風，金氣協金剛。折腰效鸛鵒，翹足俄商羊。白帢稱錦纈，又如鸞鶴翔。傑佅始何年？云傳甲噶方。宮商曲三疊，音勝岡洞長。簫管嫋嫋中，雷門節低昂。不作侏儺樂，胡爲都護羌？聊聚四海人，天涯樂未央。選官兼選佛，作戲偶逢場。緬懷九功舞，玉戚彤庭揚，不怒而民威，澤沛髳山陽。同子斫桂手，萬里此頡頏。清詩少鑿痕，神工思乃藏。慚非杜武庫，弄門復何傷。元宵盡斯歡，快絶歌霓裳。夜闌文昌下，天鉞星堂堂。

## 答謝一如姚太守見惠蜀紙

老楮凝霜出益州，千金難得到蠻陬。冰文蘭合山經注，玉版殘宜佛史留。汲古少年成雅癖，著書絶域豈窮愁。郵筒萬里殷勤謝，快似鸞箋造鳳樓。

## 唐棣之華述懷

何事棠華句,悠然萬里心。瑞香迷絶徼,晴雪憶遥岑。夢入彌天界,芳曇覺樹林。孔懷兄弟詠,言念友生吟。室遠人伊邇,詩成思更深。萼樓多古意,好與共幽尋。

## 登樓即事次湘浦元韻

不怕登樓泥,天光放眼清。江山護美國,書劍繫鄉情。四諦觀人世,三餘味我生。招遊多雅意,花事趁春晴。

## 暮春大雪謾成七絶以"一片花飛減却春"爲韻

蠻鄉别有陽和日,一夜東風飄六出。金殿暉暉作玉妝,皓然林岫看如一。

怪煞三冬無集霰,恰逢婪尾寒暄變。擁爐釋子閉高樓,露寢番氓無瓦片。

離居誰遣贈瑶華,灑到西崑冷萬家。雪竇禪師休説法,苾芻生怕散天花。番人畏出痘故云。

白髭漫山影未晞,曉窗過隙尚霏霏。此邦此月咸稱賀,我當中原柳絮飛。

小圃方方寒入檻，麵堆玉滿憑揮摻。敲詩切務去陳言，莫教梁園樂事減。

黨家風味陶家樂，雪裹誰看雙白鶴。熱惱清涼一洗空，卧袁訪戴都抛却。

錦霞簇簇野桃新，開徧瑶池落玉塵。遮莫韶光堪記取，天梯山外我三春。

## 湘浦大司空築土樓三楹，折如磬曲如矩，余既名以“四明”爲之記，上巳落成招飲爲賦長篇以致賀

君不見名家豐屋逞木妖，齊雲射雁朱甍雕。銅陵金穴欲未厭，千古零落風蕭蕭。不如空門覺悟日念吽，大家團圞棲僧寮。我來面壁今二載，了無文字留蠻嶠。無奈山莊攬蒼翠，花畦蔬圃生意饒。司空見慣興不淺，築此盤蝸之平砌。去梯刻意讀經史，雅客不須蘭奢招。書畫掛牆洗塵俗，案頭春色桃夭夭。入手楸枰布星斗，舉觴白墮欺黄嬌。噫嘻！酒酣胡以慰鄉愁，爲君高唱平生遊。卧雪北溟鵬展翅，乘風渤澥鼇吞鈎。浙江潮湧滄海日，岳陽波撼洞庭秋。西入普陀更放眼，那圖邏迦取封侯。捉詩莫笑狂副使，四明檐額名同留。君家樓臺起無地，請摹多景於斯樓。

# 巡邊四十八首

### 天壁大佛聶黨山

蠶縛金身囓壁粧，跏趺嘿嘿指津梁。長年不放優曇鉢，一任江流

得得忙。

## 喇嘛鴛鴦

火宅僧邊鳥,靈根覺有情。分明金縷伴,獨被紫衣名。水宿優婆影,山呼法喜聲。在家菩薩玩,來度化人城。

## 野帳曲水

銅角震天地,營開古柳東。拂廬花罽滿,服匿乳酥豐。落落鳴雞月,蕭蕭牧馬風。夢回羊胛熟,前路問摩穹。

## 虞美人花

瓦缶花含笑,嬌嬈號美人。無知任草木,天地一般春。

## 渡江

淼淼長江水,皮船一勺登。輕於浮笠漢,閒似渡杯僧。竹葉圖中泛,仙槎日下乘。此船成大願,那用挽金繩。

## 鐵鎖橋

鎖掛罘罳葦,淩空一木懸。不愁江面闊,衹恐脚跟偏。

## 將抵巴則

五百曉驛驂,遥看雪嵌嵐。麥畦分水緑,花徑滿山藍。絶少風塵逐,欣饒蔬菜甘。鑾程逢道泰,到處有書龕。

## 夜　雨

一夜漫山雨,幨帷動客豪。却忘雲卧冷,且喜麥流膏。

## 大雪度嶺

滑躂石頭路,蕭疎銀海迷。昌黎共坡老,此地恨無詩。

## 宜椒道上

北轉宜椒路,春寒料峭多。秃鬜山積雪,鐵髮草臨坡。每食無求飽,因心養太和。自來除病藥,秘密養黄婆。

## 宿春堆

清和月已半,不見春堆春。壓帳霜如雪,窺簾月似人。

**喇嘛丫頭**谷洗道旁,一喇嘛一丫頭持牛乳飲,縴夫各一勺,蓋夫妻充斯役也。

莫怪東坡併一身,科頭赤脚本相親。昌黎詩:一奴長鬚不裹頭,一婢赤脚老無齒。此記盧仝之一奴一婢也。東坡絶句云:更煩赤脚長鬚老,來趁西風十幅蒲。併作一人矣。優婆夷配優婆塞,梵言優婆夷善女也,優婆塞善男也。也作天涯施濟人。

## 札什倫布朝拜太上皇帝聖容恭紀

金粟如來寫御真，天涯咫尺拜颸親。堯年初授逢嘉慶，花甲重開紀丙辰。春滿上方朝萬佛，化行竺國仰三身。《傳燈録》六祖云：清净法身、圓滿報身、千百億化身、若悟三身，即名四智。臣卿尚少年非老，祇此丹誠解正因。

## 懷松湘浦大司空

輕與到處六番迎，絶徼山川畫有聲。余有紀行詩草。此日談經虛博士，古來布陣盡儒生。憐君寂寞金剛窟，快我周遊舍衛城。第穆園中花本色，賞心多插掬香瓊。

## 懷裘静齋

最喜才年壯，如君萬里裘。静中能悟妙，樂處可忘憂。書篋應懷沈，齊沈麟士遭火燒書數千卷，年過八十，鈔寫書數十篋。談天尚近鄒。鈔編無太促，十紙足閒休。

## 懷鄒斛泉

佛界來尋如意珠，雲霞纔結贈文無。感君寫我修羅照，傳作瀛洲學士圖。繖山誰識老瞿曇，中酒敲枰興正酣。同作鷓鴣聲裏客，怕聽高唱望江南。

## 懷劉慕陔刺史

儒術原通釋,三年學睡仙。華胥吹別調,混沌譜真詮。鬼笑貧何病,人言富在天。松枝東向後,前路正悠然。

## 懷楊覽亭明府

甌駱才名手八叉,也隨瓶鉢訊蘭奢。勤看白選爐中火,省放黄紬被裹衙。刃密肯教沾廣舌,陶輪且得擲恒沙。成都織女如求卜,靈運今年可在家?

## 班禪額爾德尼共食

方丈伊蒲饌,傳餐日可中。安排衆香鉢,供養老黄童。團墮欺侁飯,氈根勝臭銅。世間多夢飽,真飽亦虚空。

## 佛母班禪坐牀後,母即剃度爲尼,皈依黄教。

佛法無多子,燈傳阿練真。眼如舍利鳥,身是錦襠人。菩薩皈依法,摩耶嗣續因。安心誦千偈,兜律浄根塵。

## 拉爾塘寺

掛錫阿羅漢,伽蘭此地開。古羅漢住此,始建此寺。經留全藏轉,板勝貝多栽。全藏經板貯此寺,各部落刷印經者,悉資取焉。舍利緘層塔,小銅塔高五六寸,内藏舍利,斜長寸許,如牙金黄色。優曇轉法雷。古銅鉢徑尺餘，高六七寸，以手摩周徧聲甚洪，亮如吹長號。誰將般若眼？化作水晶胎。水晶拄杖高四尺餘，又有瑇瑁象牙杖各一。土人云：羅漢所常御也，寺僧寶之。雙履無生滅，雙鳬有去來。羅漢皮履一雙，又古修行得道番僧鞋五六兩。更遺行脚印，羅漢足印二，刻於柱，金妝。擔夯亦艱哉。

## 騾子天王拉爾塘寺西北岡堅寺，供奉最稱靈驗。

天王何事跨神騾？彈壓山川伎倆多。智慧若除煩惱賊，何難一劍斬千魔。傳云：天王除賊時，手劍一揮，千人頭盡落，遂成聖供爲護法。

## 札什岡道上

札什岡前路轉螺，一灣沙磧水昏波。炫人刀火窮垂仲，夾道幢幡走杜多。北陸日行天漸遠，南針車指路無訛。荒邊不記天中節，解粽無心弔汨羅。

## 曉發彭錯嶺

一枕寒溪夢，惺惺百丈林。嶺下喬木蓊鬱，活活泉流支帳，其下有夢溪光景。覺闕看虎踞，陡壁臨江，仄通鳥道，亦險隘也。倦馬聽龍吟。鑿空蠻程杳，離鄉客思深。恁多鸚鵡嘴，過此尚有懸崖，仄徑名鸚鵡嘴者，五處最險。争怵鳳凰心。

## 轄載道上

野鳥淩晨鬧，平沙驛騎催。江流金氎水，石點赤錢苔。步步闌干密，聲聲亞古擡。番語闌干密，看道也；亞古擡，用力曳縴也。跕波蠻隊唱，聲似斷猿哀。

### 甲錯山極高,風雪凛冽,瘴氣逼人。

甲錯天摩頂,清涼蔑以加。罡風吹不斷,白日冷無華。雪柱思罔底,河源問殑伽。寒暄變如此,何處覓飛鴉。

### 野花花無枝葉,五出似梅,小如豆貼石迸出。

簇簇花毬錦作堆,渺兹軀幹小寒梅。不應天女偷閒久,故遣曼陀貼地開。

## 端陽述懷奉簡松湘浦大司空

五月披裘客,甲錯山頂重裘尚覺寒噤。霄峥石窟眠。雪埋羊胛熟,風逐馬頭旋。紫椹真稀有,朱櫻絶少鮮。囊珠千里貺,解粽亦欣然。

共話關心事,瀟湘萬里雲。看星占福將,尋友夢和軍。韓魏公云:智將不如福將。又軍門曰:和蓋指敬齋、希齋二公也。小别天中節,同懷冀北群。九重宣露布,絶徼幾時聞。

### 協噶爾平地孤起一峰,上有喇嘛寺、營官寨極高峻,壁壘森然,最爲險固,乾隆五十六年廓爾喀入寇,寺中喇嘛三百餘衆力戰堅守,賊乃遁去。

寶蓋香爐迓帛和,此邦操刺屬頭陀。貧婆絶頂風霜古,澀浪懸崖埤堄多。自有三衣遮法座,不須一箭過新羅。闍黎蓋膽毛如蝟,墨守强於狐兔訛。

**定日書事**平地孤起高岡，上建平房爲防兵住址，四面雪山環繞，白水奔流，洲分沙磧。北通聶拉木宗喀，南通絨轄噶爾達干埧等寨，又名第哩浪，古通各邊之總匯也。

第哩浪古寨，孤戍鎮荒涼。活活銀沙水，層層白雪崗。雲間難度鳥，岐外易亡羊。自復三摩地，都無兩面羌。莫闌人牧馬，切愼女争桑。月竃諸蕃賫，而今樂遠將。

## 松湘浦寄甕頭春酒至喜賦七絶

寒颸毒瘴入雲隈，天上難逢曲秀才。踶倒軍持打破甕，一對春色自空來。

## 楊覽亭賦九言跨馬所寄沈淇園戲步元韻以答之

跨馬風塵不若乘飛艫，坐船波浪不若乘飛車。要知人生勞逸皆分定，請看擔夯行脚呼謣輿。今吾與子縱控萬里餘，有如老馬奔趹學赤駒。年庚白雞君早門前弧，科名戊子我騎陌上驢。伏獵侍郎來佩乙字虎，瘦羊博士先思丙穴魚。休文腰瘦沈家脾無恙，拍馬操剌不讓老柏塗。清詩寄到九字梅花格，頗念遠人下得轉語無。吁嗟！百年聚散如撲滿，贈言他日无忘出塞圖。君转半藏而我转全藏，宅西和仲更遊坤之隅。蹇蹇匪躬卜曰西南利，腐儒事業自笑籌邊迂。豈比少游款段騁鄉里，逝將鳴鼓攻之非吾徒。

## 贈項午晴刺史抵前藏任

文星何事聚坤隅？猶憶琴堂問政餘。太守昔曾聞索蟹，使君今得見懸魚。不妨棋局消長日，更有詩壇好唱予。佛不佞人人佞佛，安邊須讀古人書。

## 熱水塘自拉普平地出泉，池徑丈餘，水如沸湯，旁穿小池疏水以浴。

丁女壬夫配，平泉沸似湯。火輪旋地軸，燃鼎出天堂。浴此身離垢，澄之背放光。誰家冰氏子，挾炭冶爐旁。

## 咱拉普夜雨不寐默憶山莊景物漫成六絶

軍門咱拉普前和，背枕寒燈睡作魔。閱武歸來洗兵甲，不須壯士挽銀河。

訊方有麥竟無禾，梵宇年來樂止戈。九月喫糕秋尚早，雨中齊唱飯牛歌。

一滴淋成瀰渃江，神龍幽贊果無雙。西來夢入三摩地，剩有獮猴應六窗。

伽陀咒鉢下方塘，玉女披衣見斗鄉。却憶小園淋雨鶴，蹣跚也學舞商羊。

鸚鵡呼名養翠雛，啄餘香稻灑庭隅。能言不及知時鳥，喚雨聲聲叫勃姑。

三百林間阿閦居，花畦蔬圃近何如？潑天法雨彌天釋，添個真丹處士廬。

## 曉發咱拉普

雨霽殘星曉，前旌指薩迦。風光酣麥隴，煙火暈人家。銅角牛鳴窖，銀驄鳥印沙。樂觀童叟聚，膜拜點松花。

## 薩 迦 廟

香焚螺甲入禪棲，丈六金身古殿齊。柱石不凡真面目，棟梁無恙長菩提。殿柱皆古樹，三人合抱高數丈，不加雕飾，皮節文理如生樹然。聲聞客試觀音貝，廟中有海螺，堅白如玉，左旋吹之背現菩薩像，乃神物也，寺僧寶之。戒律人隨法喜妻。更有北山樓萬疊，不知何處是青梯。廟北依山梵樓不下萬餘，又有浮圖金殿供佛，皆紅帽喇嘛所居也。

## 薩迦呼圖克圖娶妻生子後乃坐床掌红帽教。

天尺西南蹇六爻，修多羅近裸人郊。山南即野人國交界。愛河難得生軀脱，覺樹還須野鵲巢。丹轉辟邪聊我贈，以藥九萬顆合作一丸，贈余云能辟邪。珠藏如意恐君抛。在家僧宿來飛錫，莫笑天西有繫匏。

## 班禪額爾德尼設宴畢精舍久談爲賦長篇以志其事

法筵肅肅開雁堂，飣坐目食盤成行。葡萄庵羅兼糖霜，餺饠陳黯餕頭僵。藤根剳剳封乾羊,鳩盤茶杵牛酥漿。龍腦鉢盛雲子粱,麥麪豆蹭盂釜量。金藹榻並獅子牀,有如嵫景對若光。須臾樂奏鼓鎌鏜,火不思配簫管揚。倀童十人錦綵裳,手持月斧走跳踉。跉踔應節和鏘鏘,和南捧佛幣未將。哈達江噶加縹緗,花毬霞氈兜羅黄。檠蒲伊蘭螺甲香,主人顧客樂未央。願聞四果阿羅方,客曰養心如虎狂。孔戒操存舍則亡,出入無時慎其鄉。佛傳心燈明煌煌,瓶穿羅縠雀飛揚。定静止觀理相當,儒墨相齏歸康莊,即心是佛真覺王。主人笑指河汪洋,我鑽故紙君吸江。

## 留别班禪額爾德尼

本覺還今覺,完然浄覺胎。菩提萌樂樹,明鏡拭靈臺。余教以養心,班禪頗樂聞。未入三摩地,觀世音云聞思修入三摩地。先修七聖財。報恩經:一信、二精進、三戒、四慚愧、五聞拾、六忍辱、七定慧。七者能資用成佛,名七聖財。一端金色氈,奉上小如來。出賢愚經。

## 生多喜雨獨酌青梅酒

日暮江流急,沙村野望通。潑天鳴駛雨,撲地捲光風。酒瀉銀瓶緑,花開瓦缶紅。興酣梅子熟,那復論英雄。

## 徐玉崖觀察同年寄贈詩集南酒簡謝二首

一樹旃檀片片香,澥來薇露挹芬芳。雲程漫道同年老,雪棧猶憐少婦狂。集中有詠裹塘土婦阿却錯氏風流事詩。對壁三霜勤翰墨,披裘五月獲琳瑯。時端陽經甲錯上重裘猶覺凍噤,適寒玉山房詩集寄至。自慚雪嶺閑塗抹,不及徐妃半面妝。

捫馬椎牛臟腑腥，圜間無物盡空瓶。逃禪座少歌三雅，佞佛門無問五經。萬里江湖春色到，廿年風雨夢魂醒。孤斟似對天池老，人在平羌月在庭。

## 草壩即景

北轉蓬婆迴，阨陀道阻長。人煙疎墨帳，居民皆住黑帳房無田廬。梵宇闢銀岡。四面雪山。野曠烏攢犉，山空白點羊。自無天外路，何處是他鄉？

## 將抵麻爾江桑乃冰雨驟至

稷粒硬頭雨，顆顆水銀珠。故知空結習，冰蕊到身無。

## 不寐

惱切還鄉夢，寒流枕上喧。兵戈銷外儌，烽火憶中原。耳熟萑蒲逞，心聾嶽牧尊。履霜非一日，百戰擁軍門。

## 巴乃道上

毛雨囊囊拂面斜，漫山開遍盜庚花。奇香異草風能逆，不見菩提娑力叉。

## 陽八井喜青菜寄至

雪巖飛到緑雲筐,行庖鐐子喜氣揚。雨中韭葉剪鍾乳,露下萵笋擘蒼筤。白葵園融辣底玉,翠菘滑膩甜底霜。水芹波蔆含餕餡,晶葱銀蒜薰椒薑。噫嘻!五菜甘腴皆真味,一弓兩席鋤芬芳。民間此色不可有,書生此味不可忘。自古瘠地牧肥羊,清如苕帚掃枯腸。羶風難得菜園踏,五臟神快還故鄉。

## 喇嘛噶布倫堅巴多布丹從余巡邊勤慎賦詩書扇以獎之

本是頭陀性,真源悟狹寬。業儒吴選佛,出世爾爲官。身受四知戒,心希二諦難。不爲乾没計,省慮子孫寒。

## 送别劉慕陔鄒斛泉中表東歸即席賦六言三首

嶺上白雲東去,門前緑水西流。落落雲容水態,都忘别恨離愁。

之子同懷異姓,居然棠棣聯碑。邐迤一場春夢,肩頭扛佛旋歸。

雁美鱸肥心事,東還鹿馬雙雙。竹葉舟登寰海,梅花信憶吴江。

## 九日遣懷

三度重陽日,秋光壯鐵圍。露葵千佛座,霜菊老僧衣。攬鏡羞雲暮,停杯羨日歸。是日楊覽亭東歸。小莊饒異趣,鶴鹿久忘機。書劍童年興,今懸北斗西。江山留逸客,風雨咽鳴雞。止酒談何卓,湘浦大司空戒飲。簪花老不羈。更懷劉夢得,糕字錦城題。劉慕陔已抵成都矣。

## 湘浦大司空喜雪元韻

人間白雪歌,天上陽春好。景物逼我來,不怕青山老。琉璃合眼看,林圃映華皓。添料鶴狎僮,飼芻鹿趁保。鳥獸與同群,亦足行吾道。不知肉山僧,念吽何所禱。嘻吁瑞兆兮,無私歸大造。

## 項午晴刺史以奕負餉蒸鴨漫成五律

陸子能言鴨,天西比鳳難。偶憑方罫局,似彈使君丸。味足金羹泛,香浮玉飯摶。烏衣知有夢,一隻舉羅寬。

## 范六泉明府燕客乃藏地閏九日也

鑾曆何人著訊方?小陽春是閏重陽。三秋白月高無比,萬里黄楊厄不妨。客裏題糕歸似夢,雪中插菊傲於霜。天涯此會茱萸少,省作明年醉後狂。

## 以自煎白菜羹饋湘浦司空

小圃霜菘劚,調羹淡不妨。瓢兒甘讓美,蝦子味兼芳。世羨揚湯沸,人酣啜汁忙。與君多古意,白水菜根香。

## 慎躬中秋寄懷元韻

光陰書劍雨懸懸，弱冠交情鎮可憐。五十六秋狂容月，萬三千里梵王天。人當卧雪羞言老，詩爲攘雲不計篇。寄到瑶箋誰印可，烏斯塔影正高圓。

## 賦得大悲超宗湘浦大司空手書四字，顏於布達拉經堂。

龍象招提古，山河絶幕通。育仁超浄覺，普濟化頑空。一念蒼生穩，千年法界同。雁堂輝鐵畫，花雨落珠宫。大願船留想，無心椀易窮。舉頭銘震旦，摩頂振鴻蒙。佛佞人施力，儒兼墨有功。蒼松西向日，怕見一枝東。

## 祭竈書懷二首

憶昔躭經史，三冬媚竈寒。余寓成賢街竈君廟，讀書三載不出。暮年貪佛日，今夕拜儒官。黑突依僧墮，青衣别我歡。《傳燈録》：岳山廟竈神最靈，遠近祭祀，墮和尚以杖敲竈，咄曰："祇是泥土合成，聖從何來？"竈突乃墮落。須臾一青衣拜師曰："我竈神蒙師説法，得脱此處，特來致謝也。"升霄達好語，聽卜到更闌。

神赴四天供，心歸萬里家。黄羊虔婦子，白鳳感年華。天末友朋聚，歲除詩酒賒。夢中回首處，烽火息三巴。

## 謝午晴刺史饋紹酒

闊别南江酌,霞漿到梵樓。自開夫子甕,又泛謫仙甌。有德何須頌,無功欲罷籌。洞庭春色好,聊作釣詩鈎。

## 六泉明府饋火鮎

一篚嘗兼味,居然撥火鐺。憑將炙手戒,消却熱中情。掘勝盤游飯,調輸骨董羹。鹽梅聊小試,漫作五侯鯖。

## 除夕時憲書不至感賦長篇

羲和古命官,欽哉授人時。我雖宅昧谷,忝共璣衡推。胡爲紀數書,不到天一涯。無那郵筒蹇,浮沈冰雪池。坐使渾沌客,枉掣修蛇悲。年華早變鬢,燈光補重離。嗟哉朱爾亥,晦朔恒愆期。唐古特曆書名朱爾亥,其減日閏日不與中華同。隨月絶蓂莢,占閏無桐枝。仰慕燕鵲智,能避巢與泥。爰作甲子圖,循環布星棋。正月朔旦始,壬寅紀干支。塗抹過半載,三點盡成伊。作札錦官友,夙好敦無遺。倘惠一卷曆,奉之如靈蓍。

# 丁巳

## 七夕濃陰述懷

江濤寂寂魚龍秋,有客欲登竹葉舟。今夕何夕問荷鼓,密雲低下南山幽。停機飲渚事悠謬,火炬我照薰天愁。安得倒挽銀河水,一瀉巴峽荆門流。太清滓污君莫恨,萬里無心看女牛。

## 賦得飼池魚

方塘清見底,瀺灂快纖鱗。欲飽波心鮒,看浮水面蘋。唼花空自逐,縱壑渺難伸。體具含生性,功施發育仁。不驚殘月釣,肯上巨鼇綸。柳子文章在,莊生笑語頻。會心知爾樂,得意向人親。帝澤涵無外,忘機任小臣。

## 見和飼魚詩答項午晴刺史

海鷗時狎客,山獸解隨人。自飽池中物,知無化外民。我慚驅鱷手,君試釣鼇緡。回首巴江上,應懷撫字仁。

## 八月十五夜小集同人玩月,并簡湘浦司空。

皎皎彌天月,團團四仲秋。華夷同此照,今古復何愁?似水明僧舍,如霜冷戍樓。恩光依北斗,那論犬羊州。

### 其　二

南嶺鬱蒼蒼,兼衣八月涼。舉頭金鏡滿,迴思玉鈎藏。達者觀盈縮,佳人愛景光。蘭閨令夕夢,切莫到蠻鄉。

### 其　三

問月月無語,停杯對影三。朗開無我抱,清共太虛涵。勿醉謫仙酒,聊同摩詰龕。廣陵空有曲,漫聒老瞿曇。

## 其　四

四海謾相識，西風歎聚蚊。偶尋袁粲竹，還讀謝莊文。獨憶人千里，關心月十分。最高峰頂宿，身外是浮雲。

## 中秋玩月有懷靜齋先生六泉明府。

西來月竄更天西，仙有虹橋佛有梯。欲識閻扶空樹影，梵樓應問小芻尼。

到處清光滿一輪，那關千里悟三身。天涯行往皆爲客，明月依依當主人。

鳳山嵩嶽兩茫茫，玉宇瓊樓説上方。料得遊仙枕上夢，不知客裏又他鄉。

玉局平鋪一指禪，冰壺清澈冶爐煙。秋光灑落渾無事，莫把詩名讓子遷。

## 九月初三日迎霜降

菊傲東籬百草腓，迎來霜信整戎騑。今知是月關兵氣，忍見中原表殺威。春秋感精符霜殺代之表。孤鶴依人聽月唳，蒼鷹得路刷雲翬。自憐華鬢猶看劍，莫遣寒芒達紫微。

## 九月初五日傷友二首

### 艾夔庵孝廉

皓首悲千子，以時藝著名力追先正。青燈共兩人。五年欽長我，九月記生辰。初五日乃其生日也。夢路羌山外，文名薊水濱。不知心掛劍，何日過車輪。

### 和希齋宣勇

封侯星使壯，選將月卿聯。雪棧嘶風馬，蠻溪跕水鳶。淩烟青汗簡，宿草白經年。剩掛殘詩句，塵封淚愴然。

## 秋興 初七

西地好秋光，貪晝夕照長。雀喧窗影亂，花落硯池香。過眼詩千首，經心字萬行。生涯當如此，幸得守蠻疆。

### 其　二

木落寒山見，園畦步一巡。啖蔬麝識主，添料鶴依人。葵子霜前熟，菘根劚處勻。更藏花晚節，點綴小陽春。

## 早起 初八

睡起蠻雞喔，燒檠助曉光。静殊僧舍鬧，閒覺隴雲忙。世故隨年減，鄉心展卷忘。自存平旦氣，今古思茫茫。

# 重陽九詠

## 夢高

夢里雲霄客，身輕一羽毛。遊仙守朔臏，音爐玉，太上亳州碑身中：陰陽既濟爲朔；人身精氣不散爲臏。梯佛御輪尻。自覺龍山小，誰言鳳嶺豪。去天纔一握，無日不登高。

## 唔梵

我無牛呞病，日把誦經珠。曲少文峰尹，《江南野史》：永新尹氏女善歌，重陽登南山文峰，歌一曲，聲傳數十里。談無博士胡。《搜神記》：吴中有皓首書生，稱胡博士，九月九日士人登山聞講書聲，乃老狐也。念吽喧柳岸，吹角振雲衢。憶唱黄金蕚，今成老柏塗。余少時，曾禮斗九月朔至九日，齊其青詞云"淺淺黄金蕚，匀匀白玉英。散花林，采滿道場"，迄今已三十年矣。

## 架菊

菊盆三百本，結架對危樓。不到風霜肅，安知雨露周。人依仙圃淡，花動木山秋。蘇老泉有木假山記。勝寄東籬下，凋殘號隱流。

## 携酒

桑落中華賓，携瓶偶一開。況逢黄菊節，絶少白衣來。臍暖千山雪，腸銷九日杯。燒酒名銷腸酒。自防他席醉，恐上望鄉臺。

## 餽餌

糗餌酬佳會，劉郎詩思勞。我來金刹地，題作寶階糕。《松漠紀聞》、《金史》：重陽作寶階糕。粔妝羞陳黯，醍醐擬沃膏。傳言祝兒女，百事莫名高。《吕公記》：九日以糕搭小兒頭，祝曰"願女願兒百事皆高"。作三聲。

## 煎　茶

解箬蒙崖荈，喧鐺沫餑湯。陸羽《茶經》：凡酌置諸盌，令沫餑均。沫餑，湯之華也。鶴移三徑遠，泉注八池香。偶試騂酥點，時兼麥引嘗。皎然同陸羽，到此也徜徉。

## 嘲　射

憶昔歐陽子，嘲詠拙射蕭。《太平廣記》：唐蕭瑀不解射，九日賜宴校射，矢俱不箸鵠。歐陽詢戲詩云：急風吹緩箭，弱手御强弓。欲高翻復下，應西還更東。六鈞難志彀，百發不穿綃。鵠亂雲中雁，風搏海上潮。將軍曾射虎，没羽是前宵。

## 聽　棋

學禪人嘿嘿，十九路迷離。法遠禪師因棋説法云從前十九路迷悟幾多人。布陣神光費，觀場眼力疲。聲聞堪入妙，耳順復何思。似戰長楊雨，紛紛落葉時。

## 望　江

禹力不能到，江流獨向西。用周朴詩語。恒沙出阿耨，藏布護招提。客宦南溟近，京華北斗齊。波濤澄似練，秋色正淒淒。

## 謝項刺史書梵相

龍騰鳳集狂浮屠，鍾王之筆敵韓蘇。玉環飛燕信手得，公孫舞劍神光殊。縑繒莫怪裁半段，怕君完取充袍襦。君書字匹絹，我文字一珠。珠絹豈難得？書文千載都。文覆醬瓿子雲快，書换羊肉東坡娱。東坡飲酒不盡器，天涯醉少蛾眉扶。

## 放魚詩用東坡韻

鹿角優游一勺水，不愁理會蝌蚪尾。凭欄時見人影親，方壺疑有蛟龍起。鸊鵜不堪供匕箸，鯤鰤豈中佐酒醴。憶昔坡老還池魚，未許潛師得專美。君不見天寒冰凍水始涸，困於泥沙絶流沚。不如放之大江中，免歎遊魂沈釜底。

## 書事漫成

血刃飄零稚子魂，殺人橫道主名論。頭陀幾誤沉智外，刀削何由訪郭門。空望寒林無鐸語，欲尋梵寺少鐘捫。佛圖澄倩觀油掌，可許檠亭雪此冤。

## 波羅狗

字犬波羅蜜，全殊善噬能。偶疑花徑客，偏識肉山僧。守夜眠床角，聞聲吠閣棱。舐誰殘藥鼎，雲裏憶飛昇。

## 阿爾湛酒歌

房星之精天駟光，渥洼青海名駒場。饑食雪山草，渴飲天池水。化爲剛中柔，順之潼漿。潼漿百沸入煙火，蒸雲沃雪欺杜康。清於醍醐淡如水，釀蜜縮頭甘醴藏。麴生風味豈不好？用物終嫌謀稻粱。身處脂膏不自潤，屏絶黍麥頭低昂。聖賢中之聊爾耳，井花冰液足清涼。清涼却走丹田暖，春風入髓筋骨强。東坡真一過釃冽，洞庭春色名虚張。飲中八仙倘得此，當年肯入無功鄉。

## 送别范六泉明府秩滿還蜀二首

佛界雲程共一班,希文家世好追攀。逃名客代裘居士,勵節心同項仲山。憐我白煙通鼻觀,喜君黄色起眉間。六千僰棧冬無雪,快及春浮玉壘關。

送客仙陀望益州,岷江源過水東流。慈根舊竹煩青眼,年景新花感白頭。利馬佛添行李壯,棘林香束别情幽。成都歸去如相問,一卷詩輕萬户侯。

# 易簡齋詩鈔

（清）和　瑛　撰

# 序

在昔耶律文正，以間世之才，崛起龍朔，功在王室，學爲儒宗。六百年間，音采未沫，景行前哲，方待偉人。如我簡勤和公者，際累洽重熙之聖，不必以戡難禦侮爲功；備喉舌心膂之臣，不必以決奇制勝著績。然而書破萬卷、學窮百家，强識博聞，敦行不怠，抑亦文正之流亞歟。

公挺河嶽之英，應璣衡之曜，有模楷之範，爲宗棟之資，孜孜窮年，娓娓好學。其始也，雖名胄華閥，而惟事縹緗；其繼也，雖南北東西，而必携鉛槧；其允升也，雖高牙大纛，不廢雅歌；其耆艾也，雖黄髮兒齒，猶事綈素。可謂聿修厥德，終始於學者矣。溯其登進士，歷農司，行春頒朔，徧江皖之區；布雨宣風，慰秦蜀之壤。然而魚通萬里，鷟嶺八年。暫臨東維，遽撫西域。七十歸朝，仍莅遼瀋。地窮天盡，夏雪春霜。經行者，身毒、頭痛之區；撫循者，吞刀、吐火之俗。西則雷音、天竺、蘇禄、罽賓；東則元菟、帶方、鴨江、魚海。莫不布朝廷之恩信，問絶俗之痌瘝。籌渠澮以阜邊氓，開屯田以裕軍食。馬如羊不入於厩，金如粟不納於懷。遂使東瀛永清，西戎即敘。佉盧就譯，侮食輸賓。固已圖像營平，生祠定遠。報太僕而指心，城拂雲而息燧。功德所被偉矣！遠矣！

迨躋大耋，爰佐樞衡，爲虞皋陶，若周申甫，不言温室而丹青炳如，密補衮職而黼黻斯燦。更歷三朝，夷蹇一節。雖梁木其壞，而遺聲益昌，是謂老成，是謂國紀。平居所學，邃於韋編，著有《易説》，弆藏家衖。若夫城名小録，地理新書，等桂海之虞衡，擬鐸椒之檮杌，皆可備隸首之紀，綴山海之圖。至於範水模山，感時體物；顯緝雅頌，撷披風騷，乃歐、梅之替人，奪蘇、黄之右席。既能思精體大，亦復趣遠旨超，自成一家，何有餘子？篋衍殊富，以約斯鮮。

今《易簡堂詩鈔》四卷，手所定也。鶴少侍先府君，蕃宣齊魯，適公式是東邦，披扇底之數言，割牛心之幾片，謂其造詣所到，不減竹垞老人。施曲木以朱藍，賁龍章於卉服，獎饜逾分，顔汗至今。及公暮年，嘗以暇日置酒相酌，從容曰："予詩數卷，他日子爲我輯之。"遺言在斯，寢門已哭，安放安仰，焚如惄如。屬奉使兩河，公之子文甫太守、星泉刺史以是編相授曰："是先子之命也，子不可辭。"嗚呼！星落麟亡，氣已還於箕尾；芝焚蕙歎，感無間於元壚。謹抽自公之暇，讎其亥豕。既已卒業，綴言於首。若夫立朝之節，方面之勛，具有國史；根本之行，忠孝之悃，盡在家範。遠則彌耀，兹不備書。

道光三年歲次癸未孟秋之吉，東吴姪吴慈鶴頓首拜序

# 易簡齋詩鈔卷一

## 丙午

### 太平府廨八詠[一]

**門對青山**府治爲晋桓温故居，青山在其南。謝宣城、李青蓮遺迹尚存。

姑溪城郭隱[二]蒼灣，五馬門高夜不關。競説袁桓留勝迹，更逢謝李共名山。登樓覓句人皆古，拄笏看雲政自閒。此郡太平真有象，大[三]江波湧碧如環。

**堂開翠柏**堂燬於明季，國朝重葺，翠柏數百株，相傳爲漢晋間所植。

笑問堂前柏子禪，霜皮黛葉幾多年。人閒似鶴衙同放，州冷如村石可鐫。鐵幹直留千古月，緑雲深鎖四時天。定知燕雀難巢此，應著蓬萊最後仙。

**桂苑秋香**[四]寅恭堂之北有柏山亭，其北有桂二株。

聯翩秀色覆西堂，不記歐顔記沈郎。天上名仙攀紫府，月中閒地屬丹陽。風霜摇落花能獨，桃李紛披樹已蒼。倩語主人勤護惜，年年留取出輪香。

**桐林月影**雙桂軒之西曰自公堂，其北桐樹三株。

龍柯繞屋碧幢幢，報我新秋一葉降。入夜寒蟬[五]飄露瓦，倚天韶韻響風窗。閒亭似照青鸞舞，怪石疑留白鶴雙。主領青光憑[六]記取，姑溪繁浦共蕪江。

**明樓遠眺**府治後，宋時郡圃，有小東山。明祝詠建明遠樓，題云"曠覽遥青"。

傑閣觚棱足卧遊，公餘倚檻自舒眸。遥臨古巷空懷謝，近背名山恐笑歐。白紵長懸明月照，翠螺空指大江流。齊雲遠景無多記，合記平南清德樓。

**射圃閒情**宅東北隅建亭，南向，予題額之"無争"，聯云：正已而後發，反求諸其身。

映緑含青圃半蕪，繞牆少竹喜多蘆。移花不問輪蕉户，沽酒何勞索蟹夫。别有閒情懸一鵠，敢誇絶技中雙凫。此亭聊取無争耳，射者由來有似乎。

**古樹晨煙**亭東船廊名坐樹軒，其樹松、柏、楸、杉、槐、榆、梅、梧、冬青數十種。

平林東護鵲巢廳，占得風煙歲屢經。雨足閒雲鋪夏緑，日高湛露滿冬青。清虚散步塵心洗，沆瀣朝餐睡眼醒。從古樹人同樹木，好將豐樂以名亭。

**石臺夕照**園之艮維有石臺，高倍尋，相傳爲桓温將臺，又云周瑜舊迹。

醜凸深凹俯郡譙，竹兄梅弟映團蕉。林閒暮景疑催鳥，江上殘霞似捲潮。十萬軍容沈采石,三千歌舞静淩歊。登臺自古難堪此,不獨英雄恨六朝。

**【校記】**

［一］《太庵詩草》題作“太平府署八景詩八首”。

［二］“隱”,《太庵詩草》作“穩”。

［三］“大”,《太庵詩草》作“澄”。

［四］《太庵詩草》題作“桂院秋香”。

［五］“蟬”,《太庵詩草》作“輝”。

［六］“憑”,《太庵詩草》作“誰”。

## 贈雲在上人[一]

白社逢高衲,閒題四壁詩。向空心已淡,於我意俱遲。[二]夢覺澄江遠,仙凡野竹迷。山蔬風味好,聊可話心期。

**【校記】**

［一］《太庵詩草》題作“贈雲在和尚”。

［二］“向空心已淡,於我意俱遲”,《太庵詩草》作“於人心不礙,共我意俱遲”。

## 五溪橋望九華山

驛路青陽比蜀難,五溪橋畔想[一]征鞍。分明坡老壺中景,馬上於今面面看。

**【校記】**

［一］“想”,《太庵詩草》作“憩”。

## 黄溢浦渡江遇風

遠檣出没隔蓬島,駛如點翅蜻蜓巧。金龍有靈施無患,奔流遠稱帆力飽。須臾震起吸江風,浩浩黄溢渡杯小。[一]起視童奴[二]面色青,滅燭危坐意悄悄。乾坤一噫本偶然,戲我何如戲坡老。樓船六丈萬頃波,我覺身輕如過鳥。

**【校記】**

[一]“浩浩黄溢渡杯小”,《太庵詩草》作“黄溢浩浩杯渡小”。

[二]“童奴”,《太庵詩草》作“僮僕”。

## 宿三里甸再贈雲在上人[一]

燒炬名蘭歇,山谿一徑通。炎涼隨地隔[二],苦樂獨君空。五字真成偈,三乘著永豐。夜闌[三]禪榻共,啜茗意何窮。

借問雲何在,那從色相尋。人歸幽洞曉,日薄大江陰。豈有爲霖志,而無出岫心。浮雲看富貴,岑寂此山深。

**【校記】**

[一]《太庵詩草》題作“再贈雲莊和尚”。

[二]“隔”,《太庵詩草》作“割”。

[三]“夜闌”,《太庵詩草》作“會須”。

# 鍾山靈谷寺八詠[一]

## 蒼池松影寺前八功德池，蒼松環映。

靈谷池中影，亭亭寫照松。禪枝龍虎迹，梵葉雪霜容。路轉雙林古，雲藏百丈濃。定知栽佛手，冰鑑更淩冬。

## 鼓殿鐘聲殿無楝梁，制如城洞，擊鼓聲洪似鐘。

無量齊雲殿，楨廊四築墉。雷音知伐鼓，霜信似聞鐘。午夜憑虛應，高秋發[二]響重。兩般醒世意，併作一枹舂。

## 銀杏棲霞殿後白果樹高數丈，結果極繁。

鴨脚[三]何年植，離離綴似櫨。盤堆銀蚌裹，手擘緑晶拏。佐以木魚子，清於玉版芽。茗禪留齒慧，味足老煙霞。

## 空階應掌靠山石階數十級，合掌拍之，萬谷皆應。

十地本圓通，靈巖鎮發蒙。自來虛響捷，乃得妙音同。偈悟拳頭識，禪參棒喝通。[四]我來頻拍掌，喧靜兩皆空。

## 浮屠秋月寺後浮屠有寶誌菩薩肉身。

寶誌瞻遺像，無生世界留。千年山塔月，萬劫木巢秋。不礙雲間住，還宜水曲流。臺城誇幻術，餘[五]得鱠殘不。

## 鍾阜晴雲鍾山即蔣山，江寧府城東北。

白下鍾山秀，龍蟠足卧雲。濃依松徑石，薄透竹牆曛。[六]氣爽鳩呼侶，秋高雁入群。六朝煙景地，樓閣幾紛紜。

### 曲水流觴八功德水繞流入寺中齋厨。

上界清涼地，寒流曲曲香。覺花隨意轉，活水到時忙。似咒楞伽頂，能傳般若湯。醉僧方是醒，孰與藉飛觴。

### 清泉咽竹泉水自竹廓中流出。

卓[七]錫飛泉古，蜿蜒竹廓收。空心無礙物，直節出清流。底[八]是洗塵念，兼之醫俗儔。茗禪風味别，濁劫不須愁。

**【校記】**

［一］《太庵詩草》題作"靈谷寺八景詩八首"。

［二］"發"，《太庵詩草》作"度"。

［三］"鴨脚"，《太庵詩草》作"白菓"。

［四］"偈悟拳頭識，禪參棒喝通"，《太庵詩草》作"白業篦除膜，禪關棒喝聾"。

［五］"餘"，《太庵詩草》作"剩"。

［六］"濃依松徑石，薄透竹牆曛"，《太庵詩草》作"濃遮松徑暗，斜透竹牆曛"。

［七］"卓"，《太庵詩草》作"杖"。

［八］"底"，《太庵詩草》作"格"。

## 丁未

### 潁州府試院賦贈諸廣文[一]

昔聞歐陽守[二]，佳士來如積。流風數千年，詩書誦餘澤。乃知化民成俗始膠庠，明經造士師之責。儒林所貴苦砭針，如御狂馬不釋策。自古百川學至海，未必盡擬丘陵畫。我來順昌惟拙守，棘闈敢試量才尺。峥嶸頭角總能文，屈宋難逢豔高摘。幸兹學席[三]諸君子，五經重仰叔陵作。諸君莫厭官閒冷，我亦三條燭下客。居官共矢玉壺冰，掄才明月倒海索。他年快意[四]稱無私，華萼樓前無曳白。舉觴雅[五]會聚星堂，西望西湖感芳迹。[六]

【校記】

［一］《太庵詩草》題作"潁州府試院即事贈諸廣文"。

［二］"昔聞歐陽守"後《太庵詩草》有"此郡"二字。

［三］"席"，《太庵詩草》作"筵"。

［四］"意"，《太庵詩草》作"憶"。

［五］"雅"，《太庵詩草》作"兹"。

［六］"西望西湖感芳迹"，《太庵詩草》作"西望西湖歎陳迹"。

## 四月十日城北劉秀才勺園牡丹盛開，阜陽張松泉大令携榼邀賞，坐未定暴風大作遂罷燕還，賦絶句四首[一]

北郭名園甲潁[二]中，家餘四壁錦千叢。儻邀康節先生卜，繡幄應防料峭風。

小圃松杉繞短籬，淺紅深紫鬬妍姿。阿嬌悔不藏金屋，免妒殘春十八姨。

撲面黄雲走白沙，百忙争渡潁之涯。天公戲我清貧守，恐戀人間富貴花。

佩犢循聲繼者難,花時强我盡餘歡。他年烏犉門前繫,再看劉家黑牡丹。

**【校記】**

[一]《太庵詩草》題作“潁州劉秀才勺園牡丹盛開携榼邀賞會大風作席未終戲成四絶”。

[二]“潁”,《太庵詩草》作“洛”。

## 陳烈婦詩二首[一]

結褵同穴本天成,把玦天涯雁偶驚。陵王百年,妻把玦哀號不食月餘死,李亦以餓自盡。半世冰霜歸俠烈,此心鐵石見完貞。扶孤事已呼將伯,奉母人還倚阿兄。夫子隔生緣未了,肯隨温飽逐[二]餘生。

重義輕身舊祀桓,未甘貞順待題門。投棺痛灑淄川淚,合冢長留潁水魂。七字詩成應作傳,千金璧瘞豈虚論。不徒絶粒酬芳俎,旌節還欽詔語温。

**【校記】**

[一]《太庵詩草》僅録第一首,題作“旌烈婦陳佑亭元配李孺人”。

[二]“逐”,《太庵詩草》作“乞”。

## 六月二日郡民報飛蝗僵死秫上持稭以獻因賦詩自警二首[一]

民艱粒食萬畦開,歉後難堪螟螣災。但使普天皆化蜨,潁川何必鳳凰來。

擊鼓鳴金逐隊開,介蟲聊幸不爲災。僵頭抱葉休稱賀,須記飛曾入境來。

**【校記】**

[一]《太庵詩草》題作"六月二日郡中野人報蝗僵死秋上持獻書以志喜二首"。

## 清潁書院課士畢偕張松泉、裴西鷺兩明府勸農西湖上燕集會老堂即席賦詩[一]

士居四民首,造若弓受檠。農爲八[二]政先,穫若[三]身隨影。我來一麾守,春迎太平景。[四]量移[五]汝陰丘,開田及望杏。[六]所幸雨暘時,麥稔甲全省。秫穀暢茂均,秋熟冀堅穎。奇哉黑頭蝗,天教儒吏警。民膏供一喝,令人怒生癭。勿報集田間,枯死黏秫梗。又見飛如織,相銜群出境。禾稼雖未害,終夜殊耿耿。乃知神力威,不愧將軍猛。江南北劉猛將軍驅蝗最靈,廟祀之。我來西湖上,勸農親邑井。聞風襁負至,人人鎛趙秉。酬爾耕耨苦,羅拜掬果餅。暑扇示清涼,老弱頗歡幸。徘徊松柏間[七],會老書題冷。宴呂治兹郡,循聲竹册炳。醉翁幹濟才,垂老歸期請。東坡老居士,鬚眉曾泛潁。蓀祠禮四賢,湖上文忠併。而今湖水涸,歷歷阡陌整。水肥犍没蘆,水淺兒戲荇。戒勿開池沼,多事不如省。滄海變桑田,盈虛理足憬。賢宰賴張儉,墾田[八]六千頃。亳田尚多荒,牧仗裴清領。游惰胥懲斥,强悍貴綏靖。農桑[九]係勤嬉,士氣重骨鯁。黜申韓峻刻,蔑老莊清浄。[一〇]水火兩能濟,夙夜愧短綆。舉觴賦長篇,庶共[一一]勵修省。

**【校記】**

［一］《太庵詩草》題作"清潁書院課士畢偕張松泉、裴西鷺兩明府勸農西湖燕集會老堂三十二韻"。

［二］"八",《太庵詩草》作"百"。

［三］"若",《太庵詩草》作"如"。

［四］《太庵詩草》注:"余守丹陽,迎春日適調潁奏至。"

［五］"量移",《太庵詩草》作"來耕"。

［六］《太庵詩草》注:"三月涖潁,即舉行耕藉禮。"

［七］"間",《太庵詩草》作"侶"。

［八］"墾田",《太庵詩草》作"勸墾"。

［九］"農桑",《太庵詩草》作"農業"。

［一〇］"黜申韓峻刻,蔑老莊清凈",《太庵詩草》作"申韓崇峻刻,老莊尚清静"。

［一一］"共",《太庵詩草》作"足"。

## 題醉翁亭二首[一]

西湖曾宴四賢廳,[二]又到滁陽訪舊亭。名醉名賢同不朽,[三]誰知翁醉是翁醒。[四]

淮北江南試一官,太平豐樂共閒閒。[五]何當六一先生照,寫入環滁雪滿山。

**【校記】**

［一］《太庵詩草》作"滁陽懷歐陽文忠公二絶"。

［二］《太庵詩草》注:"余守順昌勸農,西湖上遂燕集焉。"

［三］"名醉名賢同不朽",《太庵詩草》作"賢醉兩名齊不朽"。

［四］"誰知翁醉是翁醒",《太庵詩草》作"要知翁醉是長醒"。

［五］《太庵詩草》注："余太平八景詩，好將豊樂以名亭之句。"

## 戊申

### 壽鳳陽太守谷竹村并序

正月廿日，乃竹村壬寅歲河決落水之期，著《餘生紀略》，遂以是日爲生日，作詩壽之。

神仙誰道隔蓬瀛，忠信衝波險自平。崧嶽喜逢申再降，禹門恰值浪初驚。槎疑織女機邊渡，珠向驪龍頷下擎。從此春秋應續鶴，重生生日紀餘生。

### 魯研川廣文送別賦詩二首次韻并留別諸君子

拙守澄江又潁川，政無鐺脚可追前。濠梁早悟魚非我，雲棧欣逢路近天。千里江淮縈蝭夢，三春花柳喜鶯遷。送予此地官心鐵，恐負廉州有道編。

少小青雲路許攀，而今真作地行仙。三千里外遊江渚，十五年前入劍關。癸巳督餉入蜀，今遷蜀臬剛十五年。快我車書來塞上，輸人金穴落凡間。民懷吏畏都虚語，衹此丹誠解聖顔。

## 己酉

### 成都題雞雛待飼圖呈李雲巖制府

啅掩鶖初長,生全在餉之。畫師摹待哺,聖製廑由饑。杍鬻春臺景,郵傳蔀屋思。恤民千古鑒,願勖小臣司。

### 林西崖觀察招遊杜少陵草堂,放船錦江訪薛濤井,登同慶閣晚酌四首

草堂風物竟何如,花徑蓬門到此初。唐代詞臣真國士,漢家名相老鄰居。北距武侯祠三里许。階前拜石頻驚馬,竹裏敲雲且駐車。更有殘僧邀佛寺,黃衫朱履話徐徐。

指點城南萬里橋,清江新漲快蘭橈。酒逢知己忘爲客,話到搜神不記朝。遠岸花披晴雪遠,隨舟鳥聽畫眉嬌。春江不似秋江景,未許遊人憶洞簫。

美人宛在水之涯,乘興來尋竹徑斜。古井無瀾心可印,好箋有句筆生花。溪頭薄照疑舒錦,樹杪輕煙似浣紗。不識元和老使者,當年幽夢寄誰家。

豆花歷落菜花濃,樂世人歌樂土逢。十里江城喧晚渡,萬家煙火聽初鐘。登臨閣上胸尤闊,笑語燈前酒未慵。自昔遨頭難勝此,幾人冠蓋訪喬松。

## 三月六日雨中代制府耕耤東郊四首

播穀重明禋，東郊翠幕陳。好逢三月雨，先飽一犁春。四野膏流麥，千溪麴漲塵。定知田畯喜，優渥徧江岷。

濯錦溪頭路，煙籠竹四圍。馬嘶前弩静，犬吠遠村微。旬液連簑袂，靈膏滿繡衣。澤民叨己任，此日應春祈。

負耒經生慣，今勞社鼓催。鞭絲垂柳重，畦印落花開。江上薛家紙，籬邊杜老杯。何當助清興，賀雨亦雄哉。

憶昨歡遊地，婪春冒雨歸。江南鳩婦醉，淮北鼠姑肥。蜀道行何易，名園見亦希。桐花開正好，么鳳且于飛。

## 御製題明皇試馬恭次元韻

益州古迹明月觀，孤鶴飛傳沙苑箭。青城道士識仙機，騏驥驊騮何足羨。試馬不試華清宫，百匹銜杯舞侑讌。畫馬不畫開元年，望若雲錦能教戰。韓幹作此幸蜀圖，執鞚挽韁情戀戀。鳥啼花落入劍門，譜出淋鈴曲一段。御翰題成金鑑録，足使臣工增感歎。

## 奉和李雲巖制府留别元韻四首

盛世耆英感契投，芙蓉舊護錦城頭。瞻韓北苑施行馬，借寇南江築節樓。丙午，予初守江南，公五月入覲圓明園，調兩江總督。到處如携千里纊，此身常著卅年裘。濠梁一别情懷邈，藥籠相將未肯留。丁未冬，予觀察鳳廬，適公移節西蜀，送别時僚屬餽遺，悉屏辭不受。時論以爲叉手上車，不取藥籠，有趙都督廉介之風。

溯古名言治蜀難，塵銷六纛萬民觀。星霜昔閲魚通苦，公金川軍營督餉五年。老健重禁僰道寒。戊申冬，征巴爾布，公駐打箭鑪。且喜放衙開菊杞，每逢入室有芝蘭。名齊若谷真師範，四字官箴學未殫。

禪關坐闢萬緣空，問政商才本曲衷。匝地流光江駛裏，兩川景物月明中。霜枝秋老香何礙，詔語春温意不窮。此去上林花正好，蕭然鳩杖引清風。

三至碑傳事豈違，他年翹秀托餘菲。元同卦象留青史，伯始科名勝紫緋。公孫賜進士出身。自信臣心如止水，却勞天使駐征騑。冬，詔遣御醫視疾。春臺耋壽虚前席，未許南山卧釣磯。

## 庚戌

## 詠史十七首

### 趙上卿藺相如

大勇充浩氣，威聲壯邯鄲。碎首睨秦柱，趙璧歸能完。濺血進秦缶，趙瑟不空彈。肉袒廉將軍，照人惟膽肝。

### 淮陰侯韓信

國士信無雙，拜將一軍驚。傳檄定三秦，首策孰與争。木罌襲安邑，赤幘拔趙城。卧内奪符印，兆兹疑釁萌。東下定臨淄，遂使食其烹。濰水龍且死，垓下項羽阬。大王功不世，數蒙震主聲。親信不背義，猶豫不忍情。一則謝武涉，再則拒蒯生。不反王齊日，而結陳豨兵。至愚不出此，況乃械都京。當夫載後車，待罪肉袒明。胡爲羞同列，怏怏鳴不平。保身在明哲，召禍惟驕盈。惜哉淮陰烈，紿死鴻毛輕。昌黎拘幽草，爲子改絃賡。

## 飛將軍李廣

隴西飛將軍，太守歷王郡。石虎中偶然，猿臂乃天分。射鵰生致勇，縱馬烏可訓。數戰竟無功，陷虜果誰愠。降卒阬殘暴，醉尉斬私忿。何恨不封侯，徒勞王朔問。

## 大樹將軍馮異

公孫奉牛酒，始遂歸身願。蕪蔞上豆粥，南宮進麥飯。曉軼罷争鋒，降衆動成萬。破鮪詣鄗城，諸將尊號獻。華陰赤眉平，澠池桑榆健。上林威震主，咸陽嫌可遠。奇兵栒邑出，餘勇落門困。謙讓有儒風，大樹將軍勸。

## 好畤侯耿弇

伯昭合兩郡，突騎無延緩。南首鼠輩譁，北道主人款。温明披赤心，臨淄効忠膽。有志事竟成，下詔嫌疑坦。

## 雍奴侯寇恂

子翼備文武，仲華識儒將。奪印叱還守，氣吞懷璧壯。委君以河内，任比關中相。留潁著仁聲，避復恢宏量。誅文畯亡膽，西土賴保障。

## 伏波將軍馬援

不作守錢虜，蔑視井底蛙。去就臣擇君，洛陽早移家。盜固憎主人,破嚚聚米沙。先零資鎮撫,參狼靖邇遐。浪泊歎飛鳶,烏桓武空加。乃乞蠻溪行,據鞍矍鑠誇。終困壺頭路,交讒薏苡車。高義雲陽疏,千古空悲嗟。

## 節侯來歙

解衣衣君叔,方略思西立。伏節隗嚚驚,開山略陽襲。金城破諸羌,隴右費安集。烈烈抽刃書,不作兒女泣。雲臺廿八將,姓字竟無歙。

## 虎威將軍趙雲

子龍介於石,桂陽婚未允。兩護弱主還,忠貞殊不窘。田園復益民,早圖國賊殞。一身都是膽,君知臣未盡。

## 晉太傅羊祜

叔子美髯鬚,奕見而心醉。大信布吴人,緩帶輕裘治。墾田八百頃,軍糈十年積。順流委阿童,忠謀過人智。敵國號羊公,仁勇全古義。恩不謝私門,功豈必己立。叶。賢哉師疏廣,盛滿憂重位。噫嘻折臂公,峴山碑墮淚。

## 文貞司空魏徵

嫵媚魏元成,不愧身許國。君明臣願良,主聖臣行直。大義均一體,形迹豈存匿。至公貸隱巢,辰嬴恐累德。申理房杜斥,告訐權李劾。人苦不自知,理屈聞言克。封禪罷東山,朝覲止西域。養虎害機貽,置州悔初惑。竭澤魚易枯,焚林獸難殖。眊昏望昭陵,諦玩慶善樂。欲治鬼魅少,不信人情塞。吁嗟人義效,恨少封公識。十思格心非,十慚脩隱慝。酬勛賜佩刀,獻納忠讜力。一鑑人云亡,西樓目空拭。猶有半槀書,記笏勖群職。

## 梁國公房玄齡

孝基識房郎，國器終昂霄。杖策謁軍門，人物收幕僚。申結盡死力，此計尤賢蕭。得士仲華倫，絶勝子房鑣。故知創業難，守成煩憂焦。高麗一諫疏，直哉史魚標。

## 鄭國公李光弼

安史撥亂臣，鄭公軍政肅。慢使斬以徇，露齒酹而哭。匕首納靴中，三麾戰何速。牝馬縶乳駒，火船叉巨木。建兹不世功，汾陽實推轂。奉詔胡遷延，憂讒終碌碌。

## 鳳閣侍郎張柬之

文章誠齷齪，蘇李備羽儀。與成天下務，安得一士奇。柬之七十翁，獨奪鳳凰池。天津梟二張，功烈鸞臺垂。

## 白衣山人李泌

方圓動静詠，頭角已嶄然。宰相喜軟美，曲江友忘年。不録休甫怨，孝思感性天。家事宜待命，晨昏戀足賢。載詠黄臺瓜，一言骨肉全。蜀表乃卿力，長嘯衡山巔。

## 起居郎褚遂良

有星孛太微，天心誠未合。載筆舉必書，捄源資獻納。德器務養成，忿兵苦騰蹋。還笏殿階前，顧命殊恩答。

## 文貞太傅崔祐甫

貓鼠會同乳，可弔不可賀。法吏邪罔觸，疆吏敵未剉。治復貞觀初，時議貽孫大。

## 馬道驛口占

怪底山中木,淩冬葉不凋。煙浮深淺緑,日麗短長條。宴罷英雄壯,馬道驛爲樊噲故里。功成相國勞。蕭何追韓信至此。樹人千古迹,此地合題蕭。

## 題煎茶坪吾泉

廉泉飲者廉,貪泉飲者貪。水能易人性,怪此不經談。請看涇水流,入渭濁如泔。一石泥八斗,澄之清涵涵。世言渭本濁,未向源頭探。我來陳倉道,煎茶且停驂。碌碌風塵中,吾泉倚翠嵐。兹泉以吾名,乃悟大道含。相彼三尺甃,有如百丈潭。凡襟勞一漱,胸吻餘芳甘。造物本無私,能令飲者慚。鑒此吾泉水,貪廉名自諳。

## 韓侯嶺遇安邑山長王恭壽孝廉

蕙雨蘭風記少游,而今花上老人頭。定知鶴算遥添日,百歲平分我一籌。

# 辛亥

## 嘉平月護送參贊海公統軍赴藏四首

萬里烏斯藏,千層拉薩招。班禪參妙喜,達賴脱塵囂。叩頷諸番控,雕題百貊朝。家家唐古持,别蚌屬庭梟。

化雨真無外，三汗舊獻琛。巴爾布舊有三部酋長，一曰布延汗，一曰葉楞汗，一曰庫庫木汗。康熙年間納貢爲三汗，與藏地通貿易。穴争同鼠雀，蠻觸起商參。未許千鍰贖，何難一戰擒。五十三年，巴爾布乞降遣頭人納貢。聖朝同覆幬，黑子已輸忱。

青海諸番道，兼衣夏月過。冰天無汗馬，雪嶠有埋駝。地險達般嶺，天通穆魯河。噶達蘇屹老，過此即西藏界。超蹀快如何?

百騎巴圖魯，千員默爾庚。琱弧隨月滿，長劍倚霜鳴。失策憑垂仲，喇嘛能卜者名垂仲。抛戈耻戴綳。番目領兵者名戴綳。由來古佛國，持護仗天兵。

## 壬子

### 次韻秦芝軒中丞聽雨

黄封下廩賑，赤印懸租寬。蚩氓趁之戊，布種肉已剜。瀟瀟連夜雨，聽之鼻觀酸。甘津令人飽，望梅止渴難。自古重備虞，下策慚素餐。潤兹池魚涸，捕彼倉鼠奸。政去害民者，驅鱷宜師韓。

### 閲賑道中作雜詩九首[一]

#### 咸　陽　令

問政先於五日官，均荒良策仗公完。懷民不敢重懷古，雙筆才如李嶠難。

## 興　平　令[二]

簇擁籃輿愧若何？書生習氣肯消磨。一餐十户中人賦，足飽饑年百户多。

## 興平粥廠

瘦女羸童趁遠村，紛紛倒甑且翻盆。日斜得粥忽忽去，家有衰年餓倚門。

## 武　功　令

平糴虚張策尚存，仲游誰笑腐儒餐。煩君快指三千斛，勝我愁酣五石樽。

## 醴　泉　令[三]

計口持籌動萬千，半施饘粥半施錢。定知頹舍重相語，無竈何論竈減煙。

## 韓城謁太史公墓

芝川煙雨幕平廬，司馬坡前拜漢墟。蠶室祇令遺恨在，龍門終古大名餘。翼經左氏堪争席，續傳班生敢近居。河有波瀾史有筆，世間多少未成書？

## 訪三原山長王恭壽孝廉[四]

小酌高軒興未央，盤餐市遠味偏長。不徒貧冷儲佳釀，猶有雙螯饋孟光。

古畫宣瓷酒一鴟，半添行李半添詩。端溪惠我尤稱雅，墨會磨人老不知。

## 宿上漲渡民家詠白菊花[五]

最喜[六]陶家徑未荒，數叢冷蕊過重陽。凝暉不怕[七]遭梅妒，未到霜時已傲霜。

寒生虛室露華流，坡老書中墨漬收。人淡喜逢秋色淡，此花應上老人頭。

## 寶雞懷古[八]

落日辨陳倉，山河意渺茫。祀雞空有霸，哀鳥竟無良。雪掛茶坪白，沙分渭渼黄。晚煙斜口路，火炬勖[九]淒涼。

**【校記】**

[一]《太庵詩草》題作"查賑道上雜詩"。

[二]《太庵詩草》存詩二首，題作"興平令二首"。

[三]《太庵詩草》題作"醴泉"。

[四]《太庵詩草》存詩三首，題作"訪王恭壽山長留酌三首"。

[五]《太庵詩草》存詩四首，題作"宿上漲渡民舍見白菊花四首"。

[六]"最喜"，《太庵詩草》作"底事"。

[七]"不怕"，《太庵詩草》作"却恐"。

[八]《太庵詩草》存詩二首，題作"寶雞懷古二首"。

[九]"勖"，《太庵詩草》作"最"。

## 喜聞郭爾喀投誠大將軍班師紀事[一]

無量[二]浮屠國，巖疆震廓酋。一年陳勁旅[三]，萬里饋軍籌。白飯珠量少，青芻桂束售。宴何豐僦運，佛汗不須流。

齋斧諳奇正，披圖廟算嚴。鑿開山聚米，宷入雪堆鹽。閫外知枚卜，師中以律占。傳餐剛列陣，姓字聳翹瞻。

絶壁垂徽引，軍懸咫尺膺。援枹纔一鼓，束馬會超乘。夜冒天梯雨，山推月窟冰。元戎最神速，翊贊矧機庭。

免胄投槍日，群酋拜泣難。葛羅心膽落，僕固齒唇寒。帝力敷天有，臣功薄海刊。戢兵丹鳳下，叩額數仍寬。

法門原不二，身毒半袈裟。國史傳宗卡，元僧衍薩迦。未教過玉壘，那許渡金沙。木石看燒却，懷荒更逐邪。紅教喇嘛沙瑪爾巴搆衅伏誅，其寺在陽巴井，事定後毀其寺，遷其徒衆。

西海饒珠錯，鞮鞻樂部諳。野心温語革，殊俗寵恩覃。瑪甲巢雲嶺，[四]孔雀名瑪卜甲。郎伽[五]出日南。象名郎卜伽。堯階習干羽，儀舞備陳堪。

**【校記】**

［一］《太庵詩草》存詩八首，題作“聖仁廣被西藏廓爾喀投誠召大將軍班師恭紀五律八首”。

［二］“無量”，《太庵詩草》作“衛藏”。

［三］“勁旅”，《太庵詩草》作“旅勦”。

［四］“瑪甲巢雲嶺”，《太庵詩草》作“夘甲巢雲外”。

［五］“郎伽”，《太庵詩草》作“伽那”。

# 癸丑

## 渡象行

馴象來從廓爾喀，困頓深山迹茸闒。蠻酋百計出巉巖，道兑款誠喇特納。廓爾喀王名。憶其初出陽布城[一]，卧雪啖冰倦騰蹋。蹣跚努力達兩招，札什倫布布達拉。慳夷安得佳飼秣？忍饑且狎黄毳衲。磂磟日行三十里，笮馬屈足空駊騀。金江黑水勢洶湧，索橋[二]皮船濟紛遝。水草惡劣走踉蹌，時炒未必飽升合。木魯烏蘇濟[三]無患，青海已過歡颯颯。噫嘻！黄河之水天上來，象經[四]徼外幾周匝。皋蘭風定不揚波，供張中原綵棚搭。[五]潼關我見數番奴，身氍毹兮足革蹋。[六]風陵謀渡崑崙水，渡吏怕驚波浪沓。方張[七]布帆[八]趣象登，欸乃一聲穩如榻。奇哉！象解侏儒語，[九]此去朝天[一〇]趨鳳閣。豈知聖主齊堯年，所寶惟賢風雲合。西旅貢[一一]獒越裳雉，珍奇那[一二]貴昇平答。況此[一三]馴象富都中[一四]，對對充坊數盈卅。[一五]稭稻[一六]萬束粟千鍾，不比尋常餵莝苔。有時待漏金馬門，仗下亭亭守風蠟。錦韉玉轡駕五輅，背上寶瓶高似塔。退食偶浴城南溪，鮫室鼉宫震喧雜。噫嘻！象身幸不爲齒焚，脱離蠻瘴遊閶闔。太平有象樂優遊，禄享天庾慶朋盍。

**【校記】**

［一］"陽布城"，《太庵詩草》作"聶拉木"。

［二］"索橋"，《大庵詩草》作"鐵鎖"。

［三］"濟"，《太庵詩草》作"施"。

［四］"經"，《太庵詩草》作"從"。

［五］“供張中原綵棚搭”，《太庵詩草》作“供帳所經綵棚搭”。

［六］“身氍毹兮足革蹋”，《太庵詩草》作“身裹氍毹足革蹋”。

［七］“張”，《太庵詩草》作“舟”。

［八］“帆”，《太庵詩草》作“障”。

［九］“象解侏儒語”，《太庵詩草》作“象能解語聽侏儒”。

［一〇］“朝天”，《太庵詩草》作“天朝”。

［一一］“貢”，《太庵詩草》作“底”。

［一二］“那”，《太庵詩草》作“不”。

［一三］“此”，《太庵詩草》作“兹”。

［一四］“中”，《太庵詩草》作“下”。

［一五］“對對充坊數盈卅”，《太庵詩草》作“充坊隊隊幾盈卅”。

［一六］“稽稻”，《太庵詩草》作“稻稽”。

## 揚州陳老人贈竹雕壽星賦詩以謝

南極老人星，羅浮此君竹。千年亘河漢，直節傲巖谷。似有天緣巧，刻肖真面目。翁本揚州鶴，臞仙名耳熟。我遊終南山，與翁偶信宿。筵開止酒陶，座話顛茶陸。喜聽白下歌，笑顧秦中筑。多情倍少壯，陳迹了無蓄。静默足延年，勝彼黄精服。得壽仁者徵，愛竹君子獨。綴以百二言，寫照爲翁祝。

## 九日還都省墓二首[一]

報政歸來日，冠裳近上台。還鄉仍作[二]客，掃墓更喈哀。[三]楊葉堪成雨，松濤待轉雷。諸孫十年計，佳木勉滋培。

一點思親淚，量應斗斛多。斷雲横塞影，寒日透林柯。萬里心懸旆，三年腹飲河。荒丘空酹酒，雞黍恨[四]如何。

**【校記】**

［一］《太庵詩草》題作"掃墓二首"。

［二］"作",《太庵詩草》作"是"。

［三］"掃墓更嚐哀",《太庵詩草》作"入墓更思哀"。

［四］"恨",《太庵詩草》作"逮"。

## 旅夜懷西安徐琴客

欲洗箏琶耳,全憑太古音。悠然流水意,默爾遠鴻心。月净窗前影,風停竹外吟。何當孤館夜,爲我滌塵襟。

## 冬至月奉命以内閣學士兼副都統充駐藏大臣恭紀[一]

一劍霜寒興不群,新綸拜仰列星文。黑頭方伯虚談政,白髮儒生壯統軍。敢信文章誇[二]異俗,漫勞弓矢建殊勛。冰銜此去清涼界,天語回春入梵雲。[三]

**【校記】**

［一］《太庵詩草》題作"冬至日奉命以副都統銜出使衛藏嘉平望前二日復蒙恩旨除内閣學士兼禮部侍郎恭紀"。

［二］"誇",《太庵詩草》作"匡"。

［三］"冰銜此去清涼界,天語回春入梵雲",《太庵詩草》作"酬恩此去招提境,□喻天慈入梵雲"。

## 孫補山相公招飲絳雪書堂

指點雲根繞舞筵,歡逢儒相借平泉。一胸丘壑開心賞,半畝林塘續舊賢。楊升庵先生舊宅。看竹却憐抽笋日，折[一]梅剛及放花天。草堂未許嘉名獨，更有書堂錦里傳。

【校記】

[一]"折"，《太庵詩草》作"憶"。

## 林西崖廉訪餞席志別[一]

竹圃桐軒憶舊遊，臬署且園。小山依樣疊嵐幽。懷人麫道成陳迹，[二]西崖前歲從戎衛藏。送客蓉城得少留。[三]柳往雪來家萬里，花朝月夕夢三秋。何當西社靈么鳳，[四]也集楞伽頂上頭。

【校記】

[一]《太庵詩草》題作"林西崖廉訪招飲且園即事"。

[二]"懷人麫道成陳迹"，《太庵詩草》作"懷人詩罷無多語"。

[三]"送客蓉城得少留"，《太庵詩草》作"送別筵開得少留"。

[四]"靈"，《太庵詩草》作"飛"。

## 留別聞鶴村徐玉崖兩同年[一]

古香檐外茁寒梅，[二]藩署亦園。檢點霜根手自栽。蘭譜重逢人漸老，花時一醉歲仍催。酪酥舊識卭籠出，翰墨從教庫露開。最喜魚通平似席，郵傳和仲宅西來。

【校記】

[一]《太庵詩草》題作"聞鶴村徐玉崖兩同年招飲亦園"。

[二]"古香檐外茁寒梅"，《太庵詩草》作"古香檐額襯寒梅"。

## 城南道上[一]

萬里橋西芝徑斜，水村遥起倦飛[二]鴉。竹參鳳尾晴添翠，豆種蛾眉臘放花。懷古風雲通八陣，化民劍犢首三巴。自慚竹馬難題句，惆悵前溪子美家。

**【校記】**

［一］《太庵詩草》題作"城南野望"。

［二］"倦飛"，《太庵詩草》作"暮林"。

## 過嚴君平故里[一]

術也通乎道，先生道術全。能猜天上石，却下日中簾。康節遺經古，東方譎諫賢。誰知君賣卜，揚子得薪傳。

**【校記】**

［一］《太庵詩草》題作"嚴君平故居"。

## 望蒙山

蒙頂仙茶種，最高峰産仙茶，名觀音茶。陽春受氣全。高承甘露液，山頂時降甘露。低覆梵音泉。山麓懸瀑布，名梵音泉。鐵壁鈎雲外，銀瓶貢火前。每歲清明前貢觀音茶。此山龍虎守，那許陸生顛。

## 除日抵雅州度歲[一]

一覽金雞口，前旌入雅安。年華驚歲杪，行李半雲端。蔡旅横蒼壁,平羌吼急湍。江山壯如此,除日等閒看。

**【校記】**

［一］《太庵詩草》題作"除日雅州道上"。

## 甲寅

### 大　關　山

初識關山險,人争脚馬拖。土人以鐵齒東足底,名脚馬。玉華高綴樹,冰乳倒垂蘿。氣迓肩輿逼,光疑目鏡訛。雲天連一色,不辨路嵯峨。

### 相　公　嶺[一]

蜀相名傳嶺,摩空雪嶠盤。動摇銀海眩,呼吸絳宫寒。磴滑人頹綆,梯危馬脱鞍。更從峰頂望,萬頃玉闌珊。

**【校記】**

［一］《太庵詩草》題作"相嶺"。

### 飛　越　嶺

天險設雄關,巴西控百蠻。雲門高不鎖,雪海静無瀾。馬喘[一]危欄角,人驚缺磴彎。籃輿輕一葉,拽簉我航山。

**【校記】**

［一］“喘”，《太庵詩草》作“惴”。

## 頭道水瀑布次孫補山相公韻[一]

水晶簾掛影重重，鶴駕瀛洲第幾峰。山澤氣通泉出石，地天交泰雨飛龍。但希題壁留青眼，何礙層雲盪素胸。潤到前川流不斷，尋源此日翠崖逢。

**【校記】**

［一］《太庵詩草》存詩二首，題作“頭道水觀瀑布孫補山相國惠瑶圃制軍壁間元韻二首”。

## 次建昌觀察徐玉崖同年韻二首[一]

雲檣月舫小平樓，百尺寒光一劍收。忽仰天池詩掛壁，綣情同日到瀛洲。

憑誰咒嶺出飛泉，鎮日懸流吼屋前。但挽銀河洗兵甲，一牀風雨總安眠。

**【校記】**

［一］《太庵詩草》存詩四首，題作“再次徐玉崖觀察同年元韻四絶”。

## 出打箭鑪[一]

潼關以河[二]雄，劍閣以山壯。在德不在險，何乃爭扼吭。[三]嗟此彈丸城，蠶叢列屏障。[四]四壁森[五]巑岏，魚通激[六]奔浪。羌髳鳴其雄，[七]地利乃足仗。我朝聲教敷[八]，無遠弗内向。宣使甲爾[九]参，繼絶本阿旺。所部三萬户，輸糧兼供帳。漢番左語通，浮圖俗習尚。[一〇]市集販茶布，富與都邑抗。北達青海風，南接蠻嶺瘴。[一一]外户此發軔，西指康衛藏。[一二]猶聞[一三]郭將軍，血食致惆悵。郭達鑄劍於此，祠廟尚存。

**【校記】**

［一］《太庵詩草》題作“打箭鑪”。

［二］“河”，《太庵詩草》作“土”。

［三］“何乃争扼吭”，《太庵詩草》作“行古齊得喪”。

［四］“蠶叢列屏障”，《太庵詩草》作“舊列蠶叢障”。

［五］“森”，《太庵詩草》作“拱”。

［六］“激”，《太庵詩草》作“中”。

［七］“羌髳鳴其雄”，《太庵詩草》作“羌髳各争長”。

［八］“敷”，《太庵詩草》作“溢”。

［九］“爾”，《太庵詩草》作“勒”。

［一〇］“浮圖俗習尚”，《太庵詩草》作“俗習浮圖尚”。

［一一］“北達青海風，南接蠻嶺瘴”，《太庵詩草》作“北路達青海，南嶺接蠻瘴”。

［一二］“外户此發軔，西指康衛藏”後《太庵詩草》有“噫嘻三國時，盡瘁緬蜀相。王業不偏安，生瑜又生亮。併力窺中原，未暇計西望”句。

［一三］“聞”，《太庵詩草》作“有”。

## 東俄洛至卧龍石

朝發東俄洛，山坳布群髳。迢迢大雪山，萬頂[一]覆銀甌。皎然無黑子，寒光射酸[二]眸。絶頂矗鄂博，哈達紛[三]垂旒。乃有高日僧，蹋雪迎道周。敦多伽木嗟,紅帽薩迦流。幨帷獻酥茶,聊以金帛酬。西南循鳥道,玉沙晝而修。前驅烏帽没,乃[四]知下危溝。蒼松密排拶,萬幢懸碧油。峭壁五色燦,連岡四面幽。宿宿卧龍石,夜半魂夷猶。

**【校記】**

[一]"頂",《太庵詩草》作"頃"。

[二]"射酸",《太庵詩草》作"酸射"。

[三]"紛",《太庵詩草》作"掛"。

[四]"乃",《太庵詩草》作"遥"。

## 中渡至西俄洛

朝渡雅隆江,浮梁乃舟造。山谷爲我廬,又入西南奥。深林蔽天日,人迹真罕到。凜冽刺毛骨,蝟縮馬牛踔。小憩麻蓋中,有如出冰窖。誰知鏡海上,雪比琉璃曜。日華眩素彩,護眼青絲罩。卅里波浪工,白霓愁遠嶠。所欣陰曀合,絶頂快覽眺。四圍山卧平,萬疊雲垂倒。僕從忙戒嚴,此間多劫[一]盜。潛[二]居黑帳房,長年無井竈。弓箭各在腰,刀劍時懸鞘。斯言咄可怪,我乃粲一笑。饑户守荒山,荒山多虎豹。呼取來塡來,爲我作嚮道。

**【校記】**

[一]"劫",《太庵詩草》作"鼠"。

[二]"潛",《太庵詩草》作"所"。

## 宿　頭　塘[一]

阿喇柏桑西,喜宿頭塘早。罡風摇板廬,孤枕雪壓腦。挑燈不成寐，默坐紆懷抱。硯凍墨不濡，指直筆攲倒。今夜莫吟詩，吟[二]詩定郊島。呼童膺復眠，起視漫天縞。郵番促晨裝，長絳氂牛套。且去問前途，冰鏡滑如掃。

**【校記】**

［一］《太庵詩草》題作“頭塘”。

［二］“吟”，《太庵詩草》作“有”。

## 小歇松林口[一]

曉渡三垻山，俯仰如桔槔。兀坐籃輿中[二]，冰珠生睫毛。忽下仇池底[三]，别有洞天高。仙掌岫千仞，佛幢松萬旄。泠泠澗泉響，而無鳥雀嘈。革橐出腊脯，銀瓶傾玉醪。小酌據胡牀，亦足以自豪。幽人快[四]奇興，莫當[五]寒蟲號。

**【校記】**

［一］《太庵詩草》題作“松林口”。

［二］“中”，《太庵詩草》作“裏”。

［三］“底”，《太庵詩草》作“穴”。

［四］“快”，《太庵詩草》作“發”。

［五］“莫當”，《太庵詩草》作“且作”。

## 大雪封瓦合山阻察木多寺

虎踞龍蟠地，西天第一門。康衛藏爲三藏，察木多康也爲三藏之一。雙橋環古寺，左四川橋，右雲南橋。半載訪真源。信宿登雲路，羈遲卧旅魂。開山三月暮，冰雪丈尋屯。

## 雪後度丹達山

丹達寒山暮,青燈古廟存。小心驚旅夢,好語慰忠魂。予作丹達山神贊懸於廟。雪頂千迷道,冰城一綫門。扶节安穩度,天險不須論。

## 三月抵前藏渡噶爾招木倫江即藏布江,源出阿耨達山,前藏東門户也。

百川盡東注,此外獨西流。鷲嶺千年雪,恒沙萬里洲。吐龍知冷暖,渡象辨沈浮。悟到朝宗意,乾坤海一漚。此水入南海。

## 大　招　寺

北轉三輪地,西來五印天。雪飄金殿瓦,風静鐵門簾。古柳盟碑在,唐柳、唐碑。曇雲法象傳。唐家外甥國,贊普迹蕭然。

## 小招寺唐公主思念長安,故造小招東向,内金殿一。

左計悲前古,和親安在哉?烏孫魂已斷,青塚骨成灰。獨有金城座,長留玉殿隈。大招今有唐公主像。千年香火地,應作望鄉臺。

## 布　達　拉

佛閣上層霄,横枝法嗣遥。南浮炎海日,東下浙江潮。布達,普陀也。拉,山也。天下普陀有三,一在甲噶爾南海中,即厄訥特克國;一在浙江南海中;一在烏斯藏。皆觀音大士化現之所也。自在除煩惱,真空鎖寂寥。干戈無限意,那復問銀橋?上有銀橋,唐公主造,兵火後久無存。

## 木鹿寺經園

華夏龍蛇外,天西備六書。唐古特字、甲噶爾字、廓爾喀字、厄訥特克字、帕兒西字,合之蒙古字重譯六書。羌戎刊木鹿,儒墨辨蟲魚。寺建青鴛古,經馱白馬初。何如蒼頡字,傳到梵王居。

## 第穆呼圖克圖園中牡丹將謝遂不果遊[一]

喜園樂樹飽霜[二]風,渺渺禪棲韻不同。身作天香花作相,要知無相是真空。

**【校記】**

[一]《太庵詩草》題作"第穆園牡丹將謝遂不果遊"。

[二]"飽霜",《太庵詩草》作"耐寒"。

## 金本巴瓶簽掣呼畢勒罕[一]

古殿金瓶[一]設,祥晨選佛開。誰家聰令子,出世法門胎。未受三塗戒,先憑六度媒。善緣生已定,信我手拈來。

**【校記】**

[一]《太庵詩草》題作"大招掣胡圖克圖即事"。

[二]"金瓶",《太庵詩草》作"奔巴"。

## 前藏書事答和希齋五首

梵閣淩空起,豐碑表更華。十全垂翰藻,萬古老煙霞。信有園遊鹿,虚無鉢咒花。請看西嶺雪,絶頂不飛鴉。

奇哉天地葬,絶少中心泚。未解化兇殘,云何參妙喜。掩藟教始興,刻木風期美。安穩便蒼生,是爲真佛理。

婆心敦素風,法性寬愚俗。歲祝麥禾黄,村謳山水緑。減汝佛廬征,爲渠平屋足。所幸人熙熙,長年無折獄。

戒殺不談兵,疆埸誰用命。灞上兒戲軍,閫外書生令。魚陣布森嚴,柳營看峭正。樓居千萬家,得養雞棲性。

萬里巖疆重,皇家設教神。空瓶開善種,堅壁走强鄰。解語花應笑,忘機鳥亦親。百年如寄耳,雲路悟前因。

## 輓李雲巖制軍二首[一]

夫子真廉静,繁華一洗空。官箴欽若谷,易卦仰元同。白髮抽身早[二],青山别夢中。雲西風燭淚,冷照耋齡終。

萬里驚沙客,難禁哲萎悲。予癸丑駐藏,甲寅夏始聞先生卒。全歸尊宿老,舉世失心師。[三]弔鶴無緣爾,騎龍信有之。兩行知己淚,不盡寫哀詩。

**【校記】**

[一]《太庵詩草》存詩四首,題作"挽雲巖李大司馬四首"。

[二]"早",《太庵詩草》作"後"。

[三]"全歸尊宿老,舉世失心師",《太庵詩草》作"心師懷宿老,人世歎全歸"。

## 色拉寺題喇嘛諾們罕塔

叢林百丈開,几案羅金玉。笑問塔中僧,可曉傳燈録? 僧食肉流骨,肉山徹骨俗。肉僧骨已枯,骨山藏活肉。我輩受孔戒,護汝十萬秃。塔僧若有靈,可鑒前車覆。天威薄海西,絶徼少飛鏃。文令需可人,武滿何曾黷。半藏我聊轉,全峰老猶矗。悠謬青石梯,荒唐白玉局。舉觴漫問天,且作長城築。

## 中元夕書懷

北斗臨鄉國,中元憶少齡。荷燈千葉月,火樹一林星。花果空王獻,盂蘭法會靈。十年虚掃墓,風雨故園聽。

## 和希齋贈橄欖并放生青羊致謝二首[一]

維摩示病愧如來,時小恙方愈。木叩金鳴總未開。忽湧滮泉憑諫果,[二]果然此味美於回。

巫俗瓶瓶本異鄉,誰知豢熟有靈腸。儻逢煮鶴燒琴手,一飽何論未見羊。

**【校記】**

[一]《太庵詩草》存詩三首,題作“小癢頓愈三首”。

[二]“忽湧滮泉憑諫果”,《太庵詩草》作“靈液似泉憑諫菓”。

## 出巡後藏夜宿僵里[一]

萬里客中客,初登聶黨程。河山環野暗,霜月帶沙明。别寨燈燃夢,婪杯酒繫情。五更風定後,落葉枕邊聲。[二]

**【校記】**

[一]《太庵詩草》題作"夜抵僵里"。

[二]"五更風定後,落葉枕邊聲",《太庵詩草》作"一年經兩别,胡以慰生平"。

## 過巴則嶺[一]一名西崑崙。

曳罷氂牛縴,聲聲异老竿。石林穿有徑[二],江涘俯無瀾。坡仄[三]群羊叱,天空一鶚寒。世途多險隘[四],行路豈[五]知難。

**【校記】**

[一]《太庵詩草》題作"過巴則山"。

[二]"徑",《太庵詩草》作"路"。

[三]"坡仄",《太庵詩草》作"野闊"。

[四]"險隘",《太庵詩草》作"崄巇"。

[五]"豈",《太庵詩草》作"不"。

## 宜椒道士

一劍寒暄割,西風撲面驕。冰堅銀闕聳,雪捲玉塵消。驛騎經時少,人煙著處遥。漫争馳快馬,前路有危橋。

## 抵後藏宿札什倫布[一]

竺國羈臣肅,天涯拜聖顔。口傳温語詔,心度化人關。梵唄空中放,神光到處攀。西南千里目,喜眺塞雲閒。

**【校記】**

[一]《太庵詩草》題作"札什倫布"。

## 晤班禪額爾德尼[一]

十四年前佛,童男幻作真。年甫十二。劫來逢隔世,猶是悟前身。庚子予在京師,曾會前輩班禪。慧業聊應爾,靈根信不泯。莫嫌予强項,千佛轉隨人。

**【校記】**

[一]《太庵詩草》題作"班禪額爾德尼"。

## 望多爾濟拔姆宫寺在海中,相傳斗母化現之地,住女呼圖克圖。

摩利支天迹,流傳拔姆宫。斗移星野外,豕化博鑾中。[一]昔藏地遭亂,斗姥化豕逐賊遁去。拔,番語豕也。弱水飛難渡,靈仙[二]入望通。未知嫫女性,結習可曾空。

**【校記】**

[一]"斗移星野外,豕化博鑾中",《太庵詩草》作"斗涵分野外,豕化百

蠻中”。

［二］“靈仙”,《太庵詩草》作“神山”。

## 古柳行曲水江岸。

柏生兩石間,鬱鬱不得長。高岡有梧桐,鳳凰鳴下上。物生各異地,同歸大塊壤。嗟此古柳樹,杈枒根崛强。兩幹倚崖[一]畔,蔭可十畝廣。一幹卧江干,水面浮槎瀁。薄植落蠻鄉,盤錯千年[二]获。緬我中原道,簡書閲來往。作絮任飄零,繫馬遭囓癢。城市供勞薪,斫削等[三]榛莽。造物無棄物,因材篤豈枉。仙人木癭瓢,太乙青藜杖。苟足適於用,取資定不爽。兹柳生不材,臃腫拳曲像。雨露幸無私,枝葉久[四]培養。託根井鬼方,上列柳宿象。古柳古柳兮,作歌慰[五]慨慷。不爲枯樹悲,無取假山賞。夭矯若游龍,生意空摩盪。汝壽全天年,江山獨偃仰。

【校記】

［一］“崖”,《太庵詩草》作“巖”。

［二］“年”,《太庵詩草》作“秋”。

［三］“等”,《太庵詩草》作“如”。

［四］“久”,《太庵詩草》作“滋”。

［五］“慰”,《太庵詩草》作“寓”。

## 送别和希齋制軍之蜀十首[一]

自度魚通水,巉巖萬古稀。冰餐鵶攫肉,雪卧犬牽衣。夜怖楓人度,朝看颶母飛。暮春投館後[二],邊日静寒暉。

罔洞聲無賴，喇嘛吹人脛骨。晨喧大小招。磨盤江活活，筆硐柳蕭蕭。犺馬馳青坂，籃輿走碧橋。幾回明月夕，平閣舉杯邀。

蹇步追攀興，清談[三]快隔晨。異方歡處少，鄉味共時親。儻蕩遺今古，掀㕞忘主賓。天涯風雨夜，巧遇對牀人。

西向軒臺射，分朋束矢抽。豈爭王濟駿，聊試魏舒籌。地闊[四]千年雪，人披萬里裘。百蠻觀似堵，那獨爲防秋。

達賴勤人事，寒暄問早衙。盤蒸雲子飯，壺瀉乳酥茶。毳衲還虛寂，籠官靖諜譁。北山三藏迹，誰見曼陀花。

五竺皇仁普，千秋樂止戈。銜刀觀市舞，蹋地聽林歌。蠻女招松石，番僧鬭海螺。天慈勞口喻，高枕在人和。

此別堪稱賀，臨岐轉黯然。遥岑添瘴雪，落日暗蠻煙。離續千鍾洗，鄉心竟夕燃。寸懷山岳重，不盡浣溪箋。

諸葛勛名地，流傳治蜀嚴。巴渝占坎習，卭笮苦山兼。有木皆交讓，無泉不飲廉。化行頑梗俗，休負萬民瞻。

釜底看城郭，迢迢玉壘關。更穿千丈雪，又出萬重山。信美非吾土，懷歸想別顔。飛車如可到，何苦夢中還。

轉燭三秋客，成都把酒杯。閏桐他日老，慈竹舊時栽。行李冰霜重，鬚眉電露催。幸無多酌我，留醒看紅梅。

**【校記】**

［一］《太庵詩草》存詩三十首，題作"希齋司空奉命節制全川將東歸爲賦韻詩三十首述事志别"。

［二］"後"，《太庵詩草》作"候"。

［三］"清談"，《太庵詩草》作"劇談"。

［四］"闊"，《太庵詩草》作"開"。

# 易簡齋詩鈔卷二

## 乙卯

### 上元春燈詞二首[一]

綵勝花幡色色新，三饒初教賀芳辰。誰知趙歐傳新[二]曆，猶是嘉平月半春。是日立春，猶爲藏曆臘月。

樂行苦住果何憑？皎潔嬋娟悟上乘。僑客今宵須放眼，佛燈叢裏看花燈。

**【校記】**

［一］《太庵詩草》存詩十五首，題作"上元立春以齋西隙地爲太平街燈市縱番民遊觀如三夜放燈之制以春燈二字爲韻賦詩十五首以紀其盛云"。

［二］"新"，《太庵詩草》作"荒"。

### 以詩索裘静齋墨梅畫幅[一]

誰把羅浮影？移來五竺天。毫端霜蕚染，紙上雪衣聯[二]。生意超千界，空花出寸田。高宜斜籠月，低合淡含煙。墨竹堪成友，緗桃未足賢。色香真寂静,留取伴餘年。

**【校記】**

［一］《太庵詩草》題作"静齋架上墨梅携歸再用元韻"。

［二］"聯",《太庵詩草》作"翩"。

## 和松湘浦司空詠園中雙鶴元韻[一]

鶴本天仙姿,性愛雲山駐。受養不受羈,可招不可捕。我學張雲龍[二],來馴雅園[三]素。清神警夜半,雪氅披春煦。俯仰如桔槔,争識[四]高閒度。萬里脩羽毛,庶免群雞妒。有如德不孤,應此青田數。時作九皋鳴,自足驚野鶩。

**【校記】**

［一］《太庵詩草》題作"答松湘浦詠園中雙鶴元韻"。

［二］"張雲龍",《太庵詩草》作"張道人"。

［三］"雅園",《太庵詩草》作"前緣"。

［四］"争識",《太庵詩草》作"未失"。

## 擬白香山樂府三十二章

### 周雅詠棠華

周雅詠棠華,陳思歎萁豆。同氣篤親愛,三姜世罕覯。一室共被卧,梁代韋張又。五歲李平邱,良能殆天授。忍饑不别食,一片衣領袖。瓜果待相嘗,書文共研究。家貧茹蔬菜,穀炊仲子候。脂燭供無缺,學業終成就。奉兄如嚴親,夏衣不私售。危坐敬如賓,冠帶謹屋漏。兄弟並斑白,兒女讓昏媾。百口無閒言,雍睦家聲舊。燃鬚仍進粥,姊弟憐老壽。公堂徹已饌,餉男笑鄙陋。鼠壤有餘蔬,却被莊生訴。

## 精感動草木

精感動草木,鬱鬱田氏荆。議分樹憔悴,感合樹重榮。閉户彤自擿,翩反改弓騂。婦逐圖分箸,誼敦骨肉情。叔食糠覈肥,杜絶離間萌。子威既爲侯,田園諸弟并。鮦陽佩印綬,儒術脩身明。奴婢取老弱,圖書千卷清。牧羊十餘年,與弟重經營。痼疾養終身,但聞紡織聲。不受公府辟,推賢鍾季明。矯令病陽狂,讓爵韋元成。佯喑兄被命,託疾弟就名。楚金與越石,雙雙舉帝京。許武割財産,自冒貪婪名。他年争三倍,榮利兩無争。

## 載詠鶺鴒詩

載詠鶺鴒詩,兄弟孔急難。齊義二子争,母言竟得直。投箋與河伯,君儒執浮岸。兄弟生不辰,會遭一方亂。禮瘦孝則肥,兄羸萌則健。爲脯琳自縛,兩釋季江扞。褒融義争死,北海名獨冠。文季果能報,文叔縊可歎。中矢授以馬,萇襄均無患。

## 鉅鹿甘粗糲

鉅鹿甘粗糲,耕蠶鄉里羨。二方海内稱,史奏德星見。蔡桑並寇吴,白首饘粥便。合爨有六人,擊鼓會八院。張公九世居,表閭賜帛絹。陳家七百口,義犬傳里諺。

## 郤缺耕於野敬夫婦也。

郤缺耕於野,妻饁敬如賓。舉案光齊眉,梁鴻非傭人。婢問牀下拜,乃驚太丘陳。篤疾妻省視,扶起加幘紳。止酒正衣冠,一歲再三巡。早起希見面,遇禮嚴君臣。

## 重德不重色

重德不重色，喜舊不喜新。黄頭承彦女，卧龍結良婣。四德阮一欠，百行允未純。彦雲尚難匹，公休良足臻。

## 少姣固早託

少姣固早託，老惡胡晚嗔。糟糠不下堂，一言廊廟珍。勿以患難故，没齒情乖泯。千金購皇甫，鞿履三十春。吐番禄東贊，堂下信義伸。守道不篤者，黄允遺笑嚬。手持長麈尾，驅彼短轅輪。誰撰螽斯詩，波揚妒婦津。

## 世稱知己交信朋友也。

世稱知己交，夷吾與叔牙。落落分金亭，千古潁之涯。解驂越石父，尊譙禮有加。王貢取舍同，雷陳漆膠誇。结侣往中山，乃遭王丹撾。交道不易言，昱拜忙下車。刎頸凶其終，勢利争紛拏。結綬隙其末，權力攻瘢瑕。剖心刺血流，輕落漫咨嗟。

## 聖戒小不忍

聖戒小不忍，兩虎難俱生。相如篤忠信，將軍廉負荆。登牀把臂責，真諒驕矜傾。蘇張迭翦髮，堂下激功名。莫侮牛醫兒，千頃波澄清。折節慕公瑾，若飲醇醪醒。方領矩步人，既貴可相輕。一龍號三友，割席終堅貞。

## 貧賤交易忘

貧賤交易忘，堂高燕雀賀。四海雲同車，客星光犯座。府士飲入厩，小吏語越坐。杵臼堪定交，氈席可分剉。易衣張軌出，鳴騶到溉卧。信義苟不渝，那用雞犬佐。

## 富貴交營私

富貴交營私，寡矣先國憂。我思炎漢佐，博陽高平侯。王識公輔器，杜斷喬孫謀。軍中有韓范，遂起西羌謳。乃知魏無知，卓識文安儔。

## 患難不相顧

患難不相顧，面朋義鵲羞。伯桃入樹死，巨伯空郡留。赦膺賈彪往，哭融脂習收。救善不及殆，君子耻寡儔。成託六尺孤，賣卜近酒樓。政抱三歲兒，貫箭衝旌頭。争多金蘭簿，烏集談交遊。

## 韓仇報先德顯忠良也。

韓仇報先德，漢業酬知己。所志無一欠，紫柏雲霄裹。安劉者必勃，内言決牀笫。早知木彊人，力足制吕氏。博陽閉獄時，斯意固天使。絶口不道恩，問喘安足齒。西漢。駐節鄧將軍，老弱曬孔邇。勛名竹帛垂，尤羨十三子。東漢。峨峨定軍山，活活沔江水。曾讀墓上碑，三字誰云死。後漢。擊鳳酒一杯，討峻書一紙。紳謀孰不疑，忠肝侃應耻。晋。袝姑片言定，占夢二子起。滄海得遺珠，斗南一人耳。唐。垂簾係安危，撤簾關泰否。大星五色雲，間氣爲終始。宋。

## 耿恭傅東漢

耿恭傅東漢，單兵守孤城。鑿山得井水，煮弩如炊秔。逾月更連年，九死乃一生。歸餘十三人，丹心苦節并。衣履盡穿敝，形容苦紫荆。事類典屬國，續志爲忠旌。

## 師古五世孫

師古五世孫，常山守杲卿。兵弱力難拒，僞共履謙迎。那肯著金紫，義奮謀舉兵。初斬段子光，欽湊首傳京。王師二十萬，傳檄河北驚。曳柴以揚塵，乃走張獻誠。禄山勢猖獗，付賊史思明。修繕未完備，六日乃陷城。加刃於少子，降活誓不更。營州牧羊奴，義烈罵瞋睛。啖肉天津橋，斷舌慘吞聲。一門三十人，死節邀褒旌。

## 魯公國元老

魯公國元老，盧杞忍排傾。君命不可避，豈畏希烈烹。就館偪上疏，怒叱李元平。委任不致命，戮汝苦無兵。四兄何爲王，杲卿乃吾兄。豈受鼠輩脅，守節死無更。積薪起赴火，掘坎自投阬。老臣耄無狀，殺身仁乃成。

## 南陽張中丞

南陽張中丞，意氣干雲霄。拜哭元元廟，晝像軍士朝。起兵入雍丘，乃拒令狐潮。膏芻百樓焚，鹽米百斛燒。縛藁夜縋城，羽箭萬束招。傅堞雲梯拄，攻城木馬消。射目識子奇，走白矢剡蒿。食盡茶紙杵，馬盡鼠雀鐃。鎧弩亦堪煮，老弱悲鼎調。愛妾豈足惜，童奴兼充枵。守死竟勿去，江淮保障遥。嗚呼臣力竭，厲鬼志擒梟。

## 人面中六矢

人面中六矢，不動雷將軍。斷指以示信，哀哉南霽雲。獨食不能下，賀蘭憂未分，一箭中浮圖。志吞犬彘群，男兒義不屈，三十六人焚。

## 中丞入睢陽

中丞入睢陽，許遠困伶仃。軍糧與戰具，專治一經生。致走洛陽道，偃師喪忠靈。勿以後巡死，私議別渭涇。幽憤動鬼神，簡書燦日星。昌黎傳後敘，刻畫勝丹青。

## 天地塞其體

天地塞其體,正氣鍾文山。童年謁忠節,遂慕俎豆間。一揮萬言策,得人賀考官。龜鑑懸古誼,鐵石披忠肝。斬董人心一,釁呂將士觀。當時捧檄初,涕泣結峒蠻。亦知烏合衆,驅羊縛虎難。重念養育恩,悼痛撫几盤。父母有疾病,下藥兒心安。自古誰無死,汗青照心丹。凜凜正氣歌,字字珠淚酸。坐卧一小樓,志豈有黄冠。求生害仁易,舍生取義難。先生衣帶讚,所學良不刊。

## 黄雀雙玉環勵清操也。

黄雀雙玉環,厥兆三公職。昌邑畏四知,太尉袪三惑。清白吏子孫,貽謀繇燕翼。至今潼亭旁,夫子賢名刻。子況兼文武,市吏庸沈抑。舉賢感延年,知人號定國。不敢干以私,門庭脱荆棘。河南折轅車,珍寶絶封殖。車萊大驪馬,軍容無苟得。是遵何道與,一生簠簋飭。烏合世宦場,撲面勢叵測。數會人易狎,受餽道難直。林邑璧久藏,姑臧劍瑩拭。梁瓜終不剖,庭魚留久憶。世人愛美官,肥瘠論疆域。沈黎往者廉,合浦貪者息。俸薄儉能足,侅弱欲曷極。彤無兼副衣,虞無兼肉食。井水清且苦,李令泉足式。更有羅彦輔,姑溪況清德。之官琴鶴隨,歸舟土石塞。胡牀掛壁閒,藥籠委道側。砧非來時物,犢乃爾土力。脂膏不自潤,達哉君魚識。

## 下吏事長官戒逢迎也。

下吏事長官,耳目心思竭。民膏供豆觴,儲峙盡乾没。不見何易干,嘉陵自腰笏。暮春刬閒船,蕭結批符歇。餅惡鞭驛吏,少逸達金闕。言語不易出,作緣烏可忽。錦幕易静江,綵席撤節鉞。飲馬錢投水,取芋繇掛樾。闇昧果不欺,福星一路謁。試看柴車旁,良璞終發越。

## 天府富四海禁侵漁也。

天府富四海，任土古作貢。無乃貪墨流，苞苴藉巧弄。采竹宦者暴，蚶菜嶺南恫。敢絶翠羽索，豈願牛黄衆。道州民盡矩，幾許侏儒送。持研滰清名，罷柑勒箴諷。斂怨餌壽顔，幻同蕉鹿夢。

## 妻子歷官舍絶私蓄也。

妻子歷官舍，易啓奢縱媒。苟能甘藜藿，白璧無點埃。布裳不加緣，既貴含餘哀。豈知執爨苦，未見曳柴回。入府行貲藏，敝衾鹽麥堆。自奉已若此，緼袍舉可推。田禾將軍子，白衣步擔來。袁宏不乘車，闔郡無人猜。黄柑餉一奩，珠璫上百枚。子女絶私賂，遑問囊中財。

## 地道不愛寶重民事也。

地道不愛寶，天心溥美利。生民衣食源，所貴農桑治。渤海樹藝興，佩犢循聲記。潁川稱神君，應時威鳳至。露宿邵父勤，修陂杜母瘁。況之冬日愛，譬之春陽遂。李冰鑿離堆，不徒沫患避。沃野千里開，陸海萬民惠。九真號獷悍，弋獵以爲事。課創免饑寒，生子名任字。牛耕省其力，水橐造其器。拔茶蠶事興，賣儲織具備。蒲陽田再熟，著作林含翠。乃歌五袴惠，亦頌兩歧瑞。卹隱豈沽名，達道本求志。師古迹不遠，訓彼牛羊吏。

## 天災古代有救災荒也。

天災古代有，盛世籌艱虞。荒政十有二，救民憂患蘇。常平公私利，封樁緩急需。持節以發粟，事豈繩墨拘。開倉舍都亭，東郡比戇儒。鄭公活萬人，中書令所無。義穀贍全部，大倉儲九區。烏有燕子田，會上流民圖。困役罷黄河，代賑修蠡湖。買絹畫良策，市牛真奇謨。所怪壅上聞，牧守成盜竽。請看武陽尉，刺史無乃愚。且學明山賓，損耗甘追捕。一身甘獲罪，無使饑寒呼。

## 文翁化巴蜀興教化也。

文翁化巴蜀，石室祀先師。配以顔曾賢，風俗齊魯移。延壽治潁川，皮弁學禮儀。遂棄偶車馬，彬彬三代遺。鳴梟哺所生，鸞鳳巢高枝。持衣詣閣首，化同魯恭奇。良夫絃歌雅，俗吏惡能爲。雲定虎尾誠，儒者差詭隨。莫笑戴帽餳，治理殊相歧。一觀伯瑜像，此感深銘肌。

## 書扇鬼泣訴慎刑獄也。

書扇鬼泣訴，吏甚大暑酷。達人鑒斯言，筆勾一路哭。豺狼豈本性，藥石治忿欲。胡爲肉鼓吹，横恣箠楚毒。渭橋議罰金，高廟決盜玉。廷獄處其平，法當如是足。況乃惠文冠，怨興畫地獄。莫嫌銜轡緩，但示蒲鞭辱。殺人以媚人，敲扑耻迎俗。拂衣委手板，千古金石録。

## 易繫雷電卦寬法律也。

易繫雷電卦，威照期並行。聽辭惟簡孚，質刑乃允明。文史習律吏，古法決儒生。耳剽前世事，意覆處其平。考一連十百，寒朗昔廷爭。陳咸三世昌，議法惟以輕。駟馬容閭門，因之字升卿。株罣繡衣活，策算平陵榮。鬻貨儆天罰，峻刻少令名。若水真仙骨，希賞遠俗情。

## 聽訟吾猶人明聽斷也。

聽訟吾猶人，片言折獄難。仲子有奇氣，豈獨峨雄冠。眉睫以辨盜，哭泣以知奸。馬血煅刃青，無影兒畏寒。聲色固神渺，博雅稱粗官。次之鈎距術，妙緒披靈竿。解牛市鹿脯，鞭絲飼飛翰。主名郭門削，婦窺井中瀾。截蘆與捫鐘，伎倆窮一端。幽感纛庭魂，明少犴獄歎。重關日洞開，餅餌懷門關。高我白鬚公，一一洗肺肝。嚙肩飲乳高，肉袒閉閤韓。吁嗟鷹鸇威，何如棲鳳鸞。

## 牧羊去敗群除豪奸也。

牧羊去敗群，地瘠羊可肥。養禾鋤螟螣，農勤歲少饑。黠馬利銜轡，柱後惠文依。勿以賣菜翁，遂令啼雞微。破柱壯李膺，擊劍賢翁歸。濟南蒼鷹鷙，夏門卧虎危。側目任列侯，强項標禁闈。丁剛不可屈，千載愧脂韋。

## 化盜稱郅治弭盜賊也。

化盜稱郅治，弭盜急時務。衣裾赭污痕，市里綵縫露。枹鼓竟稀鳴，且恃三科募。京兆與朝歌，屏盜碑堪樹。我聞定襄守，下車吏民懼。耆老延滿堂，亡匿録無數。又聞渤海公，移書罷擒捕。教令棄兵弩，鈎鋤把農具。何用疾雷將，齗積府門路。

## 再遊羅卜嶺罔[一]

達賴天西自在人，祇[二]園此日速嘉賓。茶寮飯鉢閒中趣，意樹心花物外春。且向空門看活水，漫勞彼岸渡[三]迷津。達賴步行導遊園景一匝。問君離垢年年洗，要洗清涼幾世[四]身。

**【校記】**

[一]《太庵詩草》題作"達賴喇嘛邀遊羅卜嶺浴塘"。

[二]"祇"，《太庵詩草》作"喜"。

[三]"渡"，《太庵詩草》作"導"。

［四］“世”，《太庵詩草》作“度”。

## 九月望登布達拉朝拜聖容禮畢達賴喇嘛禪室茶話二首[一]

羅些三千界，秋光放眼賒。自遊唐代寺，不數漢時槎。路轉青螺迴[二]，門迎赤幘斜。天顏瞻拜肅，萬里思無涯。

饒舌吸西江，傳燈續曉釭。法門原不二，國士豈無雙。塔静相風鐸，樓暄愛日窗。化工無語偈，達賴已心降。

【校記】

［一］《太庵詩草》題作“九月望日二首”。

［二］“路轉青螺迴”，《太庵詩草》作“路轉有青螺”。

## 馬銜魚歌[一]

我有戴星馬，蹀躞來成都。伯樂未肯顧，九方難借譽。忍饑囓醉草，巴塘迤西山多醉馬草，馬嚙之輒乏。雪嶂苦奔踊。騁突興[二]不減，踶趹聊嬉娱。浴之藏寺江[三]，日日毛鬣濡。瘢者鎮洗浄，八尺皖然軀。群僕等駑駘，屈彼[四]爲前驅。忽焉入水吁可怪[五]，破浪似探眠驪珠。撥刺滿吻噴雪沫，吐地潑潑銀[六]鱗魚。意者此馬信龍種，鼇宫寄到尺素書。不然此魚本鯤鯨，吞舟西海殘鮒鰅。世無斬蛟驅鱷手，天公收縮生神駒。噫嘻！馬之顯晦在所遇，魚之禍患出不虞。[七]作歌咄咄志怪事，使人千載常欷歔。

**【校記】**

［一］《太庵詩草》題作"九月既望浴馬於藏江，馬銜巨魚擲岸，僮携以歸，戲賦長篇以誌其事云"。

［二］"興"，《太庵詩草》作"性"。

［三］"藏寺江"，《太庵詩草》作"機楮江"。

［四］"彼"，《太庵詩草》作"以"。

［五］"怪"，《太庵詩草》作"愕"。

［六］"銀"，《太庵詩草》作"鳥"。

［七］"馬之顯晦在所遇，魚之禍患出不虞"，《太庵詩草》作"馬有遇不遇，魚之禍患出不虞"。

# 秋閱行

邊風獵獵霜天高，色拉山下熊羆嗥。司空風度羊叔子，書生説劍良足豪。當夫一鼓作軍氣，雙甄飛翼張旌旄。[一]瞎巴[二]上馬詡神速，籠官笴箙齊懸腰。志目中眉射者笑，[三]騂頭赤幘闞烏號。火陣豐隆走列缺，鐵圍震疊江翻濤。更有步卒賈餘勇，勃盧跳盪轉[四]猿猱。吁嗟！自古吐蕃稱强族，盍稚百種西陲驕。東魚通兮南六詔，[五]北達青海連河洮。往代控馭失其道，盟碑建樹[六]拉薩招。我[七]朝聲教暨[八]瀛海，版圖隸極坤維交。蠻碉椎髻皆赤子，皈依象教投漆膠。折慢幢遮忍辱鎧，摩頂立地抛[九]屠刀。教以孱弱數百載[一〇]，虎皮羊質逢豺㺐。金剛振臂兼瞀瞅，黎軒善眩驚愚瞭。烏鬼蠻俗固應爾，但恨取民如繭繅。而今坐鎮兩儒服，柔坯剛瓶歸[一一]甄陶。籌邊那徒振軍旅，要使普陀無屯膏。口錢賨布滅拂廬，荒陬絶徼無鳴鼙。[一二]庶幾仁義爲干櫓，保障勝於窮六韜。昨日廓使初入境，叩關脱劍齊[一三]垂橐。海隅重譯朝天去，底貢遠邁西旅獒。獨有五溪槃瓠種，釜魚尚瘁賢韋皋。時湖廣苗匪作亂。閲武歸來獨俯仰，摩圍閣望雲山遥[一四]。

**【校記】**

[一]“當夫一鼓作軍氣,雙甄飛翼張旌旄”,《太庵詩草》作“當夫一鼓軍氣作,雙甄張翼飛旌旄”。

[二]“瞎巴”,《太庵詩草》作“巴兒”。

[三]“志目中眉射者笑”,《太庵詩草》作“射者志目笑中眉”。

[四]“轉”,《太庵詩草》作“輕”。

[五]“東魚通兮南六詔”,《太庵詩草》作“東接魚通南六詔”。

[六]“樹”,《太庵詩草》作“竪”。

[七]“我”,《太庵詩草》作“聖”。

[八]“暨”,《太庵詩草》作“環”。

[九]“抛”,《太庵詩草》作“放”。

[一〇]“載”,《太庵詩草》作“年”。

[一一]“歸”,《太庵詩草》作“費”。

[一二]“口錢賨布滅拂盧,荒陬絶徼無鳴鼛”,《太庵詩草》作“口錢賨布拂盧滅,荒陬絶徼少鳴鼛”。

[一三]“齊”,《太庵詩草》作“請”。

[一四]“遥”,《太庵詩草》作“迢”。

## 丙辰 嘉慶元年

### 上元觀番童跳月斧次楊覽亭韻[一]

天槍耀中垣,影落井鬼旁。化爲儀鍠舞,月斧流奇光。鼓動閶闔風,金氣協金剛。折腰傚鸜鵒,翹足俄商羊。白帢稱錦纈,又如鸞鶴翔。傑佅始何年?云傳甲蠵方。宫商曲三疊,音勝岡洞長。簫管嫋嫋中,雷門節低昂。不作侏僸樂,曷爲都護羌?聊聚四海人,天末樂未央。選官兼選佛,作戲偶逢場。緬懷九功舞,玉戚彤庭揚。不怒而民威,澤沛髡山陽。同子斫桂手,謂楊覽亭同年。萬里此頡頏。清詩少鑿痕,神工巧乃藏。慚非杜武庫,弄門夫何傷。元宵静斯歡,快勝歌霓裳。夜闌文昌下,天鉞星堂堂。

**【校記】**

［一］《太庵詩草》題作"上元燕集山莊觀番童跳月斧次楊賢亭同年韻"。

## 暮春大雪四首[一]

怪煞三冬少[二]集霰,却交婪尾春寒[三]變。擁鑪釋子閉碉[四]樓,露寢番黎無瓦片。

離居誰遣贈瑶華,灑到髡山[五]冷萬家。雪竇禪師休説法,苾芻生怕出[六]天花。

六出[七]漫山影未晞,曉窗過隙尚霏霏。此邦此月人稱賀,我當中原柳絮飛。

錦霞簇簇野桃新,更倩[八]瑶池灑玉塵。如此韶光三次過,[九]天梯山外我同[一〇]春。

**【校記】**

［一］《太庵詩草》存詩七首,題作"暮春大雪謾成七絶以'一片花飛減却春'爲韻"。

［二］"少",《太庵詩草》作"無"。

［三］“春寒”,《太庵詩草》作“寒暄”。

［四］“硐”,《太庵詩草》作“高”。

［五］“髡山”,《太庵詩草》作“西昆”。

［六］“出”,《太庵詩草》作“散”。

［七］“六出”,《太庵詩草》作“白鬢”。

［八］“更倩”,《太庵詩草》作“開徧”。

［九］“如此韶光三次過”,《太庵詩草》作“遮莫韶光堪記取”。

［一〇］“同”,《太庵詩草》作“三”。

## 四明樓吟[一]

湘浦司空築土樓三楹,折如磬,曲如矩,四面窗牖,一覽山光。予名以四明,爲賦長篇。

君不見名家豐屋逞木妖,齊雲落[二]雁朱甍雕。銅陵金穴欲未厭,千古零落風蕭蕭。何[三]如空門覺悟日念吽,大家團圞棲荒寮。我來面壁届三載[四],了無文字留鸞椒[五]。無奈山莊挹[六]蒼翠,花畦蔬圃生意饒。司空見慣興不淺,築此蝸盤磬折之[七]平硐。去梯刻志[八]讀經史,雅客争許蘭奢招。書畫掛牆洗塵俗,案頭春色桃夭夭。入手楸枰布星斗,舉觴白墮欺黄嬌,噫嘻!酒酣何以慰鄉愁,爲君高唱平生遊。卧雪白[九]溟鵬展翅,乘風渤澥鼇吞舟[一〇]。浙江潮湧滄海日,岳陽波撼洞庭秋。西入普陀更放眼,那圖邏逊取封侯。捉詩莫笑狂副使,四明檐額名齊[一一]留。君家無地起樓臺,[一二]請摹多景於斯樓。

**【校記】**

［一］《太庵詩草》題作“湘浦大司空築土樓三楹,折如磬曲如矩,余既名以‘四明’爲之記,上巳落成招飲爲賦長篇以致賀”。

［二］“落”,《太庵詩草》作“射”。

［三］“何”,《太庵詩草》作“不”。

［四］“届三載”,《太庵詩草》作“今二載”。

［五］“椒”,《太庵詩草》作“嶠”。

［六］“挹”,《太庵詩草》作“攬”。

［七］“折之”二字《太庵詩草》無。

［八］“志”,《太庵詩草》作“意”。

［九］“白”,《太庵詩草》作“北”。

［一〇］“舟”,《太庵詩草》作“鈎”。

［一一］“齊”,《太庵詩草》作“同”。

［一二］“君家無地起樓臺”,《太庵詩草》作“君家樓臺起無地”。

## 詠喇嘛鴛鴦［一］

火宅僧邊鳥,靈根覺有情。分明金縷伴,獨被紫衣名。水宿優婆影,山呼法喜聲。在家菩薩玩,來度化人城。

**【校記】**

［一］《太庵詩草》題作“喇嘛鴛鴦”。

## 皮船渡江［一］

淼淼長江水,皮船一勺登。輕於浮笠漢,閒似渡杯僧。竹葉圖中泛,仙槎日下乘。此船乘［二］大願,那用挽金繩。

**【校記】**

［一］《太庵詩草》題作“渡江”。

［二］“乘”,《太庵詩草》作“成”。

## 詠鐵索橋[一]

鎖結[二]罘罳葦，淩空一木懸。不愁江面闊，衹恐脚跟偏。

**【校記】**

[一]《太庵詩草》題作“鐵鎖橋”。

[二]“結”，《太庵詩草》作“掛”。

## 宿春堆寨[一]

清和月過半，不見春堆春。壓帳霜如雪，窺簾月似人。

**【校記】**

[一]《太庵詩草》題作“宿春堆”。

## 札什倫布朝拜太上皇帝聖容[一]

金粟如來寫御真，天涯咫尺拜揚親。堯年初授逢嘉慶，花甲重周紀丙辰。春滿上方朝萬佛，化行竺國仰三身。臣年近老卿猶少，勉竭丹誠解正因。[二]

**【校記】**

[一]《太庵詩草》題作“札什倫布朝拜太上皇帝聖容恭紀”。

[二]“臣年近老卿猶少，勉竭丹誠解正因”，《太庵詩草》作“臣卿尚少年非老，衹此丹誠解正因”。

## 班禪額爾德尼共飯[一]

方丈伊蒲饌,傳餐日可中。安排衆香鉢,供養老黄童。團墮欺侊飯,氊根勝臭銅。世間多夢飽,真飽亦虚空。

**【校記】**

[一]《太庵詩草》題作"班禪額爾德尼共飯"。

## 佛母來謁[一]

佛法無多子,燈傳阿練真。眼同舍利鳥,身是錦襠人。菩薩皈依法,摩耶嗣續因。安心千偈誦。兜率[二]浄根塵。

**【校記】**

[一]《太庵詩草》題作"佛母"。

[二]"率",《太庵詩草》作"律"。

## 遊拉爾塘寺[一] 札什倫布西三十里。

掛錫阿羅漢,伽蘭此地開。經留前藏轉,樹訝[二]貝多栽。全藏金板悉貯於此。舍利緘金[三]塔,小銅塔内藏舍利,長寸許,如牙,金黄色。優曇轉法雷。古銅鉢徑尺餘,摩之聲如長號。誰將般若眼?化作水晶胎。水晶拄杖高四尺餘,相傳羅漢所御。雙履無生滅,雙鳧有去來。羅漢皮履一雙。更遺行脚印,羅漢足印以金妝之。擔夯亦艱哉。

**【校記】**

[一]《太庵詩草》題作"遊拉爾塘寺"。

［二］“樹訝”,《太庵詩草》作“板勝”。

［三］“金”,《太庵詩草》作“層”。

## 曉發彭錯嶺

一枕寒溪夢,惺惺百丈林。覺關開[一]虎踞,倦馬聽龍吟。鑿空去聲。蠻程杳,離鄉客思深。恁多鸚鵡嘴,懸崖仄徑名鸚鵡嘴者,五處最險隘。争怵鳳凰心。

**【校記】**

［一］“開”,《太庵詩草》作“看”。

## 轄載道上口占[一]

野鳥淩晨鬧,平沙驛騎催。江流金氍水,石點赤錢苔。步步闌干密,蠻語闌干密,看道也。聲聲亞古擡。用力曳縴。跕波蠻隊唱,音[二]似斷猿哀。

**【校記】**

［一］《太庵詩草》題作“轄載道上”。

［二］“音”,《太庵詩草》作“聲”。

## 甲錯嶺風雪凜冽瘴氣逼人默吟[一]

甲錯天摩頂,清涼蔑以加。罡風吹不斷,白日冷無華。雪柱思罔底,河源問殑伽。寒暄變如此,何處覓飛鴉。

**【校記】**

［一］《太庵詩草》題作“甲錯山”。

## 詠　山　花[一]

簇簇花毬錦作堆，渺兹蓓蕾見寒梅。[二]不應天女偷閒久，故遣曼陀貼地開。

**【校記】**

［一］《太庵詩草》題作"野花"。

［二］"渺兹蓓蕾見寒梅"，《太庵詩草》作"渺兹軀幹小寒梅"。

## 端陽書懷寄前藏湘浦司空二首[一]

三月反裘客，霄撐石窟眠。[二]雪埋羊胛熟，風逐馬頭偏[三]。紫椹真烏[四]有，紅櫻不見鮮。[五]囊珠二千里，[六]解粽亦欣然。

共話關心事，瀟湘萬里雲。看星占福將，卧月[七]夢和軍。福敬齋、和希齋時統軍湖廣。小别天中節，同懷冀北群。九重宣露布，絶徼幾時聞。

**【校記】**

［一］《太庵詩草》題作"端陽述懷奉簡松湘浦大司空"。

［二］"三月反裘客，霄撐石窟眠"，《太庵詩草》作"五月披裘客，霄峥石窟眠"。

［三］"偏"，《太庵詩草》作"旋"。

［四］"烏"，《太庵詩草》作"稀"。

［五］"紅櫻不見鮮"，《太庵詩草》作"朱櫻絶少鮮"。

［六］"囊珠二千里"，《太庵詩草》作"囊珠千里貺"。

［七］"卧月"，《太庵詩草》作"尋友"。

## 宿脅噶爾寨[一]

寶蓋香鑪迓帛和，此邦操剌屬頭陀。前廓匪入寇，喇嘛擊之遁。貧婆絶頂風霜古，溜浪懸崖坤垷多。自有三衣遮法座，不須一箭過新羅。闍黎蓋膽毛如蝟，墨守强於狐兔訛。

**【校記】**

［一］《太庵詩草》題作"協噶爾"。

## 定日營書事[一]

第哩浪古寨，孤戍鎮荒涼。活活銀沙水，層層玉[二]雪岡。雲間無[三]度鳥，歧外易亡羊。自復三摩地，都無兩面羌。莫闌人牧馬，切慎女争桑。月竃諸蕃賫，而今樂遠將。

**【校記】**

［一］《太庵詩草》題作"定日書事"。

［二］"玉"，《太庵詩草》作"白"。

［三］"無"，《太庵詩草》作"難"。

## 聞項午晴刺史抵前藏糧臺任寄贈[一]

文星何事聚坤隅？猶憶琴堂問政餘。太守昔曾聞索蟹，使君今得見懸魚。不妨棋局消長夏，更有詩壇好唱予。佛不佞人人佞佛，安邊須讀古人書。

**【校記】**

［一］《太庵詩草》題作"贈項午晴刺史抵前藏任"。

## 宿薩迦廟[一]

香焚螺甲浄[二]禪棲，丈六金身古殿齊。柱石不妨[三]真面目，楝梁無恙長菩提。殿柱皆古樹，高三四丈，三人合抱，其皮節文理如生樹然。聲聞客試觀音貝，寺有海螺，白如玉，左旋吹之，背現觀音影。戒律人隨法喜妻。薩迦有妻室。更有北山樓萬疊，不知何處是青梯。

**【校記】**

［一］《太庵詩草》題作"薩迦廟"。

［二］"浄"，《太庵詩草》作"入"。

［三］"妨"，《太庵詩草》作"凡"。

## 班禪額爾德尼燕畢款留精舍茶話[一]

法筵肅肅開雁堂，飣坐目食盤成行。葡萄庵羅兼糖霜，餺飥陳黯餕頭僵。藤根剳剳封乾羊，鳩盤茶杵牛酥漿。龍腦鉢盛雲子糧[二]，麥炒豆蹅盂釜量。金蘤榻並獅子牀，有如崧景對若光。須臾樂奏鼓鎌鏜，火不思配簫管揚。侲童十人錦綵裳，手持月斧走跳踉。跉踔應節和鏘鏘，和南捧佛幣未將。哈達江噶加縹緗，花毬霞氍兜羅黄。檕蒲伊蘭螺甲香，主人顧客樂未央。願聞四果阿羅方，客曰養心妨[三]虎狂。孔戒操存舍則亡，出入無時慎其鄉。佛傳心燈明煌煌，瓶穿羅縠雀飛揚。儒墨相齏理相當，定静止觀歸康莊，[四]即心是佛真覺王。主人笑指河汪洋，我鑽故紙君吸江。

**【校記】**

［一］《太庵詩草》題作“班禪額爾德尼設宴畢精舍久談爲賦長篇以志其事”。

［二］“糧”,《太庵詩草》作“梁”。

［三］“妨”,《太庵詩草》作“如”。

［四］“儒墨相簷理相當,定静止觀歸康莊”,《太庵詩草》作“定静止觀理相當,儒墨相簷歸康莊”。

## 留别班禪額爾德尼

本覺還今覺,完然浄覺胎。菩提萌欒樹,明鏡拭靈臺。未入三摩地,先脩七聖財。報恩經:一信、二精進、三戒、四慚、五聞捨、六忍辱、七定慧。七者能資用成佛,名七聖財。一端金色氈,奉上小如來。

## 不　寐

惱切還鄉夢,寒流枕上喧。兵戈銷外徼,烽火憶中原。耳熟萑蒲逞,心聾岳牧尊。履霜非一日,百戰感軍門。

## 送别劉慕陔鄒斛泉中表東歸六言詩三首[一]

嶺上白雲東去,門前緑水西流。落落雲容水態,都忘别恨離愁。

之子同懷異姓,居然棠棣聯碑。樂些[二]一場春夢,肩頭扛佛旋歸。

雁美鱸肥心事,東還鹿馬雙雙。竹葉舟登寰海,梅花信寄南江[三]。

**【校記】**

［一］《太庵詩草》題作“送别劉慕陔鄉斛泉中表東歸即席賦六言三首”。

［二］“樂些”,《太庵詩草》作“邐迆”。

［三］“寄南江”,《太庵詩草》作“憶吴江”。

## 喜雪次湘浦韻[一]

人間白雪歌,天上陽春好。景物逼我來,不怕青山老。琉璃合眼看,林圃映華皓。添料鶴狎童,飼芻鹿趁保。鳥獸與同群,亦足行吾道。不知肉山僧,念吽何所禱。嘻吁瑞兆兮,無私歸大造。

**【校記】**

［一］《太庵詩草》題作“湘浦大司空喜雪元韻”。

## 手煎白菜羹餉湘浦并致以詩[一]

小圃霜菘劚,調羹淡不妨。瓢兒甘讓美,瓜[二]子味兼芳。世羨揚湯沸,人酣啜汁忙。與君多古意,白水菜根香。

**【校記】**

［一］《太庵詩草》題作“以自煎白菜羹饋湘浦司空”。

［二］“瓜”,《太庵詩草》作“蝦”。

## 高慎躬解元寄中秋見懷詩冬至日始到遂次韻答和[一]

光陰書劍兩懸懸,弱冠交情鎮可憐。五十六秋狂客月,萬三千里梵王天,人當卧雪羞言老,詩爲搴雲不計篇。寄到瑶箋誰印可,烏斯塔影正高圓。

**【校記】**

[一]《太庵詩草》題作"慎躬中秋寄懷元韻"。

## 祭竈書懷二首

憶昔躭經史，三冬媚竈寒。余寓成賢街竈君廟，讀書三年不出。暮年貪佛日，今夕拜儒官。黑突依僧墮，青衣别我歡。岳山廟竈神最靈，墮和尚以杖敲竈，咄曰："只是泥土合成，聖從何來？"竈突乃墮落。須臾一青衣拜師曰："我竈君蒙師説法，得脱此處，特來致謝。"見《傳燈録》。升霄達好語，聽卜到更闌。

神赴四天供，人[一]思萬里家。黄羊虔婦子，白鳳感年華。天末友朋聚，歲除詩酒賒。夢中回首處，烽火憶三巴。

**【校記】**

[一]"人"，《太庵詩草》作"心"。

## 謝范六泉饋火鈷[一]

一篕嘗兼味，居然撥火鐺。憑將炙手戒，消却熱中情。掘膀盤遊飯，調輪骨董羹。鹽梅聊小試，漫作五侯鯖。

**【校記】**

[一]《太庵詩草》題作"六泉饋火鈷"。

## 除日時憲書不至寄蜀中諸友[一]

羲和古命官,欽哉授人時。我雖宅昧谷,忝共璣衡推。胡爲紀數書,不到天一涯。無那郵筒蹇,浮沈冰雪池。坐使渾沌客,枉掣修蛇悲。年華早變鬢,燈光補重離。嗟哉珠爾亥,晦朔恒愆期。隨月絶蓂莢,占閏無桐枝。仰慕燕鵲智,能避巢與泥。爰作甲子圖,循環布星棋。正月朔旦始,壬寅紀干支。塗抹過半載,三點盡成伊。作札錦官友,夙好敦無遺。倘惠一卷書[二],奉之如靈蓍。

**【校記】**

[一]《太庵詩草》題作“除夕時憲書不至感賦長篇”。

[二]“書”,《太庵詩草》作“曆”。

# 丁巳

## 梵樓遣興二首

天地無棄物,萬象遊鴻蒙。小千大千中,一任談虚空。吾儒重現在,百年責當躬。過去未來想,佛法誰與窮。林間坐三白,面壁帛和同。以思不如學,莫問松枝東。

止觀上乘義,近似乎知止。定静固生慧,所欠能慮耳。繹彼塵根識,物交物而已。縠放瓶裏雀,瓦投地上水。天君果泰然,却勝鑽故紙。

## 山莊落成題曰“挹翠”，用杜少陵《遊何將軍山林》韻賦詩十五首

機渚禪關路，琉璃碧瓦橋。祇陀登彼岸，布達隱重霄。溪虎曾聞嘯，雲龍早見招。那知天末客，幽趣六逍遥。

不用千章木，南山夏雪清。草茵看宿鹿，林屋聽遷鶯。地僻留殘客，門閒止沸羹。更從江北望，陸地負船行。皮船負而曝之。

茂叔青林社，西來鎮赤氏。鷲溪連月窟，丹井出天池。亭合名三笑，堂還作五知。惹僧詩句少，黄衲枉來披。

畦種蛾眉豆，纏頭小院花。喧㡯無白鳥，灑掃有青蛇。館築争春俗，園開獨樂賒。儘教書籍賣，敢近梵王家。

佛場金刹閟，詩思鐵圍開。蘆笋占叢竹，桃葩認早梅。不愁花信晚，可喜雁書來。雨洗塵霾静，沾衣坐碧苔。

鹿角翻蛩穴，龍門鑿涸泉。浪團花作雪，風約絮成緜，幾費黄嬌酒。頻投白選錢，舊園多古意，高枕憶全川。

入室芝蘭臭，迎風馬藺香。有空宜宧冷，無暑自心涼。未雨蜻蜓出，聞聲蛙黽藏。浣花溪畔月，萬里共蒼蒼。

水分功德九，灌溉仰方池。曲曲盈蹊壑，潺潺響罣罳。流觴煩麴子，抱甕有羌兒。豈爲江湖興，天教渥澤隨。

筆落千年雪，囊開一握雲。詩編哦李杜。易策衍義文，法任枝横出，流参末益分。有無三語椽，饒舌枉紛紛。

超然騎屋興，一覽快如何？薄宦羈身毒，浮塵走杜多。春擔花市女，醉蹋柳林歌。不怕書生詎，由他禪將過。

戲斬三邛竹，蝸涎葉上書。慈根分野寺，生意壯吾廬。放梵林喧貝，翻經壁走魚。亭亭清興足，那獨好樓居。

華峰南北路，琴鶴兩遷移。此日門園子，當年竹馬兒。霜催元亮圃，雨足少陵陂。却對新栽柳，戎戎拶碧籬。

側耳風聲木，干戈響寂時。安心頻續夢，説偈好吟詩。飲食銷鋒鍔，年華攬鬢絲。武陵村社住，且莫理歸期。

冷暖閒棋子，能消夏日長。酒緣抛黍麥，茶品論旗槍。偶掬庵羅果，閒蒸海嶠粱。華胥如可到，子細答軒皇。

寒木春華性，山中樂養年。雁堂淹歲月，狨坐味林泉。白下瓢兒菜，青門燕子田。十年歌偃息，回首意悠然。

## 署圃雜感五首

天藏烏斯池，花馬棲蘭省。奇絶巴蜀國，汲鹵出鹽井。山限沙草白，鑿空錐脱穎。下鹹而上淡，開閉提竹綆。誰將東海鹽，轉運地中騁。乃知造物公，亭毒非私請。遂使巉巖閒，民無淡食警。

火井咄可怪，穿口如晝餅。挹注煎水晶，青煙裊萬井。諸葛一窺時，炎漢餘光炳。至今三千年，女丁出穴丙。豈惟巴蜀利，艫轉荆湘境。堆阜計斗斛，售直賤淮潁。皇天惠不費，五行土所秉。明無膏煎患，化使薪蒸省。橐籥鼓洪爐，陽精耀外景。由來既既濟功，千古明夷省。

蜀翁八百年，壽與籛鏗匹。休咎不掛口，鬚眉卜其吉。冒馬名李寬，咒水能醫疾。遂使成都民，衒幻傳此日。乾坤納海岳，風雨好箕畢。孟子曰無傷，是乃仁之術。

梅山槃瓠種，開自熙寧年。高辛得畜狗，犬戎頭可搴。子孫乃蕃息，溪洞蒼崖巔。鬼方克殷高，虎旅振周宣。貌癡而情黠，安土延荆滇。黄茅竹箭窟，處處攢瘴煙。守險類鼠穴，驊騮惡得前。吁嗟章惇議，誰知無咎賢。

東瀛古海島，鼍寇如魚多。鮫人不敢出，蜑户思沈波。乃有斬蛟手，虔劉沃焦阿。拾卵禁鯤鯢，無以干天和。昔聞海府吏，鬧禁苦留苛。海盜生有種，受賕乃媒囮。苟子之不欲，聖言烏可磨。

## 七夕濃陰[一]

江濤寂寂魚龍秋，有客欲登竹葉舟。今夕何夕問河鼓，密雲低下南山幽。停機飲渚事悠謬，火炬我照薰天愁。安得倒挽銀河水，一洗[二]巴峽荆門流。太清滓污君莫恨，萬里無心看女牛。

**【校記】**

［一］《太庵詩草》題作“七夕濃陰述懷”。

［二］“洗”，《太庵詩草》作“瀉”。

## 馬挏酒歌[一]蒙古名氣格。

房星之精天駟光，渥洼青海名駒場。饑食雪山草，渴飲天池水，化爲剛中柔順之湩漿。湩漿生不入煙火，蒸雲沃雪羞杜康。清於醍醐冽於泉[二]，釀蜜縮頭甘醴藏。麴生風味豈不好？用物終嫌謀稻粱。身處脂膏不自潤，屏絶麥黍頭低昂。聖賢中之聊爾耳，井花冰液足清涼。清涼却走丹田暖，春風入髓筋骨强。東坡真一過釃烈，洞庭春色名虚張。飲中八仙儻得此，當年肯入無功鄉。

**【校記】**

［一］《太庵詩草》題作"阿爾湛酒歌"。

［二］"冽於泉"，《太庵詩草》作"淡如水"。

## 飼　池　魚[一]

方塘青見底，瀺灂快纖鱗。欲飽波心鮒，看浮水面蘋。唼花空自逐，縱壑渺難伸。體具含生性，功施發育仁。不驚殘月釣，肯上巨鼇綸。柳子文章在，莊生笑語頻。會心知爾樂，得意向人親。帝澤涵無外，忘機任小臣。

**【校記】**

［一］《太庵詩草》題作"賦得飼池魚"。

## 項午晴和前詩賦四韻答之[一]

海鷗時狎客，山獸解隨人。自飽池中物，知無化外民。我慚驅鱷手，君試釣鼇緡，回首巴江上，應懷撫字仁。

**【校記】**

[一]《太庵詩草》題作"見和飼魚詩答項午晴刺史"。

## 中秋玩月簡後藏湘浦司空二首[一]

問月月無語,停杯對影三。朗開無我抱,清共太虛涵。勿醉謫仙酒,聊觀摩詰龕。廣陵空有曲,漫聒老瞿曇。

四海漫相識,西風歎聚蚊。偶尋袁粲竹,還讀謝莊文。獨憶人千里,關心月十分。最高峰頂宿,身外是浮雲。

**【校記】**

[一]《太庵詩草》存詩四首,題作"八月十五夜"。

## 簡裘静齋范六泉二首[一]

到處清光滿一輪,那關千里悟三身。天涯行住皆爲客,明月依依當主人。

鳳山嵩岳兩茫茫,玉宇瓊樓説上方。料得遊仙枕上夢,不知客裏又他鄉。

**【校記】**

[一]《太庵詩草》存詩四首,題作"中秋玩月有懷"。

## 九月三日迎霜降

菊傲東籬百草腓,迎來霜信整戎衣[一]。令知是月關兵氣,心到中原憫殺威。[二]時川楚教匪未平。孤鶴依人聽月唳,蒼鷹得路刷雲翬。自憐華鬢猶看劍,莫遣寒芒達紫微。

**【校記】**

[一]“衣”,《太庵詩草》作“緋”。

[二]“心到中原憫殺威”,《太庵詩草》作“但見甲冑來賀歲”。

## 傷艾夔庵孝廉[一]

皓首悲千子,青燈共兩人。五年欽長我,九月記生辰。夢路髡山外,文名薊水濱。不知心掛劍,何日過車輪。

**【校記】**

[一]《太庵詩草》存詩二首,題作“艾夔庵孝廉”。

## 重陽九詠

### 夢高

夢裏雲霄客,身輕一羽毛。遊仙守朔牘,音爐玉,太上亳州碑:身中陰陽既濟爲朔;人身精氣不散爲牘。梯佛御輪尻。自覺龍山小,誰言鳳嶺豪。去天纔一握,無日不登高。

### 聞梵[一]

我無牛飼病,日把誦經珠。曲少文峰尹,《江南野史》:永新尹氏女善歌,重陽登南山文峰,歌一曲,聲傳十里。談無博士胡。《搜神記》:吴中有皓首書生,稱胡博士,九月九日士人登山聞講書聲,乃老狐也。振鐃[二]喧柳岸,吹角閧[三]雲衢。噫[四]唱黄金蕚,九日拜斗詞。今成老柏塗。

## 架　菊

菊盆三百本，結架近[五]危樓。不到風霜肅，安知雨露周。人依仙圃淡，花動木山秋。勝寄東籬下，凋殘號隱流。

## 携　酒

桑落中華寶，携瓶偶一開。況逢黄菊節，絶少白衣來。臍暖千山雪，腸消九日杯。自防他席醉，恐上望鄉臺。

## 餽　餌

糗餌酬佳會，劉郎詩思勞。我來金刹地，題作寶階糕。《松漠紀聞》、《金史》：重陽作寶階糕。粔妝羞陳黯，醍醐擬沃膏。遥傳[六]祝兒女，百事莫名高。《吕公記》：九日以糕搭小兒頭，祝曰"願女願兒百事皆高"。

## 煎　茶

解箬蒙崖頂，喧鐺沫餑湯。鶴移三徑遠，泉注八池香。偶試騂酥點，時兼麥引嘗。皎然同陸羽，到此也徜徉。

## 嘲　射

憶昔歐陽子，嘲詠拙射蕭。《太平廣記》：唐蕭瑀不解射，九日賜宴較射，矢俱不中，歐陽詢嘲以詩。六鈞難志彀，百發不穿綃。鶻亂雲中雁，風搏海上潮。將軍曾射虎，没羽是前宵。是日，有善射不中者。

## 聽　棋

學禪人默默[七]，十九路迷離。布陣神光費，觀場眼力疲。聲聞堪入妙，耳順復何思。似戰長楊雨，紛紛落葉時。

## 望　江

禹力不能到，江流獨向西。恒沙出阿耨，藏布護招提。客宦南溟近，京華北斗齊。波濤澄似練，秋色正淒淒。

**【校記】**

［一］《太庵詩草》題作“晤梵”。

［二］“振鐃”，《太庵詩草》作“念吽”。

［三］“閧”，《太庵詩草》作“振”。

［四］“噫”，《太庵詩草》作“憶”。

［五］“近”，《太庵詩草》作“對”。

［六］“遥傳”，《太庵詩草》作“傳言”。

［七］“默默”，《太庵詩草》作“嘿嘿”。

## 放魚用東坡韻［一］

鹿角優游一勺水，不愁理會蝌蚪尾。凭欄時見人影親，方壺疑有蛟龍起。鸝鴿不堪供匕箸，鯤鰤豈中佐酒醴。憶昔坡老還池魚，未許潛師得專美。君不見天寒冰凍池水涸，困於泥沙絶流沘。不如放之大江中，免歎游魂沈釜底。

**【校記】**

［一］《太庵詩草》題作“放魚詩用東坡韻”。

## 送别范六泉秩滿還蜀［一］

送客仙陀望益州，岷江源過水東流。慈根舊竹煩青眼，年景新花感白頭。利馬佛添行李壯,棘林香束別情幽。成都歸去如相問,一卷詩輕萬户侯。

**【校記】**

[一]《太庵詩草》存詩二首,題作"送別范六泉明府秩滿還蜀二首"。

## 戊午

## 雜感五首

子方贖老馬,巴西不忍麑。矢此安懷願,擴之物我齊。

翳桑有餓夫,結草有老人。利物在一念,險難保其身。

作吏勿太剛,太柔復折傷。威行濟以恩,善後得其方。

治民法然明,治吏師蘇章。不見皇甫嵩,安居歌冀陽。

居無赫赫名,去後常見思。請看麴信陵,何如青石碑。

## 署圃雜詠十八首

### 桃　源

晨下摩維閣,兀坐大樹根。不舟亦不車,以步尋桃源。桃源本烏有,作記子虛論。也如蟠桃核,安得齊崑崙。人生在所樹,咄嗟開芳園。春華更秋實,聊勝蒺藜蘩。

## 射　圃

昔聞二巴郡，復夷名弜頭。能作白竹弩，射殺白班彪。近聞傳藷苴，披猖天鳥流。安得枉弓矢，取象㚇巢頭。我老賈餘勇，擬壯天山猷。一箭新羅去，射圃空夷猶。

## 青　社

遠公白蓮社，濂溪獨名青。窗前生意滿，理足補西銘。取泥放蚯蚓，埋珠宥蜻蜓。理會螻蟻穴，修養黄雀翎。斯事近佛理，度厄鳴鐘聽，俗緣未盡者，莫漫叩吾扃。

## 草　亭

林間止九白，聞之廿四祖。我雖階下漢，梵歷住經五。佛告營比丘，鳥獸惜毛羽。多欲復多求，世人無乃苦。南陽抱琴廬，西蜀浣花圃。落落一草亭，風流足千古。

## 謙　井

陰家千尺井，崇朝通佛仙。何獨有爲者，掘井不及泉。酒醴世所用，丹砂古空傳。鑿井勝寄汲，勿令潤澤潛。借問井何名，漏汋斟溪兼。水流而不盈，變盈而流謙。

## 蔬　畦

陽春不擇地，學圃超騫英。石田數十席，朝朝勞目耕。磽确變膏腴，雨甲煙苗榮。緑菘間紅藍，土蔬雜蕪菁。擷此書生味，調我黑鬐羹。莫采鍾馗菌，異味防傷生。

## 沺　瀑

自過頭道水，沛然湧文思。酌潦竭智井，決湍瀉漏卮。挹彼智慧泉,注兹功德池。池中何所有?白萍活即師。黏塊不早慮,涸轍良足悲。左右逢其源,川上歎如斯。

## 鷲　溪

水源耆闍崛,鷲溪乃其流。方諸印月明,手談涵星幽。俗僧元陰池,蛙黽噪寒湫。敲詩紫石潭,蛟龍起滄洲。溪水無容心,一片天光收。持此問維摩,解悟水因不?

## 柴　扉

朱門信華蓋,如市復如海。次公醒而狂,歎彼輪焕采。寂寂此柴扉,獨掩南山嵬。中有康衢老,雪毫霜刺改。剥啄喜聞聲,家賓鬧花蕾。寄語熱宦流,掃徑天西待。

## 柳　壁

釋家重面壁,聖門戒面牆。吾以柳爲之,儒墨兩不妨。動摇風月入,咫尺雲天長。匡衡鑿窮廬,達摩坐雪岡。叩我琅玕叢,更有空花揚。惜哉帛和禪,未見大文章。

## 月　户

神仙槎月術,不識月中梯。梯上清虚臺,臺與廣寒齊。雖無蟾桂影,下見山河低。貼紙光餤窄,貫槎歲時稽。玉飯襆被裹,瓊漿曼都詆。得此甘露門,天尺度千迷。

## 雪　臺

東坡繪雪堂,藩外藏身固。何如天然臺,寫照寒光素。長空笑雲倚,大江歎波注。流連一物耳,魚鳥何所慕。峨峨普陀山,藹藹長生樹。欲揩望鄉眼,早辨朝天路。

## 菊　徑

菊婢不足數,仙苗助幽興。精舍五柳陰,未肯荒陶徑。陽春行有脚,華秋争没脛。朵朵老僧衣,雅與逸客稱。勿使美人妝,亂我枯禪定。猶有傲霜枝,蹋去蓬蒿勝。

## 苔　茵

石髮染山翠,水衣濯江流。唯此地上錦,坐卧襟懷幽。映日鋪翠氈,帶露團花毬。莊生栩栩幻,王孫依依愁。矢此寸草心,點綴江南留。何必沙石篆,夢挾風雅輈。

## 茶　罏

天上有酒星,地下有酒泉。天地不愛寶,最後茶經傳。陸羽竈邊陶,樵青竹裹煎。嗜茶君謨老,止酒淵明賢。我亦學把玩,鑿落數盈千。築此烹茶罏,鴆盤談茗禪。

## 花　塢

朝過繡衣偶,暮對麒麟楦。嗟彼争妍輩,有似范靡曼。我作藏花塢,普度春光褪。春光鎮可留,要在根柢健。秋霜可以傲,冬雪亦無怨。護花花解語,歲歲錦堆萬。

## 書　架

春音惑鐘鼓,流丸止歐臾。士貴曉今古,不作鬼董狐。我有捫蝨庵,六經爲庖厨。旁行畫革流,庫露驚連珠。矻矻辨魯亥,聊吾歲月娱。何當菁山生? 告以衆説郛。

## 詩　囊

梁園杜荀鶴，一杴泥可歎。更擬香山老，樂地黄居難。數數訡癡符，詩名怕野干。果稱詩壇將，何獨師黄韓？搜我乳酪腸，陶洗有餘歡。括囊庶無咎，聊足償粗官。

## 詠白牡丹

自入琉璃界，戎葵不校芳。折摇琪樹影，插映玉盤光。
佛國全無色，禪天别有香。任開花萬萬，冷淡屬空王。

## 再用前韻

瑶池仙種别，夏雪逞孤芳。桃李漫山俗，盤盂拂案光。
染根猶是色，衆妙自無香。富貴天西獨，花中白浄王。

## 哭圖謙齋太守

一諾千金義薄雲，風塵物色感逢君。十年風雨人尋夢，萬里關山雁失群。鸚鵡洲前虚問政，漢陽江上枉從軍。春明門近天涯遠，應悔當初出守勤。

## 中秋和裘梅亭寄懷元韻

西南朋利蹇，君子貴貞幽。況復五年長，賢如二仲流。冷官雲淡淡，熱宦路悠悠。却老青燈業，投閒赤子憂。一輪天畔月，千里客中秋。禪座留金刹，冰銜掛鳳樓。假年吾所願，寡過子其儔。獨念巖疆重，皇恩少寸酬。

## 己未

### 園中桃熟

那費三千歲，窺園結實繁。蟠枝防鳥啄，絡葦護風翻。不羨凡花色，常培自在根。三巴春萬樹，何處問桃源。蜀中有桃源二，一在簡州，一在敘州。舊有耕者得銅牌一，曰小桃源，有詩云：綽約去朝真，仙源萬木春。要知竊桃客，應是會稽人。

### 對月懷湘浦制軍

白髮悲秋夕，黄冠解夏逢。西來萬里月，東向一枝松。皎潔山河壯，高寒雨露濃。曠懷無我照，誰與化妖烽。

### 七月二十五日奉詔熬茶使至恭紀五律

節使來丹闕，星軺稅賀州。十年重會老，格勒克那木喀喇嘛戊申使藏過成都，今年七十三。百戰舊封侯。侍衛霍寧額襲其兄和隆武侯爵。節感盂蘭獻，天寒草木幽。萬方悲遏密，聖孝矧多憂。

### 中秋對月書懷二首

一點圓通界，秋光老更新。側寒蠻嶺外，清切楮江濱。久客離情少，忘家異姓親。張弓憶秦蜀，多少月中人。

蜀棧頻通塞,秦關及亂離。往時迎竹馬,此日逐林麋。幾度關山怨,無端子夜悲。軍門聽永夕,報國恨遲遲。

## 八月聞軍中小捷賦雷始收聲

百八陽潛伏,收聲静化原。豐隆息仙火,霹靂暗神旛。疾將功成日,天威斂不言。根荄從孕毓,切莫起金門。

## 對菊書懷送項午晴秩滿還蜀八首

白社青雲路,華夷正色同。精英舒坨土,根柢費春風。九畹佳蔬供,三山良藥充。元和老居士,底事憶南宫。

宿命金行客,天西不厭高。節花同苦意,晚實並甘桃。菊花似薏苡,菊甘薏苦,世稱薏苡花爲苦如意。丹合劉生術。香餐屈子騷,回看紅紫豔。摇落小平皋。

十八香中冷,王十朋取莊園花爲十八香菊,號曰冷香。依依太瘦生。浪傳昇玉笥,雅興採金英。富貴春婆夢,蕭閒瞟子情。天涯無熱宦,切莫擠淵明。陸平泉初入史館,與同館諸公以事謁分宜,衆皆競前呈身,遂至喧擠。時庭中盛陳菊花,公徐却步曰:"諸公且從容,莫擠壞陶淵明。"聞者大慚。

茂叔護門草,陶公潤筆花。此亭風月淡,得句歲年賒。混俗常依柳,逃禪却助茶。釋皎然詩"俗人知泛酒,誰解助茶香"。芙蓉千萬樹,争比地仙家。

布地黄金滿,飄零惜戰場。揭來參静妙,難得擷幽香。夏倚南山雪,秋聽北雁霜。感時頻濺淚,不獨斷離腸。

豈恨花時晚,寒梅發更遲。寄人籬下俗,得地月中奇。囊可三冬枕,香團一局棋。歸期憑寫照,黄色起雙眉。

佛頂靈峰换,黄菊中有名佛頂菊者。纏頭異卉催。鶴書何日到,雪鬢此心開。信有含章美,知無在野材。紫微新苑裏,近日取霜栽。見李義山《野菊詩》。

應夢花娘子,《夷堅志》:成都府學有神曰菊花娘子,相傳漢宫女飲菊花酒者,土人祈夢有靈應云。聽經紫道人。亳社吉祥寺有僧誦《華嚴經》,忽一紫兔自至,馴伏不去,聽經,惟餐菊花,飲清泉,衆呼菊花道人。共傳迎戊巳,及代守庚申。藏中女巫及靈呼圖克圖,同卜子明春還里,今則己未也。萬選錢應富,千堆錦未貧。不愁鑾閏厄,九月乃藏曆八月。霜節暖如春。

## 紀遊行有序

山廬寂静,梵閣清寒。偶憶丙午至己未遊十四載,山川風景如在目前,爰倣玉谿,生轉韻體,作紀遊一百七十六句。

一麾五馬守丹陽,落落琴鶴古柏堂。青山采石傳謝李,不聞人去弔周郎。五溪橋畔九華主,地藏仙人餐白土。夜半長江一葉舟,拋天脅月黄溢浦。海門第一舊舒城,皖口曾傳博士名。記得黄荆塔畔句,一根除净六根清。翠螺佳蔚文峰嵷,譽髦不讓梁江總。擔經挾策半載餘,太守慚非鑄顔孔。東下平江是潤州,玉皇閣畔景陽樓。六千君子齊攀桂,却笑吴剛早白頭。鍾阜龍蟠靈谷寺,比丘也學探奇字。半山明月一樓雲,不管人間興敗事。寒颸信宿毘盧庵,禪師默默漏籠簖。清腴初食雪裏鬒，書生沈味十分甘。雪堂初試量才尺，冬郎小友争前席。花燈不看看青燈，得意三條燭下客。丙午夏守太平，遊池寧安江寧諸府。黄霸循聲清潁中，帶牛佩犢祛豪風。分金亭側耕春藉，四賢廳前勸老農。歐先蘇後風調古，聚星百戰黄堂府。龍華佛會萬人觀，翰墨翹關聽拔取。爲愛劉家黑牡丹，勺園風起花摧殘。富貴不能成一事，未許清貧太守看。天上黄河決譙亳，白圭治水鄰爲壑。哀哉萬姓哭懷襄，禾黍芃芃未及穫。莊生廟裏動波濤，頳隄露宿敢言勞。批牒未回先發粟，千郵雁户哺嗷嗷。丁未移守潁州，六月督賑水災。鶴頭書下天章閣，三十六州齊錯愕。何武居無赫赫名，濠梁惠子觀魚樂。秋八月督賑畢，陞鳳廬觀察使。六蓼農桑富阪田，廬江煙雨碧連天。偃月隄名太安垻，桑田比户真巢仙。大江以北天門峙，八公山憶淮南子。華陽古洞可梯仙，只是不容凡骨耳。滁陽名著清流關，三亭灑灑雪滿山。清詩餉我觀雲海，醉翁泉注醒心灣。雲龍山人張天驥，放鶴亭子東坡記。巋然石佛出頭難，何論土泥居士輩。百八珠曹十五年，小車此日駛朝天。江淮作吏廢樂事，無援進序歲三遷。戊申春遊廬、六、無爲、和、滁、宿、徐諸州。臨淮祖帳攀轅晚，石棧雲梯天末遠。不愁子胥十丈濤，豈怕王尊九折阪。四月遷蜀臬使。我讀孟昶石戒銘，爾畏爾謹常惺惺。且園清興了無事，玉蘭花映雙冬青。官舍僧房師點點，教人以約失者鮮。行年五十可知非，宦意文情殊不淺。浣花谿畔竹闌干，草堂數數追餘歡。世上多吟六快活，何如子美主詩壇。不枕文君壚上麴，不問君平簾下卜。養生四印箇中提，非向三山定五竺。三年卧閣錦官城，蠶市仙橋夜不驚。他年若遇歐陽子，故應高唱益昌行。祝鳌策馬灤陽道，巷舞衢歌氣皞皞。報政惶恐下下科，帝曰關中汝其保。庚戌春遷安藩司，未之任，調蜀藩，冬調陝藩。舊尹森森大華蓮，涇清渭濁分流傳。赤脚老人脚無垢，開心符等驪山泉。濃薰班馬標蘭閣，振以斯文在斯鐸。風檐起建六千厦，從此不愁雨淋鶴。兩秋無麥又無禾，使君空報雨滂沱。庭樹青青枝葉滿，惠歸一尉悔如何。計口授粟勤荒政，金帶解腰濟民病。鄭公曾活萬人來，勝廿四考中書令。將軍大旆指西南，羽林千騎齊分甘。席地不供潁王錦，惡餅誰撻驛亭男。一歲功成廓爾喀，迢迢萬里西琛納。風陵象馬渡黄河，月窟鸞皇集紫閤。煌煌天語靖戎韜，坤隅絶徼無屯膏。柱天都部轉金藏，腐儒叨佩赫連刀。癸丑冬遷内閣學士兼副都統，奉命駐藏。跋馬魚通風土惡，背枕寒燈苦瘴藥。冰城雪窖走六千，越見蘭臺瑩且博。烏斯使者來真丹，旄頭倀子驚飛翰。我笑青蓮眼界窄，枉説當年蜀道難。兜率天邊彌勒壽，不離生滅智無漏。布達札什法門同，毳褐强於銅乳臭。崑崙耳燒螺甲香，酥茶潼酒涴詩腸。木馬能嘶泥牛吼，誰云難馴疲津梁。維摩鎮日橐駝坐，酌史炊經自印可。四禪天上伍喬星，雪竇雲門指老我。側聞傜佬舞木枕，五溪鼎沸崑岡炎。承流啜汁盡孫吕，土偶桃梗乖西殲。荆楚沐猴川蠢苴，烽鄄羽檄四寒暑。高門塞誤涿耶山，智將福將不遑處。天西寂静罕車星，但吹氐厭費叮嚀。三軍掉戰誰氏子，儒冠虎乙團三丁。羯雞婁鼓終日操，布母縛亞花練帽。臨江之麋黔之驢，可喜訊方無雄鶩。我心懸旆鹿馬東，歲寒不凋摩頂松，林間六白決耳牖，照天蠟燭夢蒼穹。安得越嶲蛇亞子，一麾如意萬軍起。又如岡堅騾天王，一劍脱手千賊亡。

## 庚申

### 札什倫布六十初度二首

十五年前壽，溢江夜酌曾。丙午生日值夜泛舟皖江。昔成雲水夢，今作雪山僧。野供千夫膳，樓開百丈燈。不嫌馬齒落，逸驥總驍騰。

甲子人間世，吾過七五周。按甲子紀元，乾隆甲子乃第七十五。壺中看日月,天外度春秋。博望槎猶繫,班生筆未投。百蠻碑到處,黄卷足忘憂。

## 柳泉浴塘邀班禪額爾德尼傳餐閲武二首

十里旃檀海,秋光壓帳寒。四陪無上座,一飽可中餐。甲寅、丙辰、戊午、庚申四巡後藏。悟水觀童皺,貪山問懶殘。會逢離垢院,香界好盤桓。

小試有爲法,軍門共一嚬。靈根青佛子,班禪年十九。慧業老文人。百丈僧傳偈,是日班禪集僧百八誦經爲吾壽。三千劫轉輪。願將無量壽,班禪手遞無量壽佛。萬里祝楓宸。

## 擦嚨道上口占

曲奪連江鞏,二山名。層層石疊關。雪流天上水,雲起地中山。白髮卿能少,黄冠女作蠻。日晡開弈局,心陣自間間。

## 定日閲兵得廓王信有懷松湘浦赴伊江二首

一綫通陽布,荒酋泰道登。省勞吾免胄,忍教爾懸緪。廓王遣使越境來迎,遂諭止之。午振驅山鐸,宵燃照魅燈。西南占蹇利,不禁憶良朋。

五載共聲名,羌無兩面更。西天傳法嗣,金奔巴掣呼畢勒罕十三人。南海授門生。廓番遣番人四名授經書識漢字。齊政休移俗,攻心勝築城。玉門班定遠,魚水策平平。

## 薩迦呼圖克圖遣使謝過書事

下坂流丸止,千迷一轉通。摹天喧硬雨,驀地足罡風。叵信聞鈴語,争叨餽酒功,薩迦前以妖言見惑,遂嚴斥之。問僧行大定,孰與脱龜筒。帖紙中秋月,靈珠易餅回。以萬靈丹贈,余答以月餅。未除慳吝性,枉住净明臺。惑以妖言者欲止,予過其境,避差徭,故云。如意丹爲寶,長春樹好培。即心原是佛,那復獻如來。

## 脅噶爾寨

札古天然畫,雲程暫解顔。銀光清濟水,墨色米家山。寺穩雞窠衲,邊清蝸角蠻。厨人喧夜語,北斗指鄉關。

## 立秋日觀稼工布塘

爽氣初迎日,神龍放曉晴。使星過六甲,霖雨足三庚。客話邊廬静,心懸戍鼓驚。百蠻歡若此,楚蜀訪輿情。

## 賦得鶡旦不鳴

毅鳥似雉,而大有毛角,鬭死方已,古人取爲勇士冠。陽鳥,感六陰之極故不鳴。

毅勇司陽鳥,重陰却畏寒。蒙蘇羅可致,《史記》:蒙鶡蘇蘇鳥尾。啞瑞獻無端。《清異録》:有獻錦雉者,于頔曰:鳴不中律,亦啞瑞耳。張敞舍鶡飛集,以爲瑞。静掩神兵幟,《列子》:黄帝與炎帝戰,以鵰鶡爲旂幟。空慚武士冠。《續漢書》:虎賁武士皆鶡冠。乾剛如作氣,王粲《鶡鳥賦》云:服乾剛之正氣。挑敵見心丹。曹植《賦》:若有翻雄駭逝,孤雌驚翔,則長鳴挑敵,鼓翼專場。

## 少　年　行

壯老輕少年,談笑不掛齒。回思少年日,露鋒常過此。未知蘊葆光,英發烏可止。了了未必佳,毋乃輕量爾。華胄十年遥,世交敘孔李。小友一言驚,相公好輭美。拜牀梁伯孫,下車君房子。審知禍福基,勞謙定無悔。

# 辛酉

## 五月還都進打箭罏口再賦罏城行

江南梅根冶,永州鐵罏步。實去而名存,千年尚流布。嵺巖魚通口,西來三藏路。曷爲打箭名? 地以人傳故。諸葛忠武侯,運策儲武庫。箭鏃千萬枝,此山命冶鑄。爾時征南詔,五月瀘水渡。歲務七縱擒,未遑勞西顧。箭成而不用,棄等槽矛數。洪爐没山坳,寥落孤煙戍。論功功烏有,行賞賞未注。司事者誰與? 郭達荒祠塑。我今轉全藏,干戈新偃仆。風雲壯西海,廓番叩額附。澙土歸流民,干闌絶驚怖。道場復光輝,普界天花雨。乃遊箭垛寺,山靈舊呵護。筈鏃作屋椽,武功標長住。星光決飛隼,霜氣迷狡兔。墮淚峴山碑,傷心泣雙柱。青簡貯淩煙,白骨埋荒墓。邇沙八霜人,升沈理從悟。用舍箭殊途,名實兩岐誤。爲語郭將軍,箭有遇不遇。

# 易簡齋詩鈔卷三

## 辛酉

### 濟南珍珠泉恭和高宗純皇帝御製詩元韻碑在撫署泉上。

乾坤氣交暢，七二名泉瀦。玆泉悟水因，活活如意珠。濁流不可求，澄淵乃見夫。濟源伏千里，勃發平原區，俯瞰甃底瀾，咳唾成江湖。晴波皺雨點，乍密旋乍疏。疑迸泣鮫淚，時捋眠驪鬚。去來等泡影，萬斛空相於。山澤氣固通，靈沼窺其餘。蒼生霖雨望，曾臣盍鑒諸。仁祖著堯典，康熙中御題“作霖”二字於泉上。純宗垂禹謨。寶賢賤珠玉，耕穫勤菑畬。還浦神乃爾，剖身愚蔑如。再拜聖言下，千古戒首濡。

### 登城望千佛山

我轉千佛來，名山緣不淺。歷下古名區，二東玆冠冕。舜耕歷山即此。俯瞰濯纓湖，涵空地鏡衍。回首琉璃界，更覺塵襟遣。人生幾剎那，遇風一息喘。雪嶠既闓闔，海隅又青兗。我本法無法，誠者微之顯。乃知即心偈，以一成千轉。

## 珍珠泉上玩雪四首

何事樓臺起，煙雲匝碧潯。作霖垂聖藻，似水鑒臣心。惠子魚知樂，潛僧竹可吟。泉旁翠竹名吟碧山房。一肩民社任，曷以答高深。

水澤能甘節，均叨潤物功。不冰知地暖，得雪兆年豐。詩思袪塵外，民依挾纊中。一隅歌飯甕，睿慮萬方同。

富貴何嘗幻，書生冷最腴。天山曾刻玉，泉石更量珠。萬斛清還浦，千重彩徹壺。願從瀛海上，錯落網珊瑚。

靈谷分靈雨，題成白鳳池。桔槔天地妙，呼吸鬼神知。翰墨遊將老，宫牆仰在兹。假年慚學易，更欲乞靈蓍。

## 壬戌

## 登　岱

天地氣交山澤通，山獨名泰爲岳宗。左浮右拍涵衆象，伯仲崑崙低華嵩。醫巫閭脈跨海底，主宰生氣轉鴻蒙。經曰萬物出乎震，艮實成始而成終。我遊羲圖極否地，冰梯萬仞摩蒼穹。抽身已度化城裏，放眼今越扶桑東。黄河一綫渺金沙，清汶百折流玉虹。世人登岱盡皮相，絶頂那覺淩罡風。乃知山川奠禹力，大陸既作稱兹雄。虞周時巡紀典頌，肅肅瞻拜青帝宫。碧霞玉女漫深考，祈求霖雨宣元功。萬仙千佛盡烏有，七十二代封臺空。獨存摩崖字如掌，龍蛇點綴驚神工。稽古帝王戒盈滿,開元此遊誇郅隆。珠玉錦繡焚殿角,樂舞象馬遷洛中。不如秦皇無字石,口碑付之千載公。

## 泰山雜詠

### 漢　柏

漢代乾封處,曾栽柏數株。輪臺頒詔後,王母再來無。

### 唐　槐

夢似槐安國,披離古意多。不知西梵柳,唐史頌如何?

### 飛　來　石

南海飛靈杵,降魔已見猜。此山誰說法,頑石點頭來。

### 五　大　夫　松

海上迎仙日,孤松拜爵優。若論功德懋,古檜早應侯。

### 無　字　碑

逐客忙何事,豐碑篆未遑。邊城多少字,萬里海天長。

## 泰安試院七柏一松歌用少陵《古柏行》韻

徂徠之松新甫柏,堅貞性質如磐石。樹人樹木百十年,霜根合近量才尺。夭矯一松龍鱗老,七柏森森凡幾白。冠者六七侍師儒,樹猶如此堪珍惜。憶我出守皖江東,丹陽振鐸興黄宫。庭有參天柏千本,翠螺松濤響半空。繞屋盤桓剛半載,後凋知耐歲寒風。桃李公門世豈少,獨此喜同造士功。海岱英才蓄良棟,宿老匠成品題重。文章不朽德不孤,門前立雪座上春風送。吁嗟!太平泰安兩遇奇,鷹鸇信不如鸞鳳。良材得地快成林,髦士通經果足用。

## 和沈舫西太守登岱元韻二首

自飲中原水,胸無萬仞山。寸心皆佛界,絶頂亦塵寰。民務絲千縷,官聲豹一斑。黄堂能了事,半日且偷閒。

萬壑松風静,輕兜曲曲安。苦吟慚畏杜,默禱愧希韓。仙迹人間古,神靈達者觀。天門欣有路,呼吸白雲端。

## 金絲堂聽樂

宅壁無人壞,何緣出古經。金絲誰作響?笙磬我來聽。一洗囂塵耳,能通覺性靈。試尋夫子甕,千古夢魂醒。

## 恭謁聖林

泗水西移岸,洙河北問津。崇封通古道,靈草示迷人。地軸天根壯,龍蟠虎踞真。秦松與漢柏,難得並長春。

## 謁顔子廟

古廟環蒼柏,巍巍近聖尊。步亭思樂事,窺井見心源。不遠經名復,無違聖與言,至今題陋巷,俗眼見朱門。

## 題南池杜子美像

名士風流那獨詩,南樓纔過又南池。一生憂喜關君國,地以人傳草木知。

## 望太白樓濟寧城上。

海上釣鼇豪乃爾,江邊捉月興何如。觀瀾亭畔今宵夢,怕聽相如賦子虛。

## 宿黄河堤上

最喜西門豹,能消河伯災。一巫方骨没,三老已心灰。水勢金隄穩,官聲鐵柱推,治河今古策,無取白圭才。

## 雨中耕耤禮成誌喜

耤圃祁年肅,東耕月正三。陌頭青幕會,空際黑雲曇。嘉樹彌天潤,婪春匝地甘。煙籠千井暗,膏沃一犁酣。霢霂神爲咒,霑塗我正諳。莫愁牛背洗,自信馬鬉涵。吉亥優而渥,田庚樂且耽。争看淋雨鶴,衣瓦尚知慚。

## 丁方軒鹺使饋海鰕

雙檣十丈傳聞駭,負介昂藏戰渤澥。世上縱有釣鼇手,虹綫月鈎定難紿。此蝦鉞鼻活盈尺,公從何處張網待?濼源城裏市鱻花,謝豹聲中詫奇彩。入場乍看琉璃赤,對對盤蝸背折鎧。誰家爽妙頡羹王,清腴純潔欺霜蟹。我若氈根騂駱俗,東海晶鹽隔十載。蒲笋飣盤已足豪,況試瓊膏藏府改。君不見客遊三島長鬚國,龍宮月料供每每。駢頭佐饌秉天符,鐵鑊乞憐宥烹宰。愧予不省懸枯魚,口腹一言百十醢。登庖幸非左顧蛤,要使詩腸潤滄海。

## 五月朔東郊觀麥,泛大明湖,燕集小滄浪,用東坡遷魚西湖詩韻

三春膏雨不破塊,麥秀昂頭粒綻背。黄雲匝地抵黄金,況有湖山作襟帶。行郊萬户樂且都,主人作意饗炰膾。水面笋厨競遥指,蘆灣曲曲琉璃碎。那須腰笏挽易于,划得閒船弄清籟。座上高吟六快活,半日偷閒愧典外。自古陰陽與政通,五竺三山同玆會。百年今到滄浪洲,始信鐵船能渡海。

## 喜吟碧山房竹勝往年次吴蠡方伯韻

宜晴宜雨下疏簾,無暑清涼氣自嚴。雲石藏來觀止艮,珠泉穿處見流謙。參禪客伴榮枯脱,肉食人醫瘦俗兼。抽玉年年無翦伐,寒梅花放好巡檐。

## 盧鳳珠觀察寄到靈璧石磬廿四片喜而賦詩

大雅鎮可作,古調裁斯辰。皇皇起金奏,泠泠諧玉振。無取華原石,求諸泗水濱。墨玉鑑毛髮,浮石良足珍。磬氏度材美,相彼句倨真。鼓博去參分,旁耑摩六均。方函廿四具,設簴焕縣陳。地靈發天籟,未許秘璘玢。歷下戀光政,戛月敲冰新。練響達清越,依聲和繹

純。我心藏古器,宣風期化人。猥俗清其耳,大樂遇以神。成物夷則宫,瀛岱惴曾臣。開窗一理架,音調乃知民。

## 夜雨書懷用蠡濤西園夜月韻

夕覽平泉月,涵虚無盡燈。波明珠點點,藻暗翠層層。宿鳥嚶求友,游魚快得朋。三農歡未已,十雨信堪憑。乍覺囂塵洗,全銷烈暑蒸。自朝神觀拜,薄暮岱雲升。屋頂喧初寂,檐牙溜若膺。豈勞僧咒鉢,却禁沼施罾。破夢心符熟,敲詩腹稿澄。覺花欹壓枕,夜氣浄含冰。禪學拳頭識,官懈鐺脚稱。蚊雷涼處歇,蠅陣熱時憎。涸鮒群遊釜,哀鴻遠避矰。詩歌懷杜甫,温飽戒王曾。

## 題濟南太守德屋圃寒香課子圖

渤海名門古道寒,一經佳處兩儒冠。松篁蔭繪屏山客,翰墨香余閬苑官。作笑不忘孺子慕,移中還卜此心丹。低徊老鳳將雛日,淚灑梅花展卷看。

## 題屋圃五峰禱雨圖用東坡張龍公詩韻

我聞潭中叟,聽經得閒來。三春封江湖,吸硯爲公開。郕童争擊甕,豈無術士陪。刑鵝固下策,嘤酒傾空罍。厥惟東先生,靈感東五臺。神閔東海守,百里没脚埃。冉冉檀煙中。淋淋油蓋回。以誠不以法,太守真賢哉。遂歌麥有秋,濟兖達青萊。白衣執公手,卧夢披圖猜。

## 序榮性堂詩集蠡濤以詩謝次韻

菩提樹養百年榮，四印提來萬卷輕。火覆觀心應有象，水因悟道却聞聲。筌簧自任通儒墨，酒醴無緣縛性靈。繡佛長齋君悟早，蠡濤號曇繡。不齋一日總虛明。

## 題鍾馗畫扇次吴巢松公子韻

世傳鍾葵厭朱紫，道子寫真工幻此。胡爲虛耗除人間，金鼓瓶花命鬼侍。齫齫謅謅愁似笑，未許精靈沈窈窕。季英才筆語驚人，書扇鬼應泣蒼昊。沃盆持弩夫何讐？劫劫相纏三摩修。撚鬚拄笏漫回首，陰崖夜壑空啾啾。我怪猛虎飽山陬，倀鬼攫人如勾矛。鬼能餌人又啖鬼，辟邪定爲群鬼羞。食人食鬼兩無益，如賊化民民化賊。滌瑕蕩穢德勝妖，地下鬼王少顏色。

## 飛　蝗　行

貪苛致蠱妖，犯法螟螣逞。雖有不爲災，麟筆猶書眚。殘孽東北來，黄雲駛高迥。絶眥西南域，切夢憂耿耿。驚傳齊魯間，平原岱麓併。脣齒竟波及，土偶嘲桃梗。彌天鳳皇食，鸜鵒一飽騁。薄翼空飛灑，有如旁不肯。劫來隴畝集，纍纍綴禾穎。婦子夜悲號，田庚忙帚梃。奇哉簸鍾王，辟穀戢千井。箝口信宿群，一鼓颾如綆。化墮三乂島，長鬚供鑊鼎。乃知剗蟊賊，神力將軍猛。緬彼趙青州，退飛不落境。亦有魯中牟，三異詑巡省。寄語賢守令，識人蝗足警。何當昆耶靈，驅蜂遍秦嶺。

## 月令詩落職西役途中雜詠。

### 鴻　雁　來

霜信能先覺,西循七宿回。喜無矰繳避,那用荻蘆猜。羊祜江邊宿,蘇卿海上來。隴坻圍解未,翹竚别書開。

### 元　鳥　歸

八月司分鳥,歸飛客思齊。音書憑遠達,肥汁肯群棲。渡海愁雲路,辭山帶雪泥。舊巢春色好,樂住莫嫌低。

### 群 鳥 養 羞

剥喙忙微雨,巡檐爲養羞。生無鸞鳳志,巧作稻粱謀。穴裏僵蟲聚,巢邊粃覈收。禦冬欣一飽,風雪費綢繆。

### 水　始　涸

一氣元消長,秋遲涸水涯。海潮初達岸,江漲漸沈沙。白小黏池塊,紅丁落野槎。莫愁膏澤盡,泉動應飛葭。

### 鞠 有 黄 華

百草俱腓日,亭亭菊放黄。延齡堪作客,正色獨淩霜。止酒留仙骨,頰茶助冷香。世間苦如意,甘谷一齋芳。

### 豺 乃 祭 獸

肆獸山間祭,豺知報本心。方鋪殊水獺,肅殺應秋金。何處亡羊易,居然獻鹿忱。但無當道害,狐兔任渠擒。

## 草木黄落

草木毓靈性,繁華應候收。沙明千里月,風静萬林秋。會得榮枯轉,當從剥復求。三陽萌動日,生意故根留。

## 雉入大水爲蜃

翟禽舒藻繪,仙蜃應珠胎。離坎交時見,飛潛變處猜。彰身憐錦繡,吐氣幻樓臺。不作沈淪想,淩空志未灰。

## 題印川和尚小照山西洪洞縣寺。

何事拈花笑? 無香得上乘。萬川同我照,印可是儒僧。

## 讀管韞山侍御遺稿二首有序

管韞山侍御諱世銘,知名日下久,三屆副車,予戊子北闈同年也。辛卯,予成進士,分農曹,而韞山亦以戊戌進士爲户部郎,同事九年。取人巨眼無乖崖氣,讀書得間無穿鑿語。自丙午别十七霜,而韞山宿草已四白矣。壬戌小春,予西役道出咸陽,莊虚庵同年長嗣達吉贈予韞山詩文全集,予愀然曰:虚庵有序,予烏得無言,爰綴以詩。

白首文壇將,青氈户部郎。炊經脱粟飽,酌句漱醪香。面隔艱尋夢,心盟易斷腸。公才過公望,遺稿爲神傷。

琢腎雕肝手,如椽筆獨能。茗柯人競許,篷豔子羞稱。不重分金友,尤輕割席朋。一生真抱負,留取伴青燈。

## 渡涇河

合渭泥論斗，難言爾獨清。笄頭真面目，終古得分明。

## 經古浪峽

赤古紆冰峽，人煙古浪稀。忽傳城市裏，飯熟午雞微。

## 長至日宿水泉堡

最喜天心復，陽和動水泉。生生乾不已，虩虩震無邊。碩果終難剥，匏瓜非久懸。伍喬星氣朗，端合照羲編。

## 甘州歌

朔風滭泼霜天高，弱水凍澀流沙焦。行人到此縮如蝟，況復西指瀚海遥。老我崛强興不淺，夜半起舞聽雞號。欲寫胸中磊塊氣，挑檠炙硯濡冰毫。古稱秦折天下脊，張兹臂掖傳嫖姚。我朝幅幀邁往古，拓疆二萬神武昭。删丹合黎今内腹，削平版土蘇龖燒。五十二渠盡沃壤，南蕃北部無喧囂。斯民袵席奠厥始，屈指旗常輝斗杓。聚米坪前孟心亭，掃除賀逆如爇毛。順治二年，賀錦據甘州，總督孟喬芳討平之。喬芳字心亭。聚米坪在平凉，馬援聚米爲山谷畫策征隗囂處。次者喀喇巴圖魯，蜚熊更突八輞軺。康熙四年，青海蒙古乞大草原灘爲牧地，副將王進寶特不可，謂："大草灘甘涼扼要，若與之，藩籬撤矣。"乃白軍門靖逆侯張勇，遂乘八輞車突往止之，蒙古乃退。進寶面黑，軍中號爲"喀喇巴圖魯"。勇，字蜚熊。草灘以北無椓帳，黑河青海沈波濤。嘻吁乎！祁連東下數千里，終南直達川楚交。軍容十萬勞七載,三帥齊名淩煙標。愧予不能持寸鐵,《八聲甘州》歌刁刁。更聞屯圖能代夢,伊吾策馬鳴蕭蕭。

## 出嘉峪關

白日寒煙重,雄關黑水西。天倉真地寶,禹績限羌氐。

## 戈壁道上載水

千里行軍匝養魚,壺漿那管萬人虚。閒情更著名泉譜,争識西來一勺無。

## 戈壁喜雪

西母嵰山雪,平鋪瀚海遥。吻疑嘗醴潤,渴似望梅消。風味欺陶穀,詩情勝灞橋。自憐冰氏子,肯向冶鑪招。

## 宿安西贈胡雪齋刺史

雄鎮大灣頭,鳴沙第一州。月氏秦漢迹,疏勒古今流。地水堪容衆,天山列建侯。西陲靖戎馬,那用帶吴鈎。

## 哈密度歲簡胡雪齋

驛路七千二,年華六十三。伊吾除舊歲,葉爾税征驂。適逢恩命大葉爾羌辦事。戎俗春光闊,勞人夜夢酣。五更羊胛熟,爆竹聽何堪。

# 癸亥

## 鴨子泉和常中丞原韻有序

哈密西驛館壁懸搨詩一首,乃乾隆壬戌大中丞常鈞官敦煌觀察時所題也,其詩云:"曾奏南熏解舜顔,敦煌祠廟白雲間。靈旗影裏銅烏静,社鼓聲中鐵馬閒。萬里平沙開瀚海,一屏晴雪瑩天山。高城月落飛羌笛,又見春光度玉關。"遂次其韻。

祁連巉業駐冰顔,詩版遥摹霄漢間。驛客停驂絃月皎,羌兒叱犢戍樓閒。不觀海市遊沙市,關外平沙無極,淩晨黄青二氣漫空撲地而來,問土人云此沙市也。纔别金山到玉山。衛藏山多産金,予辛酉秋七月還都。六十年來風景换,陽春萬里出陽關。

## 風戈壁吟自梧桐窩十三間房至齊克滕木台,四百餘里,春夏間多怪風。

大塊有噫氣,一息千里通。巽五撓萬物,折丹神居東。風穴地軸裂,風門天闕衝。奇哉風戈壁,勃發乾兑沖。當夫初起時,黑靄蟠虬龍。焚輪瞬息至,萬騎奔長空。石飛輕於絮,輜重飄若蓬。靈駝識猛烈,一吹無停從。我度瀚海來,屈指輪臺中。忽傳伊吾廬,朵雲下郵筒。恩命撫娑軍,兼馭于闐戎。泥首天山陽,聖慈感帡幪。改轍土番道,行李戒僕僮。鹻燒絶滴水,漱我滭泉豊。雪瘴淩氣海,鼓我泰夰充。天罡不可敵,默禱馮夷公。叵料驅車日,太清無纖蒙。野寮星月朗,白鳳棲梧桐。支灶不暇炊,忍饑馱驥驄。坐生已度想,闢展變春融。乃知廣莫候，太乙叫蟄宫。履道獲坦坦，無乃憐吾窮。原筮西南利，努力往有功。蜚廉不我戲，此意感蒼穹。

## 小歇吐魯番城

戰績侯姜説有唐，西州名改舊高昌。而今莫問童謡讖，日月長年照雪霜。

## 題路旁于闐大玉有序

喀喇沙爾東一百八十里，烏沙克搭拉軍台路旁有大玉三，大者重萬觔，青色；次者重八千觔，葱白色；小者重三千觔，白色。置於地，台弁云：此玉運自葉爾羌西將以入貢，嘉慶四年二月奉旨截留，毋庸呈進。今四輪車亦毀於此。恭紀五律二首。

詔棄于闐玉，埋輪蔓草蕪。來從西旅道，採自闕竇隅。駕鼓勞天馬，投淵却海珠。何如此頑石，罷役萬民蘇。

不刻摩崖字，光明帝德昭。瑞同麟在野，喜見鵲來巢。崑璞依然古，羌戎遜矣朝。鬼神牢守護，莫任斧斤招。

## 度海都河冰橋喀喇沙爾城西。

天造輿梁穩，春冰迨未開。時正月廿八日雨水。馬騰銀漢上，人駕玉虹來。濡尾狐猶聽，潛波魚尚猜。兩驂忙叱馭，快似輾輕雷。

## 宿庫車城

萬里龜兹國,千層佛洞山。壁經唐代古,佛洞中有觀音大士像,壁刻漢楷《輪迴經》一部,相傳唐人所爲。城壘漢時殘。城東十里有土城,漢時屯兵處。土甲榮奇木,回語"奇木",廣大也,故其大頭目名阿奇木伯克。田庚徙惰蘭。惰蘭,回人别種,專爲酋長養鷹鷂者,今徙居此。天西無警燧,那獨柳陳安。

## 渡渾巴什河阿克蘇城南。

地泝長虹渚,天開冷玉峰。穆蘇融向日,源出穆蘇爾達巴海。羅卜暗朝宗。河歸羅卜淖爾。一水今如席,三軍昔若龍。乾隆年大兵渡此河。鑿冰千萬仞,懸渡正嚴冬。冬月諸將由伊犁南越冰山。

## 葉爾羌城

羌城古塔緑陰屯,塔高二十餘丈。名蹟曾探和卓園。節署乃回酋大和卓木舊居。百戰風霜沈義塚,城東五十里官兵陣亡,合葬二塚清明致祭。九霄霜月護忠魂。都統納木札勒、參贊三秦盡節於此,敕建顯忠祠,并御製雙義詩勒石。呼鷹盡出桑麻里,戲馬閒看果蓏村。鎮撫羌兒高枕卧,雙歧銅角聽黄昏。

## 詠螻蟻

蛾子拋時術,夤緣苦爲何?無泉封任没,不雨穴空訛。路比穿珠巧,行逾渡竹多。此邦真蟻國,可許夢南柯?

## 洗箔城東七十里。

當年黠虜逞妖氛，衆志堅城義薄雲。欲訪黑河三捷處，逢人大樹指將軍。將軍兆惠被圍於此，掘得米窖，士卒堅壁以守。逆酋施放鳥鎗，悉中大樹，得鉛丸數萬。後援軍掩至，内外夾攻，賊衆大潰。今樹鎗痕尚在。

## 英吉沙爾

斗大孤城四面開，能量千萬斛牟來。地傳依耐虚還國，古依耐國，回部附庸。河繞圖書任蒻萊。城西圖舒克塔什河，回人賴其水利。萬馬悉從葱嶺度，西通巴達克山部，大兵追剿，大小和卓本由此過嶺。百花今傍柳泉栽。城南柳樹泉，花果最盛。羌登袏席歡無比，婁鼓年年鬧古臺。城南十里兆公臺，回人四月間繞臺歌舞。

## 詠園中五雁

西度陽關返，從風翼力微。寒經蒲海瘴，暖逐玉山暉。莫厭銜蘆瘦，行看飼粃肥。氐羌同化日，況是弋人稀。

四海心何壯，來賓大食城。葉爾羌古稱大食國。徘徊低顧影，嘹唳遠含情。陳結秦雲斷，行分蜀月驚。定知兵氣盡，安集少哀鳴。喜聞川陝大兵告捷。

## 鷹

鳥雀翔空際，鋒稜欲墜緣。已憑拳有劍，何事吻如刀。春老頻憎眼，秋空欲見毫。此心長捧日，萬里得霜豪。

## 河干採玉

西極崑崙産，琳琅貢紫宸。千斤未爲寶，一片果何珍。幟颺青雲杪，人喧白水濱。惰蘭齊攫拾，伯克竟巡巡。自分澄心滓，還須洗眼塵。琢成和氏璧，良璞免沈淪。

## 觀鵰搏狐

羡爾英雄姿，羌中獨來往。摩雲葱嶺低，拂波蒲海廣。蛟螭入水搏，虎豹出山攘。藐兹狐狸群，聊以燠爪掌。

## 獲大白玉

天璞盈鈞重，重三十八斤。携從闢勒東。韞藏山有力，滌蕩水居功。未必連城貴，由來任土供。昔年曾抵鵲，争識氣如虹。

## 觀回俗賀節

怪道花門節，刲羊血濺腥。羯雞充戔里，婁鼓震羌庭。酋拜摩尼寺，《唐書·回鶻傳》：元和二年回紇請於河南府、太原府置摩尼寺，許之。即今禮拜寺。僧喧穆護經。《通鑑》注：大秦穆護，釋氏之外教也。火祆如啖蜜，唐制，祠部歲祀磧西州火祆，即今阿渾所供奉之摩尼神。石槨信通靈。《輟耕録》：回回地年七八十歲老人自願捨身濟衆者，絶飲食，惟澡身啖蜜，經月，便溺皆蜜。死則殮以石棺，用蜜浸百年後啓封，則蜜劑也，名"木乃伊"，治人損傷肢體。

## 甲子 歲前十月調參贊大臣

### 喀什噶爾巡邊

霾雲土雨釀花天，默克人家和卓園。早是莎車登衽席，更於疏勒樹屏藩。葉爾羌，漢莎車國；喀什噶爾，古疏勒國。邊沙夜浄馬蹄印，嶺雲春消雁爪痕。憑仗天戈揮月髗，此邦永覩舊兒孫。

### 布魯特酋長獻鷹馬却之賦絶句

絡馬韝鷹羨使君，使君笑却意何云。穹廬夜不驚雞犬，便是祥麟威鳳群。

### 喀浪圭卡倫通安集延部。

不見人煙只見駝，一叢田鼠拜荆窠。罽幵路趁經商遠，古罽幵，即今安集延。勃律名傳别種訛。古勃律，即今布魯特訛，名布露。此日罽帷懸庫露，幾年騂酪憶蓬婆。磨牛步步皆陳迹，争比崎嶇歷落多。

### 哀葉爾羌阿奇木阿克伯克二首

玉水冰山戰績存，傷心矍鑠老花門。獨憐白塚春原草，不及功成一弔魂。葉爾羌陣亡官兵合葬，二塚在城東。

束帛牽羊望夕曛，憑教袄正慰忠魂。渠莎城畔摩尼寺，添箇西濛效順墳。

## 乙丑 巡查各城

### 山房晚照觀音閣西高及閣之半，名亦足以山房。

山房創號奇，未審何足以。亦似題閒軒，如眼不自視。知止乃不辱，知足差可喜。殘照半銜山，發省應在此。青年若木光，回首一彈指。无咎貞於吉，多譽甚於毁。易爲君子謀，所務含章美。我輩敦古處，千里對面比。努力崦嵫景，幽情遥敘耳。

### 城堞春陰大樹亭西南隅，牆如雉堞，上有小樓，宛然城市。

土堞陰陰雁齒排，長風如雨閙蕭齋。從今悟得風能潤，一洗晴空布穀皆。

### 澄碧新秋亭在水中央，舟橋俱可達。

兀坐湖心裏，澄澄一水清。由來繪天影，難得畫泉聲。静止逾三笑，涵空亞四明。況逢秋月印，何處不含情。

### 百尺垂虹澄碧亭前長橋起伏，長十丈以達岸。

平湖倒影朱闌干，蝃蝀没空水椿殘。螭腰鯨背跨碧瀾，使君屧響游魚觀。憶昔普陀持節還，繩橋棧梁難述殫。蕪詞竊比酈經看，自愧腐儒多素餐。側聞瀚海無險灘，崑崙快覩奇峰巒。君不見藍關雪磴嘲迂韓。又不見玉門沙幕娱老班。此園池沼足盤桓，那須武騎題柱端，古來利濟名不刊。

## 孤舟釣雪

昔聞溯清流，餌魚鈎莫上。渺兹丈尺水，萬斛誠難放。官聲慕梁昆，邊策戒任尚。淪予冰雪甌，充君書畫舫。

## 小桃源

知閒覓閒境，何如化工閒。桃花隨水去，自待春風還。

## 望春臺

騎驢覓驢偈，迷悟何時了。人在春風中，却望高臺表。

## 妙空禪院畫板爲之，遠望如寺。

至妙豈能名，真空究莫狀。刻畫作禪林，妙空乃皮相。

## 瓜菜園

種菜悟生理，澆瓜息争機。脱手滿園緑，不知春水肥。

## 徠寧城卧遊閣即事

北牖壺天景，丹青筆筆留，夕陽孤塔滿，遠岫一房收。

臥治才無補,遊觀興足侔。揮絃頻悵望,塞雁已横秋。

## 巡阿克蘇城有懷松湘浦將軍

穆蘇南北望崚嶒,聖德如天信可憑。豈有含沙能射影,由來誤筆偶成蠅。籌邊自用驅山鐸,涉世須燃照魅燈。安得比丘施六法,口風吹散雪巖冰。

## 烏什城遠眺

百戰經營漫負嵎,尉頭幾换古名區。泉開楊柳枝頭水,城南有柳樹,泉水自樹孔中流出,蓋千百年奇景也。城抱驪龍頷下珠。山勢自東而西,蜿蜒如龍,西起突一峰,烏什城當其壁。絶國牛羊今受牧,降王雞犬昔全屠。謂賴黑木圖拉之變。叮嚀旌花開處,長使春暉入畫圖。

# 丙寅

## 詠乳燕

老燕雙雙四乳肥,夜來齊帶夕陽歸。纖禽解識天倫樂,不肯分巢各自飛。

## 奉召還都恭紀

天西兀兀守殘暉,許拜温綸駟馬歸。臺選身名叨齒録,冠加孔翠勝牙緋。心清不厭升沈夢,力定能占下上飛。六十猶癡臣未老,年開七秩勉知非。

## 寄别湘浦將軍瘦石參贊四首

郭李同聲世所罕,守邊叔子惟輕緩。古賢志在推車行,别贈一言勝撲滿。

穆蘇天畔玉壺清,雅爾山頭夏雪明。最是名場添故事,夕陽多處可吾城。喀什噶爾,名徠寧城。

風恬月皛無偏側,坐鎮香牛通默克。漫道壺中日月長,光陰試看磨人墨。

檢點巾箱正及瓜,歸心匆匆過龍沙。何當力挽滄浪水,澆徧西濛旌節花。

## 巢燕去而復返呢喃似作别意

群離玉鵲與誰徙,君子堂前托抱雛。小智漫誇明戊己,世間他事了然無。

曉起喃喃教語頻,定要秋去返來春。誰知燕燕秋爲客,送客還鄉作主人。

## 越祁連山東抵三堡口號

一派霜林近小春,荒亭容膝意何親。六千沙磧開顔處,得見黄花似故人。

## 苦水驛守風簡哈密成誤庵侍郎

土口截祁連，空輪一噫旋。輜車輕似羽，沙石颺如緜。水絶猶名海，風行自信天。莫愁平地險，説輹穩於船。

## 自涼州返轡出關馳驛再宿若水驛

玉門重出感殘年，都護恩綸降自天。遥指北庭心膽壯，烏魯木齊在北天山之北，唐曰庭州。再嘗苦水是甘泉。

## 丁卯

## 鞏寧城望博克達山

博達神皋擁翠鬟，北天山之中，三峰合抱，高出群巒。行人四望白雲間。南路土魯番望之在北，蘇巴什台望之在東北，巴里坤望之在西南，烏魯木齊望之在東南。遥臨地澤千區潤，高捧天山一掬慳。彌勒南開晴雪圃，彌勒岱玉山，在葉爾羌西南，與北山同脈。穆蘇西接古冰顔。穆蘇爾達巴罕，即冰山，在伊犁、阿克蘇之間，亦與此山同脈。鍾靈脈到伊州伏，爲送群峰度玉關。山至哈密北鹽池山截然而止，伏入戈壁，自星星峽過脈東南，復出爲嘉峪關内之南祁連山。

## 九日書懷和顔岱雲制軍用陶詩擬古韻

冬雪厲松柏，秋霜汰蒲柳。盤錯處其常，弱植烏得久。不見晚節花，誰作晚香友。良友淡如水，面朋歡以酒。光陰駛駒隙，所學期不負。剥月號重陽，乃識天心厚。争比空桑流，萬事付烏有。

通介不改常，君子貴有終。忠信以爲本，此道一華戎。我來祁連北，高寒氣增雄。紅山繞白水，颯颯來天風。天風發人籟，豈怕工詩窮。努力事筆硯，結交反掌中。

## 大雪書懷和顏岱雲元韻

相彼冀北馬，嘶風越祁連。駕鼓終利用，强於阜櫪捐。奔馳天池側，踶趹雪山巔。垂老湛乃識，空群歎則憐。康莊與阬塹，往復天何言。一蹶不再振，凡材吾恧焉。幽人發深省，視其後者鞭。

## 宿松樹塘

蒼松傲雪青霄上，六尺方牀對松放。清秋月照松間雪，雪月交光松心壯。四時盤錯不改柯，夭矯虬龍茁無恙。憶自天戈西北指，大木斯拔疾雷將。旦旦伐之四十年，梁棟盡供都料匠。賴有相傳不朽根，迸發孫枝排翠浪。不材偃蹇空山者，剥鍊香膏醫俗瘴。老松皮厚尺餘，取煉之，名松齡膏，可以療疾。堅貞木性足千古，任爾行人目皮相。

## 題巴里坤南山唐碑

庫舍圖嶺天關壯，沙陀瀚海南北障。七十二盤轉翠螺，馬首車輪頂踵望。高昌昔并兩車師，五世百年名號妄。高昌王麴嘉傳至智盛，凡五世，百三十四年而滅。雉伏於蒿鼠嗺穴，驕而無禮不知量。唐貞觀時，高昌麴文泰多遏絶西域朝貢。上遣使問狀，文泰曰："鷹飛於天，雉伏於蒿，貓遊於堂,鼠嘯於穴,各得其所,豈不能自生耶?"上怒,遣侯君集伐之。事見《唐書》。寒風如刀熱風燒,易而無備胥淪喪。文泰聞唐兵起,謂國人曰:"唐去我七千里,而砂磧居二千里,地無水草,寒風如刀,熱風如燒,安能致大軍乎?"及聞唐兵臨磧石,憂懼發疾卒,子智盛繼。賢哉柱國侯將軍,王師堂堂革而當。文泰子智盛即位,刻日將葬。諸將請襲之,侯君集曰:"天子以高昌無禮,故使吾討之。今襲人於墟墓之間,非問罪之師也。"於是鼓行而進,詰朝攻之,及午而克。智盛出降,遂建碑於巴里坤。吁嗟韓碑已仆段碑殘,猶有姜碑勒青嶂。碑文姜行本撰。豈知日月霜雪今一家,先是其國童謡云:"高昌兵馬如霜雪,漢家兵馬如日月。日月照霜雪,回首自消滅。"文泰捕其初唱者不得。俯仰騫岑共惆悵。漢張騫碑在伊犁,裴岑碑在巴里坤城上。

## 過昂吉圖淖爾鹽池

夙沙初煮海,粒民五味厭。青齊伯圖繼,江淮鹺政添。奇哉祁連頂,天池珠漾簾。停車問野老,野老語安恬。此中饒白鹵,往來勞一枚。輪臺不淡食,萬斛充閭閻。官無榷税擾,民無私販嫌。售錢斗三十,八口温飽兼。予聞野老語,斂容感至誠。玉華漉北詔,水晶劚南巖。山南百里名鹽山口,産鹽如水晶,堅於石。不費煬竈烈,更省火井炎。地道不愛寶,頓教水石鹹。天道施美利,絶塞民夷霑。敲詩笑東坡,三月食無鹽。

## 九日土魯番送玉達齋還都

番城九日駐旌旄,老健心朋此會豪。别贈一枝花晚節,天山登後莫登高。

## 雪後下亂山子

遥俯雙城帶夕曛，亂峰峛崺盡冰紋。從今識得天山景，雪裏寒煙蕩作雲。

## 己巳

## 輪臺餞馬行有序

輪臺都護秩満例貢馬數匹，在德不在力也。己巳孟春，予將東歸，遣馬先行，爲賦此詩。

天風吹落天山高，天星毓此天馬驕。渥洼西下六千里，大宛異産萬古標。周八駿，漢九逸，競説追風更逐日。唐家十驥瀚海來，遠邁秦皇名馬七。我朝武功萬里昭，輪臺蒲類牧豐饒。天閑六飛固不少，拔尤聊爾充前鑣。一馬戴星一蹋雪，一馬青葱一荏鐵。騧驪皇駁三五騣，赭白桃花疑汗血。東野子，九方臯。權奇逸力空群豪。豈如幻青知馬性，性同君子相獨超。相肉鼠輪方者疾，相骨三封要齊一。愧予未讀《相馬經》，憑仗圉人細品騭。山嶢嶢，路迢迢，禡以餞之騰雲霄。此去錦韉玉勒三品料，孰與沙泉雪草淩寒饕。馬兮馬兮，駛駷似解語，首昂耳卓鳴蕭蕭。

# 庚午

## 恭翼齋大宗伯饋黄鯝魚

君子養正吉,奚事小體養。身雖與物遊,不復落物網。黄姑婺尾鮮,嘉名過鮞鮝。雪肪不盈寸,嗜者舍熊掌。俗重五侯鯖,豪侈爲口爽。何如故人意,雙魚可用享。

## 晨　粥

止酒信及夢,黄庭豈能廉。晨興穀氣作,聊服舌下湃。人艱儋石儲,我富黄白兼。淅米井華挹。鐺銷宿火炎。摻以鄒氏霜,藏俯安香黏。世味百無一,解徹中邊甜。便便腹不負,尺宅榮光添。氣長春笋節,露上秋禾尖,寒熱不因人,庸受寒熱痁。兒女憐我老,肉飽亦不嫌。饘粥樂於是,淡泊欺梅鹽。問余遵何道,得之張文潛。

## 詠　螢　火

一點陳根焰,中涵剥復機。照書庸誤老,司馬札詩:青螢一點光,曾誤幾人老。近日却藏輝。巧任稀星亂,慵呼小扇揮。宵行誠不揜,何必背人飛。

腐火纖如粒,安能照夜清。孤光時黯澹,陰爝柱分明。自衒功何補,含章覺有情。乘時歸大化,如棗亦虛名。

## 追和陶淵明形影神三首元韻

### 影　贈　形

吾有待而然，雙陸無休時。苦逸多往復，夢覺難兼之。脱略世所罕，混然宛在兹。天地塞其體，日中與予期。冠簪等泡幻，昕夕漫相思。恐子無特操，日昃泣漣洏。百年駛駒隙，消息理勿疑。所待又有待，罔兩前致詞。

### 形　答　影

不悟處陰休，舉足一生拙。日月麗乎天，繼照原不絶。此端彼亦直，奚事相愉悦。神凝夢想清，宴息暫時别。我本無增減，嗟子有生滅。生滅固有時，幸不因人熱。舟行水自摇，冰消水不竭。繼晷將没身，莫笑黽行劣。

### 神　　釋

聖言並乾坤，道比楊墨著。陰陽不測理，楊墨妄參與。鍊形務其粗，幻化如影附。箇中有真諦，聊爲形影語。元牝衆妙門，三華有聚處。了然大佛頂，圓靈無所住。二氏苦相齘，未解天地數。全理盡性人，是爲三才具。涉世齊易險，持身無咎譽。真元抱以静，年華任來去。無爲常欣欣，無爲徒懼懼。落落與天游。何思復何慮。

## 詠 梔 子 花

不愛鵒黄不愛紅，禪關色界一時空。秋來結得柔金子，慣向人間醫熱風。

## 食　蟹

食料由天數不誣,偶嘗此味得霜腴。丹陽江上漁家樂,太守從無索蟹夫。予守丹陽,俗漁家得蟹,先以百枚上郡守,然後轉售。予償其直,以爲利市焉。

秦關不識蟹堪茹,百計郵傳似羽書。川陝用兵,巨賈販活蟹入連雲棧,達軍營。帥幕一餐千户賦,軍中省得匣馱魚。

## 自　述

種樹十年計,而今緑滿庭。自無殘夢續,時有異聞聽。譎水窮三幹,江河中幹,西南徼外南幹,祁連山北北幹。奇山越五經。東、西、南、北、中山分爲五經,見《山海經》。客塵多不住,得住便惺惺。

## 秋　熱

雨樹風亭坐晚涼,果然熱似老年强。諺云:老健春寒秋後熱。蒸騰月桂花無恙,消徹冰壺水不妨。直道一生庸鑄錯,小心百事總知常。《老子》:知常則明,不知常,妄作凶。天公不靳人清福,一點丹心拜夜香。費補之云:有士人夜露香祈天,一夕空中語曰:"上帝憫汝誠,何所欲?"曰:"願此生衣食粗足,逍遥山水間耳。"神笑曰:"此上界神仙之樂。天之靳惜清福百倍於功名爵禄也,汝何能遽得?"

## 詠法船

解脱冥門厄,超乘大願船。放燈般若眼,施食梵王筵。此會昉王縉。逢人説目連,桑乾如可艤,生渡萬靈全。近聞渾河隄決,漂没民居。

## 詠　蟬

轉化良非偶,時哉飲露清。華林共野樹,得蔭總同聲。

## 蜘　蛛

喜子依人巧,垂絲影許長。經綸儲滿腹,何事網羅張。

## 叩頭蟲

此蟲無他能,咸賦懲倨慢。叩頭總無心,頗爲入耳患。《墨客揮犀》:叩頭蟲,能入耳爲患。

## 狗　蠅

既同蠅之營,更附狗之苟。潛毛作卵形,噬比鮑無口。

## 絡　緯

多少農家婦,秋窗夜火明。倦來停紡績,又作促寒聲。

## 蝎

螫人過滿百,斯言良足歎。固知修樹易,但覺省身難。宋嵇含《遇薑賦序》云:客有戲余者曰:諺云"過滿百,爲薑所螫。"雖内省不疚,而逢此害,遂作賦。

## 中秋玩月

濛中坐嘯倚娑羅，葉爾羌節署，乃回酋和卓木舊園，有娑羅樹，大四十圍，高十餘丈。相傳有神氣，予志載“娑羅掛月”爲十景之一。影過天山却冷波。烏魯木齊爲車師北庭，在天山之北，地極高寒。圓滿一輪看此夕，光華應是帝城多。

# 易簡齋詩鈔卷四

辛未

## 正月上辛祈穀南郊迎送聖駕恭紀五律二首

原筮春旬吉，初辛祀典虔。是年正月十一日辛酉夜子初一刻立春，故以二十一日辛未爲立春後初辛。仗移新絜日，輦映蔚藍天。樹裏鯨鏗度，墀旁鷺序聯。甘泉嘉氣頌，寰宇兆豐年。

太液池南北，冰紋輭半消。曉寒猶帶臘，春旭漸分韶。馬趁金麾肅，人馳玉節遥。天顔瞻拜處，喜色溢鸞鑣。

## 二月孫恒福出痘一顆花朝喜而賦詩

稚子神峰骨，天花一粒開。暈看桃放蕊，結喜蠟凝荄。七寶還丹熟，三華聚頂培。老夫舊衣鉢，傳爾法門胎。

## 喜雪二首

帝里開韶景，花朝雪不妨。豈同西硬雨，西藏伏夏時多冰雨。更異北明霜。輪臺冬春晝降明霜。地溥來牟潤,人歡耒耜忙。三壇舒聖厪,瑞兆仰心香。

喜拭涵星硯,明窗意興饒。輭風飄玉碎,煦日作霖消。静裏心花妙,閒中氣海潮。那須驢背詠,詩思發湖橋。

## 三月三日雨後聖駕耕藉田禮成恭紀

月額霑時雨,剛逢吉亥辰。青旗雲影濕,翠幄露華匀。拱立卿班肅,群瞻御耜巡。氣涵千畝潤,膏墢一犁新。浴種縹緗滿,投轅纓犗馴。不沿修禊典,惟示劭農身。掃陌停豳雅,盈阡拜甸民。四推逾古制,上凡四推四反,俱盡隴。無逸頌長春。

## 丹　醫　行

神丹本烏有,浩浩滄海迷。小還復大還,古來成者誰。坎離作鑪鼎,乾坤爲鍜錘。三百六十爻,爻爻候丹期。自有參同契,致啓千載疑。神農嘗百草,方劑和高岐。百草具本性,性徹人心脾。五行有制化,診其偏者治。無奈瞽矇流,望切多失宜。肩頭三斗火,熱者猛加脂。指上一盤冰,寒者堅凍凘。冰火不相濟,誤投吁可悲。陰陽和平人,寒熱惡能欺。慎疾於未然,勿藥真良醫。如常不妄作,妄作凶則罹。長生叵得致,失足悔何追。我讀《黄庭經》,合丹等管窺。又閲醫易義,論醫皆目皮。丹醫兩家術,往往竊孔義。孰知大易道,萬物體不遺。試近取諸身,百年無成虧。保元地雷復,安神澤雷隨。袪邪山澤損,攝生山雷頤。伯陽扁鵲起,我願前致辭。

## 詠蓮房子玉暖手

牡丹秋無實,黄菊春不華。獨此水中蓮,華實兼可嘉。雪蓮凍澗底,木蓮老林椏。何如一片玉,琢就芙蕖葩。我友王北垞,贈言天一涯。乾隆癸丑,予奉使西藏,陜西鳳邠道王文湧所贈。養心蓮未開,守身玉無瑕。隨予二十載,坐卧盈掬挐。堅光越晶瑩,湖目疑吐芽。玩物比君子,娱老堪咨嗟。

## 過漕河慈航寺方恪敏公祠

崛起青雲客,驚心落魄時。翳桑人豈少,漂絮媪難期。未著王臣蹇,安知國士奇。苾芻真具眼,千載護名祠。

## 雨宿樺皮村米生餉熟雞子以京筆答之

甘澍通宵萬姓娱,不妨旅客濕行厨。劇憐啖我雞丸子,减爾茅檐幾箇雛。

## 涿州偶憶黄相士五十餘年矣感賦

白閣仙翁骨法神,憑將尺宅相終身。月波洞裏今藏記,水鏡門前昔問津。試劍始知歐冶子,按圖恐誤九方歅。何當鶴睫毛經眼,認取凡間幾世人。

## 大風拜别祖墓

盤盂雜沓楮紛紜，楊雨松濤振不群。爲護孫兒天馬壯，故教一酹起風雲。

## 玉田道上

茂密平原麥，真如玉種田。莫教村婦泣，賤售出租錢。

## 沙流河村市

熙熙野老聚村阿，宛轉平沙涉淺波。記取此鄉豐潤景，趁墟菽粟布棉多。

## 渡河抵永平府

元武來幽塞，灤河爲京師元武水。青龍匯似螺。府西北有盧龍河匯焉。朝宗同軌日，正值海無波。

## 出山海關作長歌

梯山不見海，航海不見山。合覩山海雄，天下無此關。憶予舊遊秦漢壘，金陡玉門東西峙。洋瑪噶遜古陽關，更出玉門五千里。連雲棧閣達魚通，不及提茹去天咫。西下隄茹路七千，雪窖冰城數難紀。方今四海爲一家，白霫黄番盡赤子。勃律廓喀不設險，無人敢窺虎落鄙。此關屹立山海間，劍屏森列洪濤起。絶頂長城萬里袤，有似渴虹飲海水。我朝山海效靈日,啓關不費天戈指。巍巍帝闕望陪京,柳往雪來户闥耳。今我叱馭瀋陽道,不復候繻憑一紙。欷歔往代誇武功,笑渠未見遼東豕。

## 望海店

淼淼横天際,傾蠡側一灣。澄光鋪似練,浩氣立如山。四瀆原無擇,三神詎可攀。大方應見笑,垂老怕清閒。

## 途中絶句

天風瑟瑟强舒眸,一派涵空萬象收。水到盡頭無盡日,須知還發水源頭。

## 宿松山述事

皇圖締造艱,肇基薩爾滸。我太祖高皇帝天命四年,大破明師於薩爾滸山,明萬曆四十七年也。亦越崇德年,松山振神武。我太宗文皇帝崇德六年,大破明師於松山。躬乘二白龍,軍氣一作鼓。睿謀決勝奇,黄蓋麾素羽。帥師丈人吉,績著宗臣五。鄭親王、睿郡王、肅郡王、貝勒多鐸、貝勒杜度俱有大功。驍騎競歡騰,爪牙越祈父。松山攻腹心,杏山夷左股。高橋聲援壯,乳峰餘勇賈。夜半樹雲梯,擒渠縶以組。擒明總督洪承疇。孤軍懸錦城,叩額軍門虜。明總兵祖大壽出降。兩甄合長蛇,烏忻聊海浦。奪糧筆架山,因敵成倉庾。嗟彼驅羊群,争敵驕貔虎。抗者螳奪車,困者魚游釜。覆軍十三萬,孱明乃自取。神皇體好生,秋肅涵春煦。誅宥俘帥洪,縛釋降將祖。全活數萬口,虜卒樂安撫。不誠失前禽,吴逆何足數。明總兵吴三桂孤身得脱。海隅聖人出,聲教溢梵宇。

遂航南溟來,職貢修如縷。崇德七年,西藏達賴喇嘛、班禪喇嘛、藏王固實汗遣使泛南海,達盛京入貢。至今烏斯藏,聖迹共仰覩。西藏繪圖猶存。世頌天人師,首出萬國主。敬述松山側,有徵信千古。

## 大風渡巨流河

此水流真巨,因風起怒波。操舟風定後,庸耐穩如何。

## 四月二十一日朝謁福陵恭紀

萬古鍾靈地,飛龍仰在天。脈從崑幹結,氣到艮維全。福壤饒甘露,神皋暈紫煙。城環松蔭密,門啓日華鮮。臺署陳嚴具,卿官告禮虔。趨蹌人默爾,瞻拜思悠然。佛影豐碑現,碑陰有觀音大士立像,生成石紋也。皇心奕禩傳。漢唐功德頌,何若海無邊。

## 朝謁昭陵恭紀

鳳翥龍驤勢,橋山坦蕩中。元勛窺石馬,神武紀彤弓。覆載乾坤並,光明日月同。萬年增式廓,佳氣鬱葱葱。

## 早朝大政殿即事

東夏皇居創,扶輿王氣隆。林鴉迎曉日,海燕舞春風。制度三韓控,華光八表通。殿形八角。翹瞻勤政處,肅肅兩京同。

## 登威虎渡河

刳木舟從古,聯成比目游。乘虛非有觸,破浪了無憂。遠泛山光淨,空涵水態幽。衣袽終日戒,利涉漫夷猶。

## 中元節朝謁永陵恭紀

兆域郊郿古,天然啓運山。山後五峰環抱,俱似龍形朝拱。神榆垂湛露,神榆生興祖寶頂上,亭亭如蓋,枝業常滴露,階下涓涓成流。靈虎護嚴關。内有虎,三五成群,夜出巡,不嘯,絶不傷人。不改崇封舊,方知列聖艱。龍淵瞻拜肅,林外雨潸潸。

## 巡海雜詩九月初四日出省,十一月十六日旋省。

### 柳河溝道上

西極來天馬,東溟問海人。遨遊三十載,解脱百千身。巨水魚龍静,閭山虎豹馴。更傳豐稔瑞,禾穎獻楓宸。秋穀秀雙穗,將軍觀明恭呈御覽。

### 抵廣寧城

無慮城頭日半斜,炊煙深處辨人家。劇憐繞郭霜菘圃,頗勝河陽一縣花。

### 九日登醫巫閭山

四岳方遊畢,今登北鎮高。予惟南嶽衡山未到。名山緣未了,老我興彌豪。雲日移嵐影,天風靖海濤。會虚淩絶頂,暫得遠塵囂。

### 補天石

天豈石能補?媧皇錬乃神。功成千劫後,此石獨全身。

## 觀音閣二首

輕兜步上翠微巔，琴筑泠泠響細泉。活水靈山真自在，十年重到小壺天。泰山有壺天閣。

慈雲高獲萬山秋，洞偃蛾眉晚更幽。洞口闊十數丈，形如眉，内莊嚴佛像。空相不離諸法相，何須海上覓神洲。

## 旅館夜坐

指點閭山景，虛無望海堂。遼時東丹王讀書處。談經人已邈，懷古夢應長。怯對簪花鏡，慵銜醉鶴觴。寶階糕正好，酬節伴茶香。

## 天橋廠海口謁天后宫

幽事心香祝，天吴膜拜初。甌閩傳聖迹，箕斗奠神居。伏地涵元氣，連山撼太虛。願招河伯使，履順赴歸墟。

## 海船

秋晚落寒潮，雲屯賈客橈。洪波貯寶母，稗販養花妖。泱鳥翔千里，揚帆快一朝。爲謀三倍利，那顧半洋焦。

## 旅食

旅食猶家食，盤餐絶鼎烹。蠣花鮮入饌，鰕子嫩調羹。食料供何補，詩腸洗更清。肥甘量所受，足飫老書生。

## 海上雨甚逆旅主人款留未許賦詩二首

野店無更漏，惺惺夢未成。水村人語寂，海舶旅魂清。寒淺淩孤枕，風微暗短檠。那堪秋雨急，兼聽夜潮聲。

海天風雨窟，羈旅困如何。信宿中人賦，尋常十户多。棲巖憶巴蜀，戊申夏雨阻於蜀棧。守渡記滹沱。辛酉夏大雨阻於正定河南岸。宿命耽辛苦，襟懷老不磨。

## 釣　魚　臺

瀾汗彌天際，誰投獨繭綸。長鯨奔駭浪，絛鮒混淪淪。地紀安如軸，天綱運似輪。莫愁無釣餌，却少釣鼇人。

## 覺　華　島

碧海真圖畫，蓬壺隔水涯。波瀾成雉堞，耕鑿隱人家。時放桃源棹，堪尋菊谷花。何當乘蹻往，絶頂飲流霞。

## 詠　人　參

神卉鍾南北，亭亭百草王。元功資國老，淑氣秉瑶光。椏葉尋時苦，根株製處良。海腴驚水府，慎勿渡滄洋。

## 野 寺 聾 僧

衲子聾而壯，逡巡過耄年。僧八十二。一根真寂滅，萬籟省留連。不入聲聞道，惟參目聽禪。鞠通無所用，此老得天全。

## 過遼陽城訪故傳臚王瑶峰同年宅并索齒録及其遺稿

華表峰高宿草扃，杳無鶴唳到空庭。青年昔共趨三殿，辛卯會試，今四十年矣。白髮今存聚五星。庚午冬，予與馬朗山、邵海圖、鄭秋圃、李雲門會於京都，俱年近七旬，同年存者五人。千里關山慚掛劍，一門衣鉢許傳經。書田不没生前草，滄海遺珠信有靈。

## 連雲島商船候風

巨艦連閩越，生涯仗孟婆。相烏驚處少，候熟穩時多。殘雪明孤嶼,寒雲隱大渦。送歸風有信,廣莫快如何。

## 復州詠古三首

崔蕘陝觀察,政聲古所無。庭樹緑葉滿,階下空號呼。

世俗避嫌怨,迂哉汲長孺。持節不救火,發粟胡爲乎。

救民不救官,埋輪羨張綱。那堪一路哭,聲斷九迴腸。

## 小 平 島

曉日掛扶桑,琉璃拖影長。半蠡窺宿海,即西域星宿海。一勺小蒲昌。西域闐展南名羅卜淖爾,即蒲昌海。放眼無蓬塊,澄懷接混茫。齊州煙九點,指顧上帆檣。

## 和 尚 島

學海通禪海,難超最上乘。江河無量數,涓滴總含宏。欲滅潛然火,須懷不冶冰。石僧今到岸,彼岸有誰登。

## 海口十月見菊花有懷松湘浦制軍并簡寄

海南十月嶺梅香,海北剛逢菊傲霜。花信兩開人萬里,老年風味許分嘗。

## 曉發永定硼

四野村無犬,孤城竈少煙。遥傳深閣裏,飯熟正安眠。

## 兩 物

蹷豈愛駏驉,採食充其口。駏驉非愛蹷,見人負之走。兩物利己心,異類爲群友。

## 壬申

## 冬獵雜詩

### 馬上口占

蹋雪興隆阪,罷駑斗上坡。年開第八秩,努力傚廉頗。

### 鐵嶺有懷高且園畫虎

先生畫虎不畫鼠,陶鑄山君超凡侶。黑章黄質尚皮相,電眼風毛乃機杼。定遠能飛少師病,克肖厥相絶千古。論畫不以形似論,天虎人虎豈同語。我聞龍華裴軍使,射虎山前遇老父。竟日纔斃三十彪,真虎一吼栗雙股。公從何處覘雄態,百里威生手指五。吁嗟!世少真虎多黠鼠,黠鼠習見畫不數。試倩先生畫虎手,畫鼠要令鼠變虎。

### 出威遠堡

狩典熙朝重,初冬肅氣揚。豐碑傳迹古,邊外二十里有碑刻,班達山神之位。密樹獲營長。振武原常習,從禽豈任荒。爲充三品貢,班達鎮巖崗。行圍官兵至此祭神插血畢,然後入山。

### 勒福得恩初圍

拜賜鮮麋脯,三驅仰木蘭。九月,上幸木蘭,恩賜鹿肉。敢辭擐甲老,孰與枕戈寒。辛酉,予由西藏告赴川楚軍營,上以臣年過六旬未許。呷醋容人易,刲羊擇客難。邠豐肩鉅任,一德勉同官。

## 哈蘇爾罕博業二圍

百里圍堅重，和門一面開。《周禮》：大司馬以旌爲左右和之門。山君銜月去，仙客戴星來。細柳軍容肅，長楊聖武恢。《通志》：太祖、太宗每歲行圍之地，將軍世守此典。萬方猛巧服，狐兔漫相猜。

## 得奇三圍

雪霽旃門曉，傳呼獻五豝。是日獲野豬五。孱丁單殺耻，驍卒疊雙誇。

## 愛新尼雅木招四圍

芟舍靡常所，圍兼易險謀。驅之雲幕合，得也毳帷收。直使熊難蟄，何妨鹿有由。吕温《由鹿賦》言縶一鹿至，由此鹿可以致群鹿也。一朝殲百十，切莫逞虔劉。

## 賡克依五圍

午夜重申令，銜枚越嶺東。任酣無量酒，争却不周風。五校威儀整，千夫苦樂同。割鮮歡此日，是日大饗軍士。纘武竞叨功。

## 察庫蘭六圍

老健穹廬興，貪搜鹿豕群。馬迴菜野雪，旗捲凍山雲。未滿安懷願，難堪饑溺聞。省城西南間有偏災。將軍不負腹，腹肯負將軍。

## 石人溝拔營

半世功名路，全憑天馬行。梵城冰作毯，濛地土爲羹。見獵心情喜，裁詩意氣平。石人終不語，應笑老書生。崖畔有石人，南向立，高丈餘，漢丞相衣冠，兩手以劍拄地。

## 年班入覲冰上過巨流河

驀地淩銀漢,兢兢履凍紋。神皋回首望,古郡此河分。即古遼河,以此分遼東、遼西。蔀屋迷宵雪,煙樓破暮雲。寒暄聊一割,前路愛斜曛。

## 一齒落有感

脱盡羅千寶,方參不露鋒。自甘牛齝豆,却勝鼠穿墉。豁白何堪耻,昌黎《落齒詩》云:豁白殊可耻。齠齻豈再逢。老饕艱肉食,饘粥且從容。

癸酉

## 度天橋嶺

步步高寒路,消澌繞澗流。山丁少完裋,旅客重披裘。寥落村雞咽,稀疏隴麥抽。梨花開向暖,爛漫那知愁。

## 哀瑞芸卿學士伊犁將軍宗室晋,齋齊之子以進士爲翰林學士。

芳草王孫蜨夢猜,忽驚片玉掩輕埃。鵬摶鵠立期無限,桂折蘭摧吁可哀。揮翰聲華詩起士,落戈門第哭英才。最憐碎葉江邊雁,萬里難堪叫月來。

## 洋鼠躍輪歌

奇哉洋鼠大如擘，赤眼紅足毛雪白。疑是上方金玉精，好事携來海客舶。君不見冰鼠不寒産朔方，火鼠不熱出南荒。蒙鼓織布傳悠謬，定知遷地弗能良。惟有此鼠不晝伏不穴處，木作樊籠方尺許。飼以細穀藉以緜，安飽優遊儼大廡。咀吁跂脈不畏人，倏忽躍入繅車輪。排虛蹠實千百轉，駛若旋渦聚瀹淪。翹尾攀援不肯下，列子乘風尻御馬。乃知化機元無一，息停子神生肖通。靈者箇中運動小乾坤，五枝么蟲安足論。吁嗟仙人袖裏藏心源，《春渚紀聞》：孫道人居嚴州天慶觀，袖中嘗蓄十數白鼠子。每與人共飲酒酣，出鼠爲戲，欲捕取即走，投袖中，了無見也。試探月窟躡天根。

## 和蔣丹林貓侍母食歌韻

君不見鄱陽貓將鼠群哺，又不見隴右貓與鼠同乳。獨此貓兒侍母食，無忝所生邁千古。君家孝徵感中孚，絶勝才名壓繡虎。側輥横眠具天性，天性豈勞人摩撫。憶昔召南雞狗傳，又聞三瑞楓橋覩。兩賢著作表嘉祥，白玉狻猊未暇數。吁嗟！哺鼠乳鼠事反常，侍母定知天意取。請看忍饑小於菟，眼窺白老花陰午。物猶如此享天倫，豈不懷歸歌恃怙。鄰家錦帶青驄輩，卜食溪鮮貪厚膴。繪入潁王十玩圖，洗面過耳樂栩栩。此事君比董姚奇，此詩我愧韓蘇補。

## 詠竹葉蘭

蘭品重海内，第一名都梁。四時幽谷裏，素心抱孤芳。雅癖羅滁州，移叢植書堂。朝襲復暮擷，賢朋恣徜徉。老愛夕陽紅，少喜緑衣郎。此花著上品，紫色恨無香。初疑趙師博，再擬陳夢良。我欲訪花神，花神譜其詳。粵東渥丹種，葉闊柔而長。含笑花半開，朱槿同凋傷。異葩産絶島，海賈載重洋。託名君子竹，幻作美人妝。無香免紉佩，庸遭蜂採房。願讀爾雅熟，箬蘭名乃彰。《群芳譜》：箬蘭，業似箬，花紫，形似蘭而無香，産海島谷中。

## 詠松花糕行香子

春不芬芳，秋不凋傷，産千山貞性蒼蒼。花同艾納，蕊結鵝黄。經一番雪、一番雨、一番霜。

愛迎日暖，怕受風揚，掃粉屑品著遼陽。團以橅印，和以沙糖。嘗一分甘、一分苦、一分香。

## 續紀遊行有序

前詩《紀遊》起乾隆丙午，止嘉慶己未，蓋行十萬餘里。自庚申至癸酉，閲十四載，又歷四萬餘里，其間景物聊可更僕。兹留守陪都，公餘倣李義山轉韻二百句，爲《續紀遊行》。恐陽里子華，未免操戈，逐儒生也。

冷癡符作風雅軥，茗柯蓬豔驚時流。放眼鵾鵬九萬里，蒙莊快著逍遥遊。憶予白鳳年更酉，擯影瑶池一回首。太液秋風刷羽鮮，嬉娱尚及鴛鷺友。潞河煙艇罨畫開，連檣萬斛明珠堆。筦籌强奮黿鼉力，詔書頒下趨蓬萊。蓬萊仙人艤舟待，勤民先務輶軒采。泰山絶頂樂登臨，壯懷恨未及觀海。觀海豈如遊聖門，庭羅商鼎加周罇。天通神道真不朽，摩挲楷檜盤古根。覆餗折足桑榆晚，聖主憐才勤策蹇。車書隨我作歸裝，撫膺尚覺雲程遠。灤陽村塢咽晨雞，似怯秋霜不敢啼。三藏川前宿賓雁，天風吹送玉門西。瀚海茫茫彌天際，解利西南告初筵。不須三疊譜陽關，定知雙陸無休勢。蓮花井子月牙泉，南祁連更北祁連。伊吾守歲孤燈影，温綸飛下九重天。布幹登曹程一綫，白霫如雲今内面。勸投承嗣旋風筆，願借光庭驅蚊扇。白龍堆北連高昌，闞麴黑子曾僭王。自從勒勛侯君集，日月千載照雪霜。戈壁驚砂卷遼曠，輜車輕起飄篷颺。火州城當火山前，故壘久傳虎頭將。焉耆飛出惰蘭鶻，開都河上愁冰消。南接沮洳蒲昌海，萬馬競渡葦湖橋。丁谷浮圖出雲表，車不旋輪路窱窅。當年面縛龜兹王，班門不愧將軍小。温宿短垣白水澄，源瀉穆蘇百丈冰。三軍懸波夜迷道，淩晨雪竇呼神鷹。銜枚疾走僰沙徑，尉頭小醜皆響應。開門縛獻達瓦齊，折其太首全濛定。旌節花榮烏什城，蘇摩遮唱柳泉清。持重安邊舊元老，端資敏幹兼廉平。娑車城裏娑羅影，閒吟和卓園十景。花瓜冰果草龍珠，安得梁昆哭金餅。崑崙玉圃高嶙峋，團丁五百撈河濱。漫道羌兒少知識，下馬羅拜璞千鈞。彌勒岱前排劍盾，帳外雄風試雕隼。閒勞自古勝勞勞，那辭抹月批風引。厠乩納瑪牛羊群，高樓羯鼓餞夕曛。慘澹雙封瘞白骨，扶疎大樹傳將軍。身處膏沐不自潤，伊里齊城布恩信。于闐獨表定遠侯，馬足抱時難發軔。疏勒孤城葱嶺排，籌邊樓創永心齋。大小勃律雜回種，書生愧我戎羌懷。驅車遥指古依奈，巴達克山亘徼外。當年不誡失前禽，樹頷蛾伏乾坤大。帩頭帕腹拜閒庭，偃蹇山入一房青。垂楊倒印水心鏡，雜花四照天繪亭。節鉞名叨鐺脚政，三年報最許朝請。野店黄花逢故人，生入玉門僮僕慶。伊州唱罷唱涼州，旅夢題詩竹葉舟。脚底天山自東轉，眼前弱水還西流。郵傳天語輪臺守，忽忽重別金蘭舊。祝我天馬壯秋風，土飯塵羹而今又。迴車嘉峪沙漫漫，强支幹力弓刀寒。簡書叱馭折羅阪，庫舍圖下七二盤。嶺上姜碑讀浩汗，功併貳師兩重案。西望靈山白骨堆，浪傳十萬阿羅漢。木壘連岡萬株松，參天翠幄霜雪封。遥呼石老人識道，石老終古不龍鍾。崎嶇滑蹉行客恐，馱載全憑馬背腫。孤城舊説湧神泉，耿恭端不讓班勇。膏腴甌脱虎爪東，岑碑寺鐫永和中。連宵蒲類海邊睡，苦樂人間夢覺空。堪笑癡頑蹋破甕，私厨飾傳相獻弄。震摇山岳一筆勾，夜鬼揶揄人喧閧。北庭重鎮古車師，簿書叢脞無了期。白水紅山泠日照，明霜硬雨嚴飈吹。戊己營田五城帥，歸入虎牙一方寄。博克達峰一掬慳，冰雪寫成宦遊記。漫空煙火暈萬家，罷舞金剛歌夜叉。野雉肥於嚴油鳥。勸予多啜柳花茶。山農處處勤耕稼，百里寒暄割冬夏。黑河再渡古陽關，稻畦繡隴江南亞。書生都護兩鬢斑，挽不能留東入關。歡然三到酒泉郡，不圖脱輹皋蘭山。涇渭源頭尋討慣，腐儒怕負崇途宦。牛頭拗鼻欲觀風，犬足生氂惟思患。鉛刀試割虛頭銜，黳顆争如老畢諴。還家孫稚初識面，繞膝窺我檢書函。屋角招提聽放梵，閒笥征袍更匣劍。却掃不妨馬作齋，所樂開襟無一欠。翠華西幸禮文殊，婪春膏雨中山濡。敝車笑指盧龍塞，五花城畔眠腐儒。山海雄關披雲覩，塊視九州真樂土。扶笻快陟醫巫閭，日色海濤互吞吐。曾臣翰墨老不廉，杏松揚萬神武嚴。湧思右浥三水汊，拓懷左拍千山尖。保障昏昏秋省斂，飲溺懷磚一按劍。渤澥島嶼安足齒，白章夜草貔寓店。幽營稗傳誇遼金，空炊尾焰酌蹄涔。龍祥勝迹邁萬古，邠岐豐鎬孰如今。淩河雙帶西環錦，句驪南下渾連衽。留都雉堞八門開，山倚東牟水近瀋。橋山脈發長白嵐，源尋萬丈之深潭。黄瓦朱甍擁翠幄，三才寶穴真神龕。百年佳話憑鉛槧，蓬瀛罔底恣周覽。浹辰年續紀遊行，乾艮兩維增百感。

## 詠珍珠梅

一路梅花萬斛珠，清高富貴兩名俱。不知摇落春風後，純盜虛聲恨也無。

# 甲戌

## 題遼陽刺史安雲亭母節孝樂恭人手卷

男冠女笄敘彝倫，冠笄一一還天真。我著不冠而笄者，三千年得二百人。側聞襄平安刺史，侍養慈顏今逝矣。節孝賢明壽考全，灑淚成編述終始。吁嗟！靈椿調於彌月前，送母不逮三時延。兒生罔極恨如此，士林應發蓼莪篇。幸捧旌章剛及見，冰蘗此生無一欠。漫傷無復仗金魚，詩人擬補笄男傳。

## 姜　女　廟

山有名神海有靈，荒祠天地有常經。詩人莫唱《圓圓曲》，吴梅村《圓圓曲》：一代紅顔照汗青。争比長城照汗青。

## 入 山 海 關

卅載梯雲客，而今第八還。官同蕉鹿幻，人共海鷗閒。塵鏡隨心拂，風花過眼删。守符予老矣，三字仰賢關。

## 出 古 北 口

九邊三面紀遊行，西嘉峪關，東山海關，北古北口。利馬圖中一綫程。西洋利馬竇地圖，九萬里分爲五綫。欲辯皇輿天左界，遊環以外是長城。

## 僧官帽山

是真空相混茫間，何用毘盧掛此山。料得禪心無所住，大師聊且放頭閒。《古今詩話》：有成都僧文鑒，及主簿張唐甫同在客次。唐甫脱巾置僧首，僧大怒，唐甫曰："某方頭癢，取巾無處頓放，見大師頭閒，故權放少時耳。"

## 羅漢山

杖履曾傳古賀州，後藏西拉爾塘寺，爲羅漢修鍊之所，内有羅漢皮履、水晶拄杖，寺僧寶之。朅來飛錫到營幽。巍巍不語阿羅漢，頑石從教暗點頭。

## 磬錘峰

石人獨立千年雪，巴里坤松樹塘北，有石人直立山麓，行人賴以不迷。砥柱平分九折河。獨有此峰淩雪表，摩天長得夕陽多。

## 删註《黄庭經》成題句

漆園枉著養生篇，一卷黄庭尚可詮。莫訝松梢甘露降，《漁隱叢話》：熙寧六年，甘露降松上，如濃酒，民以爲瑞。一道人笑曰："如人身精液流通周布，於六十年中。若其壽短促，則湧迸於未死之前，此木迨將槁矣。"驗之果然。任誇槿樹好花妍。《抱朴子》：木槿横倒植之最易生，然埋淺未久，津液不充。若刻削摇拔之，立枯矣，人身亦然。壬夫丁女元無鼎，癸穴庚渦信有泉。刊落蕪辭存奥旨，丹經從此不流傳。

乙亥

## 二月五日友人以書索鹿胎七絶

即鹿林中遠見猜，木蘭守禁早安排。側聞秋獮猶開網，豈有春蒐肯殺胎。

## 春分日祭興安山神

北望興安嶺，虔修祀典崇。坤靈占止艮，春氣孕嚴冬。黑頂無根柏，《金梅志》：仙修道黑頂山，有無根柏一株，令其徒栽之，即見茂盛。陰山落葉松。山後松，秋時落葉與凡木同。莫愁生意盡，雪底紫芝封。松根冬産赤芝。

## 祭畢出栅口

一覽群峰秀，天然鐵四圍。不辭霜氣重，春旭滿征衣。

## 喜雨十二日穀雨。

不貸東牆子，春忙播土多。一旬甘澍足，萬户有年歌。穀雨催新麥，桐風茁早禾。皇心關稼穡，花樹沐餘波。

## 會龍山閱操

地奮春雷壯，沿隄火陣明。早銷戎伏莽，却幸老能兵。爾習父兄業，予聊子弟情。風雲長會合，莫負此山名。

## 雨中度平臺嶺

滑蹚平臺嶺，穿雲小七盤。形勢類蜀中七盤山。翠淋牛舌草，香涴馬蹄蘭。澗溜涓涓細，籃輿側側寒。萬家歌飯甕，敢念瓦衣單。

## 鳳凰嶺喜晴

六溝煙雨扈山莊，挑盡殘燈趣曉裝，跋到嶺頭無點翳，果然鳳翽喜朝陽。

## 下祥雲嶺

祥雲東下入平泉，曲水泠泠繞縵田。更上層樓舒望眼，樹黏山色草黏天。

## 平泉慮囚

驛館躬行讞，兢兢獄不留。日暄風澤緩，雨足電雷收。法網原無漏，生門自可求。白雲亭不遠，此去漫夷猶。

## 過大寧故城

城在平泉州東北一百八十里，今喀喇沁札薩克公境，老河之北，遼之中京大定府，金之北京，元改爲大寧路，明置大寧衛，永樂時廢。土城高丈餘，周二十里，東西二門，南北四門，無雉堞，城樓僅存周垣。

夕陽西下古城陰，八部名都迹可尋。契丹八部，此其一也。豈有龍樓淹歲月，遼聖宗過七金山土河之濱，南望雲風有龍樓鳳闕之狀，遂議建都，實以漢户，號曰"中京"。更無佛塔鎮園林。城内有浮圖二，城外有浮圖一，蒙古名察罕蘇巴爾漢，今無存。山如捲幕巢春燕，水似彎弓射宿禽。四十九藩歸化宇，不須懷古問遼金。

## 喀喇沁札薩公瑪哈巴拉宅晚餐

自變穹廬俗，居然安樂窩。筵開綽爾濟，座獻馬思哥。野牧牛羊少，山村稼穡多。久招民户，開田輸租。皇仁同一視，齊政在人和。

## 赤峰詠古

賢哉王叔能，仁聲著番陽。名克敬大寧人。世俗勿認真，公獨矢剛腸。行年五十九，優遊老河旁。鈔書有所得，與古相徜徉。穴趾祟墉危，再實木根傷。漏盡夜行人，斯言烏可忘。

天意全民命，楚材識大體。得地無人民，一言資沃啓。又如塔都帥，白霫壺漿徯。不肯堅敵心，十萬雄師抵。

我學傅平東，常年六十九。庫露不離身，鑁鞑不脱手。敝帚享千金，那管覆醬瓿。殫心秉燭遊，難答主恩厚。

## 食苦菜

甘菊餐延齡，苦薏啖如意。我嘗荼苦味，癖同甘薺嗜。採之未秀前,脆美等芳餌。世味別酸鹹,由來移素志。苦茗結人少,甘醴交朋易。口腹本殊途,沁入心脾異。貪食中邊甜,苦蜜誰曾試。物類難終窮,聖教原一致。苦節不可貞,甘節無不利。聊作苦菜詠,雅合醋芹義。

## 荷包牡丹

畫錦真堪賞,連珠綴十枚。一聊荷紫佩,八座袷囊開。差比桃含笑,低宜杏見猜。著緋藏密葉,不負色香魁。

## 馬蹄蘭

緑葉平鋪翠蕊齊,賞心天北又天西。西藏、回疆最盛,花大而香。幽香深谷無人問,争比全生逐馬蹄。

## 蝎子草葉有毒,人馬畏避之。

螯尾傷人易見猜,托根平野認蒿萊。世間小草原無忌,生怕群呼哈拉垓。蒙古語"畏懼"之意。

## 烏蘭哈達北渡老河

烏梁海境跨營幽,土護真河繞北流。會到句驪冰上渡,渡圓更渡水源流。

## 大雪過杜梨溝梁

冬令行於夏令中,重經嶺雪御天風。昨朝柳絮辭深緑,今日鵝毛嚴落紅。華土漫稱三月瑞,塞垣偏兆一年豐。龍公作意除煩熱,白戰來迎鶴氅翁。

## 八溝詠古

攝官非攝庫,羨餘義弗取。關課有浮金,留備後人補。今人罕此等,窕貨更不數。好酒徹底清,此語足千古。

## 過東六溝金莊頭家

落落田園居,高閭倚山隈。煙嵐四圍合,麴波中瀠洄。繚垣盡同姓,楊柳手自栽。放眼渺無極,錦繡平疇開。雨足黍麥長,日夕牛羊來。稚子候門望,主人步遲徊。問渠世農業,百頃無荒萊。少不攖塵網,老更避喧豗。聚族百餘口,温飽勤護培。鑒彼陶答子,肯作虜守財。顧此豈不樂,佼溺籲可哀。塞上苦寒冽,爾獨等春臺。清福錫自天,健羨良悠哉。

## 五月朔日還署作

雜花發滿地,鬱鬱前人栽。別時掛荷紫,今看放玫瑰。草木欣有托,膏雨景風催。我行豈不遠,千里淩崔嵬。北嶺冒寒雪,南山碾輕雷。變態倏如幻,筋力未肯頹。途長夜寐穩,食少心氣開。駑馬騁騏足,十駕詎不材。得薪慎保耀,西崦流光回。吾廬小有山,亦足以徘徊。

## 九月望前二日恭送聖駕進古北口回署古城川途中作

楓葉連崗錦繡紋,翠華南望擁祥氛。人歡留斡門中路,古北口,舊爲長城留斡門。馬壯烏梁海上群。喀喇沁姓烏梁海。小草盡霑淋露雨，八月白露雨名淋露雨。有年全賴護霜雲。九月多陰，爲護霜雲，今年霜遲，大稔。鞭絲帽影情何限，且看飛鴻帶夕曛。

## 噴 雲 虎

大化如環山澤通，天教此意孕微蟲。詩人漫道風從虎，吐氣還應扈御龍。

## 金 蓮 花

布地黄金映淺沙，五臺勝迹老煙霞。本出五臺山，今熱河處處有之。塞垣點綴非無意，輦路長迎佛座花。

## 夜光木杏木根入水，年久其光夜照物。

塞垣古木免消沈，水面來從不朽林。老幹枯時傳碩果，堅光發處見多心。豈同腐草生宵焰，絶勝明珠獻海琛。要識神功元妙訣，不須鑽燧照山陰。

## 木蘭古長城

一段崇墉亘木蘭，流沙直抵黑江干。見乾隆年御製詩注《熱河志》。自從御翰標靈迹，古有陽關信不刊。烏魯木齊西五百里瑪納斯，有城一段名洋巴爾噶遜，漢名古陽關。

**突厥雞**即沙雞,予六十年前嘗此味,如雌雉,而微有土氣。

鶡産風沙鎮可憐,褐身毛足羽翩翩。群飛兩獻熙朝瑞,天聰七年,沙雞群集遼東,國人曰:"遼東向無此鳥,今蒙古雀來,必蒙古歸順之兆。"明年察哈爾來降。又乾隆癸酉、甲戌連年冬月,京師東北一帶此鳥群來萬計,次年準噶爾來降。禽鳥由來得氣先。

**土人參**《五代史》:奚王依北山射獵,常採北山土人參,五椏五葉。今豐寧西境諸山皆有之。

頑仙漫著煙蘿子,老學難逢椵樹。翁常此寄生甌脱,野精華終古遜遼東。

## 丙子

### 大雪度鳳凰嶺

舊説南田望杏開,北田開望雪滋培。不須鶴鷺誇風雅,鳳嶺人傳白鳳來。

### 櫻　桃　溝

三出平泉雪載塗,總關詩思發籃輿。更逢簫鼓宣村社,鄭綮當年見此無?

## 家僮釣魚不獲戲成五律三首

武列真廉水,纖鱗不上鈎。背人慵結網,呼侶羡臨流。影亂長竿掠,波旋寸餌收。柳根傳異産,熱河産柳根魚,最鮮美而難得。緣木豈能求?

食料曾何限?難禁口腹謀。南江供玳背,東海索槎頭。未解觀魚樂,焉知得餌憂。《外史》:甫亦樂魚之樂,而亦憂魚之憂也。不得則縱,得魚則烹。魚樂於縱,而憂於烹。今魚得其餌,而吾得其魚,故憂。相忘任河渚,《外史》:魚之在渚也,安於渚而不知海;其在海也,又安於海而忘渚。物我總優遊。

自放西河簺,群歡免一烹。墨含充内史,骨鯁憶名卿。鯽鮒看同隊,鱒魴任獨行。更防漁者和,數罟亦愁城。

## 賦得家在江南黄葉村歸都十月作。

坡老題名迹,秋風憶故園。短箋山有色,淡墨水無痕。摩詰圖中客,淵明記裏村。江天萬里夢,家室五更魂。落葉應懷友,扁舟欲到門。空林歸未晚,荒徑喜猶存。筆筆抒閒趣,聲聲見寓言。那徒歌李氏,詩畫悟真源。

## 辛巳

## 病中喜雪

自别禪天雪,於今兩紀周。風華憑爛漫,塵迹任夷猶。

病示維摩榻，神安寓簡樓，慶豐欣老健。勉冀聖恩酬。

## 春分前一日雪

燠雪成膏雨，陰陽限此時。彌天生意足，獨有老農知。

# 西藏賦

（清）和　瑛　撰

# 西藏賦

**粵坤維之奥域，實井絡之南阡。**西藏距京師一萬三千里爲前藏。由前藏至後藏又千里。由後藏至西南極邊又二千餘里，乃坤維極遠之地。按《星經》井宿三十度，爲二十八宿中度數最多者。以陝西、四川分野推之，當在井宿之南。**風來閶闔，日躍虞淵。**八風，西南曰閶闔風。今藏地西南風最多，若東風，非雨即雪。○《淮南子》：日在虞淵，是爲黄昏。今藏地日西垂，景最長。**斗杓東偃，月窟西聯。**四時觀北斗，祇見其半，人在其右。通南海、西洋各部落，西北通葉爾羌。**三危地廣，五竺名沿。**《禹貢》：導黑水至於三危。舊注：三危，山名，不知其地。今考三危者，猶中國之三省也。察木多爲康，布達拉爲衛，札什倫布爲藏，合三地爲三危，又名三藏。"竄三苗於三危"，故其地皆苗種。○《南州異物志》：天竺國地方三萬里，佛道所生。《括地志》：天竺國有東、西、南、北、中央五天竺，大國隸屬者二十一，在崑崙山南。今考康、衛、藏在天竺之東，爲東天竺。**吐蕃種别，突厥流延。**《唐類函》：吐蕃在吐谷渾西南，不知國之所由。或云秃髮利鹿有子樊尼，其主爲傉檀，爲乞伏熾盤所滅。樊尼率餘種依沮渠蒙遜，其後子孫西魏時爲臨松郡丞，甚得衆心。魏末招撫群羌，日以强大，遂改姓爲窣敎野。始祖贊普自言天神所生，號鶻堤悉補野，因以爲姓。其國都號邏逤城，雄霸西羌。隨開皇中，其主羅卜藏索贊普都牂牁西匹播城，以五十。國西南與婆羅門接。今考前藏名拉薩藏，舊有石城，即古邏逤城也。藏布江，即古贊普名也。又考青海所屬七十族，并四川打箭爐明正司迤西各土司至西藏附近各部落，其語言文字皆同，名唐古特。唐古特者，即唐突厥之遺種也。其名突厥者，以其先世居西域之金山，工於鐵作，以金山狀如兜鍪，俗呼兜鍪爲突厥，因爲國號。今考唐古特及青海各番，其帽狀如鐵鍪，高屋短沿，上綴紅纓，與兜鍪同是，其證也。明成化時，烏斯藏大寶法王來朝。今稱衛藏，蓋烏斯二字合讀，與衛字合音。又前藏地名拉薩者，番語“拉”，山也；“薩”，地也。蓋山中之平地，俗云佛地也。古所云邏逤、云羅娑、云樂些者，與拉薩音相近耳。烏斯舊號，拉薩今傳。其地四圍皆山，南北百餘里，東西百五六十里。

其陽則牛魔僧格，搴雲蔽天；札拉羅布，俯麓環川。前藏南面山高二百餘丈，名牛魔山。連崗環抱者，名僧格拉山。唐古特謂獅曰僧格，以山形似獅，故名。與僧格拉相連者，名札拉山，又西名羅布嶺岡。藏布江遶其下西流，江北岸平野叢林，開砌池沼。達賴喇嘛歲於伏後秋初下山澡浴於此，住月餘乃還山，此清涼勝境也。其陰則浪蕩色拉，精金韞其淵；根柏洞噶，神螺現其巔。前藏北面山名浪蕩山，平險參半。其東名色拉山，唐古特謂金曰色、山曰拉，以山產金，故名。又根柏山爲布達拉北屏障，其西北三十里相連，名洞噶拉山，聳峭衝霄，巉巖如削，高四百餘丈。唐古特謂海螺曰洞噶，以山形似海螺故名。上舊設碉卡，爲前藏西之關隘也。左脚孜而奔巴，仰青龍於角箕之宿；前藏東北脚孜拉山，極高峻，山背建呼正寺，東南奔巴拉山，高聳群山。唐古特謂瓶曰奔巴，以山形似瓶，故名。山勢起伏相連。東面東方七宿曰：角、亢、氐、房、心、尾、箕。右登龍而聶黨，伏白虎於奎觜之躔。前藏西三十里名登龍岡，過大橋折西南名聶黨山，山勢陡峻，有通後藏大道。西方七宿曰：奎、婁、胃、昴、畢、參、觜。夷庚達乎四維，羌蠻兑矣；西南通江孜赴後藏大道，西北通羊八井草地，東北通喀喇烏蘇赴西寧大道，東南通江達、拉里，赴打箭爐大道。〇《左傳》“以塞夷庚”注：往來要道也。鐵圍周乎百里，城郭天然。四面崇山峻嶺，不施草木，聳矗如城垣，故俗名鐵山。〇《藝林伐山》云：鐵圍山，佛經所稱，不知的在何處。唐初宋昱詩云：梵宇開金地，香龕鑿鐵圍。今以前藏大小招、布達拉考之，即鐵圍山也。

藏布衍功德之水，布達拉南，自東而西南流，名藏布江，又名噶爾招木倫江，其源委詳後山川節注。〇《廣輿記》：梁番僧隱鍾山，值旱，有龐眉叟謂曰：予山龍也，措之何難哉？俄而一沼沸出。後有西僧至，云西城八池已失其一。其水有八功德，一清、二冷、三香、四柔、五甘、六淨、七不饐、八蠲疴。機楮湧智慧之泉。機楮河發北山下，自東北經布達拉前，上建琉璃橋，其水澄澈縈碧，南入藏布江。唐古特謂水曰楮，一曰機，言一道河也。拉薩田苗資其灌溉。〇五祖偈云：巍巍七寶山，常出智慧泉，迴爲真法味，能度諸有緣。**池映禄康插木於後，**布達拉後有池，周約四五里，中築高臺，上建八角琉璃閣三層，中供龍王，爲祈雨處。唐古特謂龍曰禄，故禄康插木名之。**峰擁磨盤筆洞於前。**布達拉西南孤峰聳出，名招拉筆洞。上住喇嘛醫生。其西連崗稍低平，名磨盤山。上建關聖帝君廟，山陽建喇嘛寺，乾隆六十年賜號衛藏永安寺，爲濟嚨胡圖克圖焚修之所。**普陀中突，布達名焉。**梵書言天下普陀山有三：一在額訥特克國之南海中，山上有石天官，乃觀自在菩薩游舍處，此真普陀也；一在浙江定海縣南海中，爲善才第二十參觀音菩薩處；一在圖伯特之布達拉，亦觀音化現處。今考圖伯特即唐古特，布達與普陀音相近也。**厥維沙伽吐巴綽爾濟，傳寫貝多；**唐古特謂釋迦牟尼佛曰沙伽吐巴。綽爾濟，通經典之稱，俗名曲結。**江來孜格陀羅尼，降攝妖魔。**唐古特謂觀音菩薩曰江來孜格。陀羅尼，咒也。**泥梨速昭五戒，**《釋氏要覽》：泥梨，地獄也。佛家有五戒：不殺，不偷盗，不淫邪，不妄語，不飲酒。**聞思修入三摩。**《心經注》：一切禪定攝心者皆云三摩提。譯言正心行處，謂是心端正也。觀音聞思修入三摩地。**聚頑石而點頭，風行身毒；**《十道四蕃志》：生公，異僧竺道生也。講經於虎丘寺，人無信者，乃聚頑石爲徒，與談至理，石皆點頭。〇《後漢書·西域傳論》：佛道神化地曰身毒。《史記·大宛傳》：大夏東南有身毒國。注：《索隱》曰：身音乾，毒音篤。孟康云：天竺也。**放屠刀而摩頂，花雨曼陀。**《果徑山書》：廣額屠在涅槃會上放下屠刀，立便成佛。《法華經》云：天雨曼陀羅花。**四十二章流傳震旦，**《括地志》：王舍國有靈鷲山，山有小姑石，石上有石室，佛坐其中。天帝釋以四十二事問，佛一一以指畫石，其迹尚存，即《四十二章經》也。〇《樓炭經》：蔥嶺以東名震旦，蓋西域稱中國之名也。又初祖達摩曰：當往震旦設天法樂。遂泛重溟，達於南海傳法。今考漢明帝時白馬馱經，即《四十二章經》也。**三十二相化本修羅。**《楞嚴經》：是名妙淨三十二應入國土身，皆以三昧聞薰聞修，無作妙力自在成就。注：觀音俱現三十二應，現十法界身而爲説法也。佛氏以修羅爲經，梵語也。**遂有宗喀巴雪竇潛修，金輪懺悔；**明番僧宗喀巴名羅布藏札克巴，生於永樂十五年，幼而神異，精通佛法，號甲勒瓦宗喀巴。在大雪山修苦行。穆隆經，其所立也。穆隆經者,即今之摩羅木也。**無上空稱,喇嘛繙改**。梵書:釋子勤佛行者曰德士,又曰無上,士謂空也。唐古特謂上曰喇,謂無曰嘛也。喇嘛者,無上也。**持團墮之盂,披忍辱之鎧**。釋氏團墮,言食墮在鉢中也。梵言儐荼波,又曰儐荼夜。華言團。團者,食團行乞食也。今考番僧食糌粑,皆手團而食之。盂音窺,鉢也。忍辱鎧,袈裟也,又名離塵服,又名清瘦衣。**紫裓韜光,黄冠耀采**。宗喀巴爲番衆所敬信,衣紫衣。其受戒時,相傳染僧帽諸顔色不成,惟黄色立成,遂名爲黄教。**薩迦開第一義天**,宗喀巴初出家時,學經於薩迦廟之胡圖克圖,乃元時帕思巴之後,爲紅帽教之宗,布達拉經簿載其爲仁育菩薩之後人也。其教有家室,生子後坐牀掌教,不復近家室矣。其始祖名昆·貢確嘉卜,通達經典,見薩迦溝之奔布山風脈佳勝,欲創建廟宇。向業主降雄固喇娃、班第仲喜納、密酌克敦三人乞售,伊三人乃施捨其地,不取直。遂建廟供釋迦牟尼佛,附近土地、人民、廟宇、僧衆皆其所屬。世代相傳,至今七百餘年。其廟平地起閣,周牆甚固,中殿楹柱皆古樹,三人合抱,高三丈餘,不加雕飾,其皮節文理如生樹然。又有海螺,堅白如玉,左旋紋,向明吹之,背現觀音像,寺僧寶之。又有藏經數萬卷,架函充棟。廟北依山,僧樓梵宇約數千間。亦有浮屠金殿,供諸佛像,皆紅帽喇嘛居之。其所誦經與黄教無異。西南通拉孜大道,山南通野人國界。**拉薩漲其三昧海**。宗喀巴修行既成,其教大行,最盛於前藏,今拉薩各廟咸供奉其像。**龍象遴於沙門**,《達摩傳》:波羅提,法中龍象。《傳燈録》:水中行,龍力大;陸中行,象力大。負荷大法者,比之龍象。**衣鉢傳諸自在**。《傳燈録》:釋迦佛生四十九年,將金縷僧迦黎傳與一祖摩訶迦葉,六祖慧能衣鉢南奔嶺外,有明上士追至大庾嶺。《六祖傳》注:傳衣乃西域屈眴布,緝木棉花心織成者。**此達賴傳宗,班禪分宰**。達賴喇嘛,宗喀巴之大弟子也;班禪額爾德尼,宗喀巴之二弟子也。頭輩達賴喇嘛名根敦珠巴,生於明洪武二十四年辛未,在喀那木薩喀木青熙饒巴處出家。二十歲受大戒,創建札什倫布廟宇,誦穆隆經。其時有博洞班禪在雪地修行,聞名信附,遂號根敦珠巴爲湯徹清巴,壽八十七歲。第二輩名根敦嘉木磋,生於明成化十二年丙申,創建群科爾汪廟宇。第三輩名索諾木嘉木磋,生於明嘉靖二十二年癸卯,親赴各蒙古地方布行黄教,蒙古王等咸稱爲達賴喇嘛班禪雜爾達拉,明萬曆間封爲大國師。第四輩名雲丹嘉木磋,生於明萬曆十七年己丑,生蒙古地方敬格爾家，十五歲到藏，在噶勒丹寺坐臺之桑結仁慶處出家。班禪羅卜藏曲津處，受大戒，萬曆間封爲沙布達多爾濟桑結。能驅邪逐祟，曾於石上踏留足印。第五輩名阿旺羅卜藏嘉木磋，明萬曆四十五年生於前藏崇結薩爾合王家，其生之日時與釋迦牟尼佛同，在班禪羅卜藏曲津處出家，受大戒。國朝太宗文皇帝崇德七年，達賴喇嘛同班禪喇嘛差烏巴什台吉達盛京進貢，約行善事。順治元年，達賴喇嘛差人赴京進貢，九年入覲。世祖章皇帝賜居黄寺，封爲掌天下黄教西方自在佛足墨多爾濟嘉木磋喇嘛，金册十五頁。第六輩名羅卜藏林沁倉洋嘉木磋，康熙二十一年，生於蒙巴拉沃松地方。第七輩名羅布藏噶勒桑嘉木磋，康熙四十七年生於里塘地方，在察漢諾們罕家出家。十三歲，康熙五十九年賜達賴喇嘛名號，統領黄教，敕書、金印。雍正二年賜西方湯徹清巴巴木載達賴喇嘛掌天下釋教金册金印。第八輩名羅藏丹碑旺楚克江巴爾嘉木磋，乾隆二十三年戊寅生於後藏托結地方，現住布達拉。〇 班禪第一輩名刻珠尼瑪綽爾濟伽勒布格爾，生於明正統十年乙丑。第二輩名珠拜旺曲索諾木綽爾濟朗布，生年缺。第三輩名結珠拜旺曲羅布藏敦玉珠巴，生於明宏治十八年乙丑。第四輩名班禪羅卜藏綽爾濟嘉勒參，生於明隆慶元年丁卯，國朝崇德七年遣使進貢。太宗文皇帝詔令班禪、達賴二人内年少者拜年長者爲師，學習經典。壽九十六歲。第五輩名班禪羅布藏伊喜，生於康熙二年癸卯，五十二年聖祖賜金册、印，注明札什倫布各廟宇、地方屬班禪管理。第六輩名班禪哲布尊巴勒丹伊喜，生於乾隆三年戊午，三十年賜金册，四十五年入覲，高宗純皇帝賜四體字玉册、玉印。第七輩生於乾隆四十七年壬寅，現住札什倫布。**擬北山之二聖，化西土於千載也。**《魏書》：僧法度、法紹遊學北山，綜習三藏，靈迹異事，皆得見聞於世，時號北山二聖云。**於是金妝寶像，玉綴珠聯。示相如來，本今皆覺。**《道院集》：本覺爲如，今覺爲來也。**現身菩薩，普濟爲緣。**《釋典》：菩，普也；薩，濟也。言能普濟衆生。**拈花仗劍之殊觀，金剛救度；**金剛力士皆督目仗劍，若救度佛母則拈花善相也。**五臺二嵋之異品，曼殊普賢。**五臺清涼山，文殊菩薩；四川峨嵋山，普賢菩薩。**德木楚克，乃陰陽之秘密；**陰陽佛也。**雅滿達噶，實心性之真筌。**護法佛也。**桑堆滿座，**安樂佛也。**天王接肩。**天王之像，最多異品。**蓋奇顔譎狀，累萬盈千，名不可以殫述，義不可言傳也。其寺則**

兩招建自唐朝，豐碑矗矗；西藏番王傳七世至綽爾濟松贊噶木布，迎唐公主爲妻。又迎巴勒布王鄂特色爾郭恰之女拜木薩爲妾。唐公主帶來釋迦牟尼佛像；拜木薩帶來墨珠多爾濟佛像。藏王擇地興建大招供奉之。大招門前有唐德宗時和親盟碑，字迹尚真，碑文載入《通志》。萬善興於公主，古柳娟娟。大招前有古柳二株，相傳植自唐時。填海架梁，西開梵宇；《經簿》：拉薩地乃海子也。唐公主卜此地爲妖女仰面之形，海子乃妖女心血，是爲海眼，須將海眼填塞，上修廟宇如蓮花形，乃得吉祥。藏王遂興工將海子四面用石堆砌，海眼中忽現出石塔三層，用石抛擊，然後用木接蓋，其空隙處鎔銅淋滿，海眼平涸。時有龍王獻洋船式樣，用石堆之，大招始成，至今一千八百四十餘年。坐東向西，樓高四層，上有金殿五座，蘭干瓦片皆銅胎溜金。左廊下有唐公主、藏王松贊噶木布及巴勒布王之女拜木薩之像。東南隅有甲噶爾僧拜拉木像。燃燈供奉，神靈赫奕，番人敬畏之。内藏古軍器，鳥鎗有長八九尺至一丈者，弓靫箭袋亦甚長。大殿内有明萬曆時太監楊英所立碑。廟前壁上繪唐元奘法師取經師弟四人像。背山起閣，東望雲天。小招在大招北半里許，地名喇木契，坐西向東，背布達拉，樓高三層，上有金殿一座，唐公主建。公主悲思中國，故東向。内供墨珠多爾濟佛。或云内有塑像，乃唐公主肉身。座上書"默寂能仁"四字。鳥革翬飛，範金作瓦；殿上金瓦光輝奪目。蓮花地湧，罘鐵爲簾。門前掛鐵網以爲簾。不盡燈，銅缸酥點；無礙香，鵲尾螺煎。禪關寂寂，梵唄淵淵。佛心無漏於恒沙，奚止九百六十；佛書：心竅九百六十，毛孔八萬四千。法會皈依於獅座，能容三萬二千。每年孟春集喇嘛三萬餘衆在大招誦《摩羅木經》，名曰攢招。○《維摩經》：舍利佛來見，其室中無有牀坐。維摩現神通力，須彌燈王遣三萬二千獅子座來入維摩方丈室。爾乃桑鳶色拉，别蚌甘丹，前藏四大寺也。桑鳶寺在拉薩山南行二日薩木葉地方。唐時，藏王綽爾濟松贊噶木布之第五世孫名綽爾濟赤松特贊，欲修札瑪正桑廟，赴甲噶爾延請班第達，擇地興修，未成。復令藏地能習經咒之人，赴甲噶爾請祖師巴特瑪薩木巴娃降收妖邪。在薩木葉地方斬毒蛇五條，池水盡赤。乃倣照甲噶爾阿蘭達蘇哩廟宇式樣修造五頂，四面八方，以象星宿。後有噶氏拜勒孜覺囉累嘉木磋等數千人，教化大行，修立十二處大寺，安設喇嘛道士誦經，至今一千四十三年。又《舊志》載桑鳶寺樓閣經堂與大招相似，内供關聖帝君像。相傳唐以前，其方多鬼怪爲害，人民不安，帝君顯聖除之，人始蕃息。番民奉祀，尊號曰草塞結波。○色拉寺在拉薩北十里色拉山，宗喀巴建。因其弟子甲木慶綽爾濟沙克伽伊喜明時入中國爲禪師，賜物甚盛。還藏後，宗喀巴令其在色拉山建立大寺，所供佛像係旃檀香雕刻釋迦牟尼佛、十八羅漢及諸佛像。其寺依山麓建金殿三座，層樓高聳。寺中供降魔杵一，長不足二尺，頭如三稜鐧，其上狀如人頭。唐古特語名多爾濟，相傳爲飛來者，漢人呼爲飛來杵。歲一出巡，番衆朝禮。其寺堪布喇嘛珍之。○别蚌寺本名布賴蚌寺，布達拉西二十里，依北山麓。宗喀巴之弟子札木洋綽爾濟札什巴勒丹在聶烏地方居住，夢神人語以此地宜修寺院，賜與五千徒衆，現出無量水泉數處，覺而告其師。宗喀巴乃令修寺，有聶烏富户那木喀桑布出資施建廟宇，又修郭莽等七處札倉，乃蒙古、吐蕃、西番各土司、布爾哈等處，凡出世之呼畢勒罕及遠近大小喇嘛，初學經者，皆聚處於此。○甘丹寺本名噶勒丹寺，在拉薩東五十里噶勒丹山，其形勢與布達拉略同，其經樓、佛像與大招略同，乃宗喀巴坐牀之所，示寂於噶勒丹寺彌勒前，爲黄教發源之地，黄教堪布主之。**垂仲神巫，木鹿經壇**。垂仲殿一名噶瑪霞寺，大招東半里許。寺内塑神像，猙獰恶煞，内居護法喇嘛裝束，仍娶妻生子，世傳其術，乃中國之巫類也。每月初二、十六下神，頭戴金盔，上插雞羽，高二三尺，背插小旗五面，周身以白哈達結束，足穿虎皮鞾，手執弓刀，坐法壇番人叩問吉凶，託神言判斷禍福。出則從人裝束鬼怪，執旗幡，鳴鼓鈸導之，亦有女人爲之者，最爲唐古特敬信。○木鹿寺在大招之北，小招之東，樓高四層，又名經園，刊刷藏經，頒行各處，悉取給於此焉。**沙彌班第，尊者阿難。腁頭玀狖，釘坐團圞。醍醐夕甕，欸麨朝盤。禮雪嚴之彌勒，拜海嶼之旃檀。鞠鎖阿閦，寶供珠龕**；鞠鎖，音鈎鎖，千佛名，見《賢愚經》。○阿閦，音初六切。出《字統》。《釋典》：阿閦，佛名，見《釋藏》。考《華嚴》《彌陀經》：東方有阿閦鞞佛。阿閦，此云無動。經云：有國名妙喜，佛號無動。疏云：阿之言無，閦之言動，又《法華經》云：其二沙彌，東方作佛，一名阿閦，在歡喜國。經又云：一名須彌頂。**玉耶阿魃，雨集雲曇**。《釋典》：玉耶，佛經名。又有《阿魃經》。**莫不畫花刻楮，鏤蛤雕蚶；蛙躁牟尼，鼃語和南。火宅居，塞夷兩兩；頭陀住，前後三三**。《番禺記》：僧有室家者，名火宅僧。梵書：優婆塞，善男也；優婆夷，善女也。○無著問文殊衆幾何。曰：前三三，後三三。蓋九九八十一也。

頭陀者，抖擻也，言抖擻凡塵也。衍六通之法，僧肇謂：騁六通之神驥，乘五衍之安車。播五印之談。五印度，佛國名。唐扶詩云：沙彌去學五印度，静女來懸手足幡。皆由創三身之偈誦，《傳燈録》：六祖曰：三身者，清浄法身，汝之性也；圓滿報身，汝之智也；千百億化身，汝之行也。若悟三身，即名四智。啓四大之伽藍也。梵書《圓覺》：以地水風火爲大，四大也。〇《釋氏要覽》梵語云伽藍摩，此云衆園。園者，生植之所，佛弟子居之，取生植道木聖果之義。今考衛藏，凡喇嘛所居名曰伽倉。

若夫達賴之居於布達拉也，唐吐蕃王綽爾濟松贊噶木布好善信佛，頭頂納塔葉佛，在拉薩山上誦《旺固爾經》，因名爲布達拉。西藏番衆瞻仰，每日焚香坐禪，入定，不思他往。唐公主同拜木薩恐有外侮，遂修布達拉，城垣上掛刀槍以嚴防禦，後因藏王莽松作亂，經官兵拆毁，僅存觀音堂一座。至五輩達賴喇嘛掌管佛教兼理民間事務，修立白寨。又有代辦事務之桑結嘉木磋修立紅寨，又内外房屋金殿、佛像重修。至今一百四十餘年，平樓十三層，盤磴而上，其上有金殿三座，下有金塔五座。西殿有宗喀巴手足印，世爲達賴喇嘛坐牀之所。豐冠山之層磵，奥轉螺之架閣。浩劫盤空，埤堄錯落。路轉千迷之道，心入摩提；《梁書》：曇鸞見梁武帝於殿中，曲曲二十餘門，一一無錯。帝曰：此千迷道也，何乃一度，遂爾無迷也〇 佛書：一切禪定攝心者，皆云三摩提。譯言正心性處，謂是心端正也。人登百丈之梯，神棲般若。新吴百丈山懷海禪師創立清規，今禪門依此〇 梵書：般若，智慧也。《晋書·曇霍傳》：霍持一錫杖，令人跪，曰：此波若眼。妙高峰頂，遠著聲聞；文殊師利言：南方有國名勝樂，有山名妙高峰。離垢幢前，近銷魔惡。有一菩薩名離垢幢，坐於道場，將威正降，有惡魔前來惱亂也。食則麥屑氈根，糌粑、乾羊。飲則鳩盤牛酪，茶塊、酥油。衣則黄毳紫駝，居則彩甍丹艧。優鉢浄瓶，玉盂金杓。三旛比以離離，百玩燦其愕愕。孫綽《遊天台賦》：泯色空以合迹，忽即有而得元。釋二名之同出，消一無於三幡。注：色，一也；色，空二也；觀，三也。言三幡雖殊，能消令爲一，同歸於無也。須菩提譯語將將，《禪門規式》：道高臘長，呼須菩提，如曰長老。闍黎耶念吽各各。吽，音鍾。張昱詩云：守内番僧曰念吽。兜羅哈達訊檀越如何，唐古特禮，凡賓主相見，俱手持白絹哈達，互相問慰。檀越，施主也。檀謂能施,越謂能越貧窮海也。富珠禮翀答蘭奢遮莫。舊俗,駐藏大臣見達賴喇嘛以佛禮瞻拜。乾隆五十八年奉旨:欽差駐藏大臣與達賴喇嘛係屬平等,不必瞻禮,欽此。以後皆賓主相接也。○元文宗時,以西僧年札克喇賓爲帝師,大臣俯伏進觴,帝師不爲動,惟國子祭酒富珠禮翀舉觴立進,曰:帝師,釋迦之徒,天下僧人師也。予,孔子之徒,天下儒人師也。請各不爲禮,帝師笑而起,舉觴卒飲,衆爲之凛然。山無蜂子投窗,《高僧傳》:古靈行脚回,參受業師。師窗有經,適有蜂子投窗求出,古靈曰:世界如許闊,不肯出,鑽他故紙。塔有孟婆振鐸。孟婆,風神也。鹿野華池,雞園花萼。浴象游魚,語鸚舞鶴。静觀撫序,頑空即是真空;梵書:貴真空,不貴頑空。頑空者,木石是也,惟真空乃不壞。與物皆春,行樂豈如勝樂。梵書:樂行不如苦住,富客不如貧主。○南方勝樂國。

班禪之居於札什倫布也,招提結蟹螯之穴,祖山依龍背之陽,拉藏西南行九日,乃後藏也,寺名札什倫布,頭輩達賴喇嘛根敦珠巴所建。其寺依山麓起閣,山形如蟹螯夾抱,其後山自西北來,蜿蜒隆突,如蜀棧之龍洞背也。樓高四層,上有金殿三座,亦係金瓦;宏敞壯麗,爲班禪額爾德尼坐牀之所。其外來瞻禮布施者,與布達拉同。僧規謹嚴,戒律清淨,番僧必於此山朝禮,爲受大戒。沙明遠岸,其地平敞曠達,南北六七十里,東西百餘里,遠山爲岸也。雪冒連岡,其北大山後又有崇巖峻嶺,冬夏積雪不消。智水環流,浪紆徐而練净;其東有大江,自南北流,入東北山後。幻峰圍野,形岝㟼以緜長。其西山勢遠亘,西北達彭楚嶺,西南入薩迦溝。金刹青鴛,占仍仲寧翁之脈;《舊志》:此寺名仍仲寧翁結巴寺。石門寶塔,韞額爾德尼之光。其下有地穴,前數輩班禪圓寂金塔列其中,最爲華麗。月晝隱而故躔留,寸絲不掛;前輩班禪,乾隆庚子示寂於京師。○蘇東坡題佛滅度吴畫詩云:隱如寒月墮清晝,空有孤光留故躔。注:月墮清書以譬佛之滅度,光留故躔以譬佛之雖寂滅而猶在,如月之晝隱也。○《傳燈録》:南泉師問陸宣大夫:十二時中作甚麼生?陸曰:寸絲不掛。師云:猶是階下漢。樹秋凋而真實在,拳棗應嘗。《涅槃經》:娑羅林中有一樹,一百年其樹皮膚、枝葉悉皆脱落,惟真實在。《魏書·釋老志》:諸佛法身有二種義,一者真實,二者權應,此言佛生非實生,滅非實滅耳。○《高僧傳》:洛陽香山寺鏡空遊錢塘,至孤山寺西,夜餒甚,因臨流出涕。有梵僧顧空笑曰:頗憶講法華於同德寺否?僧又曰:子應爲饑火所燒,不暇憶故事。乃探囊出一棗,大如拳,曰:吾國所常產,食之者,上智知過去未來事,下智止知前生事耳。空因啖棗,枕石而卧,乃悟同德寺講《法華經》,如昨日事。**既無生而無滅,爰非壽而非殤。懷璉焚乎龍腦,圓澤識乎錦襠**。蘇東坡《宸奎閣碑》:廬山僧懷璉持律甚嚴。上嘗賜以龍腦鉢,璉對使焚之,曰:吾法以瓦鐵食,此鉢非法也。〇《僧圓澤傳》:李源居洛惠林寺,與圓澤遊甚密。一日相約遊青城、峨眉,至南浦,見婦人錦襠負罌而汲者。澤望而泣曰:吾當爲此婦人子。孕三歲矣,今既見,無可逃者。後二十年中秋夜月,杭州天竺寺外當與公相見。至暮,澤亡,而婦乳。後十二年,源自洛至吴,赴其約,聞葛洪川有牧童扣牛角而歌,乃圓澤也。源問澤:公健否?答曰:李公真信士,然俗緣未盡,慎勿相近也。〇 現在班禪於乾隆四十七年壬寅四月八日生於後藏囊吉雄地方,今十六歲,聰穎秀異,端重不佻,初無童心也,僧衆悦服。**肩浮戒衲之縧,事非悠謬**;《高僧傳》:天竺辯才,姓徐氏,名元漢,字無象,杭之於潛人。生而左肩肉起袈裟縧,八十一日乃滅。十歲出家,二十五歲賜紫衣。師終實八十一歲。**掌握明珠之襯,説豈荒唐**。《傳燈録》:廿四祖師比丘有長者引一子曰:此子生當便覺拳左手,願聞宿因。師以手接曰:還我珠來。童子遽開手奉珠。師曰:吾前生有童子,名婆舍,吾赴西海齋受襯珠付之,今見還矣。遂爲法嗣。**刀劍一揮,禪座詎傷乎法濟;金衣兩設,邪人何畏乎初昌**。乾隆五十六年辛亥,廓爾喀犯順,擾後藏邊界。七月,佔據聶拉木、濟嚨。八月,班禪移往前藏。九月,賊入札什倫布,掠財物以歸。〇《高僧傳》:法濟大師名洪諲,姓吴,烏程人。遇黄巢之亂,偏師領卒千人而見,師晏坐不起。以劍揮禪座者再,師神思湛然。乃異之,獻金寶,再拜而去。今禪座尚在,二劍迹猶存。〇 六祖傳衣,爲天下所宗,有張初昌受囑,潛懷刀入室,將欲加害。置金衣兩於方丈,張揮刀者三,都無所損。祖曰:正劍不邪,邪劍不正,只負汝金,不負汝命。張驚仆,久乃蘇,求哀。祖與金乃去。**法嗣横枝,聲傳絶幕**。《傳燈録》:禪宗謂之法嗣,而禪家旁出,謂之横枝。黄梅謂道信師云死後横出一枝法是也。**大師還竺,輝生道場**。乾隆五十七年壬子五月,班禪額爾德尼仍還扎什倫布住錫。〇 蘇子由《辨才塔碑》云:沈公遘治杭,以師住天竺。靈感觀音院有僧靈捷者,利其富,倚權貴人奪而有之,遷師於下天竺,又逐師於潛。逾年而捷敗,復以上天竺與師。捷之在天竺也。巖石草木爲之索然,及師之復山中也。草木皆有喜色。趙公抃親見而贊之曰:師去天竺,山空鬼哭;天竺師歸,道場光輝。芻尼子之孟年,已具食牛之量;野鵲子,《傳燈録》:二十四祖母夢吞明暗二珠而孕。一羅漢曰當生二子,一即祖,二即芻尼。昔如來在雪山修煉,芻尼巢於頂上。佛成道,芻尼受報爲那提國王。《佛記》曰:汝後與聖同脱,今不爽矣。迦陵仙之妙韻,定知吞象之王。《楞嚴經》:迦陵仙言遍。迦陵,水界仙禽,在鳥卵殼中鳴音已壓衆鳥。佛法音亦如之。《法華經·偈頌》:聖主天中王,迦陵頻迦聲。注:迦陵頻迦,妙音鳥也。鳥未出殼時即音微妙,一切天人聲皆不及。惟佛音類之,故以取名也。

至於牙簡書名,根塵寂静;金瓶選佛,意想空無。自達賴喇嘛、班禪額爾德尼、大小胡圖克圖、沙布嚨等,凡轉世初生幼童,皆曰呼畢勒罕,神異之稱也。喇嘛舊俗,凡呼畢勒罕出世,悉憑垂仲降神指認,遂致賄弊百出。乾隆五十八年,欽頒金奔巴瓶一具,牙籤六枝安放大招宗喀巴前供奉。如有呈報呼畢勒罕者,將小兒數名生辰書籤入瓶掣定,永遠遵行。赤子徵祥字阿練,曰呼畢勒罕;《冥祥記》:晋王珉有番僧及門曰:若我後生得爲此人子,足矣。頃之,僧病卒,珉生一子,始能言,便解外語及識外國珠。故珉字之曰阿練云。修因智果號苾芻,曰胡圖克圖。《善覺要覽》僧曰苾芻。注:苾芻,草名,體性柔輭,引蔓旁布,馨香遠聞,不借日光,故以喻出家人,又名比丘。今唐古特語名格隆蓋戒,僧也。今考西藏所屬大胡圖克圖九名,小胡圖克圖十名。名冠元班,練心擯影;學通神講,續祖希盧。諾們罕轉全藏之秘奥,蒙古語:諾們,經也;罕,王也。蓋通經典之稱,沙布嚨達一度之迷途。修行未深,初轉一兩輩者。文咱特,鳥鷇音洪,牛呼牟而駝鳴圝;誦經聲音最洪大者。温都遜,石屏咒顯,山入芥而海成酥。精通梵咒者。○《廣輿記》:僧惠崇謁徑山欽法師,自譜誦觀音咒,功無比。師曰:"吾坐後,石屏能咒之令破否?曰:可。遂叱之,石屏裂爲三片,今名喝石巖。堪布掌赤華佛事,如内地漢僧之方丈。托音充香界浮圖。喇嘛弟子通稱。乃有歲琫、森本巢釋門之鳩鵲,歲琫,近侍之最大者,森本次之。曲琫、孜仲結法侶之鴛鴻。曲琫,司經卷,作佛事。孜仲,服役及奉差委各廟宇作佛會。卓尼爾效茶齋之奔走，司商上用度者。羅藏娃司喉舌之異同。達賴喇嘛前通傳譯語者。此皆持瓶堅子，捧鉢財童，侍維摩於七寶，等善覺之二空者也。《鶴林玉露》：裴休訪譚州善覺禪師，問：侍者有否？師曰：有一兩個，乃唤大空、小空。二虎自庵後出，師曰：有客且去。

爾其伏臘歲時，演甘露化城之會；《涅槃經》：諸大比丘等於晨朝日初出，離常住處，嚼楊枝，遇佛光明，疾速嗽口澡手。《華嚴經·行品》：手執楊枝，當願衆生皆得妙法，究得清浄。《釋典》：手把楊枝，遍灑甘露水。○法華導師多諸方便，於險道中化作一城，是時疲極之士衆前入化城中，生已度想，生安穩想云。見《法華經》。普門佛頂，會瞿摩行像之期。《元史·世祖紀》：作佛頂金輪會。○《佛國記》：僧伽藍名瞿摩帝，是大乘學，王所敬重。最先行像，四月一日爲始，作四輪車，如行殿，其中菩薩諸天神侍從散花燒香，至十四日行像乃訖，王及夫人乃還宫也。天神降而山鬼藏，窮野人之伎倆；《傳燈録》：道壽禪師在壽州，三峰山有一野人作佛形及羅漢菩薩等天仙形。師告衆曰：野人作多色伎倆惑人，只消老人不見不聞，伊伎倆有盡，吾不聞不見無盡。岡洞鳴而巴陵送，誇幻術之離奇。洞噶，海螺也，佐以鐃、鼓、長號。岡洞，人脛骨也，吹之以驅鬼祟。巴陵者，以酥油和麵爲之，高四尺，如火燄形。除夕前一日，布達拉衆喇嘛妝諸天神佛及二十八宿像，旋轉誦經。又爲人皮形，鋪天井中央，神鹿、五鬼及護法神往捉之。末則排兵甲、幡幢，用火鎗送出布達山下，以除一歲之邪。達賴喇嘛御樓以觀，四面環覩者男女萬人。此除夕之跳布札也。此即古方相氏黄金四目大儺之遺意也。履端肇瑞，方丈延師。展金渠之榻，開花藹之帷。幢懸慢折，衲卷塵離。羅闍粥、儐茶波，爛盈釦器；庵摩果、伊蒲饌，粲設雕椸。排舍衛之籠官，魁頭膜拜；進梨軒之嗢末，合掌思維。搥乾蓮而唵葡萄，感騂乳猊糖之惠；嗽牢丸而噙粔籹，答狸奴白牯之施。腥甌膩椀，羊脊牛臁；麼醽大嚼，掬溢歸遺。吹浄人之雲簫，聲喧兜率；舞侲童之月斧，樂奏侏儢。此元旦之宴衆番也。

乃有挺身緢險，撒手飛繩。正月二日，作飛繩戲，從布達拉最高樓上繫長繩四條，斜墜山下，釘樁拴固。一人在樓角，手執白旗二，唱番歌畢，騎繩俯身直下，如是者三。繩長三十餘丈。後藏花寨子番民專習此技。歲應一差，免其餘徭。内地緣竿、踏繩。不足觀也。落風鳶之一綫，搏霜鶻於千層。百尺竿頭，誰進無窮之步；九重天上，今超最上之乘。复有平原馳騁，角力争能。狪狁花驄，喜與駑駘争道；渥窪名産，肯輸款段驍騰。正月下旬，達賴喇嘛及噶布倫、公、台吉等各遣所屬唐古特在大招前拍馬馳騁，先到者爲勝。抵戲翹關，五指之神獅出現；又番人舉重石，又裸衣撲跌以角勝。○《涅槃經》：阿闍王令醉象蹋佛，佛以慈善根力舒其五指，遂爲五獅子兒，醉象惶懼而退。御風追日，萬回之脚馬先登。又番人於七八里外争以步行跑遠，以先到大招者爲勝。○《傳燈録》：萬回法雲者，虢州人也。俗姓張，嘯傲如狂。唐武則天時賜萬回和尚錦袍玉帶，八九歲始能言，其兄戍安西，師持信朝往夕返萬餘里，故號萬回云。厥惟元夕，競尚燃燈。煎萬户之饞膏，星流月偃；耀百華之寶樹，霞蔚雲蒸。青鸞彩鳳，靈鷲仙鵬。法象吼獅，神光夜炳；木牛泥馬，業火宵興。琉璃世界，點長明大千活佛。堅固庵羅，傳不昧十萬高僧。煙煤徹於重霄，雲間沃雪；灰燼餘於徼道，地上銷冰。此則太乙祠壇之伊始，金吾弛禁之明徵也。《七修類藁》云：上元張燈，諸書以爲沿漢祀太乙，自昏至明，今其遺事。《容齋三筆》既辯《史記》無此文，尚未得其實。《事物紀元》又引《僧史略》，以西域十二月三十日乃漢正月望日，彼地謂之大神變，故漢明帝令燒燈表佛，夫事既無據，時日又非，不足信也。《春明退朝録》以爲梁簡文帝有《列燈賦》、陳後主有《山燈詩》，以爲起自南朝。《唐書·嚴挺傳》云：睿宗好音律，先天二年正月望日，胡人婆陀請燃千燈，因弛門禁。帝御安福門縱觀，晝夜不息。韋述《兩京新記》：正月十五夜，金吾弛禁，前後各一日看燈。則是始於睿宗，成於玄宗無疑。宋乾德五年正月，詔以朝廷無事，區宇乂安，令開封府更增十七、十八兩夕，五夜之俗因此也。今以十三易十八者，聞太祖初建南都，盛爲綵樓，招徠天下富商以實國本，元宵放燈多至十於日，後約中定爲五日耳。今考《史記·樂書》云：漢帝以正月上辛祀太乙、甘泉，以昏時祀到明。徐堅謂今人正月望夜觀燈是其遺事。又《劉向外傳》云：上元夜，人皆遊賞，向獨在家讀書。太乙神燃青藜以照向，蓋因漢武祭五時，通夜設燎，取《周禮》司爟燒燎照祭，後世沿以爲佛事耳。旦上元張燈不獨京師爲然，如廣陵觀燈、西涼燈影，羅公遠擲杖化橋,或以爲潞州,或以爲西川,則是天下同風,相沿已久。是知元宵放燈始於漢,盛於唐宋,其原本於西域。郎仁寶以爲起自南朝,始於唐睿宗,成於玄宗,皆非也。予謂本於西域者,何也?今考衛藏每歲正月十五夜,達賴喇嘛及各胡圖克圖、噶布倫公、台吉等,於大招四面各設彩燈,以青稞麵捻成佛仙之像及鳥獸、花卉各種供品,燃以酥油,照以松炬,火光燭天,如不夜城。男女數萬,縱遊徹曉。其燈架高至二三丈,番僧圍坐誦經其下。是《僧史略》所言不爲無據,仁寶以爲不足信,過矣。惟《僧史》以西域十二月晦,爲漢之正月望,則失於考證。何也?今考衛藏時憲名朱爾亥,與内地正朔不同者,衹以置閏,不置閏相差一月,朔望則無不同者,何至以晦爲望耶!蓋除夕前一日,則止於送祟,名曰跳布札,並不燃燈也。至於三日五日之不同,則唐宋以後事耳。

蓋自孟春初,吉卜達賴而啓行,長住晨離,望大招而爰處。先期戒事,步馬之鼓節雍容;繼踵望塵,塞巷之人群延佇。前驅伍陌,備戕殺鍠鉞之儀;但馬旄頭,夾旌節幡麾之侶。翠葆遠翔,孔雀降自天台;黄繖高耀,金輪詣於佛所。則有絳韝赤幘,白帢朱纓,貂珥鷺纕,毳衣蟒褚。盼傔從之如雲,映晨暉而若炬。亦有帩頭帕腹,露頂披肩,狁老羌童,賨男膜女。口灑灑而噤寒,手林林而高舉。俯地訝似伏章,叩額連如春黍。乞食於沙瓶國,托鉢如斯;飽衆於舍衛城,共犍若許。雁堂信宿,桑門之法供頻加;鳥道由旬,須達之布施可茹。夥够十方之衆,千偈伽陀;粻粲四梵之天,一錢投予。賓頭盧之偏赴,此户逢春;白脚僧之高閒,阿誰縛汝。此波羅蜜之譯自古經,摩羅木之訛於番語也。孟春上旬,達賴喇嘛下山赴大招住錫,齊集遠近大小喇嘛於大招各經堂誦經,約三萬餘衆。摩羅木,唐古特語也。漢人謂爲攢招,即宗喀巴之穆隆經會,佛書之《波羅蜜》也。梵書六波羅蜜:一布施,二持戒,三忍辱,四精進,五禪定,六智慧。《頭陀寺碑》:波羅蜜者,猶言到彼人也。《字典》:波羅蜜,果名,梵語也。因此果味甘故借喻之。

於焉毗盧會罷,瑪尼功成,托度於肉真人,金繩覺路;求福於木居士,寶輦行城。邁達裝嚴,螺髮偏單而磊落;垂忠作態,兜鍪此甲而峥嶸。雷門韼韼其逸響,銅角嗚嗚其長鳴。哱囉雜吼,梵貝喧聲。杜多拍鈸，衲子敲鉦。乾松吐瑞於憑霄，辟邪稱賀；方帛紛披於拉木，大壤群賡。攢招佛事畢，則出大小喇嘛。邁達爾佛即彌勒佛。載以四輪車，數百人曳之，垂仲裝束，爲之先導，繞大招一匝，番人爭掛哈達。漢名轉寺。

乃有克馬魔王，厥號羅公甲布。鮮毒龍之技，角抵觸而虚驕；乏醉象之能，鼻拗轉而不悟。棄田盧之詭寢，欲登摩竭之城；逞狼虎之鴟張，思斫菩提之樹。昧羊跪之生全，《陳書·王固傳》：清虚寡慾，居喪以孝聞。又崇信佛法，及丁生母憂，遂終身蔬食，夜則坐禪，晝則誦佛經，兼習《誠實論義》，而於元言非所長。嘗聘於西魏。因宴饗之際，請停殺一羊，羊於固前跪拜。枉鹿趨之保護。《梁書·何允傳》："至吴，居虎丘西寺講經論學，復隨之。東境守宰經途者莫不畢至，允嘗禁殺，有虞人逐鹿，鹿徑來趨，允伏而不動。雞卵呼大士之音，《宣室志》：唐文宗命有司詔中外罷緇徒説佛書義，又有請斥其不修教者。詔命將行，會尚食厨吏修御膳，以鼎烹雞卵。方燃火於其下，忽聞鼎中有聲，極微，如人言，迫而聽之，乃群卵呼觀世音菩薩也。吏異之，具以聞。翼日，敕尚食吏無以雞卵爲膳，因頒詔州郡，各於精舍中塑觀世音菩薩像。鵲巢避金剛之塑。《洛陽伽藍記》：修梵寺有金剛像，鳩鴿不入，鳥鵲不巢。菩提達摩云：得其真像也。投之六花皆赤，卓錫如飛，答以再擲全么，輸山不住。二月下旬，送羅公甲布。相傳牛魔王作祟，與達賴喇嘛争布達拉。是日，一人扮作達賴喇嘛坐於大招門前，一人扮作牛魔王，衆喇嘛扮諸佛環跳誦經。牛魔王服羊裘，反衣作不服狀，乃與達賴喇嘛賭擲骰子。達賴喇嘛一擲成六，牛魔王一擲成么，再擲又么，爲輸，却布達拉乃逃走。觀者齊手揶揄，力者合聲攫捕。無患之棒若林，《古今注》：拾櫨木，一名無槵木。昔有神巫名寶眊，能符劾百鬼，得鬼以此棒殺之。世人以此木爲鬼所畏，故名無患也。無孔之椎如注。《語録》：古禪師曰：無心即是道，如寒灰死火，枯木石頭，又似一箇無孔鐵椎，始得，莫學佛法，但是休心。"雷轟轟兮火礮沖霄，塵塺塺兮童山隱霧。於是雷公驅逐牛魔王，喇嘛誦經，施放鳥鎗，番衆隨之送過藏河，逃至南山乃止。

爾乃香阜清寧，蒼生安穩。掛三禪之繡佛，日慧雲慈；現十丈之金身，風行草偃。陳寶叢林，獻花翠巘。畢切齊，能書記者。滴金壺之墨，紀勝會於龍華；朱爾亥，曉時憲者。衍玉氈之文，卜法遊於鹿苑。三月初一日，布達拉縣掛大佛二軸，悉以彩緞堆成者，長十餘丈。又盡出大招庫貯、寶供、樂器、幡幢，奇形怪狀，鼓吹遶行布達拉，謂之亮寶。一春佛事乃畢也。爰修祓禊，厥兆初秋。南依江涘，北望山陬。擔夯行脚，匒合前騶。拂廬星布，支炷雲稠。盈箱麥豆，比櫛維婁。嚴更夜警，稱妮外遊。祇園精舍，大士瀛洲；帛和掛錫，乞士巢鳩。霞天繡幄，錦地花溝。清涼入樹，大願維舟。意樹心花，歲進佛桑之供；《異名記》：佛桑，其花丹，重敷柔澤，葉如桑，花五六出，大如蜀葵，有蕊一條，長如花葉，上綴金屑，日光所爍，凝爲焰，朝生暮落。喜園忍草，人欣衣影之留。《伽藍記》：水東有佛曬衣石。初，如來在烏場國行化，龍王瞋怒，興大風雨，佛僧迦梨表裏通濕，雨止，佛在石下東面而坐，曬袈裟。年歲雖久，彪炳若新，其影非直條縫明見，至於細縷亦彰。假令剖削，其文轉明真也。即此悟因，處泥滓而不染；《楞嚴經》：十六開士白佛言我等於浴僧時，忽悟水因，既不先塵，亦不洗體，中間安然，得無所有。本來無垢，入濁水以何求。襄州鷲嶺善本禪師因入浴室，有僧問：和尚是離垢人，爲甚麼却洗？師曰：空水瑩然徹，浴此無垢人。蘇東坡《海會寺僧浴堂》詩云：本來無垢洗更輕。一指頭禪灌頂心，則淵源徹底。《高僧傳》：有僧過天龍，天龍豎一指，僧大悟。後示寂曰：吾得天龍一指頭禪，一生受用不盡。四大海水入毛孔，則宇宙浮漚。《維摩經》：以四大海水入一毛孔中，不撓魚鼈，而彼本相大海如故。○ 唐古特俗，夏秋之交，無論男女，群浴於藏布江之汜，以祓除厲疫，乃古所謂秋禊也。布達拉西南十五里名羅卜嶺岡，藏布江北岸密樹周阿，緑苔曲徑，中有方池石甃，引江水注之。達賴喇嘛每歲下山澡浴於此，群僧誦經於外。居然一元陰池也。又有平樓敞榭，畫舫花臺。信宿約二十餘日始還山。

其設官也，商上統僧衆之宗，布達拉一切收納、度支、辦事之公所名曰商上。噶廈馭變疆之廣。噶布倫等辦理通藏事務公所名曰噶厦。噶布倫領四方之政治，權居嶽牧之尊；噶布倫四名，總理通藏錢穀、刑名、兵馬、及陞調大小番目，悉稟於欽差衙門，以定行止。乾隆五十八年，《欽定章程》：内外番目議給三品至七品頂戴，噶布倫係三品銜，歲支俸銀、緞疋，由京理藩院按年支領。倉儲巴綜五庫之藏儲，職等金倉之掌。商卓特巴，俗名倉儲巴，係四品銜，管理商上及大招庫藏。希約第巴秸粟徵科，即碩第巴，係五品銜，管理地方徵收錢糧,其辦事之公所名曰碩裏。業爾倉巴廩稍給養。亦係五品銜,管理支給各僧衆口糧。浪孜轄稽市井之奇邪,亦係五品銜,管理拉薩地面及刑名。脅爾邦聽閭閻之直枉。亦係五品銜,聽番民詞訟。卓尼奔走,皁侣維勤;係六品銜,供雜職事。孜琫會要,漆書無爽。係四品銜,掌庫藏出納簿籍。密本司版户之登,係五品銜,掌番民户口册。達本任馬閒之長。係六品銜,管理馬廐。第巴分治於外寨,厥品維三;分管各寨落地方事務,即營官也,分大中小三等缺。大第巴五品,中第巴六品,小第巴七品,俱依次陞調。中譯書記於公衙,其階有兩。司書寫計算者,大中譯六品銜,小中譯七品銜。

其治兵也,古創軌裏連鄉之制,今有戴如甲定之名。壯獠科頭,團三千之勁旅;瞎巴嚆矢,分五百之屯營。習之以步伐齊止,表之以旗旐旆旌。刃鍛矛礪,干比戈稱。射侯破的,長垛飛堋。一鼓兩甄,江濤卷浪;五花九子,火陣連城。奈國提陀作一夫當關之氣,仁祠菩薩備百年不用之兵。乾隆五十八年《欽定章程》:戴琫四品,管兵五百名;如琫五品,管兵二百五十名;甲琫六品,管兵一百二十五名;定琫七品,管兵二十五名。共額設番兵三千名。前藏駐札一千,後藏駐札一千,江孜五百,定日五百,俱隸緑營。將備隨時一律操演。

其人民疆域之殊也,圖伯特其舊名,唐古特其今號。地闢坤兑之隅,疆拓西南之奥。其西鍋拉納、都畢納,石齒森森;自札什倫布西行,由拉孜脅噶爾定日、宗喀、薩喀,通狭巴嶺山、鍋拉納山、都畢納山一帶,均設立鄂博,此内爲唐古特境,此外爲洛敏湯、作木朗二部落境。熱索橋、鐵索橋,江流澳澳。自宗喀通濟嚨,至熱索橋設立鄂博,此内爲唐古特境,此外爲廓爾喀境也。自定日通聶拉木,至鐵索橋,設立鄂博,此内爲唐古特境,此外爲廓爾喀境也。丈結雅納之巔,波底羊瑪之隩。自甘垻至丈結山頂,設立鄂博,此内爲唐古特境,此外爲哲孟雄境。自拉孜至絨轄,通波底山頂,設立鄂博,此内爲唐古特境,此外爲哲孟雄境。自定結至薩熱喀山一帶,羊瑪山頂設立鄂博,此内爲唐古特境,此外爲哲孟雄境也。臧猛谷,帕哩獨經;日納宗,竹巴同好。帕克哩,俗名帕哩,自帕克哩至支木山一帶,臧猛谷、日納宗官寨,此内爲唐古特境,此外爲哲孟雄境。其東爲布嚕克巴境,俗名竹巴云。其西南帕爾、結隆、業朗,鳥道難通;西南至布嚕克巴、廓爾喀二部落爲界。一由納格爾行八日至帕爾,與布嚕克巴交界,山川險阻,難以出入;一由業爾奇木搽納山業郎地方至結隆,與哲孟雄宗里口交界;一由業爾斯卡禄納山業郎塞爾交廓爾喀界,亦甚險阻。咱義、阿布、瀾滄,人煙可到。西南又自怒江北咱義、桑昂却宗、瀾滄各處,至阿布拉,通南墩大道。其南狢貐茹巴,食人犵狫;札拉噶押,天險怒江。南至狢貐、茹巴、怒江爲界,又名老卡契,番名羅喀卜占。由前藏南行一日,過鍋噶拉大山至松布堡,過宋噶拉大山至押噶,交藏江至怒江,其地廣闊無垠,不能悉載。怒江之水,不知其源,江闊數里,兩岸石壁峭立,中流湍急,不可以舟楫。其地名工布。其東南春奔邊卡,古樹金塘。東南由前藏朗陸山轉出達克孜,經珠貢寺及沙金塘草地,古樹邊卡,至春奔色,人類伍齊,番部境内,可通察木多大道。其東南墩分界,寧静朝陽。東至巴塘之南墩寧静山爲界。雍正三年,松潘鎮總兵官周瑛勘定界址,於南墩寧静山嶺上建立界牌,自前藏至南墩,跬步皆山,崎嶇險仄,計行程三千五百里。其東北南稱巴延之邊,西寧草地;木魯烏蘇之渡,玉樹冰岡。東北至西寧所屬之那木稱、巴延番族爲界,由前藏北行十五里,向色拉山之東,過鍋拉山至浪蕩,由隆竹松過彭多河,有鐵索橋,由脚孜拉山呼正寺僧頂工,至木魯烏蘇,通青海西寧大道,又由玉樹接西寧、松潘、泰寧三處大道。又通洛隆宗、類伍齊。其北羊八井、噶勒丹、噶爾藏骨坌,乃青海屬番之界;前藏西北行,出羊八井口,至新橋平川,西通後藏,東接噶勒丹,北行草地,至木魯烏蘇、噶爾藏骨坌,交青海界。其西北克哩野、納克産、騰格哩諾爾,乃達木遊牧之場。西北俱係草地,有克哩野大山、納克産隘口,北通哈真得卜特爾,其東接玉樹界,又由羊八井至桑托羅海,越紅塔爾小山,過拉納根山,即騰格哩諾爾,蒙古語天池也,乃達木蒙古遊牧之處。又由吉札布至僧格物角隘口,東北至噶勒藏骨坌、阿勒坦諾爾一帶,皆塔斯頭難行,經沙雅爾小回城,過木蘇爾達巴罕,通準格爾境,又由後藏西北至阿哩城,交拉達克罕、庫努特外番界,可通和闐及葉爾羌、新疆,其路有半月戈壁,無水草。左通準格爾,西達葉爾羌也。以上總敘西藏所屬八方界址。

其風俗政令之殊也,減凶辰而閏日,歐曆真奇;藏中朱爾亥如初一初二初三，初二日凶則減去初二日，閏初三日，故無小建。○《十六國春秋》有《趙敺傳》：河西燉煌人，善天文算數。據云傳自西域。**别正朔以爲年，梵書考最。**其正朔與中國不同，止有八大節，其交節之日，亦前後差數日。三年置閏，亦與中國異。考舊説西藏用地支而不用天干，非也。今見藏中紀年，如甲子年則云木鼠，乙丑年則云木牛，丙寅火虎，丁卯火兔，戊辰土龍，己巳土蛇，庚午鐵馬，辛未鐵羊，壬申水猴，癸酉水雞，以此推之，亦六十甲子仍用天干也。**理絶人區，事由天外。貴少賤老，沿成羅漢之名。**《赤雅》：貴少賤老，染髮剃鬚，喜作羅漢。羅漢者，惡少之稱也。**厭死輕生，誤墮屍陀之害。**西藏人死。棄尸不理。佛經有尸陀林，又名寒林，今其遺俗。**出家則荼毗成灰，**喇嘛死，用火焚燒，砌石塔藏之，荼毗，燒也。東坡詩云：荼毗一箇僧。燒，又名闍維。**在家則碎刲成膾。**藏地俗，人死則負尸於野，以刀碎刮其肉，以喂鷹，名曰天葬。以杵搗其骨，以喂犬，名曰地葬。延喇嘛誦經，作好事，無力者棄於水，以爲不幸。其俗相沿已久。乾隆五十九年出示嚴禁之，並刻石於大招前，教之葬埋，其風稍息也。**畏天花而棄子如遺，**藏地小兒向不出痘，近歲傳染甚盛。遇有出痘者，遂棄之荒山僻野，凍餧而死，其俗甚慘。自乾隆五十九年勸諭達賴喇嘛，捐資於離藏幽僻處所建蓋房間，供給糌粑、酥茶，以資撫養。又派妥幹番目經理。如此數年來，全活甚衆。藏風稍變。其札什倫布暨察木多照此行之，有效。**信烏鬼而妖言如繪。**唐古特俗，多信鬼神、詛咒、鎮壓之術。**三男共女，罔有後先；**弟兄兩三人共娶一女爲妻，爲其和也。關中語謂妯娌爲先後，見昌黎詩。**十户養僧，勢難沙汰。**古人云："十户不能養一僧。此就中國而言耳，若藏地，民户不過十萬，喇嘛則有三十萬也。**飲食不識烹飪，疾病不親蕭艾。優婆夷之錦繡金銀，優婆塞之瓔珠朗貝。生之年，願乾没於僧牢；死之日，盡輸將於佛會也。且頭會箕斂，累及牛驢；屋粟口錢，禍延婦子。布帛、粟米、力役，撲地齊徵；坨土、雁户、凶年，彌天追比。**藏地賦納既煩，差徭又重，民多逃散，皆營官、第巴録削重征所致。乾隆六十年，嚴明立禁，革除重賦，裁減科徭，招集流亡，俾紓耕作。商上僧衆浮食冗費，亦量加删節，非不足用也。**税及鵝卵楊花，**《見聞録》：李主國用不足，民間鵝卵生雙子、柳條結絮，皆取税錢。

波逮月華雨水。唐李茂貞在鳳翔榷油，城門禁納松明，以其可爲炬。或曰：請併明月禁斷尤好。〇《江表志》：申漸高嘗與曲宴，因天久無雨，烈祖曰：四郊之外皆言雨足，惟都城百里之地亢旱，何也？漸高曰："雨怕抽税，不敢入城。異日，市徵之令咸有損除。〇藏地舊俗，掃地割草烏拉折錢徵，比歲輒數萬。嘉慶元年槩予删減。乃有別蚌行商，纏頭居市。此兩部落番回、常川赴藏貿易，藏中亦有安家室者。貨則珊瑚松石，蜜蠟青金，蠙珠之奇；采玉文貝，琉璃瑪瑙，象牙之美。氈氍毹㲪之精，金綫花毬之綺。毛罽氍毹，毳布麻枲。茶塊充閭，銀錢遍里。藏地行使銀錢，向由廓爾喀鑄造，販運至藏，易銀而往。乾隆五十八年《欽定章程》令達賴喇嘛自行鑄造"乾隆寶藏"錢文，由川省派文員監鑄。

其物産則天藏女池，鹽晶瀉鹵；藏西北阿哩地方有鹽池，達木蒙古地方亦有鹽池。仙山寶礦，金屑流華。金礦在阿哩地方，色拉山亦有之，今封閉。藏香貴盛安貢恰，盛安貢恰，後藏所屬地名，此處所製紅黄香最沈速。木椀重札木札鴉。此木紋理堅細，能解毒，故重之。銅鐵鉛錫，有自雲南來，有自甲噶爾來者。硫磺硇砂。工布産硫磺，巴勒布産硇砂，以色赤者爲佳。須磁瓶封貯，風吹即飛。松脂檀末，苦庫唵巴。苦庫，黑香也；唵巴，白香也。皆松脂所爲，類芸香。草則吉祥書帶，吉祥草如蓍草，而多細杈，直上如穗，深黄色，名曰藏草，蒙古人以之供佛。紫茜紅花；馬藺牛舌，羊草蘆葭。木則松柏珍貴，西則濟嚨，東則工布，多松柏樹，他處不植。楊柳杈枒；楊柳最盛，種類不一。胡桃結核，火榴綻葩。山南帕克哩多有之。花則牡丹傲雪，牡丹惟白色者甚香，五月開。亦有紫色者。桃杏鋪霞。色拉寺、別蚌寺山溝中花最盛。翦秋羅，幽芳露滴；色淺紫，瓣如鋸齒，香如桂，番人名纏頭花。虞美人，妙舞風斜。此花最盛，有黄、白、紅、紫色。罌粟盤，盛玉盂之雲子；萬壽菊，披金粟之袈裟。黄色，自五六月開至十月，京師六月菊也。石竹映文章之草，紫、白色俱有，大如錢，五出。蜀葵開旌節之花。花大如盤，莖七八尺高，黄色，結子可食，又名向日蓮。又有二種大小紫色如旌節者，蜀葵也。又有金盞花，黄色與内地同。果則長生競掬，形如小螺，生地中，絳色，番名角瑪，漢名長生。蒸熟拌糖食之甚甘,達賴喇嘛以此菓相餉。百合紛拏。似薤頭而甘,色白,與内地無異。番人初不知可食,今方掘售焉。毛桃流液,酸橘輭牙。蘋婆似卵,哀梨比櫨。穀則青稞大麥,糌粑俱以青稞面爲之,故多種。秈稻香杭。稻米産布魯克巴,山南亦可種。蔴烏米扁,芝蔴多黑色者,山南種之。扁米出廓爾喀。豌緑豌䝁。蔬則菠薐夏脆,菘葉秋榮。王瓜架綴,萵苣畦盈。葱挺蒜抱,韭帶荽英。芹釵茴穗,茄癭芁瑛。辣冰萊菔,甜玉蔓菁。禽則曲水宿鴻,前藏西南行二日,地名曲水,多暖,雁於冬月在此處避寒。南山翔鶴。前藏東四十里南山,凹多白鶴。羊卓鵞鳧,過巴則嶺,即羊卓雍錯海子,其中多天鵝、野鴨。濟嚨雕鶚。濟嚨山中多鷹鷂。寺住黄鴛,似鴨而大,色黄,能高飛,必雙翔,水食樓棲,俗名喇嘛鴛鴦。頂巢鳩鵲。烏鬼號空,大嘴老烏最多。鴿王棲閣。鴿不避人,以其不打牲也。洋雞咮朱,形如小烏,深青,揚赤色,緑脛,長距,朱喙,生澤中。雪雞羽皭。雞大如鵞,白羽如雪,可食,味似野雞。象鼻鷹裙,象鼻雞,五色羽,形如鬬雞,其鼻連冠,長五六寸,如肉鼻,時紫,時赤,時白。〇魚鷹扁喙黑羽,紋如魚鱗,尾如裙,俗名皂裙娘。雉頭鴨脚。雉小而嫩,名半翅子,冬月可食。鴨惟山南帕克哩始能乳。蟄燕遯藏,燕灰色,早秋即蟄於藏江南土崖中。雄雞劣弱,雄雞育卵,西南以陽微陰盛也。鸚鵡蠻聲,山南工布一帶多有之,但能蠻語耳。鵪鴣客惡。自四五月飛鳴,至八月止。林杪聽鳩,門前羅雀。獸則羱羊獨犬,蕃馬犛牛。騎驢禪覓,《傳燈録》:參禪有二病,一是騎驢覓驢;一是騎驢不肯下。注:不解即心是佛,真是騎驢覓驢也。跨騾神留。藏中護法騾子天王最稱靈驗。狼豹爲贄,鹿豕與遊。獐麕獵獲,猞猁生囚。野饒狐兔,家畜貓猴。獅聞風於西海,象負法於神州。獅子出西海外,未之見也。象本甲噶爾所産,廓爾喀兩貢於京師,達賴喇嘛、班禪亦各畜其二。魚則慈音噴浪,白小隨流。土漁如鮎魚,白魚似細鱗。蟲則蜻蜓鬧夏,斑毛卜秋。土俗,斑毛蟲來者多,歲則大熟。

其部落五百餘户之蒙古,駐自丹津。青海蒙古王於五輩達賴喇嘛時帶領官兵赴藏護衛,留駐五百三十八户,在達木地游牧,協領八員,佐領八員,驍騎校八員，聽駐藏大臣調遣。丹津，蒙古王之名也。三十九族之吐蕃，分從青海。那木稱、巴延等處番民共七十九族，其地爲吐蕃之舊屬，居四川、西寧、西藏之間，昔爲青海奴隸，自羅卜藏變亂之後，漸次招撫。雍正九年勘定界址，近西寧者四十族，歸西寧都統管轄；近西藏者三十九族，歸駐藏大臣管轄，設總百户散百長，歲納貢馬、銀兩。其西阿咱遊手於邊陲，小西天一部落，名阿咱拉，其喇嘛亦赴藏朝佛。卡契精心於賣買。西域回部名克什米爾，又名纏頭，又名卡契，以白布纏頭，精於貿易。在藏住者有頭目三人彈壓之。布延業楞庫木，巴勒布之三罕；藏西南行計程月餘，其部名巴勒布，俗名别蚌子，又名白布，其地和暖，產稻穀。本分三部：一曰布延罕，一曰業楞罕，一曰庫庫木罕。雍正十二年進表貢一次，後爲廓爾喀所并。今巴勒布在藏貿易，有成家室住數輩者，頭目二名管轄。噶畢諾彦林親，布嚕巴之兩解。藏南行程月餘，其部布嚕克巴，其長名諾彦林親，乃紅帽教之傳。天氣和暖，物產與中國相似。再南行月餘，即南天竺交界也。唐時賜與册印，其文曰"唐師國寶之印"六字。又有噶畢一族，爲諾彦林親所分者，日久勢漸昌大，後諾彦林親之呼畢勒罕楚克賴那木扎勒至噶畢地方，噶畢羈留不放歸。由是兩家成隙，互相仇殺。經駐藏大臣遣人和解。雍正十三年噶畢東嚕布喇嘛卒，於是土地人民仍歸諾彦林親管轄，呈進奏書、貢物。乾隆元年賜與額爾德尼第巴印信。考布嚕克巴爲紅教喇嘛之地，其掌教札爾薩立布嚕克谷濟呼畢勒罕與額爾德尼第巴諾林親類拉布齊俱住布嚕克巴蚌湯德慶城内，轄百姓四萬餘户，大小城五十處，寺廟一百二十座，其喇嘛二萬五千餘衆。其界址東至綽囉烏嚕克圖部落，計程八日；正南至額納特克圖爲界，計程十日；正西至巴木嶺鍾爲界，計程十日；正北至帕克哩城爲界，乃西藏屬地。額訥克横行，梵字之源；額訥特克國，西南海中，大西天也。《楞嚴經咒》乃額訥特克字譯爲唐古特文也。甲噶爾平寫，繙經之楷。甲噶爾部落在南海，貝葉經皆平頭垂露文，譯出唐古特字也。其地能織金銀絲紗緞，產孔雀。明成化時，乩伽思蘭國進貢，即此地也。乩音伽，又名乩馬天國。拜木戎，賽爾之一綫纔通；《舊志》：由前藏至後藏賽爾地方，緊走十日，係白木戎交界。由賽爾向西南緊走十八日，到宗哩口子，有一崖，高約十五丈，以木搭梯，往來行走，馬不能通。由宗哩緊走八日，到白木戎住處。其王所居屋名曰勞丁宰，俱在山上。其先之王名義多朗結，生一子名局密朗，結承襲所屬。百姓種類不一，有一種名曰總依，生子幼時即五色塗面成花面；一種名曰納昂，無論男女俱不穿衣服，下以白布纏之；一種名曰蒙身，穿布衣，不遵佛教，不行善事；一種名曰仍撒，男子止穿中衣，不穿上衣。惟白木戎本地人民皆披藏紬偏單。有大寺二座，一名白馬楊青，一名札什頂。小寺十五座，所管地方七處。其方亦呼爲小西天也。與布嚕克巴連界，中隔大江，名曰巴隆江。南至咼物子，西至巴勒布，北至後藏曰喀孜。由白木戎再行十日到小西天布爾雅王子住處。從此上船行半月，由海中至大西天矣，相傳漢張騫曾至其地。今考西南外番，並無白木戎之名，乃知白布纏身者，作木朗也。披藏紬偏單者，巴勒布也。通宗哩口子者，哲孟雄也。**哲孟雄，臧曲之千家尚駭**。後藏西南邊外一小部落，其地今爲廓爾喀所侵，尚有藏曲大河北岸迤東三處寨落也。**作木朗唇亡齒寒**，後藏西邊外一小部落，在哲孟北界，亦爲廓爾喀所并，今與唐古特以熱索橋爲界。**洛敏湯皮存毛在**。作木朗北一小部落，其地爲廓爾喀所并。**庫努屏藩**，在藏屬，阿哩地方之西界，其地與甲噶爾、廓爾喀兩部落交界，其部長名熱咱烏爾古生，嘉慶元年二月，遣人赴藏通好。**拉達邑宰**，阿哩之西小部落，名拉達克罕。**第哩巴察，人隔重洋**。西南徼外一大國也，曰噶哩噶達，曰披楞，曰阿咱拉，皆其所屬。乾隆五十七年，廓爾喀侵犯藏境，求伊助兵。該部長果爾那爾覆云：我國人常在廣東作買賣，蒙大皇帝看待，恩典甚厚，豈肯幫汝與唐古特打仗，得罪天朝？天朝詞嚴義正。曾通信與達賴喇嘛。**噶哩噶達，道通近載**。自布嚕克巴取道通各部落，約百日可到。**惟廓爾喀之投誠，乃唐古特之樂愷**。後藏西南邊外，其地名陽布，乃廓爾喀所并巴勒布之舊城也。天氣和暖，産稻穀、花菓，其王名拉特納巴都爾，自乾隆五十七年，經大將軍福康安、參贊大臣海蘭察等統帥進勦，深入其境。震懾天威，投誠恭順，每五年一次遣噶箕頭人等赴京，恭進表貢。

**其東工布、達布、江達，險憑隘口**；前藏東南七百四十里，名工布、達布二隘口，原隸藏屬。準噶爾擾藏，時工布人民堅壁防守，敵不能入。康熙五十八年，大兵進取西藏，總統撫綏。工布一帶番民始通，酋長帥所屬迎師就撫，嚮導進藏。雍正四年會勘地界，將江達地方仍隸西藏，委第巴二名管轄。其地去成都五千七百三十五里，東至拉哩四百五十里。憑山依谷，地氣温暖，守險要區也。**波**

密、拉哩、邊壩，隸屬西招。工布、江達，東南行十五日，名上波密，係甘南木第巴管轄；下波密係由藏派營官管轄，乃現在濟嚨呼圖克圖之本籍也。拉哩在達隆宗西北七百三十里，原隸西藏，委堪布喇嘛掌管寺院，兼第巴事務。自準噶爾徹凌敦多布侵佔西藏，該處黑帽喇嘛附逆助謀，僞稱河州喇嘛，迎師嚮導，陰遣番人截邀軍糧。康熙五十八年，定西將軍噶勒弼計擒黑帽喇嘛，即行正法。另委堪布管理。其地兩山危峻，三水會同，氣候惡劣，民情悍野。北通三十七族番部。邊壩在碩板多之南二百九十里。自拉哩大山根至其地，二山横跨，四水環襟，藏東遼闊之區也。碩板多之么麿，宰桑就獲；準噶爾佔據西藏，遣陀陀宰桑至碩板多一帶，剥削僧俗。康熙五十八年，定西將軍統帥進勦，陀陀宰桑潛回藏，遣外委等追索馬郎，擒獲送京。雍正四年將碩板多仍歸西藏管理，其地則四山環繞，二水合襟，進藏之要路也。洛隆宗之孔道，第巴輸徭。類伍齊之西南，原隸西藏，東至察木多五百六十里，其地二山對峙，兩水合流。類伍齊紅帽之流，土城寺建。察木多西北草地，進藏之路也。築土爲城，周二百餘丈，内建大寺一座，佛像經堂巍焕整齊，紅帽胡圖克圖居之。雍正年間頒給印信，其印文曰“協理黄教諾們罕之印”，乃清字、蒙古字、唐古特字三譯篆文。類伍齊亦供應差徭。察木多三藏之一，喀木名遥。西至類伍齊二百二十里，南至結黨，北至隆慶，昔屬闡教胡圖克圖掌管。康熙五十八年頒給帕克巴拉胡圖克圖諾們罕之印，亦係三譯篆文，其印文曰“闡講黄教額爾德尼第巴諾們罕之印”。其二胡圖克圖號錫瓦拉，三胡圖克圖號甲喇克。大小寺院五十座，喇嘛四千五百名，百姓七千六百餘户。其俗崇信浮屠，生子半爲喇嘛。其地則層巒疊嶂，怪岫奇峰，乃西藏之門户。古所云康云喀木者即此。合前、後、衛藏爲三藏，俗名昌都也，其投誠番地隸之者二十處。乍丫多盜，察木多東五百里，昔爲闡教正副胡圖克圖掌管。康熙五十八年頒給印信，住持乍丫大寺。其地三山環偪，二水交騰，窮僻荒涼。其俗樂劫好鬬，婚姻多不由禮。桑艾爲梟。阿足塘東北江卡塘，正北名桑艾巴，番部，其人兇狠，好劫奪行旅，俗名夾壩云。巴塘授宣撫之司，二山界定；西爲藏界，舊屬拉藏罕，有大喇嘛寺一座。達賴喇嘛委大堪布一名管黄教，拉藏罕委第巴二名管東地方百姓。康熙五十七年，護軍統領温普帶領官兵入境，宣布聖朝德威。兵至大朔地方，該第巴等赴營投見，願附版圖。五十八年，呈開地方寨落三十三處，頭人二十九名，百姓六千九百户，大小喇嘛二千一百名，納糧承應差徭。五十九年，定西將軍至巴塘，番民竭力爭趨，隨軍轉運。至雍正四年，會勘界址分歸滇、歸川、歸藏疆界。南墩適中有寧静山，於山頂建立界牌。又喜松工山與達拉山兩界，山頂亦立界石。山以内均爲巴塘所屬，山以外爲西藏所屬。雍正七年，將巴塘土官札什彭楚克授爲宣撫司，大頭人阿旺林沁授爲副。土官頒給印信號紙。有土目二十五名，大小頭人四百二十六名，百姓二萬八千一百五十户，喇嘛九千四百八十名，每年上納折銀三千二百兩零。所管轄安撫司十一名，長官司七名。**裏塘屬營官之長，五寨塵消**。打箭爐之西六百五十里。西至巴塘五百二十里。東至雅隆江，交明正司界。西至諾噶里、布察多交瓦述土司界。南至唖杓竹，交雲南、中甸界。北至雄熱泥，交瞻對界。昔隸青海岱慶和碩齊部屬。該處喇嘛寺一座，堪布一名掌管。康熙五十八年，大兵道經里塘，青海差人陰謀把持名達瓦藍占巴，裹塘營官遂有逆意。前鋒都統法喇誘達瓦藍占巴營官二名至營，擒以斬之，革去堪布。頭人、百姓等咸凛軍威，令其各舉所知、素所悦服之人，議立堪布一名，專立黄教。設立正副營官，董率大小寨堡十五處，頭人二十名，百姓五千三百二十户，大小喇嘛寺四十五座，喇嘛三千二百七十餘名。附近里塘之瓦述崇喜、毛丫、毛茂丫、長坦、曲登五處酋長各呈户口，上納糧馬。雍正七年，頒給正副營官印信，安奔授爲宣撫司，康却嘉木磋授爲副。土官瓦述崇喜、毛丫、毛茂丫、長坦、曲登授爲土百户，世代承襲，各給印信號紙，其户口六千五百二十九户，喇嘛三千八百四十九名，歲輸貢賦。其管轄地方大小三十六處。**近瞻對之族**，上、中、下三瞻對，夾壩多出於此。**達中甸之苗**。通中甸、雲南麗江府，屬苗。**打箭爐雪嶂重開，嚴四川之門户；明正司衣冠内附，樹六詔之風標**。昔爲南詔地，去成都西南一千二十里，東西徑六百四十里，南北徑八百三十里，東至瀘定橋，交冷邊土司界，一百二十里。西至瞻對，抵熱泥塘界，五百二十里。南至雅隆江中渡，交里塘界，二百八十里。北至小金川界，五百五十里。東南至冕寧縣，五百里。西南至喇滚，抵瀾滄江界，四百八十里。自後漢諸葛武侯征孟獲時，遣將郭達在此造箭，故名打箭爐。舊屬青海部落，明永樂五年，土目阿旺甲木參向化歸誠，授爲長河西、魚通、寧遠軍民宣慰使司，頒給印信號紙，世代承襲。國朝因之。至康熙三十九年，藏差營官昌策集烈等戕害佔據其地。四川提督唐希順克復河西之猴子坡、扯索咱威杵泥子、牛磨、威杵垻咱哩士司亰堪等處，昌策集烈調聚乍丫、工布番兵，嘯聚牛磨西面大岡處，恃險負隅，禦拒官兵。提督唐希順大破之，殺昌策集烈，安撫被害漢土人民。已故宣撫司耷札察巴乏嗣，其妻工喀承襲，即今甲勒參達爾結之外祖母也。管轄十三鍋莊番民，約東新附土司及土千百户五十六員，上納貢馬，徵解雜糧。其明正宣慰使司管轄安撫司六，土千户一，土百户四十八名。

其山川，岡底斯鬱其岧嶤兮，西條山之祖脈；岡底斯者，阿哩東北大雪山也。周一百四十餘里，峰巒陡絶，積雪如懸崖，千年不消。山頂百泉聚流，至山麓仍入地中。乃諸山之祖脈，梵書所謂阿耨達山也。遠近番民悉以朝禮此山爲幸，不能登也。阿耨達淼其瀸漫兮，南干水之真源。阿耨達池，相傳即王母瑶池也。梵書所云四大水者，此其源也。達木珠而朗卜切兮，象與馬之番語；岡底斯之東，有泉流出，名達木珠喀巴普。達木珠者，馬王也。喀者，口也。巴普者，盛糌粑木盒也。以山形似馬口，故名。岡底斯之南有泉流出，名朗卜切喀巴普。朗卜切者，象也。以山形似象，故名。此東南二大水之源也。僧格喀而瑪卜伽兮，獅孔雀其譯言。岡底斯之北，有泉流出，名僧格喀巴普。僧格者，獅子也，以山形似獅名也。岡底斯之西，有泉流出，名瑪卜伽咯巴普。瑪卜伽者，孔雀也，以山形似孔雀名也。此西北二大水之源也。通拉之罡風烈烈兮，彌勒之神通具現；第哩浪古，又名定日，後藏西南行十二日。又自定日西行二十餘里，上通拉大山。其山巔風勁異常，怪石陡崖，偏坡溜沙，長百餘里。相傳彌勒與達摩在此山絶頂鬭法。帕甲之石洞杳杳兮，達摩之骭迹猶存。通拉山迤西，聶拉木境内，名帕甲嶺，有喇嘛寺，寺旁有石洞，洞上一隙透光，内有達摩坐像，乃面壁處也。紫日、彭楚，經脅噶爾而環繞；紫日山、彭楚河，在脅噶爾。達結、佳納，寫聶拉木而洀桓。達爾結嶺、佳納山俱在聶拉木。納汝克喀袤其連岡兮，維定日之保障；定日沿邊山名納汝克卡。杏撒熱卡嵚其疊嶂兮，乃定結之屏藩。自定結通杏撒熱卡山，此外爲哲孟雄境。甘埧登洛納而雪消兮，定日之南名甘埧，通洛納山，地氣稍暖，亦哲孟雄境。帕哩上支木而日暄。甘埧之東名帕克哩，天和地暖，産稻穀花菓，通支木山、臧猛谷，此外亦哲孟雄境。擦木之卡煦嫗兮，暖谷人煙簇簇；滾達卓黨適中之地，有卡名擦木，有長橋三座，爲藏界保障。由此西行，山明水秀，其瀑布更勝於打箭爐之頭道水。林木參天，直抵濟嚨。天時温暖，稻畦遍野，一歲再熟。由濟嚨西南行計程十日，可抵廓爾喀之陽布城也。**甲錯嶺之滭泼兮，炎天雪瘴昏昏。**過拉孜一跕至甲錯嶺，五六月間重裘寒噤，雹雪時至，風尤勁烈，瘴煙偪氣，令人作喘。約百二十里，東望積雪插空，忽聞雷聲，乃雪塊消落也。**鞏湯、薩爾、江納、常桑之迤邐兮，由宗喀之元仗。**鞏湯拉山在宗喀，薩爾山赴薩伽溝大道，江納山在湯谷，常桑山在常桑。**浪卡、日蚌、拉古、碩布之絡繹兮，周後藏之四垠。**札什倫布之西及北有浪卡山、日蚌山、拉古隆古山、碩布巴拉山，皆圍後藏也。**岡堅兮天王劍躍，**岡堅山由札什倫布西行一日，山陽有岡堅寺，内供騾子天王像。相傳天王除藏中妖賊時，手劍一揮，千人頭盡落，成神於此，至今奉爲護法。**拉耳兮羅漢經翻。**札什倫布西行三十里，山根有拉耳塘寺，内供彌勒佛、十八羅漢像，收貯全藏經板。又有小銅塔，内藏舍利，斜長寸許，如牙黄色。又有古銅鉢，徑尺餘，以手摩之，聲如長號。又有水晶拄杖、羅漢履，云古羅漢所遺。又刻羅漢足印，以金妝之。**札什納雅之踔踸兮，彭錯嶺之險奇鸚鵡；**札什岡、納雅山，赴彭錯嶺大道，嶺極險峻，偪仄臨河。有名鸚鵡嘴者五處尤險。**札洞日洞之拱伏兮，甘布拉之名著崑崙。**札克洞山、日洞山，赴巴則嶺大道，曲水過河，上甘布拉，古稱西崑崙。**噶如路轉於宜椒兮，望多爾濟帕姆之寺；**噶如山，出宜椒東溝口，望多爾濟帕姆宫，在海子東岸山麓，世有女胡圖克圖居之，其海子名曰洋卓雍錯海。**甘垻嶺踰於巴則兮，直洋卓雍錯海之門。**此海本名雅木魯克玉木楚海，廣四百五六十里，周岸行四十八日。其中有三大山：一曰密納巴，一曰鵶波士，一曰桑里。其水時白時黑，或成五彩。過甘布拉嶺，沿海岸經白地亞喜、浪噶孜，始進宜椒山口二百餘里，僅其西北角耳。**嘛哩噶布之拗折兮，**聶黨之西山極峭峻，江水環流其下。**巴圖鄂色之高捫。**登龍岡之西，爲前藏西屏。**墨羽拉兮雪窖，**前藏之西，積雪冬夏不消。**克哩野兮沙屯。**前藏西北，途長淤沙積雪，煙瘴偪人。由羊巴井至草地，過巴延圖河，皆大山難行。克哩野者，烏雅也，蒙古語。其地多大觜烏雅，故名。**沙羽克岡兮，連喇根拉之北障；**皆前藏北大山。**乳牛郎路兮，接噶勒丹而東奔。**乳牛山、郎路山，皆前藏東北山也。噶勒丹山，俗名甘丹山，前藏正東噶勒丹寺之後山也。**札洋宗兮札古**，前藏山南行二日，山名札洋宗，上建多爾濟札古寺。附近桑鳶寺，在札羊宗山頂，寺内有洞高二千餘丈，梯木而上。洞内有石蓮花佛座，座前有石几，盒内有白土，可食，味如糌粑，次日復生。其洞須燃火可入。座後有一大海。唐古特人云作惡之人至此必失足墮海中。由是僧俗畏禪。**鍋噶拉兮奈園**。前藏南山，在桑鳶寺背後，南路要道。**鹽池兮浩浩**，阿里、達木兩處皆有。**陸海兮澐澐**。自札什倫布西至阿哩，夏月隨地皆水，故俗名陸海。**澎湃澄泓兮凹渟海淀**，唐古特凡渟水處皆曰海子，凡泉皆曰海眼。一曰洋卓雍錯海，在甘布拉南；一曰納錯海，過定日一站；一曰補泥海，在宗喀赴薩迦溝大道；一曰甲木海，在熱嚨；一曰廓拉海，在星克宗；一曰春艮諾爾，在前藏北九日。**氤氲沸燠兮野突泉温**。唐古特謂温泉曰熱水塘。一在前藏山南，一在羊八井，一在拉孜東南薩迦溝之咱拉普，一在熱嚨，一在拉哩，一在巴塘東。惟裏塘之温泉有三，一在裏塘西十里，一在裏塘南二十里，一在喇嘛丫熱水塘汛。三泉之水，四時常温。内有紅蟲，長二三寸。有患瘡疾者，浴之即愈。彼處番人珍重之。一在打箭爐東南五十里榆林工地方，水性温暖能除積疾。**爾其卓書特之西鄙兮，大金沙之神瀧，衍達木楚克之派兮，成雅魯藏布之江。**舊卓書特部落在阿哩北。大金沙江，唐古特名雅魯藏布江，源出岡底斯，即達木珠喀巴普也。受庫木岡前山水、受伽木蘇拉水、受查爾河水、受阿拉楮河水、受那烏克藏布河水、受郭雍河水、受尼雅陸岡前山水、受薩楮河水、受礱楮河水、受式爾底河之水、受滿楮藏布河水、受岡里窪甘山水、受牛拉嶺水、受薩噶藏布河水、受嘉木磋池水、受爪查嶺水、受雅噶魯山水、受隆左池、受莽噶拉河水、受鐘里山水、受鄂尼楮河水、受婆色那木山水、受特楮河水、受達克碑彭楚河水、受薩布河水，東徑日喀則城，在拉薩西南班禪之所住也。又東受年楮河水、受商河水、受烏兩克河水、受龍前河水、受聶木河水、受噶爾招木倫江水、受噶勒丹廟德慶西水，曲曲流拉薩南。至西南。又受羊八井河水。徑薩木陀廟布東城，受巴楮河水。徑桑里城、野爾庫城、鄂克達城，受亭里麻楮河水。逕察木哈廟，受薩木陸嶺水。逕森達麻廟，南流入羅喀布占國，會岡布藏江、彭楚藏布江，西南流入額訥特克國，歸南海。**受東西南北之源源兮，會岡布彭楚之雙雙**。岡布藏布江自拉哩廟會察拉嶺水、努工拉嶺水、章阿拉山水、尼楮河水、牛楮河水，逕地雅爾山，入岡布部落,俗名康巴也。又受博藏布河水,又呼爲噶克布河,逕貢拉岡里山,南入羅喀布占國界,入雅魯藏布江。○彭楚藏布江在薩喀東南,有三源,一西出舒爾穆藏拉山,一東出錫爾仲麻,一東出瓜查嶺又受羅楮河、羅卜藏河、牛楮藏布河、帕克哩藏布河、札木珠河水,東南逕珠拉來部落,入額訥特克國界,入雅魯藏布江。**繞班禪之法座兮,環達賴之禪幢。納百川兮逕羅喀布占之界,入南海兮由額訥特克之邦。**雅魯藏布江自達木楚克環迴往復,達前、後藏,幾及萬里而入南海。**有岡噶之漭瀇兮,出阿哩之崆峣。發達賴而浮湍兮,合麻楮而始洚。乃達克喇之分支兮,經作木朗而流淙。**岡噶江源出岡底斯山東南,名朗布切喀巴普山。滙諸水爲瑪木匹達賴池,池南北百五十里,東西百里,受狼楮河水,又受拉楮河水。拉楮河者,乃僧格喀巴普山所出也,又受西北大雪山所出水,又西南逕畢底城,爲阿哩極西界。又受瑪楮河水。瑪楮河者,乃瑪布伽喀巴普山所出。會狼河,又會拉河瑪河,水勢盛大,名岡噶江也。江水東南流出阿哩界,逕瑪木巴、作木朗部落,至額訥特克國,入南海。今考此河至作木朗南流,應即爲藏曲大河,爲衛藏邊界之西條水也。**喀喇烏蘇兮,流沙之黑水;布哈鄂模兮,雍望之嘉湖。**喀喇烏蘇自前藏東北行十日,皮船可渡,乃蒙古語黑水。《禹貢》:導黑水至於三危,即此。爲潞江上游,番名鄂尼爾楮。其源出薩喀,北有巨澤,名布哈鄂模,在流沙之東,廣二百餘里。其西南隔山即騰格哩諾爾,乃蒙古語天池也。布哈鄂模,布哈者,鹿也。其水東南流又成一澤,曰額爾濟根鄂模,廣百餘里。東南流又成一澤,曰伊達鄂模,廣亦百餘里。又東南爲喀喇池,廣百二十里,其水色黑,即古雍望之嘉湖也。又受布倫河水、喀啦河水、魚克河水,又受駭拉河水、沙克河水、布克河水、庫蘭河水。東北始入察木多境,受索克占旦索河水,東南得索克薩瑪木橋,又東南折西南流,始名鄂尼爾楮河也。其徑洛隆宗東南,得札木雅薩木巴橋,東南逕喀朔圖廟,西又受鄂楮河水又東南逕密納隆境,又東南入怒夷界,名曰怒江,又南流入雲南麗江府,界名曰潞江也。**溯瀾滄之上游兮,古鹿石之名區;會鄂木楮而水盛兮,繞察木多而流紆。**瀾滄江番名雜楮河,有二源,一出察木多之雜坐里岡城西北格爾噶那山,即古和甸之鹿石也。其水東南受庫克噶巴山水,又受大小三池水,始名雜楮河。東南折蘇噶莽城,西南逕察木多廟東境,又西南而與鄂木楮河水會。二水既合,統名雜楮河也。至察木多廟,名墨楮河。西南得札什達克咱木橋,乃喀木地方之大橋也。又受孜楮河水。又南得札什達薩瑪橋。又西南逕察哈羅巴西。又受雅爾瑪山水,又受噶塔噶里布嶺水。東南逕曲崇第滚廟,逕蒙番怒夷界,又東南至雲南塔城關,入麗江境,曰瀾滄江。此察木多境由北向東南流之大川也。**金沙兮木魯烏蘇,色楮兮俄隆拜圖。**金沙江,番名色楮河,亦名犁牛河,古麗江也。番名木魯烏蘇,蒙古語也,源出巴薩通拉木山東麓,山形高廣,形似犁牛,故名。其西麓水名雅爾嘉藏布河,西流入卡契國者是也。東麓水爲金沙江,亦曰布倫楮河,亦曰色楮河。東北流與西北源合。其水出巴薩通拉木山之數百里,又東北與南源合。其水出拜圖嶺,曰拜圖河。三源既合,水受阿克達木河,又受托克托乃烏蘭木倫河。自此山縣亘而東,繞木魯烏蘇之北,數千里皆稱巴延喀喇山。其陰乃黄河重源也。江水北折而東,受波羅河水,又受洞布倫山水。又東,逕那木唐隆山、古爾般波羅吉山,受圖虎河水,東南受烏聶河水,又受那木齊國烏蘭木倫河水。又東,受庫庫烏蘇河水。又南,逕殷得勒圖西勒圖山及特們烏珠山之西南麓,受古爾般托羅海山水,又南流,受伊克庫庫色河水,又東南,受巴罕庫庫色河水。又東南,受尼林哈喇烏蘇水。又東,受齊齊爾哈納庫庫烏蘇水,又受特墨圖水。又南,受足瀾達租山水。又東南,受雜巴延喀喇山水。此水隔山,東北即雅龍江之源也。又南,受角克池水。又東南,入察木多境,始名布倫楮河也。又東,逕仲果廟。又西南折流,至里木山西南,受拉都格巴水。折西南,至巴塘西境,江水至此亦有巴塘河之稱也。東南又受敦楮、馬楮、索楮三河水。江水又東南,入雲南麗江府西北塔城關,名曰金沙江。今考《舊志》言金沙江源出俄隆拜圖,乃鄂倫巴都爾山也,流數千里至巴塘琫孜勒,入麗江,歷寧番、涼山,會雅龍江,總匯於四川敍州府。大江出出夔州府巫峽,爲三江之上游。其巴塘渡口名竹巴籠,乃通西藏之大道也。**雅龍之三渡兮,中渡界乎川爐;敍府之大江兮,寧番入於馬湖。**《舊志》載雅隆江在裏塘,源出青海之釀磋地方,流入霍爾咱地方,用牛皮船渡,通林聰安撫司。至甘孜,用木船渡,通德爾格部落,直達察木多。至上中下閘填,亦用皮船渡,通裏塘,通會鹽營之木哩土司及雲南中甸地。由寧番會金沙江,入馬湖,歷敍州府,歸川江。今考金沙江,《漢書·地理志》之繩水也,雅龍江則若水也。源出巴延喀喇山,其山在裏塘西北,雜佛洛巴延喀喇山之東南。有西南二源,一曰雜楮河;一曰齊齊爾哈那河。又東南,受巴延圖呼木達巴罕山水,又受瑪木齊齊爾哈那河水。又南,受脅楮河水。又折西南,又西南,受鄂楚爾古河水。折西,又受噶乂格拉嶺水。又西南,濟渡曰伊爾瑪珠蘇木渡,即中渡也,在打箭爐西界二百餘里。通裏塘、巴塘、察木多大道自此而南。江東爲四川境,江西爲西番境也。

若夫喇哩險滑,喇哩大山在大寺西,上下五十里,極險滑,積雪四時不消。北接玉樹,乃通青海要道。濯拉崢嶸。瓦子山,番人呼爲濯拉山。層層石片,狀如瓦,故名。上下五十里積雪崎嶇,距江塘二日程。魯工雪頂,多洞塘率水滸而上大山,雪凌險滑,長百餘里。東與沙貢拉相連,去拉里一日。丹達冰城。本名沙貢拉,由邊垻至丹達塘六十里,上丹達山,頗側難行。俯臨雪窖,西望峭壁摩空,門通一綫,乃冰雪堆成也。行人蜿蜒而上,過閻王编,凜冽刺肌奪目,無風乃可過也。丹達塘有丹達神廟,相傳雲南某參軍於康熙年間押解軍餉至此,没於雪窖中,屢著靈異,土人祀焉。過此山者,須虔誠禮禱,乃得平穩云。朔馬風烈,巴里郎進溝三十里,上賽瓦合山。《通志》作朔馬拉山。邊風獵獵,亂山皆童。二十五里至索馬朗寨,又四十五里至拉孜。多溜沙,足却難行。鐵凹霄撑。洛隆宗漫坡上山,陡險,九十里過鐵凹大山,二十里,至曲齒,又名紫駝。鼻奔足窘,嘉裕橋西南行,上得貢拉山,山勢陡峻,上下約二十五里。過橋至鼻奔山根。瓦合魂驚。恩達寨西二十里過恩達塘,二十里過喇貢山,二十里至牛糞溝,過瓦合山,高峻百折,上有海子,雪瘴迷離。設望竿堆三百六十,合周天度數,至大雪時藉以嚮導。過此,戒勿出聲,違則雪雹立至,山中鳥獸不棲止,四時嚴寒,上下百九十里無炊煙草木,過胞膊嶺,至瓦合塘。下山又二十里,至瓦合寨,有類伍齊番目供役。乍丫雨撒,寒瘴交並;洛隆宗沿溝而上,傍山狹側,多偏橋。四十里至俄倫多,又四十里至乍丫廟,石徑梗塞,過大雪山,甚陡險,積雪如銀。煙嵐瘴氣,中人往往作病。阿足石板,夾垻狰獰。石板溝過雪山二座,八十里至阿足。其地多劫盜,番名夾垻也。黎樹江卡,惡跕吞聲;江卡西四十里至渌河,又十里上大雪山,又七十里至黎樹溝。番民獷猂,勾通夾垻。古樹莽里,毒阱巖阬。莽里過新龍山,春夏積雪不消,八十里至南墩,又四十里至古樹,雲霧四垂,亦多瘴厲。四十里至普拉宿。大朔鬼哭,三垻山鳴。大朔山即古度朔山,其地多鬼。進溝三十里,上大雪山,嶺峭異常,冷瘴彌漫。踉蹌而下,至瑇擦木。

又立登三垻，亂石如林，風雪搏空，瑟瑟有聲，不聞鳥雀。五十里至松林口，則萬樹參天，千崖蔽日。又五十里至大朔塘。**阿拉柏桑，銀海迷盲**。裏塘西南行三十里，過大橋，上阿拉柏桑山，雪日射目，須用青絲罩眼。二十里至厄凹奔松。**折多提茹，藥氣如醒**。打箭爐出南門十里，至貢竹卡。四十里，至折多山麓，藥瘴逼人，氣候殊常，令人喘哽。五十里至提茹山，大黄薰塞尤甚。過此山頂，回首望成雲海。下山，坡水盡西流。**飛越穿雲，笻竿懸霙**。飛越嶺，雅州屬。唐置飛越縣，旋廢。山勢陡峻，懶雲下垂，内地第一險阻也。笻竿山，名相公嶺，諸葛武侯屯軍於此，故名。山頂冰凘木介，如兜羅錦，冬夏不消，極稱險滑也。○以上自成都至藏，奇險怪，俗不能殫述也。**此皆赴三藏之要路，駭孤旅之前旌。一自魚梟通鹿馬，萬重山裏萬重程也**。

時嘉慶二年遂次丁巳五月，衛藏使者太庵和寧著

# 桐華竹實之軒詩鈔

（清）謙　福　撰

# 序

詩以道性情，故天懷高曠者，其詩必超脱塵氛。而其懽愉愁苦之殊，又各隨境遇爲轉移。所謂詩中有人不如是，則其詩不載性情以出，非真詩也。

小楡爲余同年友，既入翰林，將致通顯，乃以微疴引退，不復有進取之志，嘗與詞人墨客，登山臨水，發爲詠謌，自得春風沂水之樂。有時病卧一室，覽閒庭之花草，感時序之推遷，則如管寧藜牀，嵇康鍛竈，孤踪落落，不知身在城市中也。令兄月川，敭歷中外，揔領封圻，而小楡棄青紫若敝屣，視軒冕如桎梏，又與李愿盤谷先後同符者矣。

余爲塵網所牽，不獲與君以文字相切磋，及君之殁，始讀其詩。近體佳句，嗣響晚唐；古詩疏鬯，風骨高騫，各極其妙。雖早歲辭榮隱居家衖，而有和平之氣，無抑塞之情，非天懷高曠而能如是耶？是編爲君友文鐵仙先生選定，凡若干首。月川將付剞劂，乞余言以弁其卷端，而以試帖一卷附焉。

同治元年壬戌仲春，長洲年愚弟彭藴章拜撰

# 桐華竹實軒詩鈔序

歲壬戌仲春下浣，月川制府緘其介弟小榆宫詹，所著古近體詩及試帖來問序於恂。恂諾之，受讀未竟，不浹旬而制府凶問至矣。時三月朔日也，乃亟卒讀，序而歸諸其家。初宫詹與恂同官農曹，退然如不勝衣，呐呐然如不出諸其口，詠歌之事，概置弗道。恂亦日治簿書，目不旁瞬，竟不知交臂失一詩人。

宫詹往矣，今讀其詩，其瑩潔如春江新漲，粼粼浄不可唾；其爽脆如芭蕉夜雨，點點滴滴，沁入心脾；其渾脱瀏亮，如觀公孫大娘弟子舞劍器，妙造自然，伊誰與裁。置之香山、劍南集中，幾不復辨。制府於宫詹身後，檢其遺稿，編次成帙，爲之殷殷求序。孔懷之誼，可不謂篤乎？噫！恂始勞形案牘，日與詩人接而不之知，恂負宫詹矣！制府请序，比序成而制府不及見則，恂則又負制府。然終竟知之，而終竟序之，以成制府之志，恂又將以報制府者、報宫詹，宫詹與制府或亦兩無憾也。則以此序爲生芻之獻可也。

愚弟董恂拜撰

# 序

古人以立言與立德、立功並爲三不朽，至韵其辭而爲詩，此立言之最雅馴者也。顧立與不立存乎人，而朽與不朽存乎天，然不有人焉。相與圖而存之，《論語》作薪，天且無能爲役，又奚有於詩，此其中固有幸有不幸焉。是説也，於讀我亡友謙小榆宫詹遺稿而益信。

小榆於今天子建元之前一年辛酉秋七月，以半體不爲用疾歸道山。既卜葬，乃兄恒月川尚書手一卷以屬予曰："吾弟畢生苦志，寄此戔戔一束矣！敢勞君爲之披閲、編次，更綴數語以存之，可乎？"予以不文辭，月川淚涔涔下曰："君胡然！君與吾家兄弟四世論交，卅年識性，小榆且爲君家文端公孔脩相國總裁乙未時所取士，其所性、所學唯君知之最深。即其平日一篇一什，亦多君相與切磋以成者。方其屬纊時，特手此一卷，授之吾子錫珮，以白於吾前。是子固爲吾弟受業，從子又爲君素所屬望者也。庸知當吾弟一息尚存時，此志不早在君乎？然則是役也，不君之屬而誰之屬？君又奚辭？"予不獲再讓，爰受而伏讀一通，染筆爲之序曰：

謙小榆，諱福，字吉雲，籍隸鑲黄旗蒙古，姓額爾德特氏。其先世爲蒙古卓索圖部之喀喇沁地方人，其大父泰庵和公以同進士出身，揚歷中外，官大司寇，秉樞政，賜謚"簡勤"，爲我旗籍中文宗人望。位下丈夫子三人，爲雲甫慶公，原官侍衛；榆村奎公，原官山東登萊青道；星泉壁公，以世臣起家縣令，開府三江，作鎮八閩，武功振鑠西陲，載在國史。内召爲内大臣，賜謚"勤襄"。小榆固勤襄公裔，實與月川爲親兄弟也。勤襄公以仲兄榆村公中年乏嗣，乃以吉雲爲之後，因字之曰小榆。小榆雖履厚席豐，雅不願翩翩裘馬。侍養之外，唯一意浸淫經史、事括帖功，因得以道光甲午舉孝廉，乙未成進士。其閥閱雖冠蓋相望，得繼簡勤公以書香世其家者，小榆一人而已。既通籍，改官農部，内轉宫詹，年方强仕，即託微疾引退，左圖右史，一卷蕭然。暇輒洗桐芟竹，吟嘯其間以爲樂，即顔其讀書處曰"桐華竹實軒"，以示崇實黜華之意。其爲詩也，試帖謹嚴，以中矩勝；近體空靈，以寫性勝。有梅花詩若干首，板行於世，一時和者如雲。年逾五十無子，乃兄月川爰踵家乘以行，以雲甫公文孫錫莊爲之後，字之曰繩村。繩村生子一，即字之曰幼繩，凡所以識水源、培木本也。其一門中之大性沆瀣又如此。

小榆自此疾瘳不仕，晚年學益粹。與予訂爲文字交，每成一藝，必出以相質。予弇不能文，而視人文恒婞直，時讀小榆作，倘見一字不嗛於意，輒嘵議不休，小榆不以僭爲嫌，善善從長，務搆削再進以質之。予方佩其不讓土壤細流，學且與年俱富，不謂其正知命之年，遽以夙疾復作，而畢厥命也。方其啓手足之前十日，猶囑乃兄月川曰："倘文悔盦來，必告我以見。"比予往，即需人扶掖出見，則體仡仡然，口吃吃然，哭笑間作，疾成離眴，神明早舍之去矣，不及旬日遂卒。予嘗謂我旗籍人中尚不乏能讀書人，而輕不得一肯讀書人，偶一得焉，彼蒼蒼者，又若故靳之，使之不得竟所學而盡其用，抑果何哉？憶昔月川與予兄弟交，除善予外，與先兄古年交最善。近今予與月川兄弟交，除善月川外，與小榆交最善。兹小榆逝矣，其雪泥鴻爪既得乃兄月川爲之呵獲，屬予校之、次之，序而存之矣。倘後此予繼小榆以逝，縱有殘編斷簡，將疇爲予屬，疇爲予序而存之也耶？且予年已六十有九，小榆逝時得年纔五十有三，則予果逝，而存予之責當在小榆。何轉讓一後死之煢煢羸老，爲之來執是役？此又予所筆未濡，而淚先涓涓下也。

稿中凡選得試帖詩若干首，古今體詩干首，仍循其稿中原次以爲先後。至其詩之品格、之音節、之家數，有小榆之詩在，有讀小榆之詩者在，有十年作賦以皇甫一序而傳之大手筆在。予終以不文，無能繁綴，但識此以見月川賢喬梓之善存小榆。小榆雖死，而其發爲言者終不死，竊爲小榆幸云。

同治元年太歲在元黓閹茂月日，舊東海部遷長白費莫氏悔盦愚兄文康謹頓首拜題

# 跋

此吾故弟小榆手遺稿也。噫嘻吁！吾忍復取吾弟遺稿讀而跋之、序之也乎哉？惟吾一行作吏，與簿書堆日以近，即去文字緣日益遠。矧在昔，何點不屬小山之韻，陳思王不敘《典論》一書，豈不以文字無私同氣，人性情相關，保無愛忘其醜。設評騭一有不當，則家庭標榜，識者羞之，非吾所以愛吾弟意，亦非吾弟生平自愛意。然則是稿，吾忍復讀而跋之、序之也乎哉！良以吾與吾弟自齠齓間同日就學，即見其初就學時，除呫嗶咿唔學外，若無他好也。比學漸進，則見其除聽受問難，一如初就學時之學外，若無他好也。迨學底就將，則又見其除守鉛槧事帖括外，仍如初就學與學漸進時之舍學若無他好也。猶記其平日嘗語所善諸同人曰："我自知我生不得爲才人，竊願勉爲學人。"其志如此，故吾亦嘗勉以句云"汝繼書香吾繼業，相期努力愛家聲"，蓋紀實也。嗣是遂得以道光甲午乙未舉孝廉、成進士，分曹農部，幸紹吾大父簡勤襄公書香於弗替，以慰吾父勤襄公所以以吾弟爲吾世父中憲公立嗣初心。旋由部曹内轉宮詹，退食之餘，則時見其手握一卷，始終如初，就學與學漸進併學底就將時之舍，學無復他好也，至甲辰年偶患痰疾，肢體或時不任用，因以是注門籍。後庚戌辛亥，歲疾既瘳，遂止而不仕。其間疾旋瘳旋作，學亦或作或輟。迄咸豐辛酉，吾適亦由直督任引疾歸里門，方圖與之令原久聚，廼聚未久，而吾弟夙疾作，不復瘳，遂以不起。彌留之際，神明已衰，猶復力疾集其平昔手鈔各稿，一一撿付吾子錫珮。固爲以猶子親受業於吾弟者,其意得非以其半生苦學孤詣,慮併是區區者,且將與之俱朽,湮没弗聞耶? 於虖! 是亦傷已。吾既傷吾弟之未竟所學,未償初志,復不永其年,爰亟檢其所遺各稿,見其中八股時藝最夥,而散佚待理。又手草讀史隨筆一種,未竟乃事。兹先以其試帖詩、古今體詩请之方家,咸以爲可存,因綴跋數行,付之梨棗。冠而序之者,爲彭詠莪相國,爲董藴卿少農,一吾弟同年友,一吾弟同官友也。其操選事而編之次之復序,陳吾弟在生顛末,以成是集者,爲前駐藏大臣侍衛文悔莽,則吾卅年識性交,又爲吾弟晚年相與,以學切磋之同志友也。其剞劂事,即委吾弟之受業兄子錫珮董之,亦吾弟意也。法得備書。

咸豐辛酉季冬居易齋月川恒福拜撰

# 桐華竹實之軒詩草卷上

## 春日小園即景

小院春深長緑蕪，清池水淺細萍鋪。窗含曉色啼鴉舅，檻倚幽香發鼠姑。柳綫因風疎若櫛，土膏和雨膩於酥。塵中著我知何處，容膝聊堪寄此軀。

## 督錫珮姪讀書見其資性聰穎可期成立喜而賦詩以示勉

廿載逐名場，隨人學干禄。偃蹇博一官，居然頭已秃。宰予徒晝寢，曹交第食粟。豈有志士心，甘爲有道穀。教正出非正，詎爲人所服。獨念累世基，不可無似續。富貴等浮雲，兒孫自有福。貽謀金滿籯，不如教之讀。六經具根柢，入門尋歸宿。譬如構堂室，榱宲先版築。百氏煩搜羅，兼收而並蓄。又若賈求售，必先韞諸櫝。文字貴清真，要有胸中竹。宋豔與班香，馬工兼枚速。擲地鏗精金，摩空戞鳴玉。圓若珠走盤，高如瓴建屋。百鍊剛始柔，九轉丹初熟。鳴則必驚人，飛而定食肉。青紫拾芥耳，餘事博科目。孝弟出入閒，親賢得陶淑。餘力則學文，斯言當三復。嘗見少年場，豪華相徵逐。敗絮實中藏，紈綺徒顯暴。裘馬争輕肥，譏訕無慙恧。外托孔李交，内恃金張族。隆然没字碑，炯炯目高矚。日中勢必昃，月盈虧已伏。轉眴失銅山，回頭傷金谷。居則隳家聲，出則覆公餗。老大到頭來，徒效窮途哭。固是命之舛，亦由學不足。德慧存疢疾，晏安實鴆毒。借鑒在前車，聞言實惴縮。汝父即吾兄，姜被共寒燠。我無伯道兒，不解牛舐犢。猶子大有人，何必親鞠育。汝弟覓梨棗，未能辨麥菽。汝等從兄弟，桂聲同馥馥。趨向各殊途，斯文不吾屬。繩祖與亢宗，相期於汝獨。勿負蠟鳳誇，勿肆藩羊觸。勿變莪爲蒿，勿刻鵠類鶩。習慣性若成，功深學乃篤。舉一可知三。無煩待更僕，頭莫觸屏風。吾言非詔瀆，勗哉勵前修，毋若疏懶叔。

## 錫珮姪初學爲文下筆頗有思致口占誌喜

早從篋裏識干將，薛燭常誇目力强。果是雲霄名桂種，天葩纔吐已奇香。

## 齋中偶作

藜牀坐久膝將穿，徙倚南窗思悄然。墨試螺丸磨古硯，茶分龍餅酌清泉。觀書卓午常攤飯，得句中宵每廢眠。參透此間多静趣，勝探内典學安禪。

矮屋渾如坐小舠，濡頭終日醉酕醄。天教多病翻藏拙，性本耽閒謬託高。悟道敢云宗柱史，無憂酷愛讀《離騷》。年來脱盡繁華態，不信浮名未易逃。

## 遊碧雲寺

仙山多日不曾登，雨後憑臨萬景澄。塔影高懸紅樹杪，鐘聲遠隔白雲層。長齋蘇晋仍耽酒，闢佛昌黎却愛僧。俯視塵中冠蓋客，終年車馬日頻仍。

## 遊郊外二首

携朋鎮日踏莎行，緩步清溪繞故城。宿雨潤添苔蘚迹，晚涼遥聽桔槔聲。菰蒲影動漁舟出，荷芰香深水鳥鳴。得遇農夫相問訊，道旁指點認山名。

山枕清郊水泊隄，半陰天氣雨鳩啼。一村高柳青無際，百畝新秧緑欲齊。細讀殘碑尋古迹，緩隨流水步春畦。歸途更繞城東路，野渡無人落照低。

## 消夏雜詠與黄子穀孝廉同賦

幽居背郭似山村，烟樹葱蘢晝亦昏。拂徑風來添竹韻，灑塵雨過長苔痕。歲逢餘閏占桐葉，人到真閒嗜菜根。一枕黑甜深有味，卧聽車馬不開門。

柳狂花弱付東風，窗綺如煙隔軟紅。景物蕭閒三徑外，陰晴變幻六時中。識非顛米能評石，性近迂倪好洗桐。軒外假山旁有梧桐一株，雨後青蒼可愛。我自愛閒人苦熱，此中佳趣與誰同。

打窗疎雨響通宵，曉起南軒爽易招。偶引花香來鳳子，暗添池水養魚苗。安排韻事消棋局，斟酌新吟仗酒瓢。兀坐蕭齋人語悄，緑槐高處自鳴蜩。

小樓南畔畫闌西,石磴參差咫尺迷。映日紅蕖欹曲沼,驚雷紫笋脱新泥。關心抱甕澆花圃,隨意携鋤劚藥畦。自笑性成疎懶甚,京華塵裏獨幽棲。

銀河耿耿不生波,月影篩花上薜蘿。坐久好風吹短袂,更深冷露濕輕羅。閒階螢火先秋出,别浦蛙聲入夜多。回首春殘纔幾日,静中光景易消磨。

## 病　　起

抵死沉痾却更生,翛然剩有一身輕。自憐白髮删偏長,不信丹砂鍊得成。短榻十年慿坐卧,長安幾輩换公卿。頹唐未覺心神損,世事看來眼倍明。

## 元夜與福致堂春雨禪邀禄鴻軒孝廉飲齋中

偶聚皆群彦,閒情擬竹林。論書參筆意,按曲識琴心。福致堂精於鑑别書帖,兼識音律。有酒須拚醉,雨禪是日大醉。無時可廢吟。禄鴻軒能詩。一樽還起舞,慷慨爲知音。

## 送月川兄從軍邗上

羽檄飛傳出建章,倉皇戎馬促軍裝。中原旗鼓推鴉陣,時琦静庵節相奉命南下防勦。小隊弓刀有雁行。月川兄以太常卿奉命軍前差委。但使諸公能禁虣,莫教小醜肆跳梁。请纓自是男兒事,撫髀長吁祇自傷。

## 聯秀峰内兄去官後頗有輕肆之意義當相規因贈長句二首

廟廊無分即山林，吾輩行藏祇此心。且罷高歌賡白雪，須知奇骨直黄金。莫嫌此日風波惡，曾荷當年雨露深。出世才名應鄭重，漫隨塵溷聽升沉。

神仙清福近何如，往事重思盡子虚。北隴雲多工笑客，東華塵滿歎騎驢。且遲婚嫁先遊嶽，何待窮愁始著書。我有扁舟君借否，桃源同訪武陵漁。

## 題　齋　壁

光陰變滅水中漚，束縛何曾不自由。朽骨已拚黄土化，閒身且爲白雲留。聊安吾分歸耕釣，免被人呼作馬牛。華屋山丘皆莫恤，會當散髮弄扁舟。

## 雨 夜 獨 坐

風雨飄蕭打敝廬，披衣趺坐獨躊躇。儒生徒有淩雲賦，駿馬難勝上阪車。欲疏萬言愁落筆，曠觀千古怒抛書。雞籌歷歷渾無夢，蠟燭成煤一寸餘。

## 廣寧門外三藐庵送月川兄之山右藩任

衆妙門前駕鐵驪，茫茫塵海悵何之。釋迦笑比郵亭吏，鎮日官橋管别離。

宦海林泉特地分,當筵兩意各殷殷。此行莫動蒓鱸思,嶺上雲閒不贈君。

千里山程落葉飛,臨岐爲我駐征騑。離情到此真癡絶,恨不携君並馬歸。

滚滚黄沙客路長,雲山從此是他鄉。歸途不敢頻回首,萬里新來雁一行。

車塵馬迹總鴻泥,轉眼風沙咫尺迷。惟有夢魂遮不住,隨君飛過太行西。

## 重陽前聯秀峰約賞菊花因與桂香巖徵聽慶雲舫安談先時故事,主人出舊作海運詩見示,并以自製蒸鴨相餉即席得句

四座相傾盡古歡,退閒不復更言官。溯談遺事追天寶,快讀新詩擬建安。對客如聞拘鴨項,累人應愧嗜猪肝。今年此會君須記,認取黄花仔細看。

## 重陽日得月川兄書即賦長句寄呈

瘦盡東籬菊蕊黄,家書到日正重陽。憐君舊夢尋仙枕,月川兄丁憂日正以罣議去官,百日服滿,即奉命署理山西藩篆。添我新吟入錦囊。落落雁鴻驚晚歲,寥寥骨肉悵他鄉。天涯且莫登高望,風木悲悽易感

傷。時先勤襄公窀穸未安。

戎馬頻年厭宦遊,忽忽別我又深秋。君恩有分須酬答,身事無憀任去留。阮籍何妨居北道,陸機猶記住東頭。遥知異地看雲處,應似坡翁憶子由。

修仙無分駐蓬萊,一病春風去不回。萬變雲煙身外幻,百年歲月夢中催。欲談時務嫌多事,無補生民即廢材。寄語長公須努力,方今聖世正需才。

蠻牋搨徧夜更闌,地遠情多下筆難。世路崎嶇嗟蜀道,棋枰翻覆笑長安。持身要有爲兼守,察吏何妨猛濟寬。月川兄來書中語。欲寄離懷逢驛使,詩成聊作折梅看。

## 病　中　作

十年身現病維摩,苦雨酸風任折磨。紈袴自能榮錦服,儒冠只合换漁簑。干時無術生涯冷,知己難愁熱淚多。識得升沉關福命,莫將衰鬢怨蹉跎。

## 緩　　步

斜陽巷口路西東,緩步長街數百弓。搔首漸嫌霜色白,駐顔惟仗酒痕紅。敢云龍尾希名士,自顧虬鬚近退翁。道遇鄰童齊拱立,被他認作一冬烘。

## 過温翰初農部肇江故宅車中有感

翩然海鶴想丰姿，傳世文憑筆一枝。古道照人無俗累，讜言規我即良師。先生常與余深談，多受切磋之益。縱教作鬼才仍寓，見説成神事亦奇。相傳先生故後爲騾馬市土神，言雖附會，然以先生聰明正直，亦不必盡以爲妄。故宅城南今再到，停車猶似叩門時。

## 寒　夜

蝦蟆聲急漏頻催，一榻清凉夢乍回。竹影斜傾窗月暗，松風遠挾海潮來。燈殘古壁無騰焰，香燼寒鑪半死灰。想到朝天清禁裏，五更青鎖未曾開。

## 偶　成

少時氣壓五陵豪，走馬長安耀錦袍。誤説十年攻鐵硯，徒勞一割効鉛刀。餌人世味同雞肋，笑我閒杯佐蟹螯。窮達那關榮辱事，功名豈必屬吾曹。

## 對　客

煙霞無路接通津，谷口誰尋鄭子真。對客不妨巾漉酒，避人常使扇遮塵。年來懶作市朝夢，分内甘爲耕鑿民。卻笑庸夫耽世味，欣欣猶説吐車茵。

## 自題緑窗讀書圖小照

烏兔飛馳蒼狗幻，黄塵涴盡廬山面。吾人對鏡歲幾回，我我終朝不相見。中年已過朱顏少，鶴骨雞皮無完好。任使輪囷松柏姿，也如蒲柳經秋槁。矯矯王小亭，揮翰作丹青。輞川詩意吴生筆，神乎！寫真妙技能通靈，不作燕頷與虎頭，知我骨相不封侯。不寫龍章鳳姿名士派，恐使人間看衛玠。獨畫數竿風竹緑窗横，寂寂無聲似有聲。書味茶香清如許，一編猶是魯諸生。客來拍手齊大笑，鵠鶩虎狗環相誚。似排延壽惜王嬙，肉眼矇矓徒取貌。君不見古人畫馬窮殊相，動使驊騮氣凋喪。駿骨原非畫得成，未逢伯樂莫長鳴。畫圖原來不是我，呼馬呼牛無不可。澹臺狀貌殊不揚，子房丰姿偏婀娜。人見蔑面非蔑心，畫角描頭徒鄙瑣。吁嗟乎！我不自見我，我但見此圖，謂圖爲我原虚誣。即我觀我猶其粗，自我恒與斯人徒。塵土污人四十載，要知但觀吾貌猶未識真吾，其於畫工何責乎？

## 月川兄寄贈羊裘賦此志謝

黑貂已敝客衣單，天下誰憐范叔寒。千里傳來風信遠，三英披出雪花攢。頓教短袂生温早，願作長裘布澤寬。著此煙霞心更遠，桐江好擬訪嚴灘。

## 雪　夜　吟

凍噤玉龍寒不吼，天外飛花大如手。蕭蕭枕上聽爬沙，披衣頓覺詩思陡。風聲瑟瑟夜漫漫，庭前壓折若琅玕。四面銀雲團白屋，誰知此中早已卧袁安。剡溪櫂，灞橋驢，何如清談雪夜訪林逋。飛絮撒鹽足清詠,不識謝家風趣勝此無。遠寺鐘沉更漏永,薰鑪滅盡重衾冷。寒侵窗紙白皚皚,一點殘釭淡踈影。君不見清風陶穀擅斯文,烹茶掃徑對朝雲。煮酒烹羔皆俗物,笑他銷金帳底淺斟低唱之黨將軍。吁嗟哉!塞上兵戎久未決,六花凍折矛頭鐵。賜衣見説漢皇恩,熱煞健兒一腔血。

## 梅花詩用張船山先生原韻

緑蟻香濃泛紫霞,一瓢相對興偏賒。劇憐北地春光晚,纔見南窗月影斜。高士吟成新眷屬,美人洗盡舊鉛華。天然骨格何嫌瘦,不是人間富貴花。

修到仙緣定幾生,今宵風景喜澄清。家山不作思鄉夢,驛使憑傳寄遠情。境入羅浮皆幻想,賦誇宰相總虚名。隔牆忽聽霓裳曲,知是鄰家玉笛聲。

踈影横斜月上遲,一般清趣少人知。臨池綽有淩波態,倚檻頻興望雪思。勞我耽吟開小閣,任他向暖發南枝。無心更問和羹事,寂寞空山亦正宜。

竹籬茅舍倣山村,古屋閒消酒一樽。不比春花移曲檻,怕招俗客掩重門。空中著色參新悟,夢裏題詩認舊痕。冷落莫教桃李笑,天容孤峭亦殊恩。

獨標高格絶塵緣,風雪侵尋不計年。世外地寬寒料峭,夢中天闊酒神仙。香來淡遠渾無著,質抱冰霜只自憐。如此風騷誰得似,放翁詩句至今傳。

一從鄧尉問芳踪,踏遍雲山幾萬重。妙有情時聊獨賞,悄無人處恰相逢。不惟晚節香同菊,直擬寒盟健比松。時尚慢争眉樣好,便娟還讓古妝濃。

回頭幾日百花殘,春去春來指一彈。冷淡緣中知己少,繁華隊裏隱身難。修成淨業心俱澈,夢到香魂骨亦寒。莫歎風塵終落漠,煙霞深處有人看。

猩紅飛上玉虬枝,醖釀天心總不私。冷豔最宜泉石癖,好春未許蝶蜂知。忍寒且酌杯中酒,寫影難摹畫裏詩。我愛此花清澈骨,檐前索笑立多時。

## 月川兄寄示沈雲巢、沈舜卿、孫雲溪三前輩曹鐵香工部見和梅花詩之作仍疊前韻奉答寄月川兄

古豔吟成句燦霞,吾人詩債總難賒。風前共羨耆英集,世外偏憐老幹斜。淺笑漫教騰北隴,清吟恍憶讀南華。孤芳到處邀同賞,衹爲曾看上苑花。

香火因緣結此生,吟懷都爲飲茶清。詩成珠玉真風雅,氣肅冰霜古性情。調鼎自當徵相業,書屏端不負才名。陽春白雪遥相和,空谷如聞謦欬聲。

拚將錦段割丘遲,緘得寒香寄所知。風雪三更勞夢寐,關山千里繫懷思。聯吟直欲揮雙管,持贈聊堪借一枝。翹首雲天增悵望,吾儕氣味總相宜。

題詩爲寄浣花村，舉酒遥酬北海樽。敢向松筠争素節，懶同桃李倚朱門。梨雲久寤塵中夢，絮雪應迷月下痕。雨露無偏生意淡，祇愁樗櫟負天恩。

香海真成未了緣，花開花落自年年。裁成雲錦欺凡豔，贏得霓裳詠衆仙。竹許同盟原不俗，花能解語最堪憐。知音何必曾相識，好借高山一曲傳。

東閣誰追翰墨踪，瑶臺幾見影重重。仙才本是蓬萊住，瘦句渾如飯顆逢。謝客池邊應夢草，陶潛宅裏好栽松。賞心自是耽疎淡，却笑凡葩色太濃。

琴心聽到曲將殘，既遇鍾期肯罷彈。品格高如吾輩有，色香清到此花難。永姿那屑争春豔，鐵幹偏能耐歲寒。不料空山花數點，也邀青眼向雲看。

瑶林攀得最高枝，如水論交意豈私。若許春風常共坐，真同舊雨契相知。人疑冰玉思求友，韻鬭尖叉爲詠詩。却憶吟香花下客，清樽相對更何時。

## 沈雲巢諸前輩與余唱酬梅花詩，一時京外諸友和作不下百餘首，韻藻紛披，各極新穎，兹復再疊前韻詠梅花八首，貪搜韻語未免捃摭傷纖附録諸作之未姑備一格云爾

香惹仙裾拂翠霞，羅浮寒緊蝶魂賒。緑珠墜處芳苞吐，紅拂來時俏影斜。品冠群英誇絶豔，春先十月占韶華。何年留得仙人種，國色

争看賨相花。

瓊姿宛轉妙關生，小謫仙人下玉清。虚白窗前思雪意，昏黄月下擅風情。群芳譜裏無雙品，萬蕚香中第一名。璀璨瑶階飛六出，淩空吹作步虚聲。

秀骨珊珊來較遲，仙山也共歲寒知。香魂未破鶯啼警，幻態時尋蝶夢思。嬌娜不須金作屋，玲瓏合借玉爲枝。塵襟到此消融盡，擬向蓬壺小住宜。

美人遥指苧蘿村，相訪憑携緑酒樽。紫曲漫抛明月夜，紅妝空憶去年門。瘦憐卓女眉間黛，豔認麻姑爪上痕。恰比楊妃新浴罷，華清春暖始承恩。

前身早結蕊珠緣，記得霓裳度曲年。萬點攢成香國豔，幾生修到大羅仙。寒姿不畏風姨妒，瘦態應教月姊憐。獨抱雲和彈一曲，湘妃清怨妙難傳。

欲向揚州訪鶴踪，雲山迢遞玉樓重。雪飛梁苑人何處？花發吴宫夢不逢。鳳管漫教吹短竹，虬枝也學挺長松。題詩若許邀崔護，錯認桃花帶雨濃。

寫徧瓊枝墨已殘，數峰江上曲終彈。罰依金谷題詩易，坐對瑶華得句難。姑射仙踪原縹緲，姮娥居處本高寒。生平幸聽鈞天樂，彩筆名花任飽看。

檻繞芙蓉玉一枝，臨風索笑意無私。生香活色憑誰賞，褪粉殘紅只自知。吏部但吟山石句,少陵絶少海棠詩。偶然寫出伶俜態,與寄南窗弄筆時。

## 醉後作

浮生草草易消磨,轉眴駒光幾刹那。慢道天涯知己少,算來地下故人多。終年儘聽書供蠹,萬事奚如酒滿螺。醉倒高陽君莫笑,狂來猶發陸通歌。

## 哭毓端卿都護時奉使烏斯藏行抵介休道卒

佛國遥經萬里程,聞君叱馭促長征。中朝正復知韓愈,驛路旋驚折賈生。豈爲昇沉消壯志,獨憐艱險誤才名。挑燈猶憶論文日,涕泗潸隨蠟淚傾。

## 冬日風雪連緜嚴寒特甚,適月川兄寄到火狐馬褂一領即呵凍賦三十韻志謝

絮雪漫穹靄,松風動遠飈。寒憐孤鶴守,凍噤斷猿號。撲面尖如削,砭肌快似刀。杜門時股栗,擁被尚膚撓。下策添新火,奇功飲濁醪。鷫裘餘破敝,鶉結但牢騷。沉鯉嗤殷羡,遺鴻剥薛濤。友懷勞夢草,嘉惠重投桃。毳冗全删腹,皮存盡附毛。蒙茸成集腋,疵累泯纖毫。火色鮮疑熾,雲光浄欲韜。輕盈長至骭,滑膩輭於膏。五緎裁縫就,千絲補綴牢。襲宜資魯縞,復不藉秦陶。乍試新披氅,憑拋舊著羔。陶腰圍匼匝,周腹護週遭。筋縮伸全活,肌融癢欲搔。爐先疎榾柮,杯漸恕葡萄。犢鼻風仍古,皋比氣自豪。披裘真脱洒,振袂任翔翱。好策尋梅蹇,還携訪客舠。鹿冠循我輩,貂珥付見曹。何必誇宫

錦,真堪傲緼袍。此身拚卧雪,其樂抵觀濠。骨肉情偏厚,雲天義最高。感君書繫雁,笑我坐持螯。白傳恩原溥,嚴陵迹幸逃。鴒懷堪並詠,狗盜不須勞。蘇季裘應忝,姜肱被共褒。無衣休更賦,挾纊此同叨。

## 歲暮即事

銅瓶茶熟地爐紅,風雪更番歲欲終。磨蝎任教楊厄閏,睡蛇難恃藥收功。愁無可遣聊耽酒,貧漸能安不送窮。莫歎流光隨逝水,榮枯一例悟虛空。

## 除　夕

斗柄潛隨律琯移,桃符更代似瓜期。兒童差喜增新歲,老大方知惜舊時。閱盡升沉休聽卜,歷多辛苦欲酬詩。年年餞歲如成例,準備屠蘇泛玉巵。

## 歲臘記夢

先子半世歎商瞿,晚歲獲我如紺珠。錦褓繡褓綺綺羅襦,石麟蠟鳳愛無殊。少長親授詩與書,相期雲路騁神駒。壬辰之歲春方初,星輝東隕海之隅。慈雲杳靄遺孤雛,松楸空自啼哀烏。夢魂常繞墓旁廬,廿年春草緑模糊。昨宵門外聽傳呼,疾馳夾道來胥徒。大人盛服乘肩輿,雲飄華蓋風颺旟。降輿入户升庭除,兩楹簇簇排童奴。予時階下拜匍匐,欲言啓口先踟躕。自陳家食類守株,顯揚無以光門閭。霜華漸次上頭顱,慚怍中心豕負塗。大人聞言頗軒渠,謂予所見何區區。世間豈無小丈夫,駟馬高車耀麗都。問渠何由致此與,鄙如糞土生蟲蛆。五夜乞憐口囁嚅,摇尾帖耳形難摹。衹愁路遇鬼揶揄,那顧七尺清白軀。以此顯親當何如？不如庭堅之祀其忽諸。汝今克自礪廉隅，勝如負乘慚鵜濡。汝今守拙樂幽居，勝如機巧爭榮途。光大之爲縱難圖，金玉自飭却有餘。但使吾家清節不受一塵污，豈在勢權名位與夫貨賄之有無。予聆斯訓啓庸迂，恍如灌頂資醍醐，豁然一夢寤華胥。冷衾似鐵身籧篨。吁嗟乎！訓言大似勵吾儒，依然當日鯉庭趨。吾人所貴在名譽，敬當恪守斯訓，終世不相渝。

## 新歲即事

爆竹聲喧欲曙天，華燈照徹夜緜緜。古今怪底多陳迹，詩酒昨宵是去年。

踈鐘欲歇曉雲開，消盡殘年春又來。世事盡能如願少，家人空效打灰堆。

一歲春光一嶄新，獨憐世故太陳陳。朝來名紙堆成寸，只是聞聲不見人。

填衢車馬湧潮聲，竟使吾人畏後生。纔罷朝天春禁裏，又持手版謁公卿。

鏡卜何須問吉占，依然斗室自垂簾。今年博得頭番醉，手把殘書入黑甜。

懶寫宜春助歲華，笙歌遥聽在鄰家。年來奢望無多子，排日闌前揖看花。

## 春日園中排悶作

匝月不出門,幾忘居城郭。兩耳寂如聾,一塵胸不著。策杖涉小園,觸目增丘壑。花雨散紅英,竹風摇緑籜。怪石隱苔斑,奇峰粲蓮萼。淩晨露氣清,當午春陰薄。掃徑試烹茶,呼童看種藥。佳趣與誰同,吾人有至樂。長安足紅塵,豪傑輕然諾。只知虎氣騰,不道雞聲惡。露草慕紛華,槿花誇灼爍。一爲世網牽,頓被塵纓縛。如驢繞磨旋,似馬膺羈絡。不爲曳尾龜,甘作投羅雀。終日走風沙,何日息腰脚。吾昔啖浮名,蠟味曾親嚼。塵夢隔十年,往事渾如昨。王粲慨登樓,揚雄悔投閣。賣賦困馬卿,建議誅鼂錯。人生等蜉蝣,何必求伸蠖。及此石火光,有酒須斟酌。城市固喧囂,箕潁亦寂寞。不飯稷下牛,不放孤山鶴。隨處得天倪,非徒傲人爵。

## 遊積水灘會通祠

百重石磴蹴雲根,路入金繩佛地尊。緑樹盡遮塵界眼,碧紗常罩舊題痕。壁間多懸諸前人墨迹。香浮薝蔔殘僧古,風捲菰蒲水鳥喧。我愧多才蘇内翰,敢留玉帶鎮山門。寺僧索書,余即題此於扇贈之。

## 潞 河 泛 舟

尋幽乘興出城來,繞郭春流一鏡開。回首五雲最深處,東華香土尚塵埃。

碧油艓子穩如鳧,絶勝高帆十幅蒲。流水一溪三尺櫂,那如風浪滿江湖。

河運猶嗟上水船，風濤況歷海中天。千艘載得民膏血，慚愧何曾食萬錢。

疆分南北馬牛風，一綫長隄亘玉虹。自古防川如壅口，誰從大禹溯神功。

天光倒影水拖藍，只少青山浸碧潭。幾處紅樓如有意，故添風景學江南。

緑楊深處盪輕舟，載酒烹鮮足泳游。只恐歸途風送急，緑溪一曲一勾留。

## 撿篋中得亡友慶漁彩舊時書扇撫今感昔因成長句

不留長吉住塵寰，賸得零星錦一斑。忠節家聲傳史筆，漁杉系出明楊忠愍公後裔。墨池真迹在人間。公才到死耗心血，我輩虚生亦汗顔。公以瘵疾卒，余即以病乞假家居，今已十餘年矣。重見扇頭增舊感，十年回首淚潸潸。

## 勸春雨禪表兄戒酒

雨禪醉後愛逃禪，狂飲濡頭太放顛。閩海飄零常萬里，京塵潦倒又三年。公卿譽滿身猶隱，儋石家無腹自便。從古糟丘無壽客，勸君莫費杖頭錢。

## 暮春日寫愁

藥裹書籤結夙緣,此身已似柳三眠。蕭條生計如流寓,爛熳詩情減少年。犢鼻家風聊復爾,龍頭科第亦徒然。落花滿徑愁無限,何啻青山聽杜鵑。

曉鐘且莫報春殘,去日蹉跎欲補難。百歲光陰消蟻磨,半生踪迹誤驢鞍。家承舊業爲廉吏,袖有清風笑冷官。門外京塵才咫尺,不須將日比長安。

春草如烟黯客魂,悠悠長晝掩柴門。一年故事巢棲燕,千古閒愁峽叫猨。多恨只疑花解語,耽吟恰似鳥能言。回頭塵夢渾難記,莫問衫襟舊酒痕。

鑪篆香沉晝漏長,春衣猶怯午風涼。愛閒盡滅懷中刺,醫傲從無肘後方。肯效笙歌羅馬帳,願留文字畫牛牆。枯腸近日清如水,却道詩魔勝酒狂。

東皇駕去太無情,指點階前落絳英。穀雨已經春色黯,梨雲初醒夢魂清。書因寄遠無餘墨,詩爲言愁近變聲。鳥語那知人意懶,風前猶作不平鳴。

新詩未就且推敲,也學揚雄作解嘲。莫怪人情因熱釜,可憐身事等懸匏。浮生若客居傳舍,兀坐如僧倦打包。大鳥不鳴庭樹老,襤褷有似鶴棲巢。

頻年閱盡世情虛,真箇長安不易居。苦欲殷勤窺宋玉,誤將豪富擬相如。澆愁聊藉中山酒,循分甘乘下澤車。底事英雄争霸業,錦衣只爲傲鄉閭。

幾樹桃花小洞幽,何人擬訪武陵舟。病餘景物傷陳迹,夢裏雲山憶舊遊。松菊儘教三徑闢,烟霞已是十年留。不嫌�管蒲盧長,且拓華箋寫四愁。

## 曉　起

枕上破殘夢,晴光閃絳紗。遠鐘翻怖鴿,旭日散啼鴉。撥火烹新茗,呼童掃落花。閒居無一事,何異住山家。

## 贈致堂居士

論年何止是肩隨,絶似侯芭問字師。致堂與余時相析疑解難,多所受益。説鬼東坡驚客膽,談詩匡鼎解人頤。羨君不慕金張貴,致堂係出滿洲世族,自甘恬退,家居晏然。於我真成管鮑知。他日青山能共隱,望衡結宇最相宜。

## 伏日聯秀峰饋祭肉一肪賦此報謝

老饕每食厭無葷,虧得沙哥善解紛。羊胛昨曾歸博士,余居近市,有鬻燒羊肉者,味極鮮美,日前余常購得以饋秀峰。豚肩今又拜參軍。陳平奚止推賢宰,方朔真當遺細君。欲報瓊瑶無長物,題詩還贈嶺頭雲。

## 夢中得句醒足成之

採薪一卧十三年，無限雲烟過眼前。爛醉還書賒酒券，漫遊不蓄買山錢。知生未悉焉知死，學佛無成懶學仙。度隙奔駒石迸火，世人苦欲説彭籛。

## 新　秋

别有秋滋味，淩晨露氣清。雲容隨意淡，波影沁心平。荷老喧宵雨，蜂殘倦午晴。新聲何處是，仄徑草蟲鳴。

歷落疎籬畔，秋花分外香。蛙鳴通夕梵，蟬噪换清商。瀟灑琴書潤，安恬枕簟涼。一甌當睡足，啜茗滌詩腸。

清池消夏氣，一雨洗青桐。瘦竹多深碧，疎花間小紅。日斜軒正啓，暑薄扇無功。徙倚銀牀側，披衣坐晚風。

容易秋風至，流光過眼前。衣輕人病後，書盼雁來先。蝶夢忘三伏，螢飛又一年。可憐梁上燕，臨去尚留連。

## 七夕日作

已更秋氣未涼天，萬象宵澄色湛然。蟋蟀吟酣金縷曲，蟾蜍香澈木樨禪。依稀雲裏星河影，瑣屑人間瓜果筵。我欲細詢張博望，成都賣卜是何年。

## 病　骨

秋來病骨强支持，無復腰圍似退之。遊歷能消幾兩屐，輸贏聊付一枰棋。短童憑處同扶老，濁酒酣時倒接䍦。脱盡尋常拘束態，清狂饒有性靈詩。

## 追和趙芸圃先生清秋四詠原韻

### 秋　農

秋成占大有，最樂是歸田。穎栗欣逢歲，桑麻别有天。利酬農挾五，勤息耦耘干。晚飯人家熟，村墟起爨烟。

### 秋　績

載績乘秋爽，星機肯暫停。露華今夜白，篝火幾家青。蠶事前番瘁，蛩聲此際聽。月明人未倦，辛苦問圓靈。

### 秋　樵

西風催木落，山徑採樵堪。松外秋聲撼，峰前晚唱酣。蒼苔雙屐印，紅葉一肩擔。回首停柯處，重巖擁翠嵐。

### 秋　漁

蒼茫五湖水，飄泊一漁舟。赤鯉鱗鱗活，黄蘆瑟瑟秋。無腔横短笛，有夢託浮鷗。不脱簑衣去，江山擬卧遊。

## 聯秀峰邀與同人射鵠因患臂痛辭之以詩

矍相風規自古遺，相招雅意敢云辭。只愁孱骨無强力，那有雄心較主皮。才愧馬卿偏病肺,社邀陶令便攢眉。知君到處揚人善,莫要津津説項斯。

## 題扶風馬文璧山水畫軸

重疊峰頭擁翠鬟,苔痕深淺墨痕斑。晚來欲啓西窗看,疑是斜陽屋後山。

## 桂馨崖工部改官刺史將之山右賦二律贈之

風塵難縶九霄摶,珂馬翩然倏改觀。手版近書新刺史,頭銜不異舊郎官。歡迎竹馬心應愜,瘦到梅花骨本寒。他日名留循吏傳,昌黎子美合將看。

離筵揮手謝朋儔,從此關山入宦遊。廉吏家聲無俗韻,小喬夫壻亦英流。到官已辦琴偕鶴,報政行看劍易牛。唐國遺風稱易治,不愁無蟹有監州。

## 中秋日作

銀河絡角逐雲流,丹桂香生入夜幽。幾處清歌來别院,一庭涼月寫中秋。風流遠溯袁宏渚,觴詠空懷庾亮樓。緑酒一罇拚醉卧,廣寒擬向夢中遊。

## 題畫

遠近嵐光護四圍,輕烟一抹淡斜暉。奔泉赴壑聲俱下,奇石嵌空勢欲飛。小犬當關迎客入，短童穿徑抱琴歸。西風冷落林鴉滿，黄葉蕭蕭未掩扉。

## 碌　　碡

苔封碌碡自成村，一曲清溪直到門。雁渚沙明時落景，魚梁水淺尚留痕。連天衰草牛羊迹，委地寒花蛺蝶魂。扶杖老農無一事，籬根閒坐課雞豚。

## 秋　　眺

霜林落盡見棲鴉，迤邐青山郭外斜。萬井人烟排雁户，一泓秋水近鷗家。夕陽遠寺明孤塔，古戍高樓起暮笳。極目帝城雙闕迥，碧雲深處閃紅霞。

## 斗　　室

家傳故物一氈青，斗室蕭然合作銘。徑外呼童閒飼鶴，窗前課女藉温經。書寧求解從心好，詩欲言情任性靈。半榻茶烟三尺几，静中相對意常惺。

## 余年近五十尚有商瞿之慨，宗人議以錫莊繼承先祀式穀得人頗慰煢獨喜極賦二律以誌之

補柳移花緑陰成，難爲情處轉多情。世緣深淺歸天定，人影團圞趁月明。舊業但期繩祖武，余字小榆，即襲先人之字，今命錫莊字爲“繩村”，亦以先人之一字爲字，而特取其“繩”，承勿替之義也。清風莫漫墮家聲。我

今五嶽憑遊遍,脱灑何如向子平。

緑綺筵開笑語温,一雙兒婦儼新婚。猶憐老媪持家慣,陡覺狂奴入座尊。瓜瓞定堪緜肸蠁,桑榆準免泣幺豚。侈心得隴還窺蜀,許我今生也抱孫。

## 九　日　作

露華幾日結清霜,岸柳籬花半是黃。送酒一瓻來菊徑,懷人三度蒴萸房。月川兄開藩山右,計出都已三逾重陽矣。吟情未許催租敗,遊興憑嘲落帽狂。獨與昔賢詩境别,並無風雨近重陽。

## 偶　　成

茅龍葺得屋三間,掃地焚香静掩關。偶種花如新買婢,慣看畫似舊遊山。酒因好客杯常滿,詩近嘲人句屢删。晴日出遊陰日醉,此身更比白雲閒。

## 小陽排悶作

晨寒午暖小陽天,閉户潛修静裏緣。鑪爇兜婁温睡鴨,窻明屈戍卧銜蟬。不須佞佛方參佛,要識逃禪可悟禪。閒榻黄庭消短晷,隃麋灑遍衍波箋。

## 詠　　菊

數叢秋色喜平添,霜骨玲瓏玉蕊纖。若比寒梅配逋老,此花端合嫁陶潛。

## 訪致堂居士

黄業敲門亂作堆，蓬蒿一徑爲誰開。當關黄耳聲如豹，似向階前報客來。

## 初冬述懷

已散狂名未易收，風塵肯與世沉浮。不辭夜飲逢亭尉，生怕庭参謁督郵。才退難爲鸚䳇賦，酒酣仍與鷫鸘裘。黄河岱嶽遊踪杳，此志年來在一丘。

蝴蝶莊周俱夢中，文章氣節爲誰雄。家留一硯成孤注，手散千金臏貌躬。骨相那邀青眼客，鬢毛已誤黑頭公。盈虚悟徹仍泡幻，消息何由問碧翁。

略試彈冠便挂冠，鼎烹不及酒杯寬。虀鹽送老從頭話，車笠論交自古難。縻啜雙弓貧不諱，地容十笏静能安。清風練到冰相似，可負晶銜五品官。

雀羅門巷長蒼苔，滿徑蓬蒿少客來。有意上書投魏闕，無心索價向燕臺。骨如山立終嫌傲，舌不瀾翻未是才。消盡朱顔人尚舊，山中猿鶴莫相猜。

那得逢人贈白雲，短垣咫尺隔塵氛。到門剥啄無今雨，插架叢殘聚古墳。隱豈終南多捷徑，生雖冀北不空群。敢從王貢登朝日，漫作嘲人頭責文。

世路歧中又有歧，亡羊已覺補牢遲。治生絶少王陽術，守拙真成顧愷癡。絶口不曾談世務，問心原未合時宜。孤懷寂寂憑誰遣，詩卷百篇酒一鴟。

蟭巢蝸室自營家，風雨侵尋逼歲華。索米幸無慚曼倩，攫金猶復笑劉叉。夢雲欲借遊仙枕，立雪頻來問字車。惟有毛錐抛不得，且憑鉛槧作生涯。

鴻雪茫茫夢欲迷，歸來獨對處宗鷄。身閒僕婢情都懶，歲歉妻孥色易低。璞未經雕難獻楚，瑟原非好莫干齊。雲烟變滅詩情在，檢點吟囊付小奚。

## 疊前韻

桐青竹碧一窗收，繞徑寒烟淡淡浮。看菊剛逢擔酒使，折梅又值寄書郵。庭前静立友公鶴，篋底重翻晏子裘。掃却閒愁端有帚，蓬萊擬訪董糟丘。

晴飛野馬日方中，坐擁書城亦自雄。儘有丹鉛修舊業，幸無青紫絆吾躬。閒枰棋欲收殘局，傳舍屋如居寓公。身事年來成一笑，婆娑擬作信天翁。

山巾未改舊儒冠，俯仰渾疑宇宙寬。小隱何如中隱好，抽身祇爲致身難。琴書自可娱彭澤，絲竹無妨學謝安。結得歲寒三友侶，齋壁懸有趙松雪畫歲寒三友圖。緑華青土共蒼官。

小幅蠻箋拓海苔,詩魔揮去又尋來。書多退筆將成塚,債積新吟合築臺。與婦同謀因索酒,有奴不去豈憐才。簪纓世派烟霞癖,莫怪尋常燕雀猜。

三間樓閣卧層雲,却笑黄山蔽俗氛。黄山潘大臨多佳句,謝無逸以書問有新句否,答曰:秋來景物,件件是佳句,恨爲俗氛所蔽翳。恨乏秦醫知二豎,願偕楚史讀三墳。寒暄語寡難徇衆,酬和詩多好樂群。列壑能譏峰善誚,窗前時檢北山文。

無端墨翟泣途歧,老病相尋歲月遲。君賓自來多墨癖,竇威人共詆書癡。驚鴻聞繳心猶惴,余自乞病家居,每見同人中多遭顛躓,心甚惕然。野鶴乘軒性未宜。春韭秋菘滋味永,棨園一任蹋蹲鴟。

紙帳蘆簾處士家,蠡窗雪霽湛清華。一樽白墮消瓠史,卅塊青銅挂畫叉。有約遊山修蠟屐,無人入市見羊車。何當更刺寒江櫂,簑笠溟濛釣水涯。

槐國蕉隍境易迷,一聲唤徹汝南雞。嶺梅半綻寒猶嫩,窗竹斜傾日漸低。駒隙蹉跎人易老,蟾光盈縮物難齊。詩成投筆吾將醉,大白酣呼命酒奚。

## 一贈别禄鴻軒大令之安徽

蘇李賦河梁,臨歧不忍别。千古離索情,前後同一轍。胡爲今送君,我亦心如結。惟我識君久,惟君宥我劣。三載共一燈,清談霏玉屑。論文眉彩飛,説劍目眦裂。慷慨祖生鞭,激昂嵇紹血。淬礪太阿鋒,鍊到錚錚鐵。可憐騏驥資,屢遭名場蹶。小試奏牛刀,屈君淩霄節。吾聞皖江濱,山川接楚越。淵藪聚萑苻,梟張逞草竊。烽燹起沙蟲,閭閻驚臲卼。控御偶失宜,蹂躪靡遺孑。君豈百里才,去翔穿雲鶻。莫以職守輕,功名貴施設。水火拯鴻嗷,欃槍掃鼠穴。爲民解倒懸,爲國除逋孽。威聲兼惠實,二者無一缺。甘任撫字勞,勿恤催科拙。可愛似冬日,不滓如秋月。借寇頌神君,薦禰登高列。扶搖萬里鵬,一舉定超絶。大展濟時猷,庇民同蔭樾。抱負平生心,庶幾盡發泄。我身如朽木,終年拚卧雪。爲君重躊躇,頓覺肝腸熱。

## 讀劉松嵐先生玉磬山房詩集

中條回首隔前塵,文采風流記得真。松柏真姿能壽世,先生掌教覃懷書院,時年已七十餘,猶見其玉麈清談,逾時不倦。江山奇氣助詩人。潛身歸佛原無礙,刺手屠鯨妙有神。却憶琅玕舊山館,先生居懷州,有小琅玕山館。意彌古淡句彌新。

## 消閒雜詠六首

### 古　佛

法像舊嶙峋,香花迹已陳。經殘僧久去,鐘歇鴿難馴。鑪斷前朝火,衣多歷劫塵。可憐布金地,一律付風輪。

### 老　兵

不作封侯想,投戈返故鄉。蹉跎腰下劍,辛苦鬢邊霜。帳飲當年血,身經古戰場。月明風勁夜,猶夢戍遼陽。

### 貧　士

四壁冷如冰,蕭條百感增。衣穿難受綫,榻斷暫維繩。舉爨乞隣火,鈔詩就佛燈。華胥無夢到,空復枕雙肱。

### 遊　僧

祇覺蒲團小,雲山去杳然。缽擎千里月,錫挂九州烟。湖海增遊興,風沙了夙緣。晚鐘尋古寺,隨處坐枯禪。

### 乞　兒

頓失青雲步,英雄一念差。簫吹千古恨,門倚萬人家。足迹風塵遍,歌聲市井譁。饑腸鳴不已,悽斷路三叉。

### 羸　馬

已隨駑馬後,空負大宛名。骨冷千金價,蹏經萬里程。卧沙深有迹,嚙豆懶無聲。未遇孫陽顧,空聞伏櫪鳴。

## 哭春雨禪

我病君問我,君死我哭君。問我我能答,哭君君不聞。君才多清妙,藹若春空雲。騷壇獨樹幟,欲辟千人軍。恐今篋笥裹,猶有未傳文。君生頗好酒,累月常醺醺。今來携酒奠,秋草没荒墳。不見君來飲,墓門斜日曛。

## 送黄子穀吉士出都

筆花摛處榜花香,清夢居然到玉堂。曾向鑾坡留舊價,丙午科鄉試覆試欽取第一名。更摩玉壘戰名場。君來京國成遊宦,此去并州是異鄉。滿地兵戈難聚散,離筵記取菊花黄。

## 近年江路梗塞冬時鮮笋每不易得思之成詩

避俗種青玉，淩風摇緑簳。地瘠笋不肥，萬箇空低嚲。東坡玉版禪，酷嗜吾亦頗。對此碧琅玕，思之成頤朵。我無胸中竹，羨煞文與可。

## 北　山　農

睡魔揮不去，行脾聊散步。出郭剛里許，沾衣汗如注。不勝腰脚疲，解衣憩芳樹。側地坐老農，箕踞無禮數。偶語似班荆，殷殷相道故。問農何方來，自云北山住。問農歲何如，愴然神若忤。俯首不能言，呻吟如疾痌。云當少壯時，時和豐年屢。親見擊壤民，生無殿屎苦。比年歲不登，水旱灾參互。今年春徂夏，藴隆咨秏斁。秋稼未及收，更爲飛蝗蠹。蕩然千里赤，閭閻愁涸鮒。饑來缺粥饘，寒深無襦袴。出入盡鵠鳩，號啼及婦孺。昨日見軍書，丁男徵遠戍。大兒年甫强，荷戈應招募。小兒能采薪，驅去供委輸。孱弱日嗷嗷，溝壑將顛仆。出門告姻婭，姻婭方待哺。焚香告社公，社聾本泥塑。入城告縣官，縣官急索賦。日暮此窮途，淒涼誰可諦。老農語未休，我心憂且怖。回首十丈塵，高車盛僕御。華蓋擁如雲，騶從趨若騖。中有顯宦人，新恩承寵遇。來自政事堂，去赴朝天路。嶽嶽濟時才，掉頭那肯顧。傷哉老農言，對面不敢訴。

## 擬新樂府二首

### 秋　葉　黄

秋葉黄色淒涼，西風瑟瑟零清霜。絡緯啼金井，梧桐落銀牀。造物好生不好殺，何不一年四季皆春光？胡爲乎秋雁一聲如渙號，千林萬木失青蒼。風景依稀花二月，霜威逼近節重陽。崔子題詩意慘澹，桓公指樹心彷徨。人生百年那能盡，能不對此神爲傷。況乎衰柯病葉欲落不得落，正遇摧枯拉朽噫氣收拾歸鴻荒。翦裁費盡東皇力，一經摇落亦與蓬梗隨飛揚。呼童掃徑長歎息，榮枯過眼皆滄桑。山龍藻火制不古，爲他曾作橧巢營窟上世之衣裳。

## 秋 燕 飛

秋燕飛來去趁斜暉，來日正逢桃李笑，去時恰值稻粱肥。江鄉浩渺烟水闊，夕陽何處認烏衣。問爾明年何時歸，落紅成陣緑成圍。年年青草路處處，白雲扉樓閣迷離。簾幕杳蠟丸，紅縷未全非。故巢雖云樂，主人難久依。雲山到處多放曠，寧辭杏梁桂棟長相違。燕乎，爾雖不能如溟鴻皋鶴遠絶迹，安肯與常禽凡羽同藩籬。大抵人生若匏繫，何苦拘束爲人譏。陶峴三舟世所慕，向平五嶽踪誰希。安得兩脇差池生紫翼，翩然一舉淩烟霏。

## 消寒雜詠用吴巢松先生納涼原韻十二首

白晝柴扉掩，琅玕一徑斜。梅踈纔破蕾，雪小漸飛花。壁挂清談麈，門聽過客騧。歲寒誰共瘦，庭畔樹枒槎。

水遠符裁竹，山深漏製蓮。窺窗見明月，對鏡惜流年。苦茗清如許，寒檠淡可憐。此身無外慕，環堵任蕭然。

夙抱烟霞痼，寧爲世故驅。菜根須細嚼，藥物是殷□。琴筑音誰和，詩書味自殊。山前看落景，好景得須臾。

塵飛窗隙影，晴釋硯池冰。酩酊浮新螘，瞢騰活凍蠅。楊常佳士待，亭合醉翁稱。如此神仙福，人間得未曾。

緹室吹葭候，天心復一陽。雪占來歲稔，冰届此時藏。卯酒憑消飲，辛盤及早嘗。笑他無事者，空逐馬蹄忙。

急景催銀箭，駸駸日又西。風翻鴉影亂，夢斷鶴巢迷。曲录重闌倚，楞嚴一卷携。地爐騰活火，趺坐擁紅泥。

西山明積雪，净色遠如無。槐國重重夢，梅花九九圖。新吟縈薜荔，舊迹吟莓蕪。池影澄心鑑，臨流識故吾。

不賣君平卜，終年自下簾。身圖都淡漠，詩筆漸精嚴。静愛芸窗寂，詳參蔗境甜。文章須濟用，漸愧九齡鎌。

妙香参鼻觀，逸思發心官。酒罷鸕鷀覆，書成蛇蚓蟠。寡言希長孺，無怒學劉寬。觀到源頭水，渟濴生紫瀾。

誰染徐熙筆，雲山擬卧遊。閒時一展玩，佳處儘勾留。陳迹渾如昨，深棲又幾秋。明年腰脚健，躡屐好尋幽。

呵凍吟冰柱，寒宵思渺冥。門閒雙板白，帷護一燈青。萬籟此時寂，三更長夜醒。自知非國手，猶復習龍□。

解得高山曲，知音未覺稀。苦吟何礙瘦，嘉遯不須肥。甘作老居士，寧辭大布衣。園林真樂在，莫使暫時違。

## 文孔修師輓詩

早歲元亭字問奇,玉溪偏荷令狐知。師門立雪方瞻斗,相業參天已化箕。恩重難酬惟有淚,勛高欲頌轉無辭。瓣香此後將安仰,惆悵西州再過時。

## 會通祠前晚望浄業湖

湖光天影映空明,漠漠寒烟貼地生。梵唄聲疑雲外聽,冰嬉人似鏡中行。凍鴉歸晚飛零亂,老衲禪深懶送迎。不是六衢燈火上,幾忘身尚在都城。

## 宿會通祠與文光上人夜談

殿閣岧嶤暮靄籠,佛光縹緲夜燈紅。精嚴境訝琉璃界,清秘人來兜率宫。氣任縱横能論古,語皆真實不談空。豐干豈是閒饒舌,和尚清規儒士風。

## 和興詩橋太守近作原韻即以奉贈

程門雪滿尺深三,萬卷縹緲聚古龕。藻繪文真純後肆,茗柯理早静中參。窺天珠斗常瞻北,度我金鍼妙指南。自是神仙好游戲,何妨與世共憨憨。

春回蔣徑特開三,彌勒真同坐一龕。笑我身材呼短薄,羨君風度邁髯参。舊時聲譽超都下,新著詩篇似劍南。借問蘇門鸞嘯侶,可能爲我啓癡憨。

## 文鐵仙都護引疾家居杜門十餘年,外人罕見其面,一日款關造訪,獨得痛談移日歡洽平生因成七律一章即贈

廿年舊雨結詩朋,此日相看華髮增。出岫閒雲原淡蕩,投林倦鳥不飛騰。黄金散盡貧非病,白戰吟豪老更能。君我前身知何似,龍華會裏退居僧。

## 奉和興詩橋太守疊用三字韻詠懷詩六首

宏景層樓迥築三,碧雲深處即仙龕。昔年公望曾親炙,此日宗風得飽參。睥睨空群售冀北,揶揄捷徑指終南。惜哉公輔珪璋器,任使林泉自放憨。

瀲灩杯濃雅設三,翛然無夢到塵龕。安仁賦向閒居作,摩詰詩偕畫稿參。黼黻勛名留楚北,丹鉛著述補淮南。雍容雅度深沉識,大智如愚不礙憨。

新詩研鍊折肱三,筆彩紛披聚寶龕。得句渾如逢杜甫,飲醪真欲學曹參。風騷盟主推河朔,月旦鄉評重汝南。詠罷寒梅冰雪豔,高吟又值杏花憨。近和余梅花詩八首。

幾度庚申坐守三,何時丹竈熟蓮龕。性靈養得心齋静,禪諦深從面壁參。酒興學仙兼學佛,吟情宜雅亦宜南。箇中别有真滋味,不似

癡人説夢憨。

敏捷才稱吐地三,詞葩清麗簇花龕。敲來玉局仙同謫,鑄作金身佛並參。壁壘攻餘甘再北,琳琅捧到抵雙南。雅人自是饒深致,勝我書癡與酒憨。

酸澀拚嚐斗醋三,雕蟲羞人遠公龕。閉門才鈍難相和,糊壁詩成待細參。論友牀寧分上下,得朋蓍合卜西南。效顰忘却東施醜,奮斧班門亦太憨。

## 再疊前韻四首奉和

陶峴扁舟早繫三,蕭齋獨坐擬僧龕。烹鮮膾任金刀斫,煮笋羹宜玉版參。掃雪煎茶依竹裏,賞春把酒醉花南。樗材自顧成踈懶,人愛清娱我苦憨。

日長舍反魯戈三,矮屋渾疑避世龕。獨抱琴書甘落漠,久抛簪笏倦朝參。科頭人倚長松下,掉尾魚游蓮葉南。紅友一樽詩一卷,終朝沉醉任嬉憨。

才輸一日賦成三,竊喜詩朋許共龕。争肯眉攢辭社去,恰無腰折累庭參。陶潛隱趣棲窗北,阮籍清風居道南。豈是挂瓢堪獨倚,要知箕潁性情憨。

詩令嚴於刻燭三,深慙擊鉢向松龕。人推島佛心儀切,坐有荀香鼻觀參。攬鏡自非城以北,弄丸争慕市之南。窮搜隘韻虞唐突,祈諒踚涔恕笨憨。

# 桐華竹實之軒詩草卷下

## 月川兄五旬壽詩五十韻

千里關山别，三生骨肉緣。機雲原共廨，坡潁竊隨肩。獨喜龍津躍，常懷雁序聯。愛深同被覆，思切對牀眠。梅熟風光好，榴開火色鮮。時經懸艾後，日占誕荷先。建午逢兹月，生申緬昔年。旂鈴徵紱繫，石硯接衣傳。兄生時，先大父簡勤公有句云："老夫舊衣鉢，傳爾法門胎。"詩載《易簡齋集》中。幼慧能推棗，奇才妙賦蓮。聰明浄冰雪，緩急協韋絃。筆扺千鈞弩，詞傾萬斛泉。瑩然誇玉潔，朗若比珠圓。渥荷君恩早，欽承祖澤偏。靈椿垂蔭美，慈竹衍瓜緜。燕翼謀貽日，龍綸寵錫天。郎官初載筆，藩部久司鍵。朝會通鶼鰈，招徠到毳氈。勤明膺上考，廉静邁前賢。名已烏臺記，身旋駿秩遷。雁門勞著績，豸繡事安邊。陳臬寃無覆，明刑律細研。楚氛滋寇警，夢澤起烽煙。捍禦屏藩固，綢繆壁壘堅。兄在湖南藩任，適賊圍長沙，幫同駱中丞守城兩月有餘。萬民資保障，三楚賴旬宣。内擢參卿月，長齋擬謫仙。習儀緜蕝下，理訟棘廷前。帝命疇咨切，軍容委任專。邗江馳驛騎，瓜步下樓船。更捧毛生檄，重揮祖逖鞭。大軍探窟穴，小隊礪戈鋋。城已維揚破，功方幕府鎸。倏驚風木感，竟廢蓼莪篇。優詔推純思，殊榮許暫還。慎終心不匱，事死禮無愆。麻絰纔歸里，經綸待濟川。并州仍建節，方伯又持權。畫轂頻來鹿，華堂竚集鱣。阿戎膺赤紱，小阮譽藍田。老蚌珠常燦，祥麟璧共連。桂芬欣馥郁，蘭茁喜緜延。驥尾徒相附，蜂腰衹自憐。棣棠慚蕚比,樗櫟歎匏懸。作頌宜眉介,吟詩愧腹便。鴒原持獻壽,鷺堠藉傳箋。南極瞻星曜,東方應歲躔。勛名輝竹帛,惠澤播歌絃。龍馬精神健,鴛鴦福禄全。鶴籌添海屋,兕斝企華筵。佳節逢重五,遐齡祝八千。

## 寄盤山龍玉泉苑丞

遊踪回首隔煙巒,摟指平生一大觀。松遶萬株蕭寺古,盤山極頂有萬松寺。雲環四面衆峰攢。山之東偏傑閣岧嶤,御題曰"四面雲山"。人高竟覺無詩贈,山好真應當畫看。金碧樓臺丘壑窈,人間果有列仙官。

## 性　拙

默處偏於性拙宜,書窗無復異兒時。山靈怪我歸來早,夢魘纏人睡起遲。歲熟園丁供菜把,病衰野老贈笻枝。大癡小黠終誰勝,説與旁人未必知。

## 聞曹鐵香太史作古

吟箋疊和寄郵筒,白雪陽春句最工。識面未曾人已杳,知音有幾夢能通。相如文筆都京上,叔度丰儀想像中。遥企丹旌返南國,也應灑淚向東風。

## 閏五月初四日以小女許字成因與詩橋親家同疊前和三字韻作感婚詩二首互贈誌喜

梅花琴曲疊成三,惹得詩人樂共龕。詩橋有和余梅花原韻八首,載同人唱酬集中。蓮社偶從塵外結，蘭因竟向箇中參。愛才並欲憐邕女，擇配端應適子南。兒女婚姻文字契，何人得似雨翁憨。

泉石心交無二三，不分仙佛總同龕。林家眷屬梅爲聘，竇氏風規桂並參。成生名，志行五。鴻案他年追冀野，雎洲從古重周南。天公作合成雙美，郎貌清疎女態憨。

## 送聯秀峰奉命赴江南差委

檢點行裝露布文，中原未靖且從軍。林泉去後誰爲主，霖雨當前定屬君。未免有情江浦月，不堪持贈故山雲。中流擊楫真豪傑，看取桑榆復舊勛。

## 南軒即事

長晝如年六月中，一庭花影拂簾櫳。夢回槐國移青簟，醉倚蓬窗引碧筒。踞地任教磅礴裸，談天欲逞滑稽雄。傲他冠蓋青雲客，火繖當空蹋軟紅。

淺醉酴醿飽飯秔，藜牀一枕藉桃笙。闢前静卧寄書犬，廡下長閒伏櫪騂。病久知醫少秦緩，學緣好古慕容彭。年來更覺生涯淡，經作菑畬筆代耕。

小雨南軒絶點埃，倚闌終日手承頦。沉疴久謝芸香棒，薄醉寧辭竹葉杯。繞屋編籬圍籜笋，汲泉引水養花栽。詩成欲寄蓬門侶，短幅蠻箋手自裁。

## 初伏日雨

酒酣飯飽百慮輕,炎熇無許解餘酲。偶學尼山訪周旦,栩栩蝴蝶化莊生。夢回欲覺猶未覺,霹靂一聲如驚爆。欠伸起坐窺軒楹,雲蟠黑螈森頭角。封姨怒擁阿香車,漫空亂掣黄金蛇。箭弩疾馳馬陵道,鼙鼓競作漁陽撾。黄河遠從天下落,瓶注盆傾珠斷索。刺舟却憶渡延平,雙鋒驟向龍津躍。何事天公遣六丁,下搜寶笈歸帝廷。收斂神功杳無迹,人間剩有青山青。天末猶聞玉虎鳴,潺潺檐溜有餘聲。長虹幻作雙橋影,劃出斜陽半面晴。

## 柴　門

苔鎖柴門静不開,塵緣謝盡少人來。一編古籍聊遮眼,十載荒園爲乞骸。詩興不須金谷罰,酒情拚得玉山頽。男兒握印提戈手,竟作持螯與把杯。

## 遯　迹

山林寂寞市城喧,遯迹蓬廬緊閉門。唾面待乾寧見忤,認牛將去復何言。有關廉耻皆大事,無據窮通莫細論。迂闊性成休欲笑,此風能使薄夫敦。

## 園中感舊

小園築占北城隅,憶煞當年效鯉趨。兩世歸休殊五柳,一家風雅慕三蘇。辛亥余隨侍先勤襄公乞假家居,月川兄亦由楚南來京供職大常。舊交宴集人踪杳,古石留題墨迹蕪。最是阮咸惆悵處,壁間猶挂五湖圖。

## 攬　　鏡

攬鏡新添兩鬢霜,此翁衰去益清狂。蓬門今日扶笻叟,楓陛當年執戟郎。報國無勛慚汗馬,讀書有願任亡羊。生平除卻吟詩癖,幾被人呼作飯囊。

## 舊登蓬萊閣已三十餘年矣,夜忽夢復遊其處醒而賦此以補舊遊之作

三十年前汗漫遊,仙山縹緲蜃成樓。大觀已止蓬萊水,浩氣直淩鸚鵡洲。千里心飛雲外鶴,幾回夢逐海東鷗。即今多少滄桑感,不盡鯨波天際流。

## 哭寶翼雲員外

聽到虞歌入斷鴻,蕭蕭易水悵秋風。馮唐屢舛君王好,伯道寧論造物公。悽絶鸞雛年待字,痛餘鵑血日啼紅。酒罏琴曲今誰共,夜月還期鶴夢通。

## 無　　成

敢輕簪紱薄公侯,一事無成病乞休。射策也思投象魏,上書祗恐敝貂裘。里人那復逢楊意,臣客憑誰識馬周。自古窮愁工著述,萬書堆裏且埋頭。

## 又贈興詩橋親家

廿年人共識荆州,歸去相如已倦遊。佳句自多唐氣味,清談盡得晉風流。碧紗詩滿崔鏕室,紅稻香來米芾樓。我亦人間厭塵俗,可堪李郭許同舟。

## 友竹石齋排悶作

車轍塵多户自扃,槐陰交翠落空庭。安排槃榼傾三雅,打疊丹鉛老一經。富貴何常憐曉露,親朋漸少似晨星。何當痛飲中山酒,終日沉緜不願醒。

門外憑人笑鳳題,緑陰深處托幽棲。才華舊忝依金馬,修養今將到木雞。環堵衹餘書插架,當筵喜有酒盈榫。清談自拂松枝塵,那識人間病夏畦。

秋來一雨滌塵襟,放浪聊爲抱膝吟。數輩儘容空洞腹,一生難昧妙明心。醉翁有意非關酒,陶令無絃不在琴。松際清風花底月,柴門深掩即山林。

晴窗早上日三竿,照見先生苜蓿盤。老我頭顱增馬齒,累人口腹愧猪肝。膏肓疾篤回生易,泉石心孤欲轉難。壁上塵封冠挂久,此生那得更重彈。

病間無日廢吟哦,疊膝匡牀歲月多。秋氣乍驚花欲睡,浮生直與墨相磨。大還莫覓神仙藥,小築真成安樂窩。擊劍彈琴非至計,一鑪香對養天和。

舊日先人有敝廬,頻年風雨稱幽居。南軒北牖數椽屋,兩漢三唐一榻書。春夢已醒蘇内翰,清游久倦馬相如。何時更買烏犍去,紅笠青簑自荷鋤。

## 登盤山遊萬松雲罩二寺

山枕春郊古薊州,憑高一覽豁雙眸。雪翻瀑布飛千尺,雲與殘僧住一樓。入耳松濤何處是,迎人薜碣幾時留。蛇盤曲磴疑無路,始識身登最上頭。

## 踈慵

疲驢閒煞絶游踪,莫問侯門深幾重。棄置儘教如芻狗,棲遲猶幸有茅龍。兒慙貴客憐王霸,女識遺書羨蔡邕。慢説貪眠矜腹笥,一生身過坐踈慵。

## 世事

世事原如百戲場,小園歸卧閱滄桑。伊誰送客留齊贅,任我高歌學楚狂。有酒衹當頻洗盞,得錢何事待看囊。交情那更逢嚴武,竟擬傾資築草堂。

## 秋日雜詩

瑟瑟秋風動白蘋,飄然吹澈苦吟身。迷離影遍禾兄弟,次第聲來雁主賓。不願丹砂勾漏令，長爲皓首葛天民。扁舟那復懷張翰，尚待深秋憶紫蒓。

神武門前早挂冠，卧雲今已老方干。長貧祇有書田富，多病惟餘酒户寬。入世一生隨分好，論人千古得宜難。一瓢示意猶多事，何用羊裘把釣竿。

桐帽椶鞋了一生，世塵空後更多情。香分北渚評茶品，製仿東坡煮菜羹。醉入村壚商酒價，静尋僧院聽棋聲。笑他吴市門前卒，既作神仙又隱名。

閒身久不屬官蛙，一病真成畫足蛇。酒熟濡頭憐渴驥，飯來伸喙笑饑鴉。難拘禮數方三拜，敢擬吟情温八叉。頭尾一龍各優劣，常鱗只令守泥沙。

蠡窗通澈少塵埃，捲幔臨風待燕來。美酒何妨醉千日，好書不厭讀百回。山中味永登葵甲，秋後美鮮薦芋魁。滿徑蓬蒿猶不翦，更何心緒起樓臺。

敢恃風馳四鐵蹄，臨流獨惜錦障泥。還觀有似喪家狗，自問何如失候雞。却笑充饑資畫餅，詎因懲熱誤吹虀。霜毛漸次生頭角，枉説當年貫伏犀。

壯歲雄心氣食牛，光陰已付水東流。且憑蟻酒斟三龠，寧得鯖羹羡五侯。漫恃虚聲誇燕石，要當利器試吴鈎。世間不少功名士，漏盡鐘鳴尚未休。

偶譜高山撫素琴，未防空外有知音。朱顔頓皺觀河面，白首寧忘蹈海心。仗劍敢云胸有甲，夢刀可耐腹無壬。閉門只合詩中老，聊和階前蟋蟀吟。

## 八月十三日壽内五十歲

百年歲月此平分，霜雪欺人上鬢雲。桂魄正當連夜賞，蘭膏猶憶伴宵焚。窮通見慣憐予病，操作無愆賴汝勤。欲壽一杯先自酌，爲謀斗酒更煩君。

## 感　事

銅山無術幻青蚨，累得長安米似珠。貧窶竟難食脱粟，豪華應愧飯雕胡。窮閻幾見疲丁力，戰士徒聞作癸呼。安得上醫醫國手，流民盡使入豳圖。

過朝莫謂竟無人，奏牘三千語已陳。市儈任權錢子母，庸醫争試藥君臣。蒼鷹若使成崗鳳，苻拔何難化藪麟。置酒殺牛謝鄰里，寧如早徙竈頭薪。

## 遊　山

樵徑堆黄落，山程入翠微。苔荒深没屐，露冷濕沾衣。古木禽棲穩，小橋人迹稀。梵鐘何處是，策杖赴烟霏。

## 由地安門歸來車中作

駟馬高車願不虚，笑他款段出鄉閭。而今擱筆淩雲賦，薄笨車牽秃尾驢。

## 贈文鐵仙

未遇孫陽世轉猜,風塵誰識驥呈材。倦遊司馬原多病,被逐靈均劇可哀。能退急流真大勇,不談時務亦通才。山林氣習簪纓胄,生面惟君别樣開。

舊雨情聯勝似新,交孚氣味倍相親。衣冠脱畧能容我,蓬蓽荒寒大有人。怪事憑空書咄咄,奇文到口説津津。縱横筆勢龍門派,此事推君獨角麟。

## 菊花八詠

### 老圃

開軒一色湛清華,又見黄英已著花。認取寒畦飛玉蝶,記鋤明月閃金鴉。數叢冷豔秋容淡。半畝荒烟落照斜,瘦態不須官閣種,幽棲偏愛野人家。

### 踈籬

斜穿麂眼顫瓊枝,珍重西風好護持。看到黄花纔幾日,開殘紅槿已多時。白衣誰送王宏酒,紫豔争傳趙嘏詩。肯向風塵甘久寄,門前俗客莫相窺。

### 淩霜

慢説芙蓉號拒霜,此花開處歇群芳。素華獨古三秋色,傲骨能禁一夜涼。却憶落英餐屈子,應嗤敷粉擬何郎。人間底事争凡豔,帝女朝來只淡妝。

## 冒　　雨

雨滴庭梧夜半枯,徑荒猶有菊花敷。一叢洗出玲瓏玉,萬點攢成錯落珠。滌盡塵容清若許,驚殘夢影淡如無。重陽佳句誰能和,莫漫吟情敗索租。

## 籠　　烟

蝶翎蜂鼻畫難真,一著輕烟便絶倫。小影亭亭低映月,涼痕漠漠細如塵。淡濃莫辨空中色,真幻渾疑夢裏人。却笑看花憑老眼,最迷離處最傳神。

## 插　　瓶

瀟灑秋窗伴寂寥,一枝清供貯哥窯。黄花燦爛垂青膽,瘦態娉停襯細腰。採向園林香欲襲,移來簾幕影難描。銅瓶好待寒梅並,莫共丹楓玉露凋。

## 簪　　帽

碧玉華簪幸早抽,鬢邊折取一枝秋。吟成杜牧須盈插,酒熟陶潛好代篘。風格自標名士概,霜華多上老人頭。晚來添得清狂態,鏡裏何嫌白髮稠。

## 對　　酒

花從淡處得秋多,相訪東園載酒過。壽我□杯深泛蟻,酌他三徑細傾螺。重陽有約携紅友,明月同邀賞素娥。那必延年資上藥,陶然祇索醉顔酡。

## 輕　寒

輕寒十月已難支,病擁重裘骨不知。短榻夜眠常壓左,薄饘晚飯每防遲。扣門客俗憑兒應,立壁家貧聽婦持。細撥鑪灰煨榾柮,攤箋聊復撚吟髭。

## 月川兄奏請入覲詔許以明春正月來京,喜歡聚之非遥,覺企瞻之益切,賦此附書奉寄

報書才下許朝天,梓里人争羨錦旋。一意安排詩酒會,半生離聚弟兄緣。窮通久已揮身外,談笑渾疑注眼前。我似故園門畔柳,春風歸日待君還。

## 冬日小詩

爐火消殘覺夜長,曉窗一角納晴光。木奴新摘衣猶碧,花婢初開冠正黄。硯匣未關因索句,珠簾不捲爲留香。夢中詩思醒難記,急寫吟箋貯錦囊。

絃管何來斷續聲,雲韶一片出瓶笙。長吟不覺眉毫脱,久坐渾忘髀肉生。適意琴絃無定譜,饒人棋局那能贏。書帷影動燈初上,晝漏將殘鐘自鳴。

## 大寒後三日雪

朔風吹雪落遥山,小閣爐紅豁凍顔。瓶几雜陳書一榻,妻孥隘聚

屋三間。長安塵滿愁難住，戰士功多苦未還。莫問黨家風味俗，烹茶應亦愧長閒。

## 示　錫　莊

累葉吾門似水清，青氊故物舊儒生。家貧尚有書千卷，兒好何須金滿籯。莫以踈慵志温飽，要期遠大勵功名。眼前畫地原堪守，可惜鵬摶九萬程。

## 示錫珮姪

快犢生成氣不馴，欲思騰躍起常鱗。無衣鉢憐癡叔，那可箕裘少替人。正好切磋增器識，漫因磨涅便緇磷。吾兄清節傳人口，要汝循途逐後塵。

## 書　　憎

蠅集何來逐臭夫，貿然三五聚成徒。燕歌趙舞花無賴，喝雉呼盧木盡枯。徵逐論交屠狗市，憑淩相戲牧猪奴。支公若見應遺笑，半是王家白項烏。

## 憶　亡　友

**濮陽子健**名乾，安徽廣德州人，乙未孝廉，於京師旅邸。

詩盟文戰總前緣，逐鹿名場各少年。却恨劉蕡偏下第，翻教祖逖每先鞭。玉樓早已徵長吉，金鑄於今事浪仙。賸得驚人佳句在，擬將携取問青天。

**李臯渠**名鴹，湖南常德府人，癸巳進士，卒於户部主事。

四十文章已滿家，可憐妨命是才華。縱横筆陣驚風馬，敏妙吟壇鬬雪車。作佛獨推謝靈運，招魂重吊賈長沙。廿年遊讌空陳迹，留取詩箋罩碧紗。

**李菊香**名龠通，直隷寶坻縣人，癸巳進士，卒於兩淮司榷。

莫謂魚鹽治績粗，寬平能使惠交孚。萬家袵席稱生佛，一代經綸仗大儒。凋謝那堪先我死，清純衹恐後人無。千金駿骨埋何處，寂寞燕臺長緑蕪。

**吉退圃**名長，正紅旗滿洲人，卒於户部郎中。

一官潦草托卑棲，老驥經途識不迷。判事神明疾若電，登筵豪放醉如泥。性情真處拚傾倒，談笑深時雜滑稽。惆悵歸來華表鶴，墓門宿草已萋萋。

## 不　倒　翁

世路防顛躓，崎嶇陟蠶叢。所以委靡者，甘作可憐蟲。人皆尚軟熟，此翁殊不同。衣冠存古樸，意態隣癡聾。推排寧俯仰，傲岸輕兒童。不假阿依力，昂藏恃直躬。一蹶仍復振，掘强無媚容。陶腰不可折，董項難終窮。懿哉矍鑠叟，的是滑稽雄。莫謂悠悠世，人間亡是公。

## 傀　儡

人生直戲耳，浮世一如寄。矧乎傀儡場，更如戲中戲。作俑始何人,喧闐雜鼓吹。朽木著衣冠,耳目具虛器。牙慧必因人,忻戚無真意。提挈不自由,欲止不得遂。曲終興已闌,挂壁如薪積。木偶冥無靈,鄙同芻狗棄。世人貴眼福,誰復辨真僞。儻得借鑑觀,於此竟何異。

## 撲　　滿

赤董産青銅,鎔鑄以爲寶。遂使守錢虜,百端營利巧。陶冶始何年,此製憑誰造。摶埴出泥沙,封殖自完好。利孔盡錙銖,易使囊橐飽。豈知盈滿災,一撲殊草草。蝶化夢成空,蚨飛迹如掃。瓦解成破竹,奇贏不可保。谿壑憶從前,阿堵徒紛擾。畫叉三十魂,自足給坡老。

## 哭亡僕孟桂

我本才非蕭穎士,廿年難得久相依。從無責斥心懷去,甘耐艱辛意不違。滿擬觀予終屬纊,何期哭爾遽沾衣。敝帷不棄猶埋馬,藉慰游魂月夜歸。

## 冬日懷詩橋

百尺樓臺縹緲踪,老梅寒鎖白雲重。孤山家法惟調鶴,葛嶺仙緣欲擾龍。擊節吟酣王處仲,折巾人擬郭林宗。仙凡只辨塵多少,何必天涯訪赤松。

芝顔一月未瞻韓,梅雪相鮮歲欲殘。彭澤清狂寧去社,淮陰號令正登壇。却因巾韈開箱懶,轉覺衣裳入會難。白戰吟豪誰共和,攤箋勉步學邯鄲。

## 冬至日詩橋寄詩見懷即和原韻

爐煨榾柮帶香添，衹恐輕寒透畫簾。魯酒樽前拚薄醉，秦灰堆裏撥餘炎。乾坤消息難尋迹，剥復循環好玩占。九九寒圖纔第一，新詩捧到日當檐。

唐宫一綫驗初添，且下君平賣卜簾。風雪園林驚歲暮，江湖戈馬悵崑炎。高懷幸荷投新句，嘉遯欣知叶吉占。却憶清寒梅帳好，吟詩杜甫日巡檐。

## 效張船山先生觀物觀我各四首

三山縹緲海雲重，誰到蓬萊第一峰。但使心超緱嶺鶴，也應身化葛陂龍。名藏梅尉人原識，肩拍洪厓世莫逢。慢道神仙無俗累，青騾猶許主芙蓉。仙

變化寧如尺蠖伸，却憑雷雨便精神。奇情儘許窺頭角，餘緒還能見爪鱗。淵下珠光探可得，津邊劍氣總難馴。點晴□壁猶飛去，衹恐人間好未真。龍

莫嫌坡老語荒唐，説鬼燈前意渺茫。歷劫不曾更面目，憑空何處著衣裳。縱無接引歸西極，也自逍遥上北邙。回首人間轉惆惻，他生莫付轉輪王。鬼

豔陽春暖任夷猶，雙板翩翻舞未休。一陌紙灰寒食淚，六朝金粉故宫愁。風前影亂團團扇，花外香迷處處樓。幾度夢回青草路，不知

是蝶是莊周。蝶

啞然墮地一聲啼,無限塵緣早自締。摩頂有誰知偉器,仔肩全已付孩提。矢弧期嚮原難預,茵溷遭逢況不齊。坐客滿堂湯餅宴,誰將歡喜悟癡迷。生

無情霜雪上頭顱,變盡朱顏失故吾。脱落羽毛憐鶴瘦,蹣跚腰脚仗鳩扶。宦如棧豆情終戀,年比喬松性愈孤。惟有一般堪重處,無終老馬善知途。老

形神交憊漸支離,人鬼爭途未可知。豎入膏肓原近誕,醫來和緩已嫌遲。牀茵輾轉添燈夜,兒女流連易簀時。從古長生無秘訣,金丹只要早修治。病

撒手懸崖一葉輕,蓋棺方可論生平。佳城枉指眠牛地,諛墓徒工瘞鶴銘。斗酒隻雞憐舊約,素車白馬見交情。王侯國士誰千古?同是烏鴉噪樹聲。死

## 和詩橋見示近作原韻

碧霞居處絶紅塵,高卧經今幾度春。嚼雪定知人比玉,浣薇欣誦句如神。茂陵才大終難用,杜曲詩工例苦貧。料得冰心堅似鐵,尋常熱釜肯相因。

## 疊用前作大寒後雪韻寄詩橋

敢將著述擬名山,日擁書城對孔顔。春色來從梅嶺外,殘年消向

藥鑪間。推袁却憶門重閉,訪戴空思棹數還。令僕神仙同寂寞,最難領取一生閒。

## 詩橋和章有"煨芋懶殘,駿業先登"等句因,抒敝臆寄答代柬以博一笑

中郎屢顧爨琴材,重疊吟箋賁草萊。取舍本來同貢禹,功名竟欲許雕開。世情疾轉風中燭,心事潛成劫後灰。自笑無鹽村裏婦,懶妝偏有好詩催。

## 丁巳除日餘年將五十始舉一子遂命乳名"除格",口占三絶句書以誌之

羯鼓聲喧淑氣催,枝頭結子見紅梅。錦綳綉褓徵蘭夢,此是人生第一回。

老去生兒意索然,鸞鴞未卜且憑天。商瞿四十猶嫌晚,我更遲他又十年。

天命從來未易知,無端塵夢到熊羆。今年不負屠蘇酒,先酌兒翁後祭詩。

## 奉和月川兄疊用前寄奉懷原韻述懷二首

覲顔請及小陽天,瞥眼韶光斗柄旋。聖世風雲原易合,故園花柳亦可緣。

歸期頂計三春候，恩綍頻承萬乘前。遇順鴻毛千載事，不同倦鳥獨飛還。

## 月川兄覲畢旋晉再用前疊韻奉餞

恩綸疊荷九重天，疆寄非輕賴斡旋。節鉞頻臨三晉地，雲山信有再來緣。歸途指點飛鴻外，夾道謳歌駟馬前。從此勛名應更遠，篠驂争迓使君還。

并州遥隔故鄉天，朝罷龍顔便即旋。宦轍塵多愁聚散，吟壇韻雅怯攀緣。離筵對酒人無語，繡纛臨歧馬不前。日下鶯花常好在，不知天遣幾時還。

## 暮　　春

不寒不暖氣融和，穀雨梅風次第過。花影酣眠紅叱撥，柳緜輕糝白兜羅。午晴香惹蜂成陣，春老聲餘鶯作歌。莫任東皇催駕去，一年好景此間多。

## 十樂園種菜作

黄葦編籬鹿眼踈，豆棚瓜架晚晴初。此中滋味人誰嗜，嚼遍華筵總不如。

芒鞋箬笠與青簑，却比朝衫受用多。溷迹不妨樵牧後，野花插鬢唱山歌。

無官只覺一身輕,要務惟關雨與晴。怪道古人當晚節,公卿不願願歸耕。

東征戈馬逐烽烟,戰士長矛大將旃。那及田家無約束,横吹蘆笛跨烏犍。

柳花撲面綠楊風,獨倚鴉鋤顧盼雄。昨夜一犁新雨足,桔槔斜挂綠陰中。

亭陰暗轉日將晡,晚飯過時一事無。三五老農坐茅屋,大家圍住話唐虞。

## 寄月川兄

千里官郵一紙書,依然離緒送行初。湖山遍歷人争羡,冠蓋清遊我不如。經世有才期遠大,治生無計愧迂踈。故園去後應相憶,菜圃青青自把鋤。

## 迎月川兄至長新店再疊前韻二首奉呈

錦簇園林小有天,正逢佳日賦來旋。羡君四繼簪纓胄,笑我三生水竹緣。雲鶴聲名傳日下,雪鴻踪迹悵風前。逢門賸有扶笻叟,喜見鴒原擁節還。

眼界如觀井底天，廿年足迹磨驢旋。驅車又渡桑乾水，把袂欣徵蓴不緣。迢遞雲山思去後，依稀風景憶離前。天涯宦轍無嫌遠，千里歸程幾日還。

## 月川兄歸家仍用前疊韻奉呈二首

韋杜居依尺五天，朝回鎮日任盤旋。國恩世澤皆奇福，弟勸兄酬本夙緣。三載旌旄瞻閫外，一窗風雨話燈前。希君行李休匆促，莫負春光此暫還。

歸鞍恰趁暮春天，人事頻隨蟻磨旋。舊雨每懷釃酒地，浮雲空逐夢華緣。幸爲棠棣同毛裏，欣見芝蘭繞膝前。如此天倫真樂事，蒲輪他日好徵還。

孝友忠勤出性天，藹然與世共周旋。公卿望重儒生習，骨肉情兼文字緣。且任林泉遲異日，須教霖雨慰當前。聲華久已馳三晋，定許明珠合浦還。

## 月川兄寄和原韻

一紙丹書下九天，許朝金闕藉言旋。仕途再閱餘生事。壬子之秋長沙固守，癸丑之歲邗上從軍，兩番戎馬倥傯，一意盡命王事。甲寅奉諱，轉以獲咎待罪之身，渥荷殊恩逾格，藩條重理，疆寄旋膺。凡兹異數，皆生平夢想所未及。園圃重窺未了緣。家有十樂園，先勤襄公所築，别已三年，今始得遂窺園之願。夢到椿萲悲往昔，床聯風雨憶從前。遥知棠棣頻相望，寄語春鴻指日還。

## 月川兄疊前韻述懷原韻

君恩莫報愧青天,敢謂今朝得意旋。三晋雲山非易領,半生泉石總無緣。思親淚冷鄉關外,望闕神馳殿陛前。此後升沉難預卜,倦飛徒羡鳥知還。

# 桐華竹實之軒試帖詩鈔

## 賦得興養立教得勤字

引養兼施教,昕宵帝念廑。興功農是重,立德學宜勤。耕畝昭崇本,經筵示右文。辛祈虔禱雨,丁祀慶書雲。北陌田芟草,南宫泮詠芹。帶牛編可讀,修鳳筆能耘。霈澤人占尺,光陰士惜分。敦庬覘化育,郅治仰仁君。

## 賦得濟治由賢能得才字

佐治由宏濟,旁求聖量恢。賢資猷與守,能擅藝兼才。辰告思襄贊,寅恭協讓推。任官循六職,位事列三台。野共無遺慶,人偕有技來。涉川同作楫。降嶽各呈材。霖雨沾豐蔀,風雲燮鼎梅。盛朝崇籲俊,多士荷栽培。

## 賦天得寒遠山浄得寒字

浄極冬山態,天邊秀色攢。層巒浮淡遠,一氣接高寒。漠漠晴雲斂,迢迢夕照殘。髻痕驚睡未,眉樣欲描難。瘦透峰千疊,微茫路百盤。松横猶積翠,楓落不成丹。洗藉紅泉瀉,籠教碧靄團。登臨餘興在,桂笏耐遥看。

## 賦得大手筆得唐字

燕許鴻名在,雄才著盛唐。頭銜矜地位,手筆抉天章。慶協風雲會,文争日月光。揮毫摛五色,脱腕擅三長。花燦鸞書紫,麻宣鳳紙黄。功能參造化,事業極恢張。鄭重金箋寵,淋漓寶墨香。何如宸翰麗,聖藻炳琳瑯。

## 賦得一江春水濃於酒得春字

一片江干水,濃濃似酒醇。是誰曾唤渡,到此欲沽春。鏡展缸開面,杯流浪蹙鱗。落紅涵漲膩,浮白漾波皴。色混鵝黄淺,光摇鴨緑匀。薰酣垂釣客,醉煞放船人。迹想投醪舊,香疑潑甕薪。恩膏深醖釀,聖量極淪淪。

## 賦得鼓琴得其八得琴字

一曲文王操,千秋説賞音。師偏名擊磬,人若遇彈琴。譜按徽調玉,形摹度式金。山榛頻企望,壇杏儼憑臨。穆穆懷明德,愔愔寓小心。西岐思鳳集,東魯學鸞吟。夢擬覘周切,韶同契舜深。來薰歌聖世,解阜愜宸襟。

## 賦得黄雲里里動風色得風字

不辨昏黄色,濃雲萬里同。勒將千片雪,釀得一天風。濇日微噀白,殘霞盡掩紅。濤聲翻上界,塵影盪高空。山外疑披絮,江邊欲捲蓬。沙全迷雁磧,響漸到烏銅。似兆群羊瑞,難消嘯虎雄。覆車徵有象,迴異海門東。

## 賦得受孔子戒得廉字

天縱宣尼聖,君師至教兼。儒宗端奉孔,禪語妙推廉。紅杏壇同仰,緇林像共瞻。象環真法物,麟史即華嚴。木鐸心傳秘,金緘口示箝。三千徵石點,一貫擬珠拈。丁祀皈依切,庚陳禮拜謙。經筵資進講,花雨樂均沾。

## 賦得孝弟爲人瑞得人字

唐書稱孝弟,崇本重彝倫。敦厚推賢士,嘉祥萃吉人。蘭偕朱草茂,荆比紫芝新。燕寢情彌藹,鴒原性最真。看雲應五色,愛日合重輪。福斂含和地,休徵具慶長。星占千載盛,風暖一堂春。聖化由來普,彤廷集鳳麟。

## 賦得一瓢邀月醉梅花得花字

貯得杯中月,相邀賞素華。一瓢浮竹葉,三徑醉梅花。皎潔窺窗綺,瞢騰卧帳紗。霜天寒有韻,雪海夢無涯。對影空形色,噙香豔齒牙。涼招銀漢迴,瘦倚玉山斜。舊約前身證,新妝倦眼遮。姮娥應索笑,伴我酌流霞。

## 賦得餘寒消盡暖回初得回字

北陸陰初退,東君駕又回。餘寒消已盡,薄暖暗相催。料峭關心久,温暾出手纔。泥新融雪滑,波輭漾水開。緑意微含草,紅痕淺暈梅。溯從花睡去,盼到雁歸來。拂袖風猶嫩,烘窗日欲煨。上林和煦滿,萬姓樂春臺。

## 賦得朝回花底恒會客得回字

散直歸花底,從容退食纔。每逢佳客到,恰值早朝回。拂袖香烟惹,迎門舊雨來。身方辭鎖闥,人擬集瑶臺。共愛憑闌賞,無煩折柬催。談天浮白醉,坐地落紅堆。衣任沽春典,筵常竟日開。明朝楓禁裏,待漏又相陪。

## 賦得九華春殿語從容得容字

曙色開三殿,天顔近九重。藎忱殷啓沃,絮語聽從容。蓮朵排宫炬,花叢度禁鐘。螭頭薰氣暖,雞舌吐香濃。對闕言無隱,揚延事不封。綸音承丙夜,佩響雜丁冬。篆裊鑪飄紫,毫簪管記彤。拜颺賡復旦,瑞靄繞芙蓉。

## 賦得唱籌量沙得籌字

借用囊沙計,量來唱不休。倉皇難饋餉,神妙善持籌。積算疑添鶴,奇謀抵挽牛。飛塵迷月魄,騰響藉風頭。聽訝雞聲合,輸看鳥篆留。喧呶消敵氣,雜還亂軍謳。甲令同增竈,庚呼陋泛舟。凱歌欣報捷,聖武靖蚩尤。

## 賦得樵夫笑士得夫字

抛却先王道,虚聲曷貴儒。靦顔爲學士,笑口啓樵夫。業詡傳薪有，言慙采菲無。芸編空盜竊，草澤任揶揄。驥縱矜皮相，鵜還刺翼濡。名真如畫餅，人竟愧生芻。翹楚尋難得，飛蓬問亦誣。聖朝崇選俊，清議重修途。

## 賦得黄帝以雲紀官得官字

嘉瑞徵軒紀，祥雲擁玉鑾。從龍符一德，取象列千官。袞冕三台映，經綸五色攢。爲霖宸耀紫，捧日陛趨丹。秀毓山川出，膏敷雨露寬。慶偕堯牖啓，盛擬漢臺看。卿月梯升進，民星壤擊歡。聖朝賡糺縵，多士快彈冠。

## 賦得懶殘煨芋得殘字

古剎投來晚，圍爐遇懶殘。調梅他日貴，煨芋此宵寒。夢未黄粱入，禪同紫笋餐。廿年傳竹帛，半榻擁蒲團。字笑蹲鴟誤，人疑附鳳看。槐音時欲卜，荻火夜將闌。世外頭顱老，塵中眼力殫。嗤他題壁客，一飯得猶難。

## 賦得人淡如菊得如字

妙解詩中趣，司空悟静虚。蘭真芳共契，菊恰淡相如。瘦態心同賞，繁華習早除。塵容消雨後，花氣結秋初。老圃神彌遠，吟窗韻有餘。風標都彷佛，霜骨總蕭疏。凡豔空丹桂，濃香謝綠蕖。寒梅修得到，瀟灑許聯裾。

## 賦得月映清淮流得流字

欲别秦淮去，聊停泛月舟。幾分輝正滿，一派水長流。捲地雞潮湧,黏天兔魄浮。人思千里共,迹爲六朝留。桐柏雙峰杳,蘆花兩岸秋。何來漁浦笛,更照酒家樓。倒影疑開蚌,洪波欲狎鷗。新詩吟水部,遊舫近吴頭。

## 賦得芭蕉分緑上窗紗得紗字

濃緑陰森裏,芭蕉繞屋斜。庵前深潑墨,窗畔暗籠紗。聽雨千聲碎,如烟一段遮。青迷簾外草,紅襯檻邊花。餘隙窺雲影,疏痕補月華。雞談當此夕,鹿夢又誰家。薄綺垂偏密,輕衫望欲差。彈章應莫恤,隔牖竹交加。

## 賦得苦吟僧入定得吟字

得句談何易,經營苦莫禁。却疑僧入定,衹爲客耽吟。魄鍊孤燈黯,聲銷萬籟瘖。含毫神默默,疊膝思沉沉。有韻摩空外,無言坐夜深。三生參慧業,幾字費禪心。慘澹新機悟,推敲妙諦尋。待將成腹藁,擊鉢尚流音。

## 賦得今月曾經照古人得經字

依樣團圞月,清光照滿庭。應知今夜賞,曾有古人經。此夕梅花放,何年桂子馨。雀臺思賦槊,牛渚憶揚舲。詩酒樓頭會,關山笛裏聽。前身窺皓魄,遺迹問圓靈。地訝中宵白,天仍太始青。流輝彈指迅,珍重玉琴停。

## 賦得重簾不捲留香久得留字

頓覺聞根静,香生小室幽。重簾深不捲,一炷久仍留,麝碧添金鼎，猩紅下玉鈎，珠垂看麗罽，鑪暖爇兜婁。波影雙層互，烟痕半晌浮。有時忘月上，無隙逐雲流。不斷猊飄篆，應妨燕入樓。心清參鼻觀，妙境最夷猶。

## 賦得馮煖爲孟嘗君焚券得焚字

偏是無能客，酬知迥不群。欲售家未有，先使券全焚。兔窟深紆策，驢書善解紛。千金消牘燼，一炬破浮雲。債已高臺燬，恩還合邑分。殆要齊主寵，端賴楚人氛。蠅利何妨負，魚歌莫厭聞。至今彈鋏士，猶憶孟嘗君。

## 賦得奇文共欣賞得奇字

携得登雲侶，論文約舊知。賞心同啓秘，聚首共搜奇。芸館連牀夜，蘭釭翦燭時。新詞徵吐鳳，妙撰羨探驪。鬼斧驚雕膽，朋簪快解頤。筆推燕許大，案拍古今宜。夢想丹吞篆，情酣白泛卮。天葩垂聖藻，五色焕離披。

## 賦得千古河山戰一枰得枰字

無限河山險，千年賭一枰。古今難覆局，勝負各談兵。界劃縱横判，區分割據成。從頭看象戲，犄角笑蝸争。壁上觀應熟，行間劫慣驚。拚將中頁地，贏得弈秋名。仙洞柯曾爛，沙場陳屢更。聖朝崇耀得，帶礪遍寰瀛。

## 賦得漢光武渡滹沱冰得冰字

馳騎滹沱畔，神機信可乘。論功超列宿，脱險藉層冰。炎運天心佑，寒芒澤腹凝。鯨波禁馬踏，鴻業啓龍興。鑑忽中流結，旗旋彼岸登。鼉梁同駕馭，虎旅任驍騰。木癭籌何待，沙囊智漫矜。昆陽遺烈在，雷雨助憑陵。

## 賦得静者心多妙得心字

憧擾終何事，難教樂地尋。静存仁者體，妙契至人心。雅度常端璧，淵懷獨懍衾。天機函自活，月窟望彌深。塵莫靈犀染，香疑寶鴨沉。忘言身入定，得意口微吟。有影空留壁，無絃暗譜琴。此中如止水，那許片雲侵。

## 賦得江上詩情爲晚霞得情字

餞客江干晚，晴霞樹外生。一痕饒畫意，千里寄詩情。浄影涵蒼靄，高標接赤城。興飛秋宇潤，神往暮雲平。句擬青天問，人誰白雲賡。鳶肩耽聳峭，魚尾認分明。映水璆毫燦，摩空綺思榮。何時觴泛紫，重與結新盟。

## 賦得拜孔揖顔得顔字

祭酒晨來學，修容慎守閒。拜參時奉孔，揖遜夙尊顔。雅操欽蘭谷，芳馨慕桂山。鏗徇嚴對越，金鏄願躋攀。手合陳庚肅，躬緣克已彎。大成瞻聖域，至樂仰賢關。頂禮崇牆下，心儀陋巷間。近依名教地，鄭重列清班。

## 賦得詩清都爲飲茶多得清字

煮茗當寒夜，騷壇結舊盟。力原資酒健，思更藉茶清。筆訝淩雲聳,瓶宜掃雪烹。胸中真水似,腋下定風生。氣溢毫端潤,香從舌本榮。一甌難解渴,七步欲齊名。沆瀣頻番挹,珠璣取次賡。會逢仙禁詠,恩賜荷金莖。

## 賦得恭則壽得恭字

作肅垂洪範,延庥祝華封。欲躋仁者壽,端恃禮言恭。福履原無量,㔓謙信有容。孔門銘示訓,唐殿鏡留踪。雅意欽同梓,貞心健比松。兕觥隆燕衎,鮐背戒龍鍾。衛武賓筵懔,周文帝夢逢。宸居南面正,億載仰堯雍。

## 賦得一夜扁舟宿葦花得花字

罷釣歸來晚,移篷傍葦花。夜深何處宿,舟小便爲家。風送三更笛,霜寒雨岸葭。孤燈青影黯,一枕黑甜賒。瞥眼梨雲繞,蒙頭絮雪加。秋心生浦外,清夢到天涯。鄰卜鷗眠渚,籌聽雁叫沙。斗牛應不遠,便擬泛星槎。

## 賦得蛾子時術得勤字

莫任工夫閒,詳求戴記文。鴻程期日進,蛾術務時勤。技本穿珠巧,情同運甓殷。慕羶非逐逐,結陣自紛紛。黽勉迎春雨,經營趁夕曛。心殊銜石鳥,力笑負山蝨。功候由層累,光陰惜寸分。聖朝崇典學,臚唱慶書雲。

## 賦得山明望松雪得明字

凍醒冬山睡,瑶華到眼驚。松烟含縹緲,絮雪映空明。倒影銀屏展，揚輝翠蓋擎。樹真花綴滿，峰似玉雕成。鶴去尋無迹，龍吟聽有聲。淡雲籠四合，冷月寫雙清。色訝青林改，光疑白地生。老梅何處覓，好與結寒盟。

## 賦得半牀明月夜聞鐘得鐘字

今夜何須寐，牀頭意未慵。光懸天上月，響度寺前鐘。皎潔斜孤兔，噌吰辨九龍。霜疑侵短榻，雲想扣高峰。照澈寒蟾影，驚回化蝶蹤。香浮梅帳冷，夢繞竹樓濃。詩憶吟僧就，船思旅客逢。禪心應入定，支枕度從容。

## 賦得漢宫人誦洞簫賦得簫字

賦手何人擅，鴻才屬洞簫。花如春殿滿，藻向漢宫摽。藍本鈔應徧，紅腔吐更嬌。三千環貝闕，廿四記虹橋。錦簇芳心識，珠穿繡口調。音諧鳴鳳奏，寵藉貫魚邀。細字金箋讀，和聲玉珮摇。清平詞共好，前後許聯鑣。

## 賦得河帶斷水流得流字

冰結千層合，河分萬里流。洪波疑不住，積凍斷仍浮。遠派迷飛鳥，寒棱起卧虬。堅應消澤腹，來定有源頭。撞得菱花碎，衝開竹箭遒。崚嶒痕似削，渾灝勢難收。冷逼銀濤湧，輝連璧月投。榮光昭盛世，解待惠風柔。

## 賦得慈儉爲寶得爲字

至寶原希世，文宗訓教垂。慈懷殷撫字，儉德慎修爲。子惠人稱母,寅清意可師。丹心廑保赤,素節效披緇。仁詠騶虞什,勤賡蟋蟀詩。恤民知稼穡,受物却珍奇。網欲懷湯祝,臺還惜漢資。聖時賢並重,拜獻際昌期。

## 賦得年豐廉讓多得多字

耕耤傳梁帝,豐亨人詠歌。廉真貪鄙少,讓更禮儀多。蜃耨時無害,魚占夢不訛。苞苴輕長物,籩豆受餘波。螬井咸持已,牛蹊莫效他。瓜田防納履,蔀屋息操戈。狼戾生原厚,鳩安氣盡和。逢年徵聖世,大化頌卷阿。

## 賦得冰雪浄聰明得冰字

仙骨聰明擅,新詩詠少陵。浄函千點雪,清擬一條冰。盌任璆毫滌,池疑寶鑑凝。光摇銀海眩,氣肅玉壺澄。秋水看偏似,梅花到可曾。絮真飛片片,繭欲擘層層。鴻印尋難得,蟲雕語未能。聖神瞻帝德,天亶日方增。

## 賦得拔茅連茹得茅字

蒼翠人文盛,茹連筮易爻。儲材思樹木,擢秀擬誅茅。渭北漁曾坐,荆南貢待包。縮應登太室,束莫棄荒郊。莀想中央在,葤憐下體抛。菁莪原並採,蘭艾詎同淆。取或資霜節,搴還帶露梢。他年清廟上,回首白雲均。

## 賦得愚公移山得移字

欲把高山峻,遷之變坦夷。志因專愈勵,愚豈下難移。勢任千尋聳,形殊一簣虧。慢虞蚊負重,直擬鶩飛奇。石竟携堪轉,雲應從共隨。補天功可喻,縮地法同施。戴豈鼇撑易。勤休蟻連辭,精誠誰得似? 學士慎修爲。

## 賦得不剛不柔得柔字

畢命申咨儆,相期在允修。功原資弼亮,質不倚剛柔。猛莫牙占豕,貞還革用牛。火炎休比烈,水懦詎同流。慢詡錚如鐵,應嫌屈似鈎。挫毫思戒黝,唾面忍嗤婁。度必謙沖飭,行防巽輭羞。乾坤符帝德,健順協皇猷。

## 賦得瓜鎮心得涼字

慢道瓜常繫,驅炎得異方。削真同面瘦,携借鎮心涼。捫處原如水,投來欲懔霜。寒應侵腹笥,爽比飲頭綱。襲氣脾堪浸,探懷膽共嘗。香宜秋士抱,價問故侯償。那許飛蠅集,能除夢蝶狂。御園叨寵賜,儘覺熱衷忘。

## 賦得安得廣厦千萬間得安字

憐才思廣厦,千萬庇孤寒。那得門常闢,全教堵盡安。燕臺高並峙,夏屋展彌寬。材擬巖搜幹,香真室入蘭。支憑嵩柱穩,卧恐草廬難。太傅裘同覆,佳賓幕共看。鳩工應急務,燕賀遍臚歡。温室恩暉普,光依上國觀。

## 賦得爲時養器得時字

士原崇器識,培養必先資。莫以成當晚,而忘用及時。深藏懷楚璞,特達重商彝。烹鼎著占象,漁璜夢兆彲。但憑君子使,休陋霸臣卑。錐蘊囊中利,珍售席上奇。陸沉憐久棄,什襲肯輕遺。聖世旁求廣,群英集鳳池。

## 賦得一簾秋雨夢吴淞得秋字

畫出江鄉景,蒼涼笠澤秋。一簾垂雨脚,千里夢吴頭。響忽拋珠點,波纔落玉鈎。空濛迷鐵甕,仿佛聽瓊樓。楓岸懷吟句,松陵擬卧遊。廉纖應誤燕,浩渺欲盟鷗。蝴蝶驚回未,鱸魚憶得不。何時携短棹,白下任勾留。

## 賦得梅妻得妻字

世族神仙尉,聯爲處士妻。天寒原共守,地僻儼雙棲。笑索紅顔啓,魂銷翠羽嗁。凝妝疑額點,對影喜眉齊。縞想雕欄倚,絲應紙帳携。蘭因尋舊夢,棠聘擬新題。桃許華同詠。蓮偕蒂並締,分明來月下,照見玉鬟低。

## 賦得鶴子得孤字

畜得雲間鶴,孤山興不孤。何須鴛有偶,直擬鳳將雛。松徑思貽燕,芝田欲哺烏。偶隨鸞軫舞,却效鯉庭趨。豚犬應嗤彼,螟蛉克肖吾。愛憐情更甚,昏嫁事全無。馴豈家禽異,珍偏野鶩殊。逋仙饒逸趣,遺迹訪西湖。

## 賦得荆卿匕首得卿字

慷慨登車去,秋風感舊盟。寸心酬太子,匕首誤荆卿。筑擊三聲咽，圖窮一幅呈。頭函纔罷獻，手刃忽相迎。白訝虹光射，紅看血縷橫。拚將屠狗技，頓使祖龍驚。中柱機偏失，衝冠怒未平。何如橋下履，終得屈秦嬴。

## 賦得春徧梅梢客未知得春字

羈客辭家久，江梅結念頻。那知千樹豔，已透十分春。庾嶺寒應減，羅浮夢不真。韶光疑漏洩，芳訊悔因循。寄贈誰憐我，閒探別有人。深山空寫韻，流水枉傳神。悵望風前信，徘徊月下身。陽和仙禁早，作賦屬詞臣。

## 賦得一樹梅花一放翁得翁字

幻入非非想，梅花數萬叢。高常依處士，瘦恰伴詩翁。策杖尋橋畔，擎杯倚閣東。等身隨月印，澈骨與香融。面自廬山認，魂應庾嶺通。象超千佛似，影散百坡同。那辨真還夢，何妨色是空。劍南佳句在，逸興妙無窮。

## 前　　題

慢説修難到，梅花即此翁。化來人一箇，幻出樹千叢。髮盡題詩白，顏都索笑紅。鶴憐寒共守，蝀訝夢俱融。處處醅香裏，家家扇影中。衹疑身有果，偏對鬢如蓬。舊約三生證，新吟萬象空。羨他何水部，情賞亦高風。

## 賦得獨聽新蟬第一聲得聲字

高樹蟬方蜕，初傳第一聲。從頭歌縹緲，側耳記分明。琴軫音猶澀，箏絃調未成。新吟推首唱，驟聽覺心驚。別院誰相和，深林獨自鳴。似添秋日信，如續隔年情。前度蛙塘寂，同時雁陣横。寇君詩句在，頓使旅懷生。

## 賦得松涼夏健人得松字

陡覺吟情健，新涼欲盪胸。留人千个竹，消夏萬株松。風入琴三疊，雲深蓋幾重。清濤來耳畔，爽氣聳眉峰。聽憶秋聲撼，眠誰午夢慵。身輕誇鶴立，鱗老笑龍鍾。傲骨全忘暑，貞心不待冬。此間如築室，詩筆倍横縱。

## 賦得著手成春得成字

賦手疑神助，揮毫萬象呈。藻鋪春若許，花燦夢初成。蓬勃探懷出，繽紛繞指縈。文真元氣似，筆與化工争。妙任空空運，新看簇簇生。采時誇庶子，叉處憶飛卿。饒有雲烟赴，非徒霹靂驚。宸章多錦繡，雅頌人歌賡。

## 賦得霜林落後山争出得争字

遮眼惟霜葉，層巒望不明。林容纔盡落，山勢倏相争。風掃千聲碎，烟描一角晴。新妝妍欲鬬，瘦態削初成。石骨齊攢笏，峰頭互抗衡。並參秋宇闊，肯讓暮雲平。頓覺詩懷陡，如看畫意横。待當春景麗，花缺露峥嶸。

## 賦得冒雪清談得談字

風月今宵少，閒情亦可談。雲天誰放鶴，雪地此停驂。迹蹋珠塵似，言霏玉屑堪。烹茶雙影對，飛絮一身擔。肩覺寒頻聳，牙知慧待參。座中筵動四，門外尺深三。麈尾揮難住，鵝毛舞正酣。山陰曾訪戴，冷趣此同耽。

## 賦得防意如城得城字

欲絶朋從擾，端由立意誠。閒存潛相室，防護密如城。思戒羊藩觸，形疑雉堞横。中藏期自固，外誘莫相傾。嚴矢單心懍，堅同衆志成。關分欺與慊，樞轉旦還明。訓秉經邪正，行遵義路平。宸衷修省切，屏翰壯恢宏。

## 賦得花曾識面香仍好得曾字

花事西湖好，相抛意不勝。賞心誰與共，識面我原曾。豔又今番發，香偏昔日增。春風吹未了，舊夢記猶能。客憶金樽醉，人思玉檻憑。新叢尋舞蝶，深徑認歸僧。更襲蜂鬚重，頻勞燕睇凝。繁華驚過瞬，回首隔雲層。

## 賦得煅詩未就且長吟得詩字

急就何怱促，推敲費細思。癖真同好煅，魔祇爲哦詩。欲擬金聲擲，當從火候施。青純爐化緩，丹熟鼎開遲。一字難安處，雙肩正聳時。經營身入定，研錬口相隨。蟬韻攙高樹，蛩聲和短籬。吟成還抱膝，撚斷數莖髭。

## 賦得久與青山爲弟昆得昆字

青山留客住，日久欲忘言。兀對誰賓主，相親盡弟昆。嶽蓮疑萼附，嶺樹擬枝蕃。定詠看雲好，休辭拜石煩。瀑懸同束帶，谷應儼吹塤。白首消雙屐，蒼顔聚一門。何須分大小，常與共朝昏。却到層巔望，還如列子孫。

## 賦得紅泥小火爐得泥字

撥火消寒晝，蕭齋耐冷棲。罇常盈緑酒，爐恰擁紅泥。雅製鎔金巽，新硎切玉齊。猩簾看互映，鑾榼擬同携。點雪留痕淺，當風裊篆低。輕銜曾試燕，圍坐好談雞。茶向烹時品，詩從畫處題。皇儀天地協，陶鑄示端倪。

## 賦得樵路細侵雲得樵字

山色微茫裏，中分路幾條。雲深迷去鳥，霜重壓歸樵。黄葉肩頭荷，紅塵脚底超。苔剛容屐齒，絮欲没峰腰。嶺任千盤繞，天連一綫遥。崔巍攀莫到，隱約畫難描。笠影斜陽寫，棋聲古洞邀。天衢應不遠，靖獻備芻蕘。

## 賦得陳平割肉得良字

社肉昭公普，群推季也良。鄉評欣宰割，國事等平章。玉斗機先設，金刀器善藏。分羹憐大業，扛鼎笑真王。借箸庖堪代，烹鮮術敢忘。臣原非譽朔，君竟比要湯。駿烈輕功狗，雞廉薄瘦羊。鴻門奇計出，空使彘肩嘗。

## 賦得作相須讀書人得人字

不有書能讀，誰知宰相真。掄才憑爾輩，擢用必斯人。業富山探西,神疑嶽降申。螢惟推學士,鳳閣重儒臣。緯地經天手,揚風扢雅身。少文居衮黼,無術愧衡鈞。位詡和羹列,名休伴食循。宸躬勤博覽,金鑑納敷陳。

## 賦得劍光横雪玉龍寒得寒字

誰把龍泉劍,停杯仔細看。霜鋒添僕健,雪練逼人寒。虹訝干霄射,蛟曾入海摶。懸腰三尺利,脱手六花攢。矯若騰鱗甲,森然照膽肝。沖雲空有影,抽水怒生瀾。懍冽能消否,縱横欲攖難。風雷終變化,壯士鋏休彈。

## 賦得沛父老留漢高祖得高字

慷慨歌風地,鄉情重漢高。故人皆父老,亭長本英豪。雪鍔憑三尺,霜華念二毛。錦衣方小駐,鑾輅幸相遭。蛇路誰能阻,鴻門莫共逃。慇懃思卧轍,倜儻憶同袍。雲記從龍瑞,天酬逐鹿勞。無窮桑梓意,湯沐荷恩膏。

## 賦得霜隼下晴皋得皋字

疾隼饒神駿,霜寒氣倍豪。盤旋騰暮靄,飄瞥下晴皋。健翮鷹揚迅,雄心鷙擊勞。聲呼平野闊,影落遠天高。側翅淩千仞,回眸歷一遭。空拳驚兔脱,猛力抵烏號。雲外迷鴻爪,原頭想雉膏。乘墉占利獲,鳴鶴共翔翱。

## 賦得下馬作露布得功字

倚馬才誰擅,千軍一掃空。雲章憑手抉,露布奏膚功。鸛隊欣投策,狼烽喜挂弓。騰身停逐電,脱腕疾如風。潑墨詞摛鳳,鳴鞭氣作虹。志真磨盾壯,姿比據鞍雄。�管毫揮白,桃花汗染紅。天威能遠震,凱唱靖沙蟲。

## 賦得陳言務去得言字

下筆開生面,陳陳謝俗喧。要傳千古業,肯守一家言。牙慧嗤竊竊,膚詞避冗繁。芸編删宿搆,花樣鬪新翻。雋語思修鳳,奇才欲繡鴛。筌忘空有象,朽化妙無痕。捃摭終嫌陋,抓搔敢憚煩。國華今益廣,學海溯淵源。

## 賦得蔭暍樾下得王字

樾蔭垂周紀,全教病暍忘。峅幪仁被物,休息道遵王。畏日紅輪隔,參天翠蓋張。庇人同萬厦,托地儼千章。暑雨應無怨,雲霓許共望。琴疑薰解愠,厨訝萐扇凉。惠溢萊公柏,恩浮召伯棠。何如温樹茂,覆幬遍遐方。

## 賦得高宗夢得説得巖字

思道惟恭默,高宗口若緘。驅羊同入夢,審象待搜巖。星尾推良弼,天心感至誠。釣磻人共卜,吹垢語休芟。命著三篇訓,勛追一德咸。從繩資啓沃,調鼎協酸鹹。魚水真相契,龍雲總不凡。聖朝宏籲後,霖雨徧包函。

## 賦得哥舒翰半段槍得槍字

見説哥舒勇,惟憑半段槍。壯哉臨大敵,忠也輔全唐。虹斷猶騰彩,星寒欲吐芒。梨看揮處白,苔認卧時蒼。衝突驚馳電,縱横欲凜霜。寸非持鐵短,丈不藉矛長。有膽同推趙,成名偶類王。吐番羅拜日,駿績媲汾陽。

## 賦得賀蘭乞師得蘭字

爲救睢陽阸,將軍入賀蘭。出師期已杳,屈節事原難。月暈重圍急,風馳一騎單。危城懸累卵,硬語抵披肝。斷指情何激,全軀義豈安。怒抽刀血染,恨誓箭翎攢。慘比秦庭哭,堅同漢使看。中丞猶詈賊,千古最心寒。

## 賦得十目所視得心字

莫謂藏身固,幾微藴獨深。暗中常注目,静處試捫心。奥懍神明懼,嚴同道路臨。赧顔纔欲匿,白眼詎能任。有隙觀如堵,無情立若林。數符文友集,人共武臣欽。鑑本憕於水,篦還刮以金。況兼環十手,交指更森森。

## 賦得取諸衆白得狐字

取用須資衆,爲裘喻不誣。色原非一貉,質必藉群狐。疵欲吹毛摘,功難集腋殊。毳全删在腹,脂乃比凝膚。湔雪疑磨玉,零星類積銖。雉頭珍共好,狗尾續還無。義本多多善,形防皦皦污。德鄰思廣益,純粹勵修途。

## 賦得荷衣得爲字

桐帽棕鞋外,靈均服更奇。帶思搴蕙束,衣擬製荷爲。翦定裁楊葉,縫還結荇絲。清芬蘭佩襯,雅度荔裳宜。蓋在魚鱗戲,袍真鳳尾疑。題襟秋露潤,振袂晚風披。衫慢誇蕉色,冠應戴竹皮。行吟饒逸致,妙句出騷詞。

## 賦得班超投筆得投字

耻學書傭客,英雄筆竟投。一行嗤作吏,萬里覓封侯。品縱文房重,功難武庫收。千軍期掃蕩,五色笑雕鎪。價慢增雞距,名須副虎頭。及鋒才欲試,脱穎願應酬。有志身探穴,無心手造樓。蒙恬城並築,障得玉關不。

## 賦得嚴子陵釣臺得臺字

風雪耽垂釣,飄然去不回。故人留短榻,名士有高臺。龍衮誰能屈,羊裘莫與陪。業憑炎漢復,隱向富春來。簑笠高千古,江山占一隈。灘曾環七里,星不列三台。狗陋淮陰績,鷹殊渭北才。至今巖下路,磯没舊時苔。

## 賦得元夜張宴奪崑崙得崙字

勝算誰能惻,張燈值上元。筵方開錦繡,山已奪崑崙。焰閃蛾兒鬧,烽傳虎旅屯。金錢留好夜,銅面懾游魂。觴政嚴難避,軍聲静不喧。杯浮營月朗,旗捲陣雲翻。雅度棋追謝,先機令法孫。凱歌歸飲至,厨釀正盈樽。

## 賦得嶺上白雲披絮帽得秋字

破帽披殘絮,依稀嶺上留。霜凝千樹曉,雲壓萬峰秋。高揭峨眉聳,輕籠石髮柔。雨中應折角,天外恰昂頭。吹恐因風落,濃疑疊雪稠。浮原於我似,整欲倩人不。岸幘容堪肖,山巾樣好侔。蘇公翹首處,逸興酒頻篘。

## 賦得山猶有口得山字

兑象原爲澤,蒙莊更説山。無心雲吐納,有口嶺彎環。草長疑添頰,花生欲破顔。嵐烟含漠漠,澗水漱潺潺。苔卧殘碑古,桃開小洞閒。涎流春雨滑,脂染夕陽殷。如笑峰都敞,能言石不頑。匡廬真面在,屐齒任登攀。

## 賦得一簇紅樓壓女牆得牆字

遥指紅樓處,朱闌壓女牆。四圍環紛堵,一簇擁雕梁。檻引芙蓉繞,垣垂薜荔芳。數椽排短竹,三尺覆柔桑。春色藏紅杏,清陰傍緑楊。幾分臨曲水,半面閃斜陽。客有吹横笛,人誰倚倩妝。晚來燈欲上,照澈雪泥香。

## 賦得欲雪雲垂四面山得山字

黯澹同雲合,低垂列嶂間。三分將釀雲,四面盡遮山。匼匝千鱗護,蒼茫萬笏環。龍猶持白戰,螺已失青鬟。暗勒瓊花碎,匀鋪墨點斑。嵐光迷向背,冷意逼孱顔。預識飛霙眩,非徒觸石頑。兆豐天澤渥,霑被遍區寰。

## 賦得緣陰生晝静得陰字

緑樹千章合,溟濛護午陰。影函天漠漠,氣静晝沉沉。簾幕窺來隱,樓臺望處深。棋敲閒掃石,曲罷正眠琴。香冷猊飄篆,風輕鳥弄音。團雲參畫意,止水悟禪心。鳥曜籠睛靄,蟬聲寂遠林。蕉窗清可掬,妙趣愜孤吟。

## 賦得行已有耻得修字

耻係於人大,持躬重以周。敦行期篤念,飭已慎潛修。芥取心常懍,瓜嫌足莫投。靦顏思滌垢,浹背恐遺羞。豕負塗應洗,蠅污點不留。冰心懸一片,風骨勵千秋。愧免穿窬誚,慚防撻市侔。影衾誰共質,端在反身求。

## 賦得寫葉惜殘紅得紅字

落葉非無用,書家興不窮。寫原殊曳白,惜衹爲殘紅。校字愁何盡,題詩喜最工。方期資點筆,翻訝逐飛蓬。逝恐隨流水,飄憐墜晚風。揮毫珍露潤,轉眴減霞烘。窗冷萑難椏,園踈柿已空。霜根如索句,記取詠江楓。

## 賦得閉户自精得精字

蓬户深深閉,縹緗萬卷横。翦裁緣手妙,結撰本心精。題鳳身難到,讐魚眼獨明。足音空寂闃,竟匠慘經營。境擬鎔金化,門真似水清。爐青誇質粹,室白訝虚生。影隔三星燦,功非一日成。下帷多歲月,舊業擁書城。

## 賦得官銜一條冰得冰字

官重頭銜貴,文章舊價增。人清原似水,暑秘本如冰。郎訝壺光映,瑩疑鑑彩凝。問名同玉尺,比類擬晶燈。雪潔身無玷,霜嚴骨有稜。釜知因熱未,官到廣寒曾。宦味何嫌薄,官方若許澄。臣心惟淡泊,臨履矢兢兢。

## 賦得稍孫得樓字

惠政推顛米,無爲舊有樓。青先梅子熟,紅又稻孫稠。茁共龍�長,香遲燕麥抽。澤深遺朕畝,雲暖覆先疇。高並兄禾茂,豐占稺穟收。苗真垂後裔,粱好樂貽謀。時届賓來雁,田看婦逐鳩。含飴徵歲稔,率土祝甌宴。

## 賦得茂陵秋雨病相如得陵字

可憐風雨夜,秋至病彌增。磊落懷司馬,淒涼卧茂陵。繁聲聞淅瀝,噩夢破曹騰。勛業難回首,文章歎折肱。閒身虚四壁,衰影暗孤燈。天使才應阨,雲徒賦欲凌。蛾眉愁若許,犢鼻記吾曾。惆悵題橋日,停琴意不勝。

## 賦得蠹魚得魚字

剩簡殘篇裏,蟫蟫任獨居。多年成積蠹,無水亦名魚。學海潛身久,詞源换骨徐。江湖忘也未,翰墨樂何如。躍向文瀾闊,鑽憑紙網疎。是誰矜獺祭,即此識蟲書。經史沉酣地,神仙變化餘。功深窺脈望,賦筆欲淩虚。

## 賦得扶持清夢到梅花得花字

删却繁華夢,清涼睡味加。蒙頭縈荻絮,瞥眼到梅花。寒戀鴛衾輭，香迷蝶瓣斜。依來孤榻穩，送向六橋賒。幻影疑紅雪，芳標誤絳霞。魂應通庾嶺，春不隔林家。迹任蜂尋杳，踪難鹿覆差。覺時還彷彿，落月隱窗紗。

## 前　　題

幻入羅浮境，旋生頃刻花。半妝酣夙夢，一相豔春華。香國三更近，家山萬里賒。好隨溪月引，不礙嶺雲遮。姿訝紅妝倚，魂迷翠羽譁。曹騰疑化蝶，宛轉到啼鴉。棠睡宵同永，槐安路未遐。明朝須早起，索笑向檐牙。

## 賦得青歸柳葉新得新字

盼到依依態，來歸趁早春。桃花仍笑舊，柳葉正翻新。烟裊垂絲細，風飄試翦頻。三眠浮碧合，幾日嫩黄匀。腰尚難教舞，眉纔欲效顰。未遮垂釣客，已惹倚樓人。帶雨青舒眼，淩波緑簇鱗。御溝披拂滿，韶景麗楓宸。

## 賦得五言八韻得詩字

試帖傳唐代，詞場課士資。五言從正格，八韻賦新詩。恰按琴絃奏，相生律琯吹。聲諧兼徵羽，音叶備匏絲。焕若修樓手，紛如列彩眉。書城原共擁，筆陣儼同麾。摇嶽摛璆管，歌風獻玉墀。賡颺鳴盛世，作頌集皋夔。

## 賦得山色朝晴翠染衣得晴字

翠染山山色，披衣趁早行。幾番經宿雨，萬象喜新晴。爽挹妝痕濕,空浮唾暈生。驚寒雙袖薄,撥霧一身輕。排闥屏開好,題襟錦織成。黛看眉畫樣,汁憶指彈聲。峰認朱霞燦,人疑緑野耕。霓裳仙品貴,古調許同賡。

# 題　詩

鳳皇池上比脩翰，余昔與君同任中允。廿載心交契古歡。高躅未妨辭世果，王右軍有《辭世帖》。名言合佩致身難，君集有“抽身祇爲致身難”之句。官居蓬島猶嫌濁，人似梅花儘耐寒。可惜閒雲歸岫早，未容劉白共詩壇。

愚弟楊能格拜題

# 跋

季父小榆公博洽多聞，生平無嗜好。蚤歲舉業之暇，即攻古近體詩。通籍後，尤肆力焉。洎乎引疾家居，藉詩遣日，著作益富。歲辛酉溘逝，遺集裒然。先恭勤公篤友於誼，展卷輒泣，下召珮諭之曰："汝叔父一生精力畢萃於斯，胡可湮没？"於是擇其尤者得若干首，囑文悔庵丈編輯之，自爲序。彭詠莪年丈、董醖卿世丈均弁言其端。付梓未竟，而先恭勤公以壬戌季春棄養。珮撫此遺編，愴懷倍切，爰督工蕆事，敬綴數言於簡末，未敢云繼志，亦以誌遺訓於弗諼焉爾。

錫珮謹跋

# 使東詩草

（清）錫　珍　撰

# 使東詩草

## 定州道上

斷阪接平崗，紆迴道路長。君詩言尚氣格，故其言多平易疏鬯。溪痕前夜雨，稻隴一時香。山樹無巢鳥，民家鮮宿糧。非緣遺优美，安見勝吾鄉。

## 安州道上

路向安州落照時，薰風習習拂旌旗。輿中入夢人遊倦，陌上飛花客到遲。一水稻分高下隴，滿山松茁短長枝。劇憐官道生幽草，軟踏芒鞋總不知。

## 渡晴川江二首

山何少耶遠入雲，斷霞燒後猶繽紛。雲開忽見千重出，都在晴川江外分。

茫茫空闊無邊水，歷歷青蒼不盡山。畫舫開時人隔岸，一川如鏡照螺鬟。

## 入平壤境

麗景當前攬不窮，早涼郊外駐花騌。峰頭螺髻黏雲翠，坡上燕支浸雨紅。厥壤紫色。纈佩在裳蘋出治，編花成錦穡翻風。龍灣江外徑行慣，一路看山又向東。

## 遊黃州簇錦溪

一櫂碧溪遊，溪光静似秋。雲中聞笑語，迴首月波樓。

## 弔鳳山妓題於洞仙别館

舊館誰從訪洞仙，當日之事館因拆燬，改築於此，故曰别館。空留軼事到今傳。遊人若問埋香處，早已芳魂化杜鵑。

應憐本是沾泥絮，豈料冤成繾綣中。殷鑒可垂拚濺血，教人愁见土殷红。薦館一帶，土皆赤色。

## 平山道上

近水人家纳晚凉，苎衫輕沁稻花香。柳陰漠漠川容静，草色芊芊客意長。緑野如雲山四畔，丹沙一綫路中央。迴看霞彩峥嶸起，太白城高隱夕陽。

## 金陵館

滑澾路難行，淫霖不肯晴。遇多行潦聚，無厭嶺雲生。一霎曦光吐,千家喜氣迎。水磁山下水,畫館映分明。

## 入臨津閣

桃源舊有隱人居,一入臨津境太虛。仿佛夢中曾到此,前身應是武陵漁。

## 谿坡州將入高湯口占記書

五里彌勒峴,西對長枝峰。雲開散溽暑,雨至隨涼風。五里細柳店,徑轉九龍山。幽人石可見,松風長閉關。五里蕙蔭嶺,左有蓮花峰。岧嶢不可極,邃密誠難窮。里餘陟嶺巔,境與高陽分。高陽列丹嶂,縹緲生白雲。

## 歸途經過洪濟院

白岳峰前洪濟館,星河耿耿憶前宵。縱然歸路多瀟灑,却見閉門鎖寂寥。

## 坡平館

畿輔似邊陲,三聲畫角吹。雲羅篩細雨,山髮櫛晨炊。喔喔郵雞鳴,蕭蕭櫪馬嘶。神京翹首處,已是近歸期。

## 過黍嶺

西山日脚東山雨,亘野長河映彩虹。黍嶺之巔最高處,萬千光景一輿中。

## 登龍泉映波樓

龍宫山嘯水奔來，十八年前遇此灾。阻水龍家館，蓋前兩月龍宫水來，幾淹没也。把酒登樓談往事，縱横胸次一時開。

## 曉發斂水

遥山誓不群，一雨浄鐵氛。樹色青於草，嵐光白似雲。野花隨意叢，清澗幾時分。識得豐年樂，田歌處處聞。

## 黄州七夕

天山星河耿，人間離别多。伊人在水沚，之子走山阿。幽徑搴蘭茝，高松帶薜蘿。雲中不可見，悵望叢騣歌。

## 大井站

官柳曾攀否，依依不舍情。松濤滿吾耳，但覺動秋聲。

## 安定館

鈴轅月落起徘徊，低閃牙旗曙色開。老樹臨風含别恨，黄華何日得重來？最牽遠夢天星苐，崖暖迴瞻乙密臺。爲報秋風歸去好，任教閒鳥下蒼苔。

## 肅永館

畫館水雲齊,群山四望低。歸程安定北,前路肅川西。泉竭千人渴,禾傷萬馬蹄。道傍齊拍手,宗伯醉如泥。護送使韓新源日夜縱酒不治事。

## 安州道上

何處山川最佳麗,入安州境是仙源。雲眠花隝生姿態,月掛林巖有迹痕。一水稻田千萬頃,滿山槲葉兩三邨。誰家唱罷憐儂曲,怕有秋風深閉門。

## 渡晴川江

曉霧渡晴川,衝波盤畫船。帆開山勢遠,槳打浪花圓。萬頃水雲闊,一江風雨懸。泊舟迴眺處,浩浩白無邊。

## 枫浦

晚渡来楓浦,浦深楓葉青。誰家歌水調,悽惻不堪聽。

## 過赤峴

博川赤峴迤西地,蛇毛老黿名太奇。一帶低窪多種稻,看來常有水淹時。

## 渡大定江

煙雨空濛大定江，斜風吹浪擴船窗。緑陰兩岸蟬聲一，碧水三篙鳥下雙。直上嶺頭觀浩渺，尚聞渡口語喧哤。龍灣已覺歸程近，載酒扁舟興未降。

## 過曉星嶺至納清亭

一灣通略彴，遂至納清亭。長橋跨水，兩岸人家有亭翼升曰"納清亭"，即因以名。長路憐幽草，崇巖下曉星。寺鐘臨水斷，[一]樵斧隔山停。誰詠《高軒過》，左右書聲瑯瑯。將爲駐馬聽。西風秋瑟瑟，白雨晝冥冥。又是新安道，群山不斷青。

【校記】

［一］"寺鐘臨水斷"，《晚晴簃詩匯》卷一百六十四録作"漁榔前浦歇"。

## 過堂峨嶺

蕎麥花開穀穗黄，幾番晴雨逗秋光。憶過龍浦榴流闊，又踏堂峨嶺路長。沙雁入雲微見影，野蘋臨水不聞香。山中榛熟今年早，剖取圓青嚼嫩涼。

## 郭山郡

郭山新峴北，一帶極荒涼。亂疊山高下，斜牽路短長。石喧泉不静，稼緑草先黄。更説官清苦，秋徵無羨糧。

## 紀　夢

一化莊爲蝶,居然是故鄉。夢中魂覺曉,歸去路何長。風露涼於水,關河白似霜。天涯殊渺渺,重化蝶爲莊。

## 立　秋

先立秋三日,西風已闇催。一行飛鷺下,幾處白蓮開。暑氣池邊退,涼飇樹際來。今宵良榮館,瀟灑似蓬萊。

## 渡石榴江

石橋如鏡繞山流,碧玉泉光罨畫收。柔艣不摇舟自在,有人獨釣一江秋。

## 駐龍灣館作

中元時節駐龍灣,東國良遊轉瞬還。儐接多年同向眠,驛程明日是中原。三邊笳鼓聲悲壯,一帶雲山意渺緜。曉月蒼蒼星落落,動人秋思阿誰邊。

## 别義州衆官

環海三方駭浪開,北門鎖鑰大江隈。諸君珍重東風便,寄我平安兩字來。

## 渡鴨綠江

雙旗逢見鴨江臺,風雨連天晝雞開。嶺樹川雲無限意,一齊相遇過江來。

鴨綠三江水,龍灣江中江靉江也。終年湛碧波。也應勞悵空,相隔似銀河。

## 自嘲

小小籃舉何殿來?布旗紙傘對分開。可憐匝月東遊路,不及槐安一夢回。

## 羅漢甸

暮天舒遠眺。散步下平崗。積雨荒蕪黑,銜山落照黄。雲陰留靉靆,野色入蒼茫。惟有蟲吟切,秋聲水一方。

## 弔金墓

百餘年事今休矣,封墓巍然永不摧。自是君靈阿護在,争教紅粉早成灰。

## 駐邊門作[一]

邊門以外地,數百里之遥。榛莽誰從闢,萑苻不見招。掌關因木税,[二]詰慝到山樵。晋有桃源樂,秦收陸海饒。未堪將客逐,安得作荒燒。據國争非觸,鄰邊俗異要。吴沙賦可受,澤旺[三]首先梟。曠土成都邑,流氓有暮朝。不遊町疃鹿,應革泮林鴞。智慧乘時出,功名與世標。再能加富教,便可入風謡。除是皇華使,誰停問俗軺。

【校記】

[一]《晚晴簃詩匯》題作"鳳凰邊門"。

[二]"掌關因木税",《晚晴簃詩匯》録作"算緡緣木税"。

[三]"澤旺",《晚晴簃詩匯》録作"澤瓦"。

## 鳳皇城阻雨

邊塞秋霖阻,蕭然念故關。不眠雷雨夕,難别鳳皇山。落日殘星外,黄蘆白草間。幾聲征雁叫,應是倦知還。

## 山出雲

露真面目是依然,變態環生遂不全。煮石人家齊作爨,披衣山鬼亂裝棉。那能鏈水盈谿壑,争奈連陰藪日天。坐歎邊方旱海氣,待風吹散已凋年。

## 渡金家河

銕鍬作槳本槽船,車在槽船馬在川。兩槽駕車船馬齊行形狀繩倒。笑煞乘槎星漢使,此行何日到青天。

## 通　遠　堡

莫將霪潦阻前旌，二嶺長嶺、徒嶺。三河金家、劉家、畢家三河也。又一程。葉緑蕊紅知果熟，定青留素覺雲生。最關至樂堆山水，能結深緣入性情。縱使置身圖畫裏，也堪題作快哉行。

幽居林壑小，款客暮天青。乍捲雲千葉，仍飄雨數星。野蟲鳴蟋蟀，山果熟樗梈。苦説盤飧少，相邀醉緑醽。

## 山　　村

三三五五自成邨，半倚山坳近水根。拋棄崩榛多礙路，貪看明月不關門。野人拾果爭禽啄，小子臨谿學虎蹲。唯有秋霖更權幸，晚收禾稼比雲屯。

## 連　山　關

峽水長流碎石灘，細衝沙草一攢攢。參差雲鑲斜陽出，颯颯風吹宿雨幹。禾穗影高遮去路，樹濤聲急櫟迴湍。邨童只唱耶麼曲，不入琴歌且莫彈。瀟瀟雨又灑無端，挑盡孤燈酒未闌。何待秋深霜月夜，闇蟲聲已不禁寒。

## 旅夜不寐作四聲詠

颯颯入無罅，秋氣殊踔厲。孤客動遠懷，翛然在天際。有風聲。

流雲不自持，汎瀾一時下。餘響苦繁碎，秋花多夢怕。有雨聲。

嘤嘤鳴不已，感入惟秋心。誰家搗練者，方作《白頭吟》。有蟲聲。

枕上鳴驚湍，徹夜無休息。秋濤捲不盡，壯心此何極。有水聲。

## 入摩天嶺路作

一徑陟幽遐，顛崖錯犬牙。豔花迎客幰，叢蔓隔人家。踐迤纔知路，行瘏且駐車。未防輪觸石，驚折樹槎枒。

## 浪子山

秋懷如訴雨淒淒，浪子山高月魄低。安得銅琶銕綽板，歌聲直徹大河西。

## 高房寺

萬重山裏一歸人，遊歷三千閱五旬。山程往返計三千餘里，凡五十有五日。行到前邨流水變，白雲黃葉是知津。

## 遼陽[一]

憶縱返柹經過處，[二]千里王程盡鑗江。疆域雖殊風景似，萬山不斷到遼陽。

**【校記】**

[一]《晚晴簃詩匯》題作“遼陽城”。

［二］“憶縱返柿經過處”,《晚晴簃詩匯》録作“憶從東國經行處”。

## 繇黄泥坎渡口過渾河

尋徑黄泥坎,人行落照前。晚霞紅在水,秋稼緑齊天。渡外關山小,舟中望樹圓。正逢飛鴻過,流影大河遠。

## 旅　　夜

秋風瑟瑟秋月寒,秋夜披衣起憑欄。一院殘星螢灼灼,萬花如雪露團團。遠行有夢常懷舊,執法無聊且罷官。聞道上書論星變,一聲鳴鳳出朝端。

## 瀋陽公護歸驛館作

西歸帶雲暮,山驛良獨難。霪流萬山下,洶湧匯紆蹝。中車阻不行,覓宿聊加餐。淩晨陟波濤,隕没駭萬端。衆爾嶺路平,心臆爲之冤。襄平循曠陸,青泥行折盤。渾河莽浩浩,一葦泛秋瀾。陪都聯藿誼,留我戢羽翰。前途限汙潦,積雨無時乾。弭節不得已,匪曰最媮安。落落酌桂醑,往往臨夜闌。悃款羨平生,嘉言論肺肝。人生苦局促,動馳域外覘。木葉驚歲變,天風知海寒。星芒見垂茀,伊予憂莫彈。長嘯破塵徑,來朝思據鞍。

## 阻　　雨

雲陰晚逾重,入夜雨滂滂。客途久霑濕,誰不悲秋霖。幾見游行潦,猶難賦載駸。非吾盧且住,剔盡舊書蟫。

## 羈　留

羈留十日非樂居，陳饋難得承權輿。主人嘉惠叨清醴，客子歸期迫簡書。鴻雁牽多催木葉，鯉魚風早動香莒。眷懷忽覽天涯遠，匏繫何必賦遂初。

## 夢中復遊所歷山水

夢魂遊幻境，能識路曾經。泉是依然響，山多身在青。風華賓落落，神思曉紛紛。忽悟勞生理，應無一息停。

## 聞　笛

五夜梅花似雪輕，迴飇吹散入重城。當年黄鶴樓中曲，感動騷人是此聲。

## 道　路

道路無平坡，人心有夷險。曾經滄海客，病深乃污謙。陵厲馭飇輪，趦趄薄日嶮。事事感茫茫，光陰悲冉冉。徘徊不能捨，齷齪無乃忝。巢彼高卧人，秋風門正掩。

## 詠木筏

任涉潢汙泛滄海，美哉舟橇利能齊。茫茫彼岸登何早，渺渺前津渡不迷。豈似當坳悲芥覆，路迴槎路響天棲。此行尋求真源未，香界瑶池總在西。

## 秋　　陽

朗天邊餘落靄，沖瀜川上動秋風。清光一濯朝懸出，萬彙昭然藻鏡中。

## 朝鮮作竹枝詞三十首

名邦割據大江東，表裏山河錦繡同。歷嬗千年敲古虜，更於何處見殊風。

寶殿巍峨踐七重，略加雕堊却春容。君王崇政昭勤儉，蟋蟀之詩遍四封。

館室虚開窈窕窗，篆煙風裊罩蘭釭。堂楹納月光輝大，八扇圍屏影照雙。

歷歷錚盤進只伊，錚盤銅盤只伊稞陳之謂也。鄉賓繁費具多儀。木瓜投報尋常事，惟有豐年周颂豐年之詩。好賦詩。

赫赫威儀大司馬，戰林中插本兵旗。儘多村武供咨遣，坐領中樞總八圻。八道皆备有节度使。

徐倫密勿歸三院，儀政院市政院樞密院。六屬分曹隸判書。只是中官列清峻，縛唐積弊未能除。

髮帽道衫美且都，紅團小扇墜香珠。樻枝謂菸草曰樻枝也。三著銅煙竹，熏躍休怪是終徒。

正路遊山雨又淒，左牽款段馬童牽馬牽以左手。踏紅厥土赤壤。泥。不携簑笠披油紙，遠入寒煙一色齊。

半趿皮鞋著草鞋，貴官猶不飾緑階。夜來躡屐者誰子？踏遍梅花十二街。

萬重山裹陟崔嵬，黄海平安迴路開。望氣京畿龍脈遠，鬱葱應自白山來。一路經由平安、黄海、京畿三道。

晴川大定與臨津，湛湛清紋可鏡人。争似大同江水闊，萬舟如蟻釣霜鱗。

紀數遍崇傳坐文，展觀花箱所云云。流傳從未難封域，古奥猶將簿典墳。

天子之仰貌自尊，覯風問俗且休論。事無大小皆深祕，德禁如斯不敢言。

王族妃家屬世官，翩翩公子躡臺端。農夫但識先疇畎，不欲功名崛起難。

執筆猶如魏晋間，雅馴辭令吏能嫻。横飛一卷龍蛇字，却是同農札税關。

石頭城築在山巔，樓瓦參差雉堞連。最小花封三十里，取禾聊是數囷廛。

孔德關微崇廟貓，禮生香祝奉清寥。至今舉國謳思遍，箕子遺風萬古超。平壤城東有箕子廟墓，松林深蔚，守園百户居考。

開成平壤苫脤郊，何代都城舊史淆。休矣先生勞顧問，放懷詩酒且論交。或曰高句麗舊都開城，新羅舊都平壤，或曰非也。

張筵南館備牲牢，祖餞西圻設雨旄。白岳峰前王京大山曰白岳峰。大合樂，瀕行以全部鼓樂想送。一聲聲送切雲高。

清商雜曲一齊歌，知是誰家幽怨多。唱到曼聲聲却咽，玉人無語對銀河。其聲哀以思。

粉白甕瓴釀百花，一甌清洌啜月芽。銅盤捧出肉資寺，六月中旬始進瓜。水土石肥瓜果熟落甚遠。

登筵齊吱生牛脯，蜜汁煎葠合粉漿。餐飽不須愁肉熱，山泉汲取沁脾涼。

木翁矗矗紀郵程，厥狀枯堅削不成。土梗相逢莫相笑，一船風雨鍾殘生。

德政碑多覆草高，此邦循例秀繁星。松枝帶葉裹不見，惟恐軺車偶一停。

官塋建置依巖勢，世世相傳列數層。每届清明來祭掃，衣冠遥見揖爾升。

苔身殘力星爲儔，見雉朝飛舞不休。贏得一生名旖旎，鬢毛如雪喚丫頭。未婚者垂髮曰丫頭，終身不娶，名無不改。

葛屨詩成刺褊心，鳴梭才罷又敲砧。可憐遠官三年去，度盡香閨月下鍼。例石許官員携眷赴任。

雛女于歸不離母，十一二歲行婚嫁禮，男則束髮而冠，女任歸母家，及笄後始成娣□。長成芳訊再爲探。幾年梅標傾筐七，今夕星垂在户三。

三兩兒童共嬉笑，侏儒小語學詹詹。呱呱句句真天籟，惟有斯聲聽不嫌。

宛轉歌童白苧衫，髮垂紫袖露摻摻。迴眸一歎顯痕緑，道是花髮不可芟。

## 入廣寧縣境

秋風送歸客，青山逢故人。北望醫巫閭，郁郁如初春。雖繇萬山來，對此不厭頻。蒼翠饒百趣，突兀見精神。白日有光景，石路無沙塵。落底下峻阪，大車何轔轔。夏苗尺云穫，滿山黄葉新。客行驚物换，倏爾及蕭辰。

## 曉從羊腸河至廣寧縣城

黄日初升黄月落，金丸對轉光齊爍。曠宇舞塵天泬寥，此時已磴重關鑰。

日居月諸無一停，客途秋色漸凋零。應飛不及鵬程遠，終見天池連北溟。

物理須泚歸根在，雲還山窟川入海。一葉經霜返太初，乃致松柯青不改。

我行崎嶇不少休，飄羡淩空躡丹丘。故人相邀遊北鎮，又緣名勝一句留。

## 游北鎮醫巫閭山

黄月東升黄日落，秋郊晃朗[一]風蕭索。薄暮游踪取路歸，猶將迴馬瞻雲壑。雲壑萬重遊不成，石棚穴漏泉流聲，曠觀亭已埋幽草，轉見千秋萬古情。

**【校記】**

［一］“晃朗”，《晚晴簃詩匯》録作“曠朗”。

## 聞客説北鎮大蘆花境景佳勝惜不暇往遊感爾賦之

見説蘆花好，仙寰迴莫加。有巖臨萬仞，無路覓三叉。上建長生觀,中藏不死砂。自非淩羽翮,難得陟幽遐。有客緣林去,逢樵指徑斜。但攀崖斷續,莫觸石嵯岈。造極誠何極,尋涯未有涯。轉踪遊已倦,嚮路覺來差。彩雀噙仙果,迴谿泛水華。豁然開古洞,絶妙入重阇。修磴藤絛引,危梁瀑布遮。苔痕捫紫翠,秀勢懾谽谺。青鳥初通使,蟠桃正叢花。壺嶠觀實籙,星斗接雲槎。塵世三重海,人煙百萬家。鏡中飛野馬,窗外掣金蛇。地美非親覽,傳聞空致嗟。何年登此境。相與飯胡麻。

## 曉叢十三山

昨夜雨零零,淩景墜月青。樹高邀日影,雲彈學山形。塞上無林藪,天涯一草高。足柊純樸處,應有少微星。

## 入錦州城

錦州真似錦,面面翠屏開。紫荊乳峰諸山脈綫甚遠。雁逐淩河去,大緒河、小淩河皆在錦東。人過垌壑來。左各馬廠周百餘里。碧憐秋草色,白駣客衫埃。日暮飄風至,浮雲何有哉?

## 繇高榴至塔山

遠山茫昧樹氤氳,黄葉邨多石路紛。赭壤蒼禾十餘里,飄風細雨幾重雲。荒墳鋤破狐來穴,野店門閉犬當狺。立馬塔山望滄海。眼前清濁客難分。

## 宿連山鎮作

我登山之隅，望見海一角。曠觀神自游，大石吾立卓。何歟此朽人，日與海同濁。潮汐偶能忘，寰瀛寐無覺。不知庸何傷，終古弗雕璞。盛世屢豐年，食毛有把握。忠信涉波濤，神仙遊敻邈。所遇非其人，鮮石墮昏眊。顧此渺予懷，鑿然於理確。聊將詩筆閒，取譬扶桑濯。

## 得舍弟來書

故園秋色有風華，手闢新畦種菊花。淡泊涼知神趣永，勞人河事尚天涯。

## 寧遠遇風

嚮途歷歷數岡巒，此地風多拂曉寒。月色浩同雲色白，林華濃映日華丹。無人野寺晨鐘歇，有客衡門寶鋏彈。天地蒼蒼固如此，擾生塵坱太無端。

## 蟋　蟀

明月人家掩蓽門，細蟲潛叫石牆根。縱然不作秋風怨，也恐聲聲擾客魂。

## 曉至煙臺邨

野曠無近山,沙平無積水。驅車村路遥,飲馬河隊瀰。歷歷遠行人,日影照如蟻。秋風吹夢醒,團息呵欠起。

## 望海店

朝陽懸火珠,海水明金鏡。遠形無遁餙,流光倏歸併。所見雖一隅,眼界不足病。但覺海氣來,猶比秋風勁。

## 前屯衛

堂堂重鎮擁烽臺,猶憶當年幕府開。曾把紅顏留作餌,將軍未必出關來。

## 山海關

出關復入關,白雲下秋草。飄風動地來,高塵入雲裏。歇軍新築壘,旗幟頗夭矯。何當氣化虹,飲水東瀛曉。

雲霞東見初升日,風雨西來大漏天。有次關城飛鳥勢,何如移置太行前。山連大漠趨中土,海繞營州納百川。曾謂丸泥真塞,喜峰應是未脩邊。

理有苾至,勢有固然。駑塵擾夜,破壁見天。日出將息,陵升谷遷。大闔大闢,通途遂延。歲聿雲底,秋風滿阡。曰予有懷,輾轉華年。群山自秀,大海依然。何以守關?嗚呼在賢。

## 秋　雨

春雨被芳林,夏雨生麥穀。秋雨無所施,餘膏乃榮鞠。落英餐引年,黄華採盈掬。遇此霜露游,浩然天地肅。

## 登澄海樓觀海

登樓一習海風寒,那得襟懷似海憲。無量波濤奔眼底,入緑洲島在雲端。渾淪物我同元氣,運轉乾坤此鉅觀。誰築方城如斗大,石磯終古落驚瀾。

## 榆關夜行至撫寧

榆河一帶白如霜,旅客臨宵更磋行。貪看海潮歸路晚,不知翻越幾重岡。

## 題天台山神廟

雲色天衣土色裳,遠山青繞帶圍長。路觀我相臨明鏡,常向清霄仰太陽。

## 渡　灤　河

水落見山高,雄流勝一濠。前時撑巨艦,此日泛輕舠。秋爽便鞍馬,晨征冷緼袍。遊觀猶酌酒,何事必持螯。

## 盧龍道上

黎栗林中種豆苗,周圍㲉柳與桑條。秋風重過盧龍道,盡染丹黄當未彫。

## 雲 山 堡

驅馬雲山堡,豐城指頭間。南瞻天際海,北眺地平山。灌木鳥飛集,晴空雲往還。夕陽將客意,相與共秋閒。

## 豐 潤 縣

不知千歲榖,終是雁來紅。夜燒練霞外,煙林落照中。泥痕照客貌,柳影化長虹。走騎塵光裏,吟詩動遠空。

蕎麥花如雪,沙河水似銀。煙雲生晚渡,霜露下蕭辰。明鏡餘華髮,征衫有闇塵。誰家歌月夜,應是和陽春。

田家歲月自窗舒,況是西風白露初。晚稼登場如堵立,殘禾在野比林疏。還鄉河淺思金鯉,衆妙山高見玉蜍。行矣故園歸去好,此時猶及摘秋蔬。

## 宿玉田重夢經過山水

山川三閱月行程,勝境神遊夢又成。繼使仙家重幻化,邯鄲不及玉田清。

## 玉田寓館和壁上韻

秋風瑟瑟拂吟鞍，周道爭如蜀道難。何故遊人不得意，想緣疏把菊花餐。

莫嗟行路事征鞍，宦海波濤涉始難。除是故人共樽酒，衡門誰復勸加餐。

## 曉 發 玉 田

披衣起啜武彝茶，窗際徽明月已斜。終夜有聲人警柝，移時未剪燭生花。客途迢遰輕千里，詩自推敲費八叉。擲筆輟吟行就道，計程明日到京華。

## 繇逢山至别山作

何事相逢又相别，只緣游迹太匆匆。偶然中隔三山羅山、梯山、鳳山也。路，兩地音塵遂不同。

## 宿 邦 均 鎮

五雲多處是京華，使者歸從天一涯。山月曉臨榛子鎮，海風秋捲玉田沙。途長已慣嘶征馬，林静唯餘噪底鴉。莫怨年光容易老，碧梧丹桂正開花。

**圖書在版編目(CIP)數據**

和瑛文學家族詩集 /（清）和瑛等撰；多洛肯點校
. —上海：上海古籍出版社，2018.9
（清代少數民族文學家族詩集叢刊第一輯）
ISBN 978-7-5325-8770-4

Ⅰ.①和… Ⅱ.①和… ②多… Ⅲ.①古典詩歌—詩集—中國—清代 Ⅳ.①I222.749

中國版本圖書館 CIP 數據核字(2018)第 048105 號

清代少數民族文學家族詩集叢刊第一輯

**和瑛文學家族詩集**

［清］和瑛　等撰

多洛肯　點校

上海古籍出版社出版發行

（上海瑞金二路 272 號　郵政編碼 200020）

（1）網址：www.guji.com.cn

（2）E-mail：guji1@guji.com.cn

（3）易文網網址：www.ewen.co

上海惠敦科技印务有限公司印刷

開本 890×1240　1/32　印張 14.625　插頁 2　字數 367,000

2018 年 9 月第 1 版　2018 年 9 月第 1 次印刷

ISBN 978-7-5325-8770-4

I·3261　定價：68.00 元

如有質量問題，請與承印公司聯繫